石斋语痕二集

SHIZHAIYUHENERJI

吴福辉 著

河南大学出版社
HENAN UNIVERSITY PRESS
· 郑州 ·

图书在版编目(CIP)数据

石斋语痕二集/吴福辉著.—郑州:河南大学出版社,2018.7
ISBN 978-7-5649-3413-2

Ⅰ.①石… Ⅱ.①吴… Ⅲ.① Ⅳ.①散文集—中国—当代 Ⅳ.①I267

中国版本图书馆 CIP 数据核字(2018)第 172010 号

出 版 人 张云鹏
责任编辑 侯若愚 王 珂
责任校对 韩 燕
封面设计 翟淼淼

出 版 河南大学出版社
地 址 郑州市郑东新区商务外环中华大厦 2409 室
电 话 0371-60993151(人文社科出版分社)
0371-86059753
网 址 www.hupress.com
印 刷 开封日报社印务中心
版 次 2018 年 8 月第 1 版
印 次 2018 年 8 月第 1 次印刷
开 本 720mm×1000mm 1/16
印 张 17.75
字 数 300 千字
定 价 69.00 元

目　录

序跋留住时光

追念延缩年华

自　序

“石斋语痕”是我自2010年秋天开始，为河南大学改版后的纯学术刊物《汉语言文学研究》所开的专栏名称，算是从我的石头书房里发出的声音。每文自我规定写五六千字即可，从来没有超出过一万字的，我称它们为学术散文。写了四年之后，出版了一册同名的《石斋语痕》，将这一期间栏目外的短文也悉数编入。现在又一个四年光阴如闪电一般过去了，像是个短短的轮回。一个栏目写了近八年，我都有点习惯于它的存在，好像每期新刊物一到手想也不想便会准备下一期的题目似的。中间也曾提起关闭栏目的事，觉得老了不免保守和唠叨，还是急流勇退为好，但都被好意阻止。坚持到今天又有幸来编《石斋语痕二集》，以此纪念我与此栏目相伴的岁月。岁月无情，由不得我不感慨。

感慨之一，是在当今的社会里学术散文还有位置吗？关于什么是学术散文，我在第一集《石斋语痕》的序言里已经说明，无须重复（还顺便谈到书斋名字的由来和石性石德等）。我的意思，学术散文不是学术论文，不必陈义太高，有一点新颖的不是俯拾即得的材料，有一点新奇的能够引向深入的观点，有一点新鲜的表达不俗且能调动读者理论趣味的文字形式，就可以了。或许有人会说，这要求还不高？那自然不能再低了，再放低就不配带上“学术”二字了。有的读者看过几篇“石斋语痕”文章后，觉得这实际上是微型的文学史片断，是文学史大厦的一粒小的泥石。可能连一整块砖瓦都不够，却是足以能构成这砖瓦的一分子的。它继续在重写文学史，在传统的历史体系和新锐材料之间发现缝隙，于成熟的史见史识和前锋的反思中产生张力，于是会得到些许的启发，日积月累，为未来的文学史写作不经意间准备了各种可能性。这样，面前不起眼的学术散文就是无数小小的酝酿，是起于青萍之末的一股清风。它的位置就在学术和散文之间。

我已经走过长长的文学史学习、写作之路了。想1955年我进入中级师范学习，当时从母亲给我住校的零用钱里克扣出来的买书钱真是微乎其微，有时一元多钱的书我要向同学借了几角才能买到手（这种“借款”往往写在书的扉页上面，好似借据）。如今我的石斋书橱里最珍贵的不是我曾经拥有的民国石印线装书，那都在“文革”中被抄被烧毁了，而是1950年前后所购王瑶先生的《中国新文学史稿》、丁易的《中国现代文学史略》、刘大杰的《中国文学发展史》、林庚的半部《中国文学史》（不是半部《论语》）、高尔基的《俄国文学史》等，记得本来买的还要多，如游国恩等的《中国文学史》、教科书式的《苏联文学史》、北大红皮的中国文学史、作为大学自印教材的当代文学史、古代文学批评史及各种少数民族文学史等，在各项翻来覆去的“运动”中遗失了许多。我那时已经读了不少作家作品，它们开始自动地互相联系，《呐喊》要与《彷徨》联系问鲁迅小说和思想的变化，创造社要和文学研究会和左翼作家联盟联系问社团的不同和创作方法的不同是在哪里缠绕的。这便是我学习文学史的第一步，将文学现象联系起来思考。这让我知道，个人写的文学史要比集体写的好得多，集体编的都属抄来抄去，学生或工农兵编的背后都站着遭批判的束手束脚的教师。到“文革”结束1978年考研，我开始了自己思考文学史的年代，而它的一个小结，便是几个同学合写的《中国现代文学三十年》。这本文学史创造了印数众多、使用年代特长的记录，但实际上只是个过渡性的文学史。它总结了“文革”前的文学史写作的经验，它也继承了那一段文学史写作留下的问题，各方面显出一定的陈旧但还是能使用。山中无老虎，遂使《中国现代文学三十年》流行于一时。而到了近十年，立足于独立接触资料而汇成“多元共生的大文学史”观念和构架的个人文学史呼之欲出，我本人也在准备了十年后在2010年出版了《插图本中国现代文学发展史》。现在它在海峡两岸都二印了繁简体字本，出了韩译本、俄译本，英译的版权也已经买走，我觉得我已经够幸运了。至于这几年与人再度合编的《中国现代文学编年史》，是从文学广告切入的，更说明了文学史编写的多样性是一件实实在在的事情。

感慨之二，是这种学术写作会是我的尾声，还是我的新的起点呢？回溯我的文字生涯，比起习得文学史可能要稍长些。从小学高年级起，我有了自动记载生活经历的爱好。1950年春节我和全家在沈阳度过，我记下了北方过年的不同情景，之后演变为写日记。除了“文革”时期被迫中止外，这个记日记的习惯保持到现在。读中师时开始练习写“生活手记”（本书中我摘选了若干段），可以见到我作为“文学青年”的面影。思想上我是个较乖的学生，活泼而不越轨。到当上中学教师后，我一边教初高中语文，一边写教育随笔。1961年在地方报纸发表了第一篇公开的文字，是谈如何精读语文的。这样发展到为省市报刊写作，包括有一次在省里集中训练，写了“大批判”的文章。这一段教育散文写作，锻炼了我的文笔，但没有形成我独立的思想。我的教育思想来源于苏联，是欧洲教育思想和红色教育经验的混合物。后来用传统来批所谓的“修正主义”，武器太老，怎么批判得动，只能声嘶力竭。真正思考问题是在“林彪事件”之后，真正进入学术性写作是在读研之后。因为研究左翼文学和京派文学的关系，渐渐走上个人思考性写作之路。海派研究给予我写作以新生命，拉开了我将学术和生活道路紧密结合的帷幕。三种文学史的先后写作，训练了我比较阔大的视野，寻找到了个人独立的文学史叙述方式和文字的表达方式。最近我因为出书的关系，同时写了三篇文章（均收入本书），在统一修改时，我发现“藏书票”一文写得最差，“听讲演”其次，还是与张爱玲旧上海比较的我的“童年上海”，写得好些。为什么呢？就因为“藏书票”的知识都是读书看来的，个人没有收集藏书票的体验；“听讲演”已经渗入听者的思绪了；而“童年上海”毕竟每一寸记忆都是回肠百结的呀。所以梁启超说的笔端带着感情的文字，是论述文里最特殊的一种，我用它来写我的微型文学史，有可能会有人读的。

本书所收均为2013年至今的文字，分四辑。首辑援成例，编入《汉语言文学研究》“石斋语痕”专栏里的文章，基本按发表时序排列，但汪曾祺、张爱玲数篇破例归了类，读起来易于照应。其次为文学史专辑，因前几年《中国现代文学三十年》再次重订，通俗小说几乎由我重写，改名“市民通俗小说”，是该新订版中变动最大的部分，故收入。插图本文学史原有给台湾大学生另写简版的打算，图书合同都订了，但后来因眼疾发作不得不放弃。这篇重写的晚清文学环境的段落就留在这里做个纪念。第三辑全部是序跋。我中年的时候曾经婉拒过别人写序的请求，但是后来被自己的学生突破。他们出的第一本书往往是我指导过的学位论文，我已无法拒绝写序了。这也算此一时，彼一时吧。最后一辑纯是回忆，有忆人忆事多篇，而忆同辈中人最是使人伤感。

把如此的文字第二次集结起来，我要感谢河南大学文学院各位对我的厚爱，感谢刊物和出版社对我多年来的信心。我特别要谢谢我二十年来所带的学生，是他们在我身旁不断的启发、推动和敦促，使得我不敢有丝毫的怠惰。鲁迅说他的文字都是编辑催出来的，是把别人喝咖啡的时间省出来写的，我希望永远有这样的催促者存在，但愿2018年的阳光穿过阴霾也能永远照耀着我。

2018年2月28日于北京冬日小阳春

·勾勒文化地图

汪曾祺《异秉》细读

这里的所谓“细读”，作为文学概念大约是指20世纪80年代由西方广泛传入中国的一种“新批评”研究方法，以语义分析和文本分析为其特点。小规模的传入似更早些，因“新批评派”的几个核心人物，如瑞恰兹曾于20世纪30年代初即在中国清华、北大讲学，燕卜荪两次在抗战及战后的西南联大、燕京大学教《荒原》（作者艾略特也是新批评派）等英国诗歌，他们的课堂上是不可能没有新批评的身影的。不过到了1949年之后，新批评就成了我这类“文学青年”的盲区了，而随着“细读”“语境”“张力”“反讽”这批专业词汇进入视野，也只能是韦勒克、沃伦这些后期新批评派学者的文学理论在大陆开始流行的时候。新批评倡导仅对文学内部做语义学考察，无视文学外部，对此，后来连他们同圈子的人都有了歧义，更不要说碰上中国重视研究作家思想和生成背景的传统了。于是，就发展成如今大学里的细读课：一方面结合中国历来语文教育便不陌生的“串讲”和“点评”，加强了字词句与上下文关系的“语感”“语意”理解，在篇章结构技法与全文、全人的关联中加强对“语境”“题旨”的阐释；一方面也不排斥适当插进作家生平和创作环境的介绍。中国式的细读，削减了过去与文学外部关系过密、受审美之外的政治和历史干扰过大的缺陷，把文学原本就有的文学性突出了。“细读”，处于一般浏览和研究性阅读之间，破解词句，关注第一印象。它提示作品的精彩点和可质疑点，由表及里，为进一步深入思考打下基础。它能显示阅读作品的本来状况，让学生实际得益。用如此的方法观念，我这些年在开封、青岛、上海各地的大学都试上过“细读课”，效果比预期要好。

至于选择汪曾祺的《异秉》为例，是因其短小、精美，属于他重要的市民人物故事系列，而生动的文学语言含量丰富，使该小说耐得住咀嚼。《异秉》有两个文本存世。这里采用的版本，1948年发表于京派集聚的《文学杂志》（朱光潜主编）2卷10期。那一年汪曾祺28岁，清淡平和的文字风格及构思习惯，散文化诗意般的叙事，都显得早熟。后来的《异秉》是作者1981年在手中并无初刊杂志的情况下，仅凭回忆重写的。相比之下，毕竟是离旧时代的故乡高邮久了，元气一时还不及恢复：主人公熏烧摊摊主就写得不那么专注；描写人物与市镇关系的佳句也少了；结构趋平，不像早先那么迂回，那么立体。因此我的细读便取了旧文本。不是说越旧越好，比如更后些时日写的《受戒》和《大淖记事》，也属汪曾祺式的故乡回忆型故事，就超过了任何一种《异秉》，成了代表作。

全文受篇幅限制，七千字仍嫌长，所以只好节录。现共计选 11 节。每节之前的交代语均用软括号“()”表示，每节之后的细读文字则加硬括号“[]”。节录不免遗憾，但细读的实际状况已足够表达了。

(《异秉》)一天已经过去了。不管用甚么语气把这句话说出来，反正这一天从此不会再有。然而新的一页尚未盖上来，就像火车到了站，在那儿喷气呢，现在是晚上。晚上，那架老挂钟敲过了八下，到它敲十下则一定还有老大半天。对于许多人，至少这在地的几个人说起来，这是好的时候，可以说是最好的时候，如果把这也算在一天里头。更合适的是让这一段时候独立自足，离第二天还远，也不挂在第一天后头。

[全文从一个“时间”概念起始。在这个时候里，药店里的店员、学徒、先生，外加一个王二，总之是晚上不需立即回家或住宿在店里的人，便每日聚在一起聊一会儿天。店名在后写的《异秉》里披露，叫保全堂，正是汪家赖以为生的药铺真名，无怪乎写得如此熟透。“甚么”，同“什么”，旧时是通用的。这个“时间”可有讲究，首先是“自然时间”，从老挂钟传出的钟声可听出现已是晚上八点了，然后到十点再敲。这钟声在钱锺书的《围城》里也出现过，到本小说结尾处还会再现，这里按下不表。另一个较隐蔽的是“人文时间”，就不凡了。它简直就不是时间：既不在第一天的末，也不在第二天的头。因为这些下层市民的时间统统被养家求温饱的劳作占去，属于自己的“最好的时候”，“独立自足”的时候，就这么一点点。请注意，整个故事就发生在这么个性质的时间里。全文的文字流利干净，单说这一段你不妨读读，很拗，好像绕着脖子在说话(换成不拗的话行不行，不妨存疑)。我们设想这是作者故意为之，目的是要反复强调，让你明白这带了寓意色彩的“时间”对表达全篇的题旨有多重要，绝不是可有可无的。叙事的小说有个如此富于哲理的议论性开头，显得很不一般。作者写《异秉》正处他的上海时期，是他受西方现代派影响最大的时候。这里明显有外国文学和西方哲学的影响，包括用环境描写来开头，也本不是中国写法。这类写法到了京派手里就发扬光大了。读过沈从文《丈夫》的，该会记得开篇写湘西乡下女子为何进城做船妓的历

史，竟达两千字。汪曾祺这种写法也非仅此一篇，《戴车匠》里光是写车匠铺所在的草巷口和铺子里的陈设，就满满当当足有三千五百字，好个气派！可是你读来不觉得厌烦，因为所写地方民俗皆细致入微，娓娓道来，而市镇的小摊贩、下等妓女、车匠等都生活其中。环境养成人物（也有作者认为人物主要由遗传、天性构成，那不是汪曾祺），写环境即写人，两者是分割不开的。]

（继续写环境，是晚八时药铺打烊的景象）账簿都已一本一本挂在账桌旁边“钜万”斗子后头一溜钉子上，按照多少年来的老次序。算盘收在柜台抽屉里，手那么抓起来一振，梁上的珠子，梁下的珠子，都归到两边去，算盘珠上没有一个数字，每一个珠子只是一个珠子。该盖上的盖上，该关好的关好。（鸟都栖定了，雁落在沙洲上。）

[“钜万”斗子，我虽进过旧账房知道账簿要上墙，但从未留意这个寓含日进斗金的斗子是否贴了“钜万”二字。钜，大也。与“万”字相连就更大。算盘振珠子要把算盘立起来一拧，代表“5”的两颗珠子和代表“1”的五颗珠子就回到未打前的位置，归了零，成了一个个待歇息的珠子。用括号插进的这句子是飞来之笔，该是高邮湖常见的风景，现在顺手拈来，举轻若重。鸟歇了，雁歇了，暗示市民的休憩开始了。这一段罗列细节，跳跃如镜头“划过”，最终却收宁静之美。括号的用法很有创意，后面还有。]

（店堂里第一轮聊天情形，仍属环境描写）每天必到的两个客人早已来了，他们把他们的一切都带了来，他们的声音笑貌，委屈嘲讪，他们的胃气疼和老刀牌香烟都带来了，像小孩子玩“做人家”，各携瓜皮菜叶来入了股。一来，马上就合为一体，一齐度过这个“晚上”，像上了一条船。他们已经聊了半天，换了几次题目。他们唏嘘感叹，啧啧慕响，讥刺的鼻音里有酸味，鄙夷时撇撇嘴，混合一种猥亵的刺激，舒放的快感，他们哗然大笑。这个小店堂里洋溢感情，如风如水，如店中货物气味。

而大家心里空了一块。真正虚应以待，等着，等王二来，这才齐全。王二一来，这个晚上，这个八点到十点就甚么都不缺了。

[两个客人是指教蒙馆的陆先生和在外地当过师爷的卢先生。被人称“先生”是因市民社会历来尊重知识分子。他俩肯定不得志，这里隐约有所透露（用“委屈嘲讪”四字表示），但和下层市民已“合为一体”。这篇小说的

叙事有个特点，人物已然出场好久而姓名、经历却放在后面一层层补充。“做人家”北方叫“过家家”，两位“先生”如此进入这个市民体，何等亲切。聊天的题目已经换了几次了，但这里要给后面的具体题目让位，于是虚写，只说内容有感叹、艳羡、讽刺、鄙夷各种，甚至不回避话题中的低俗猥亵成分。五味杂陈，包括药店的中药材气味，才是真实的市民世界。留下的悬念是：大家等待的王二是谁？怎么王二来了这个八点到十点才完整呢？到此为止，主人公还未出场。三段环境描写结束，已经为王二做了充分铺垫，在呼唤自己的英雄人物。不过和以往古典说部不同，英雄已经换成平民了。]

（王二正式出场前，先回溯他的熏烧摊子）王二在这个店前廊下摆一个摊子，一个甚么摊子，这就难一句话说了。实在，那已经不能叫摊子，应当算得一个小店。摊子是习惯说法。王二他有那么一套架子，板子；每天支上架子，搁上板子；板子上一排平放着的七八个玻璃盒子，一排直立着的玻璃盒子，也七八个；再有许多大大小小搪瓷盆子，钵子。玻璃盒子里是瓜子，花生米，葵花籽儿，盐豌豆，……洋烛，火柴，茶叶，八卦丹，万金油，各牌香烟，……盆子钵子里是卤肚，熏鱼，香肠，炸虾，牛腱，猪头肉，口条，咸鸭蛋，酱豆瓣，盐水百叶结，回肠豆腐干。……一交冬，一个朱红腊笺底下洒金字小长方镜框子挂出来了，“正月初一日起新增美味羊羔五香兔腿”。先生，你说这该叫个甚么名堂？

[相当正式又非常内行地来描摹王二摊子的情状，为的是说明他已经发达到何种程度。从架子到板子到玻璃盒子到搪瓷盆子钵子，按顺序一一写来，仿佛能看到王二每日里重复的、艰辛的劳动。文字修辞接近“顶格”，一句句顶着写，中间也变化，平放的是七八个玻璃盒子，立着的是玻璃盒子七八个等等。摊子的东西，除北方统称的熟肉，还有零嘴，此外还有日用杂货。说这比店小、比摊大，确实不假。这是王二要搬的由头，也是促成全篇情节发展的推力。写货物名称使用的逗号即顿号，过去没有顿号。结构助词“的”“地”不分，代词“那”“哪”不分，都予以保留（保留原貌可见历史）。省略号是原文如此。八卦丹和万金油是当时的保健品，也是灵丹妙药，什么头疼脑热都好使，所以家家必备。炸，zha，油氽。口条，即舌头。百叶结，南方食品，用干豆腐皮即百叶来包肉，呈条形，最后打个结。镜框广告的两句，一口气中间无标点，透着王二走顺风船的感觉。敢情是请聊天朋友里的哪位“先生”题的。问“先生”这叫什么名堂？这叫王二的小生意有了点小成就了。

此“先生”非彼“先生”，这是说书人呼叫“客官”的那个“先生”，第三人称即时转为第二人称。汪曾祺文学修养的来源原是多样的，民间元素和古典、外国元素三足鼎立。]

（王二如何卖熏烧）晚饭前后是王二生意最盛时候。冬天，喝酒的人多，王二就更忙了。王二忙得喜欢。随便抄一抄，一张纸包了（试数一数看，两包相差不作兴在五粒以上）；抓起刀来（新刀，才用趁手），刷刷刷切了一堆（薄可透亮）；铛的一声拍碎了两根骨头；花椒盐，辣椒酱，来点儿葱花。好，葱花！王二的两只手简直像做着一种熟练的游戏，流转轻利，可又笔笔送到，不苟且，不油滑，像一个名角。五寸盘子七寸盘子，寿字碗，青花碗，没带东西的用荷叶一包，路远的扎一根麻线。王二的钱龙里一阵阵响，像下雹子。

[这段写王二出神入化切熟肉的妙文，直可与“庖丁解牛”媲美。口语经文人加工，婉转流利，有声有色，可到如此境界，正是现代汉语发展的路径之一。括号在这里是延伸性、解释性用法，异常巧妙。如果作者不是自小熟稔家乡人们的生活方式，对普通的却又是高超的劳动技艺由衷赞美、仔细观察的话，是不可能产生如此的文字的。这段话尤其适于诵读，读多了，不仅像王二一般可沉浸在自己技能的艺术氛围中（他并不自觉，需文人发现），并能领悟作者写这些市民的真意。对照阅读 1956 年 10 月 29 日沈从文致张兆和的信怎样写上海三轮车夫，足以加深认识这一类作家。]

（当晚王二提前收摊，如十几年来天天做的把家什搬到药铺后头过道上去。然后进屋）最后至那块镜框子摘下来，王二从过道里带出一捆白天买好的葱。王二把他的葱放在两脚之间而坐下了。坐在那张空着的椅子上。

“二老板！生意好？”

“托福托福，甚么话，‘二老板！’不要开玩笑好不好！”

王二这一坐下，大家重新换了一遍烟茶：王二一坐下，表示全城再没有甚么活动了。灯火照在人家槅纸上，河边园上乌青菜叶子已抹了薄霜。阻风的船到了港，旅馆子茶房送完了洗脚汤。知道所有人都已得到舒休，这教自己的轻松就更完全。

[“槅纸”便是窗户纸，可见中国大部分地区的物质水平。“二老板”的“二”字，是从王二的排行来的，到小说结束我们才知道他本名叫王义成。

“二老板”是全篇的一个“眼”。从摊主变成一个店主，又是这么小的一个店，今人可能完全看不起，但在王二那时的市民圈子里也算得是抛进池塘的一块小石。王二不求虚荣，说是莫开玩笑，内心里的躁动却一刻未曾停止。灯火、乌青菜、船只、茶房，四者标志了本城更晚的一批景象，王二也是最迟的休息者。用自己的劳作换来别人的“舒休”，再换成自己的“轻松”，王二虽说不出如此复杂的转换关系，也略有所悟。这即是这些市民的生活意义。]

(今晚“是王二的摊子最后一天”，搬家前则充满对此的留恋)能不搬，王二决不搬。王二在这个檐下吹过十几个冬天的西北风，他没有想到要舒服舒服。这么一丈来长，四尺宽的地方他爱得很。十几年来他在一定时候，依一定步骤在这里支开架子，搁上板子，那里地上一个坑，该垫一个砖片，那里一根椽子特别粗，他熟得很。春天燕子在对面电话线上唧唧呱呱，夏天瓦沟里长瓦松，蜘蛛结网，壁虎吃苍蝇，他记得清清楚楚。晚上听里边说话已成了个习惯。要他离开这里简直是从画儿上剪下一朵花来。而且就这个十几年里头，他娶了老婆生了扣子，扣子还有个妹妹。他这些盒子盆子一年一年多起来，满起来。可是就因为多起来满起来，他要搬家了。这么点地方实在挤得很。这些东西每天搬进搬出，在人家那儿堆了一大堆也过意不去。风沙大，雨大，下雪的时候，化雪的时候，就别提多不方便了。还有，他不愿意他的扣子像他一样在这个檐下坐一辈子。扣子也不小了。

你不难明白王二听到“二老板”时心里一些综错感情。

[所谓“破家值万贯”，此段所写人们对旧物的留恋，尤其是对长期生活过的穷家陋巷的不舍，几乎包含了人类普遍的感情。王二对摊子从地形、季节、亲情各方面的依恋，让人动情。而必须搬家的理由，狭仄还是次要的，替儿子着想的那份父爱才叫人感动。小人物也有理想、憧憬。“二老板”触动了王二的哪根神经，写的是十分细微的。]

(王二到现在为止，并未参与聊天。但今晚与平时不同，他是有事来“谈谈”的)王二呢？他是说来谈谈的。“谈谈”的意思是商量一点事情，甚么事情王二都肯听听别人意见。今天更有须要向人请教的。他过三天，大小开了一爿店。是店得有个字号。这事前些日子大家早就提到过。

“二老板！黑漆招牌金漆字，如意头子上扎红彩。写魏碑的有崔老夫子，王二太爷石门颂。四个吹鼓手，两根杠子，嗨唷嗨唷，南门抬到北门！从此青云直上，恭喜恭喜！”

王二又是“托福托福，莫开玩笑”。自然心里也有些东西闪闪烁烁翻动。招牌他不想做，但他少不了有些往来账务，收条发单，上头得有个图章。他已经到市场逛了逛，买了两本蓝油夏布面子的新账本，一个青花方瓷印色盒子。他一想到扣子把一方万胜边枣木戳子蘸上印色，呵两口气，盖在一张粉连子上，他的心扑通扑通直跳，他一直想问问他们可给他斟酌定了，不好意思。现在，他正在盘算着怎么出口。

[王二要谈的是请先生给小店起字号的事有无着落，以备刻章。爿pan，在北方如叫一爿店，一爿厂（不会大），那就太斯文了，在南方却是地道地方语。愿意让字号写成匾的人是图热闹，于是说得也热闹。“如意”是图形；魏碑和石门颂都是书体；抬了新的商号匾额满城游行是南北方都兴的一种庆贺民俗。王二是知分寸的人，能够刻一个字号图章，看着儿子盖上去，他就心满意足了。“万胜”也是一种图形花边，“粉连子”是纸张名称。汪曾祺是民俗专家，据说有的刊物编辑不懂风俗，不懂历史，倒将他的民俗细节句子改得一塌糊涂，让他大恼其火。]

（还没等王二发问，陆先生说话了）教蒙馆的陆先生叫了一声，

“王老二！”

“甚么事，陆先生？”

“你的那个字号啊，——”

“唉。”

“我们大家推敲过了。”

“承情承情！”

“乾啦，泰啦，丰啦，隆啦，昌啦……都不大合适，这个，这个，你那个店不大，怕不大称。（王二正想到这个。）你末叫王义成，你儿子叫王坤和，你不是想日后把店传给儿子吗，我们觉得还是从你们两个名字当中各取一个字，就叫王义和好了。你这个生意路子宽，不限甚么都可以做，也不必底下再赘甚么字，就叫‘王义和号’好了。如何，你以为？”

王二一句一句地听进去，他听王少堂说武十回打虎杀嫂也没这么经心，他一辈子没听过这么好听的声音，陆先生点火吃烟，他连忙，

“好极了，好极了。”

陆先生还有话：

“图章呢，已经给你刻好了，在卢先生那儿。”

王二嘴里一声“啊——”，他说不出话来。这他实在没有想到！王二如果还能哭，这时他一定哭。别人呢，这时也都应当唱起来。他们究竟是那么样的人，感情表达在他们的声音里，话说得快些，高些，活泼些。他们忘记了时间，用他们一生之中少有的狂兴往下谈。

[实际上字号已经起好，图章都意外刻妥。王二原怕刻章时间不够的焦急，和陆先生稳稳当当的谈吐恰成对比。“王义和号”平实的店名与王二听后的感动也是一对比。陆先生的口风略带拖腔，交代得耐心，处处为王二着想，几句对话写出一个人物。王二的感动不在嘴上，嘴上只有“好极了，好极了”，但心里深深被打动：陆先生的话是世界上最好听的，比王少堂说书还要好听！王少堂，近代扬州评书的著名代表人物，最擅长说武松，即“武十回”。扬州和高邮都是苏北靠近长江、运河的富庶地区，评书是大众文艺，听王少堂并不困难。让王二感动的这种帮助，是市民社会彼此友爱、好义、诚信的表现。这时候，小说引向了高潮。]

（于是，就谈到王二的身世，以及古往今来的穷达故事）最后自然推求王二如何能有今天了。

王二这回很勇敢，用一种非常严重的声音，声音几乎有点抖，说：

“我呀，我有一个好处：大小解分清。大便时不小便。喏，上毛房时，不是大便小便一齐来。”

他是坐着说的，但听声音是笔直的站着。

[高潮即点题，高潮也平常。因为这个“异秉”有点俗气，不登大雅之堂，但王二在如此庄重的人生场合把它和盘托出，可是认真的，没有亵渎的意思。看作者如何掌握其严肃性：一是主人公用发抖的声音说出；二是叙述者要言不烦的评价（曰：是坐着说的，但听声音是笔直的站着）。而在场所有的人，没人认为是在说笑话，大家肃然，用的也是反衬法。一个下层市民的社会地位尽管是卑微的，不足为训的，却并不缺少做人的尊严。本文的风格原是尽显平和、简洁，现在又增添了几分幽默。]

（到了那个独特时间八时至十时的尾声，王二的女儿、哥哥来喊他回家）那架老钟抖抖索索的一声一声的敲，那个生锈的钢簧一圈一圈振动，仿佛声音也是一个圈一个圈扩散开来，像投石子水，颤颤巍巍。数。铛——铛——

铛——铛……一共十下。

王二起来。

“来了来了。这么冷的天，谁教你来的！”

“妈！”

忽然哄堂大笑。

“少陪少陪。”

王二走了一步，又站着：

“大后儿，在对面聚兴楼，给个脸，一定到，早到，没有甚么菜，喝一杯，意思意思，那天早晨我来邀。”

“少陪你老。少陪，卢先生。少陪，陆先生……”

“扣子！把妹妹手上灯笼接过来！马灯不用点了，我拿着。”

大家目送王二一家出门。

街上这时已断行人，家家店门都已上了。门缝里有的尚有一线光透出来。王二一家稍为参差一点的并排而行。王大在旁，过来是扣子，王二护定他女儿走在另一边。灯笼的光圈幌，幌，幌过去。更锣声音远远的在一段高高的地方敲，狗吠如豹，霜已经很重了。

“聋子放炮仗，我们也散了。”师爷与学究联袂出去，这家店门也阖起来。

学徒的上毛房。

[全文结束前让老挂钟敲了十下，与开头照应。王二的邀请是谦卑的，诚恳的。全段最感人的描写是王二一家相携回家的场面，四人前后的排列和偏护小女儿的做派是令人温馨的。市民一家的夜归，在这个狗吠霜重的深夜更显温热，这样简洁如画。学徒急于实践立刻进入毛房，在重写的《异秉》里扩大为几个人物同时如厕，但在这里也保持了简单含蓄的笔法，小说戛然而止。全文写的是“王二的摊子最后一天”，这“最后”式在汪曾祺的其他作品里还有：《戴车匠》里用桦木车床车二尺长大滑轮和微型螺丝弹弓的最后一个车匠，《鸡鸭名家》里掌握炕鸭绝技的最后一个孵化技师等。所谓“最后”，是中国现代文明发展的缩影，一部分文化消失了，一部分人在坚守中。《异秉》是个小作品，恰当的事情用了恰当的篇幅、方法，文化俯瞰的如炬目光，却隐藏在平淡致远的叙述之中。]

2016 年 1 月 24 日于小石居改毕

关于汪曾祺小学生读本的通信

几年前，即2011年的时候，钱理群又有了一个新的主意，要来编一套适合于小学生课外使用的文学读本，并已经做了起来。当日称为《小学生名家读本丛书》。大约每本集中选一位现代作家的作品，在国内请熟悉小读者兴趣、思想和知识情况的小学教师执编，每书聘请有关专家审定（好像一直也没用"顾问"一词，而"审定"的权限与责任似更大，我们实际并无实行）。交给我的是汪曾祺、老舍，都是我尊重、喜爱已久的大作家。工作集中在年初进行，正值兔年春节前后的热闹时日，用来平静地编书，很顺利，书就由浙江少儿出版社推出了。这期间与编者的电子书信往返多次，我借此了解了现代经典作家在当今社会的接受状态，重温了学校里的阅读风气，越发被百年来现代文学强烈的人文精神和它为现代汉语树立的正确的、美的典范所感动。我着实受了一次教育。

这之间我体会到，为小学生编书虽说是一种文学通俗化的事业，但这个通俗化绝不简单。它很严肃，也不容易，并不是"浅"了即通俗了的意思。浅近要不失经典的底气，精英却要构筑通往儿童的渠道。它要求对作家的理解吃得更透，要站在学术前沿显示出新知，那样，精选、节录才会有所依据；还要符合孩子们的年龄特征和知识水平，不能因是给他们看就降低了对作家的理解，但也要分出让他们眼下理解和将来理解的不同层次；而小学生也不仅要懂得花花草草，是需把环境教育、理想教育、人生教育连成一气才能成的。现在再读当年与编者的通信，自始至终都是围绕通俗化和经典化的话题，不断思考着阅读汪曾祺怎样不丢掉精华，又有利于儿童愉快接受的对策。得出的结论便是：通俗化也是经典化的一部分啊。

此三信于今日发表，因未经原收信人同意故隐去大名，其余则一字未改，以存真相。信中"全集"的称谓，均指北京师范大学出版社1998年版的8卷本《汪曾祺全集》。现在已有了人民文学出版社2014年版的同名全集，当会更全更佳。《异秉》切熟食一段，是表现小说主人公王二的所为，文字纯白，可直可弯，铿锵有声，是汪曾祺式的对下层市民劳动技艺的诗化描写，字字句句散发出作家的内在精神。信中提到的"语丝"，是指编辑者于所选作品之后另附的作家语录，是一合理延伸，适于儿童背诵记忆。另外可以提及的是这套丛书的编辑者和审定者的关系，他们仅是分工不同。信中已是一派商量口气，而从印出的书来看所提意见听或不听，更非强加，只要不属于大关节，均是姑妄言之姑妄听之很散淡的。最终的书籍质量仍然不错，算得是编辑民主的一例。以下是信的原文。

×××：

这是我兔年第一信。正值初一下午，满窗的阳光，北京是个无雪的冬天。我历来放长假的时候都是过“劳动节”（曾经在假期去加入“旅游大军”上过当，自然不会再上第二次了。因为我完全可以在各位上班的时候出门的），便决定给你写这封信。

你的汪曾祺选目我已经仔细读过了，你是下了功夫的。但是你选得比较窄，我觉得应该扩大。这在信上说不清，所以，除了我较熟悉的篇目，这几天我又循了你的提示页码将汪的全集翻读一遍，在保留你绝大部分选目的基础上就直接加选了。当然到最后定稿前我们还要认真推敲，务必让第一步选目工作做得更好。你不必完全听我的，可以提出不同意见。

目前的主要问题是处理好经典作品和儿童接受的关系。要小学生看懂汪曾祺，包括为将来更多地了解汪曾祺做准备（入门），这个目标与精选出汪曾祺的基本作品让孩子读并不矛盾。汪曾祺是个讲究文学语言的作家，特色是于平淡中见深意，现代白话纯净、洗练。如果以汪曾祺的文字，我们都不能从他的代表性作品中选出适合少年读的东西，那我们就低能了。或许我们的分工便是这样，你了解小学生的程度（不过也要注意照顾优秀生），我比较了解“经典”，这样来互相补充、调适吧。

我认为拿汪曾祺叙事、记景、状物的篇目给小学生读，俗白易懂固然重要，他的民俗描写、风俗画内含的人文精神以及平民立场表现得最好的经典作品等，也要尽量考虑。在现代文学史上他是京派作家，写高邮、昆明外，他也写北京。目前是小说所选太少，北京偏少，散文所选偏重于风景、草木、食品这几类（都是正确的，尤其是“食品”成为一编是很符合汪曾祺的）窄了一点。我觉得可增加“人物记”“人生百态”“戏剧”“文学语言”这样四编，才能把他的经典性表现得丰满些（每一编的题目同意你的办法，尽量采用汪曾祺的原文。要由你进一步琢磨）。我把你原来的“童年与虫子”分解了：“童年”合并到“家乡”中去，“虫子”合并到“草木”中去成“草木虫鱼”。这样原五编成为四编，加上我提议新增的四编，初步成八编。原五编的篇数自然只得割爱，减少一些(怕是减得不够)。我把初步调整后的目录抄写如下，新增篇目用红色标出：

第一编，我的家乡在高邮(6 篇)

我的家乡——有个地方叫大淖——校歌——师恩母爱——多年父子成兄弟——我的母亲

第二编，故乡外的地方(6 篇)

昆明的雨——戈壁滩和火焰山——野鸭子是候鸟吗？——国子监(此篇补选是考虑要有一篇北京，而且应该不选景物，选文物类。见全集 3，P85－87)——岳阳楼记(此篇所包含的文化精神重要，还可节选。见全集 3，P274－276)——泰山很大(用此篇来煞尾，景物与人文结合得好些。见全集 5，P192－195)

第三编，草木鱼虫鸟兽(汪曾祺有此篇目)(8 篇)

故乡的鸟呵——冬天的树——昆虫备忘录——夏天——下大雨——葡萄月令——涂白、粉蝶——晚饭花

第四编，五味(7 篇)

故乡的野菜——昆明的梨——端午的鸭蛋——干丝——萝卜——豆汁儿(也是特意增加一篇北京的吃食。全集 6，P462－463)——五味

第五编，人物记(前 3 篇为虚构人物，后 3 篇为纪实人物)(6 篇)

鸡鸭名家余老五(全集 1，P81－85 可选平时大嗓门和炕小鸡两段，待节选)——塞下人物记(全集 1，P295－298 选俩老头)——故人往事戴车匠(全集 2，P160－164)——金岳霖先生——老舍先生(全集 3，P343－345)——沈从文先生在西南联大(全集 3，P467－470)

第六编，人生百态(6 篇)

异秉王二切熟食(全集 1，P198－199)——职业吆喝的孩子(全集 2，P31－34)——卖蚯蚓的人(全集 2，P60－66 再压缩)——对口——跑警报(全集 3，P394－401 待节选)——泡茶馆(全集 3，P367－375 待节选)

第七编，戏剧(影响很大，也是汪曾祺主要职业)

沙家浜名段——谭富英、萧长华名角回忆(全集 4 和全集 6 都有，待选两篇)——关于戏剧的写作(在全集里选一篇)

第八编，文学语言(理论极高，仅选文学语言部分学生能理解者)

写字——揉面(全集3,P183－186,189－190两段)——语言(全集3,P204－205)——口味(全集4,P54－55)——有意思的错字(全集4,P52－53)

以上供你参考。题目你要修改,包括每编的题目和每篇的题目。字数你要查清楚,如果大超需要删减,先勿删“编”,可在八编之内每编删“篇”。删“篇”时不要删小说,因我虽然已经替你加了《鸡鸭名家》《异秉》《故人往事 戴车匠》等名篇,但总量仍很少,而汪曾祺是著名的小说家呀(《受戒》等经典小说已经没有入选,我不知道“初恋”的内容应如何把握)。如果必须删“编”,第一删“人生百态”,但除《异秉》要转入其他编外,《跑警报》和《泡茶馆》两篇散文是他散文的经典名篇,也要转入其他编去。第二删“戏剧”,但表现汪曾祺就缺了一块。最好还是保持八编规制,普遍删篇目,以求总字数不超过体例要求。关于附录的三篇你先问一下出版社,看符合体例否。如符合体例,可选,再来考虑总字数是否容许,及有没有更好的评论被遗漏等。你根据我的这次提议,请先将选目调整后写出第二稿,然后把每篇如何节选正式确定,报给我(最好每一篇已经成电子文本)。再下一步你要稍微注意一下版本问题,并开始写导读。版本对于汪曾祺问题不大,但考虑到全集是在作者逝世后出版的,当然应该与他生前的初版本和主要版本对校。再因导读是给学生看的,我就外行了,不负责审读,可由出版社或主编二审。我只是在选目这一环节多用些力,让读本的基础框架更结实些,其他步骤我就放手了,你看可以吗?祝

新春快乐

吴福辉

2011年2月3日晚写,4日晨改订

×××:

春节好!你那里是否一夜响彻“破五”的鞭炮声呀?

读到你的来信很高兴,可见你不拖延事情。你有不同看法愿意提出我更高兴,欢迎讨论。我们讨论到最后,有的统一了,有的你保留意见服从了我的,或我保留意见服从了你的,那才是一种理想的境地,也才是正常的。我们试着来做做。

关于将儿童可接受性(量力性)与文学经典性结合的总原则,我们大概

都会同意。但具体处理起来就可能有所不同。我回答你的三个问题：第一，你指出小说中汪曾祺的四个名篇是否可以如《狂人日记》那样不选，我完全同意。我前几日将《受戒》重读了两遍，选不出，我便放弃了。我注意到你节选的《大淖纪事》，根本不是该篇的精华，但我也觉得其他部分不太适于一般儿童，我同意你的选法（让孩子先知道汪曾祺有这样一篇，将来去读全文）。所以我选了《异秉》里的王二切熟肉一段，这段也不是该小说最精华之处，但将切熟肉写得出神入化，且简短完整。关于切熟肉，一般人会觉得俗气，我不知道现在的儿童教育专家如何看，我认为要让学生多接触花草树（尤其是小学低年级生），但也要接触点切熟肉。汪曾祺小说中能选出如何在木车床上干活，如何赶鸭子的段落，就不选那么多了，切熟肉加上《异秉》是名篇，这段文字又绝对上乘，所以我才选。这里的思路有二：一是先考虑汪曾祺作品中哪些是学生能读的，从中选择更经典的；一是先考虑汪曾祺有哪些名篇，然后从中选出适合于学生读的。这两个过程有些差别，各有长处，最后应该合流。第二，散文《跑警报》《泡茶馆》其他选本都选了，我们是否也跟着选。首先看我们这个选本的个性出来没有，如果没有出来，还要选别人都选的，自然不可取；如果像现在已经出来了，就不必顾虑。其次看我们这个选本与该两篇的关系，我是认为汪曾祺表现“人生百态”很有味，觉得这两篇有特点才提出的。如果“人生百态”单元不要了，当然可以不选。顺便谈点小学生的接受问题，我觉得应包括他们自然能理解的、经引导后能理解的、极少数优秀生想理解的这样三个层次（我在小学毕业前读完除《三国演义》以外的中国古典名著，我并不是特别优秀，在上海的小学班级里只属于第五名到第十名的学生。当然我知道现在学生没有时间读文学作品的原因很复杂）。战争是小学生难于理解的，但我们不能等到犹太少女禁闭在地下室写日记了才让孩子知道战争和民族歧视吧。这个选本里有点战争对于优秀生是必要的。以上三种情况在选文中的比例，可以掌握在 7∶2.5∶0.5 这么个样子。当然，如果实在节选不出适于孩子读的，这两篇可以放弃，或者留一篇《跑警报》节选。第三，《沙家浜》的文字部分是再创作，属于汪曾祺。我在“文革”前就看过《芦荡火种》，我从来就知道两者的关系。只要厘清了关系（不厘清不应由汪曾祺一人负责，是政治造成）标明改编来源，当然没有问题。这是我的看法。如果你和大家认为不惹麻烦好，可以不选。如果“戏剧”单元不要，请考虑把汪曾祺写京剧名家的文字，选一两篇放在“人物”单元里，这样使孩子知道汪曾祺与国剧京戏的扯不断的关联，好吗？

不知不觉写了那么多，以上回答供你考虑。我3月份要到河南开会与招研究生，我们随时联络。愿你下一步编辑工作顺利！

吴福辉

辛卯初五

×××：

近好。发来的信、再选的目录及原文都看到了，只是因最近事情多，公事私事都压在一起，实在没能抽出时间立即回答。昨天我在北京有一讲演，今天家人住医院去了，过几天我要到河南大学开会讲课，所以现在抓住这个空隙给你答复。

你现在形成的目录，有的接受了我的建议，有的没有同意我的意见，我看这是好的。现在所选的篇目，以及分编的情况，基本格局已妥帖了。再添点什么，或者再减些什么，当然都还有余地，但搅动不起大局，可以放心。而钱理群交给我的任务，主要是总体上把握全书，有的要管一下版本（主要是老舍，对老舍全集也要防止有重大改动而我们却懵懂着。汪曾祺这个问题不大，解放前的文字少），对于你这一本可说大体完成。

对于各编的具体看法如下：第一编删“母亲”，加“校外风景”和“故乡灯节”均合适。第二编加“沽源”“林肯”也可。第三编十篇多了些，你加的三篇我读了一下，不错，但写“花”的太多，应下狠心去掉一篇可由你定。第四编“四季”自然可以，所选篇目只要严格入四季的题目就成。“四季”与下一编的“五味”成一对，也颇有趣。你在这里可以衡量衡量，全书所选，写自然风景和人文景观的比例如何。究竟多大比例合适，并无绝对的标准，只要匀称，而且考虑汪曾祺的特色就行了。他是写自然景物都含人情风俗意义的。第五、六、七编都无大的毛病。只是“那些人那些事”这个题目是个时髦而用滥的题目，你却还愿意用；“人生百态”是个非常符合汪曾祺的题目（当然“百态”一词也是人人都用，但它不是流行时髦词汇，与“明朝那些事”“民国那些人”不同），你却还没有决定，倒是我始料不及。至于“戏剧”和“语言”两编你不用，并不是不可以；“戏剧”实在不愿编就算了，但“语言”实在仍应该编，你那个理由是站不住脚的。如果对已有的七编我们充满信心，认为具备了汪曾祺的特色，那么“语言”别人编，我们也编，并不会影响整体。如“语言”编得好，更体现汪曾祺真是汪曾祺；不编反可被人认为不懂汪曾祺也。你想一想是不是这么个理儿？汪曾祺说了那么多“语言文字文章”的话，编出小学生能懂的并不难。当然你不编我也不坚决反对，如上一段说的，全书编得已经在合格线以上了，就可以通过了。

至于对所选各篇的删节妥当与否，我不能一一评论，而采取了抽样法。《多年父子成兄弟》我看节选得挺好：儿子“文革”一段因已不是讲父亲童心，自然可不要；父亲帮助写情书和点烟如去掉对这一节的完整性也不妨碍，可以去掉。《詹大胖子》一文删得很棒。《捉虫小记》秋虫谱苏东坡济颠和尚那一句，可以商榷。你删的理由可能是认为学生读会有难点，但这样一小句删去了，我们随意补缀起来不加注释是不太尊重作者的，而不删学生读懂多少算多少，不可以吗？很多人小学期间读了《红楼梦》还不是能懂多少是多少。《跑警报》《泡茶馆》两文你肯定已经试着删过，但觉得不好删，必定是你认为有碍的内容一旦去掉就只余剩汤残羹了。从我刚才抽查过的例子看，你的节选能力是不坏的。所以关键不是有无眼光来看一篇文章好在哪里的问题，而是对学生接受能力和接受内容的估量问题。如果我们跳过跑警报时的男女问题、送女生伞问题、捡金子问题、哲学教师情书问题，只选全集第三卷 P394 三个自然段，再选 P396 倒 8 行至 P398 的 10 行“入土为安”，再选 P400 倒 6 行至结尾，是否也能凑合？不过对那两首绝妙的诗，还要抱学生能懂多少是多少的态度。否则不好选。《泡茶馆》你也可用此原则来选，如实在不好选就算了。

“语丝”我觉得可以考虑。因这是可以部分缓解节选中的遗憾的。我甚至考虑比如“戏剧”“语言”这两编的问题就可以用“语丝”方式来解决，选几句学生能懂的，又可不必为连缀而犯愁。当然其他的内容，“语丝”都可顾及。

这信已经写得太长了。总之你的目录基本通过，以上意见只供你思考。你这一本我还应做的工作是，对汪曾祺解放前的文字，在你完全确定篇目后（甚至是在主编已经通过后）我利用初版本来试校一下，看汪曾祺全集的可靠性如何。其他你就相机去做就是了。即颂

编安

吴福辉

2 月 28 日下午

（本文于 2015 年 1 月 14 日辑录并写前记）

作家排名和文学史叙述

作家排名是一件很刺激人的事情。弄得不好，就有点像让历来受尊敬的故去作家们复活，纷纷上台打擂以决胜负一样。但是大家知道，相互为邻的作家之间本无所谓谁大谁小、谁在前谁在后的次序的。就像学期考试得89分还是90分究竟差别有多大，能分出孰优或孰更优来吗？所以说，简单地就用作家排名来代替文学史的叙述，那必定会导致“史识”的扁平化、庸俗化。不过今日习用的现代文学史排出的“鲁郭茅巴老曹”的名次，却是由来已久。大约20世纪30年代开始给“五四”作家出版“评传”和“资料”的当儿，就初步有了遴选大作家的意识了。只是认识还不整齐，除鲁迅、郭沫若、茅盾之外，同时还有冰心、郁达夫、张资平，等等。鲁迅在世的时候，左翼已经选定他为盟主和旗手，即便在“左翼作家联盟”的内部有人并不真正尊重“老头子”，以至后来有了很深的“缝隙”，那是另一回事。鲁迅的地位一直无人能够代替。记得2000年到2001年国内各报投“百年百家”票评选世纪作家的时候，第二位顷刻之间便发生分歧，而占第一位的一直都是鲁迅和《阿Q正传》。追溯起来，从1937年10月鲁迅逝世一周年全国进步文学界在武汉隆重纪念开始，到了抗战中的重庆，每年的纪念是再无一人能超过他的。郭沫若自日本潜回后，旗手便有意地向下传递了，到1941年给郭沫若五十岁做寿和庆祝他创作生活二十五年，是之后一系列作家纪念活动的开端。1944年纪念老舍创作二十周年，1945年祝贺茅盾五十寿和从事文艺工作二十五周年等，都开会发消息，《新华日报》当日发社论。萧乾对此颇有些看法，在上海的报纸写批评文章，后来还成为他的“错误”之一。直到使用“民主性精华”的标准来选择非左翼的作家，也就有了“进步作家”“民主作家”的概念，其时，现代文学六大家的格局就逐渐定型了。如今的文学史家都想突破此排名规则，有的在章节题目上完全废止了排名，有的用加法扩大排名，比如《现代文学三十年》修订本，就在六人基础上增加沈从文、艾青、赵树理三人，占章节的大作家于是成了九人。前十几年有北京某青年才俊，提出质疑要打破这个作家座位，让谁下来，让谁上去，一时掀起轩然大波。不过他并不是绝对取消排名，只是要重新排名而已。他有他发表个人看法并重写文学史的自由。

可见排名有时是不可免的。文学各类的工具书，包括大事记、辞典等，能够收进众多作家，但仍有边界。尤其是作家辞典，收谁不收谁，不管你把范围扩得有多大，最后总有刚够资格收进的作家会遭到质问，或是最先一个不得入史的作家感觉不平，因他往往不比边界那边的作家差到哪里去。据说中国大百科全书的“中国文学”（共二卷）出版后，一位未被收入的现代作家就带着一生的著作，登门责问编辑委员会的某位主持者，凭什么自己就被排斥在外呢？当日的情景一定十分尴尬，这个问题肯定要比博士论文答辩还要难于回复。

文学史虽不至于非得将作家排名推到最前沿，但对此总不免包含着显、隐两种表现形式。如是被列为一整章和一整节来叙述的，作者名字见诸标题，自然是显者。而深深埋藏在文学史叙述之中的，自然是另一类。名字神龙见首不见尾的那一种，终归有点名落孙山的味道。后辈们将来可用一句话来概括，叫作“名不见经传”。

可是最近我做了一件事情，竟然无从回避作家排名。

北京某学院来找我，说他们原先在院里走廊上挂了“五四”至1949年前一些作家的照片，但越来越受到学员们的非议。那里经常还会有些国内外作家的访问交流活动，社会上的文学青年去听课的也不少，往往会对哪些作家有肖像，哪些没有，提出疑问。校方自己觉得也有些不能自圆其说了，所以下决心要调整一下，让我帮助他们提出一个30人的参考名单，再加若干人以作备用。这个题目之难做也就不比高考差多少了。可是挂作家照片是件很实际的好事，我既然是个搞文学史的，也就无法推脱。而且我也想用这件事来思考一下作家排名同文学史的真实关系问题，便接下了这件吃力不讨好的差事。

几天后，我排出了如下的30名作家：

鲁　迅	老　舍	茅　盾	巴　金	曹　禺	郭沫若
胡　适	沈从文	赵树理	艾　青	萧　红	张恨水
徐志摩	朱自清	郁达夫	闻一多	夏　衍	田　汉
张爱玲	钱锺书	师　陀	丁　玲	路　翎	戴望舒
孙　犁	卞之琳	丰子恺	林语堂	叶圣陶	钟理和

这个名单肯定是有争议，可以讨论的。它的排名有先后，却并无绝对先后。你让我一个一个单独论证排名的理由，有些困难，但我不是没有道理。

加上我的文学史意识和艺术感觉，下面做些说明是不妨的。

综合起来，我是以作家的文学创作业绩为基本依据，同时参考文体写作（小说、诗歌、散文、戏剧和通俗文学）的代表性，流派的代表性来排的。作家的政治、爱国立场等等主要是看作品，不听宣言。最后统统落实到文学史地位，是文学的排位，非其他排位。只是因这些照片都要挂出去，是面向大庭广众的（今日称“公共空间”），就不能完全不顾及社会环境。因此，这不是一次纯学术的行为，倒确是具有一定学术含量的行政动作。比如有严重政治污点的作家照片就只得放弃，这是可以理解的。好在这样的作家极少，像有些人非要扩大化把张爱玲列为“汉奸作家”，是不可取的。

对现代文学六大师现在存各种争论：鲁迅有不同议论但尚不涉及地位。贬斥鲁迅的，过去主要是说杂文算不得创作；如今是指责他的为人态度，严苛，过激，不留余地，骂倒一切，等等。我们的文化环境大变了，对革命作家不利，现在是宁肯拥护一个和平主义者也不夸奖一个激进主义者的。六人中巴金、曹禺评价较稳。巴金小说的时代作用巨大而文学技巧相对浅化的矛盾，将来会影响评价，但他作为当代“知识分子良心”的光芒目前仍在。曹禺在话剧创作的历史地位不会因他的并不高明的修改而低落。老舍则有很大提高，成为近三十年来现代文学经典化过程中作品评价日高，书籍继续畅销，改编为影视剧的最多、最有观众的一名作家。茅盾地位则有所下降，是因为他的现实主义写作对现代文学影响的正面不被看好，而负面经常受到责难所致。但我们不应忽略他对现代中长篇小说、“五四”以来的理论批评及文学流派形成的多方面的贡献。郭沫若的争议最大，这里无须多说，但他对中国新诗和历史剧的杰出贡献怎能抹杀呢，尤其是诗歌。所以还应置于六大家之内。

我主张可适当扩大现代文学大家的范围。所谓“大家”，不是哪个人“人为”可定的，应是文学大潮长久推涌的结果。他们在文学开源方面要有创造性功绩；一生数度形成创作高峰，文学积淀深厚博大；对当代和后代文学有很大的引领作用，产生持久的影响力。从这个标准来看，胡适的“大家”资格是足够的：胡适与陈独秀同为“五四”新文化运动（包括其中的新文学运动）的重要开创者；胡适还是最早尝试写白话诗和新剧之人，是现代文学理论的开拓性学者；他是中国自由主义文人的代表，绝不应错把他当作国民党御用文人看待。其他可增加的，沈从文是因京派小说家的坛主地位，他还是少数民族作家汉化后在内心潜藏着独立灵魂的一个作家；赵树理是在现代中国真正为农民写作、在政治经济文化等方面都代表农民为他们说话，而且是解放区文学环境里成长的用提高了的农民语言文体写作的作家；艾青是继郭沫若之后第二期自由体新诗和多元诗歌来源的代表诗人，是植根于中国大地开启了民族诗歌和时代诗歌高度结合水准的歌者；萧红为现代最杰出的天才女性作家，她有突破一切文学成规的勇气，在黑土地文化生命的基地上建立起自己散文化的诗小说的大厦来；至于张恨水，其百部以上的新型章回体小说（长篇超过六七十部）说明他是中国市民通俗文学现代化之集大成者。以上12人为第一序列。

在考虑第二序列作家名单的时候，我的注意力转移到文体和流派的文学成就方面来，且更注重各自的"代表性"。因为在我看来，不同的文体和不同的流派作家，他们一般是没有可比性的。一个诗人就比一个戏剧家高明吗？现代小说成为文学主流之后，除了文学史给出的叙述篇幅无法确定，小说总要暴涨以外，一个小说家和一个散文家孰高孰低如何比拟呢？如果说在文学潮流上，古典主义、浪漫主义、现实主义和现代主义的出现，时间上有先后，但也不等于后出者一定超越先出者呀！这样看，"代表性作家"就成了一个重要概念，援用这一概念就有了下面的作家遴选了。郁达夫、丁玲、师陀（芦焚）、张爱玲、路翎、钱锺书等均为重要的小说家，他们都有经典性的大作品面世。他们还各有流派的代表性，郁达夫是"五四"创造社小说的代表，丁玲是"左联"青年作家和解放区知识型作家的代表，师陀是早期京派的佼佼者，张爱玲是上海海派小说的异军突起者，路翎是九月派（胡风派）小说的领军人物，钱锺书则是不入任何流派却无意间成了少数独立派作家的代表。另外，闻一多、徐志摩、戴望舒、卞之琳是四位重要诗人，分别代表了前后期新月派浪漫主义诗歌、现代派的象征主义诗歌和继出的现代主义诗歌。夏衍、田汉是主要剧作家，业绩被公认仅次于曹禺。后者还是国歌的词作者。朱自清、丰子恺是重要的散文作家，散文"学古学欧"的特色十分明显。前者还是最早于大学讲堂进行现代文学教育的前驱，后者还是著名的艺术教育家。孙犁是解放区赵树理之外最出色的代表作家，他有自己独特的战争美学并擅于坚持，最后还开创了白洋淀派。林语堂早期的杂文和其提倡的论语派散文都有一定的影响，而且还是向西方介绍中国的卓有贡献者。林语堂的文学地位在左翼文学大潮裹挟下一直存在不同声音，我觉得无论是提倡幽默或性灵小品，或者是向西方介绍中国东方文化，功劳都是不容抹杀的。叶圣陶的小说成就虽不属第一流，但开创长篇和长期从事文学出版及语文教育的影响很大，可作为特例。钟理和也是特例，余光中、白先勇等比他的成就都大，但属于当代。同时在现代作家群里有一位台湾作家，可构成一完整的中国作家名单，这也是一种代表性。

挂作家肖像的学院还需一个备用名单，这对于他们是万分必要的“措施”。当我所提供的30人名单经上上下下讨论之后，必然产生分歧。争执如不得解决，后备作家就有用了。但对于我，备用名单正是作家排名局限性的一个例证。因为所谓备用者，就是与上述30人尤其是第二序列的作家不差上下的人。这即是“边界性作家”概念的由来。而且这种“边界”是有无穷的阶次的。如果上述第二序列的作家随时可与第一序列比拟，那么从备用的序列向下望去，又有无数不差上下的作家伫立着等待入列呢。文学如果有一定的“永恒性”，看待作家成就的内容有一部分可能便是恒定的，但想想我们这几十年的文学生态环境，就可知那个动态的标准，有时竟操了生杀大权，让你无法回避。于是，换取一个角度来审视文学，作家评价便有所浮动，浮动的那部分就会干预作家队伍的次序。现代文学经典化的历史长河里面，你无从走进一丝不差的同一条漩流。

我提出的10作家备用名单是：

张天翼	吴组缃	端木蕻良	骆宾基	废　名
施蛰存	臧克家	冯　至	瞿秋白	胡　风

也要做些说明。张天翼、吴组缃、沙汀、艾芜四人在20世纪三四十年代，都是出色的左翼小说家，成就也差不多，如只能进二位就选前两人。张天翼从左翼的角度讽刺都市市民阶层的视点是特殊的，对小说体式、节奏的理解也深，还是现代儿童文学横跨现当代的代表作家。吴组缃创作数量不大，但短篇长篇都有精品，人物的心理刻画手段尤其特出。东北作家群里创作成就仅次于萧红的，是端木蕻良和骆宾基，无论是短篇的精致和长篇的史诗性，两人都要比萧军成就大。虽然萧军的独立峭拔的人格和他的人生遭遇都能引起后人的肃然起敬，但按文学成就也只好割爱。废名是写实验性诗小说的重要京派作家，其风俗画一般的作品打破了小说和散文的严格界限。京派小说家还有萧乾、汪曾祺，后者可进入当代著名作家行列，萧乾作为大公报记者在国内外所写的二战报告文学作品绝不差，但也只能搁下了。新感觉派在现代中国是第一个把都市作为审美对象的流派，但也只能上一位施蛰存（著名《现代》杂志的主编，弗洛伊德心理分析小说和历史小说的作者），而放弃穆时英。臧克家和田间的诗歌成就相当，如只能选一位就选臧

克家。今年要纪念抗战文学70周年了，臧克家和丘东平曾经是两位最杰出的战争文学作家。现代派诗人越到20世纪40年代的后期越卓越，冯至、穆旦如选一，就只能是写作《十四行集》和历史小说《伍子胥》的冯至。有两个特例，一是瞿秋白，一是胡风。两人的文学成就都不是特别高，瞿在杂文和翻译方面突出，对左翼文学整体上有思想和组织上的贡献；胡风的诗歌成就不大，主要是理论和他理论的坎坷遭遇，而且直到今日我们也很难把握胡风。现在我们按照“边界性作家”的说法，在备用名单的后面看到沙汀、艾芜、萧军、萧乾、田间、穆旦被删去的身影，你会觉得这个排名真是无法自我完善的东西。

便是这样一个名单，我交出去以后，就仿佛不用再关心它的命运了。其实不然。它如果用照片的样式挂出，相信与我的排名会不同，不可能一致。不写文学史的人他们好办，公务人员可以按照自己的立场观点来挑三拣四，观看照片的青年一代是文学欣赏者，更可以按个人的喜爱来自由排列心仪的“文学梦中人”。只有我们这些写文学史的，搞完了一个名单，其实心里反多了一份负担，可并不自由呵。

2015年4月10日于小石居

《叶圣陶全传》作为人物传记的标准及写法

由一棵大树可以想象一片树林。商金林最近在他庞大的“叶圣陶系列写作”中推出了堪称作家和文化名人传记巨制的《叶圣陶全传》，使得我们更易窥见叶圣陶的整体。除了大陆和台湾所出鲁迅四卷本的年谱，以及梁启超、胡适等多卷的资料长编或许稍可比拟，在很长时间里还很少有这种篇幅浩大达百万字的人物生平著作出现。恕我浅薄，“全传”的概念最早不知出于何时何处，有一点可以肯定，即并不是任何人都适于写“全传”的，但是叶圣陶先生足可当之无愧。

对于叶圣陶，凡读过他的小说、童话、所编的文学和教育杂志，学过他编辑的语文教科书《开明国语课本》及他与夏丏尊合编合写的《国文百八课》《文心》等语文读写书籍的，几代人都熟知，而丝毫不会陌生。现在是要详尽地叙述、评论其一生的事迹了，这本“全传”的基本写法很朴素，便是一丝不苟地由“全史”到“全人”。“全史”“全人”也不是谁都可以这样写，但是如像叶圣陶这般将个人社会实践与历史密切接轨的人物，是可以对他近一个世纪在文学、出版、教育、学术、社会活动、思想文化建设诸方面的业绩，一一生动记录，做全息摄影的。而这种“全史”，便是从个人史的角度，找到各个关节点，向中国近现代史的全过程进行辐射：比如生于清末的叶圣陶读新式草桥中学和初为人师在言子庙小学任教的时候，正逢大清帝国和中国封建制度的双重终结和民国的起始，新旧思想纠葛充满他的青年时代；待等新文化运动突起，他经历了从鸳鸯蝴蝶派至新文学阵营的剧烈蜕变；五卅惨案现场的亲临和社会立场的确定，“商务”“开明”事业的开拓又是与“国共”历史上第一次的合作和分裂相纠缠；抗战烽火燃起，他携家带口辗转于大后方，饱尝苦难，却对争取国家、民族光明前景百折不回；中华人民共和国建立之后各项政治运动的明显冲击和他专事出版、语文教育工作中的暗流涌动，直至经历了“文革”始终，更显出他正直为人的品格。这些历史关键时刻的人生跌宕起伏，是一百年中国历史也是叶圣陶九十多岁一生的高度缩影，这便是全书的结构。历史脉络清晰，了了分明。

而梳理历史人生轨迹的方法可以多种多样，写传记大体有创作型和学术型两大分类，本书恰是后者。所谓学术性传记，突出真实史料，全靠引证。

本传在大量细密地运用引文方面,可称独步。比如仅写文学研究会成立时期的传主,便引用了许多当事人的回忆日记资料、文学研究会的宣言、《文学旬刊》上的"记事",甚至抄录了与沈雁冰、郑振铎、沈泽民四人拟定的《文学研究会丛书缘起》《文学研究会丛书编例》《文学研究会丛书目录》等,多种文献的记载之详,几乎到可查阅的程度。再就新发现的叶圣陶史料、轶文一项看,20多篇早期文言小说大部均已亡佚,现给予钩沉,加入无政府主义性质社会党的材料更是一大发现;初步的现实主义文艺观的形成因为有了1921年"晨报副刊"上40则《文艺谈》的辛勤挖掘"出土",就更探到了源头;而茅盾1946年作为第一位中国作家访问苏联一事,不仅取叶圣陶个人的记载和茅盾、戈宝权的回忆,特别是发掘出在苏联总领事设宴饯行时七人唱和的送别诗,互相参证等,都显示了传记叙事的严谨,一丝不苟。全书做到,无一人一事无出处。日记、信件、诗词的材料使用量最大,使得许多个人历史的叙述转为信史。包括一般传记每逢场景必据材料加以想象的写法,在这里也遭摒弃,如抗战时期乐山遭27架日机轰炸,叶圣陶寓所被毁,衣物书籍付于一炬,全家险些罹难的过程,本是最可依回忆加以描摹的,但此书均引用叶圣陶的日记书信文章,还有自述的纪实长诗《乐山寓庐被炸移居城外野屋》、叶至善当年的散文《化为劫灰的字画》等,无笔者一个字的虚构。"五卅运动"和"四一二政变",写来前者具体细密而后者粗略,盖因前者第二日叶圣陶便与王伯祥亲去南京路做现场勘察,有自办的《公理日报》在被迫停刊前的大量报道和言论,有自己连夜写成的《五月三十一日急雨中》等带着愤怒感情的文字铺底,当然丰富,但字字句句都是引用,并无另外的描写;顶多在征引之后做些分析和总括,如此而已。此类学术型传记,本传的品格可算是一极致。如果论其短处,它很难使全书叙述背后的感情激越,并保持住前后一贯的充沛元气,但一个可靠叙述者的旁观引证,却能使传记的叙述,客观、公允,可信度大大提高。

从了解一个时代到了解一个人,本传坚守了"全史""全人"的标准。这或许是中国式的老传统。鲁迅谈评价历史人物时,也曾强调要顾及"全人"的这一规则。王瑶在与学生谈如何学习现代文学史时,曾提到可以"抱住一棵大树"的方法。他的意思是,与其琐屑地掌握一部零碎的文学史,不如先找一位创作宏富、文学史地位较高、人生轨迹较长、与各派人物关系较广较杂的作家,在短时间内(比如用几个月到半年的时间)将它读全读通。因为是大树,必然主干粗壮,枝叶茂盛,杈桠繁多,"抱住"它就等于把握住一段有血有肉有实感的历史,然后像枝叶伸展似的旁及其他。这实在是一条把握时代风云，进而掌握中国现代知识者一世纪不断进取、追索的路径。本传解读叶圣陶，正是如此。

这首先是经过各个历史的面相，来折射一个人物的各个侧面，这样来接近于表达“全人”。本传所写叶圣陶是作家，是出版家，是语文教育家，等等，即他的多面。作为一个作家，此传告诉我们他在“五四”到20世纪20年代的末期，进入文学高峰状态：创作市民讽喻体小说、历史时代小说、教育小说，对社会的热切理想隐藏在他对人和人关系的冷漠、隔绝的冷静批判当中。而20世纪30年代是他投身“开明”事业，成为“开明之魂”的重要时刻，出版现代作家的作品，替他们的书一本一本不厌其烦地写广告，做了著名作家再来给别的作家做“嫁衣裳”（想想今日有些作家的做派。这里对待青年作家的扶持态度还可举鲁迅、巴金、茅盾等），主编《中学生》，编辑中小学国文教科书，见出他的独具慧眼，他的一心为作者、读者付出心血，踏实生活却绝不落伍的精神。到了20世纪四五十年代，是他献身语文教育事业最专注的黄金时期，为了坚持在小小的读写训练中养成国家一代有素质的健全公民，他使出的是千钧重力，在各种挫折坎坷面前坚持“韧”的态度和立场，不遗余力。

当然，“全传”既能抓住叶圣陶多侧面的史相与人相的关联，也重视他一以贯之的精神线索。作为中国现代知识分子，他更是一个永不停止脚步的追索者、思想者。在若干历史的关节点上，传记细致地刻画了他的思想转折过程。比如“辛亥”到“五四”的新旧转变，“大革命失败”和“解放战争胜利”的两次择路等。叶圣陶的道路还是很典型的：如1912年初叶圣陶加入“社会党”和“三二学社”，至“讨袁”失望才毅然抛弃。这种由反抗黑暗而信仰无政府主义，最终却走向民主科学新文化的人，在当年绝不是个别的。巴金、胡也频的小说里都描写过此类情形，很多人最终走向了社会主义。普遍的思想“左倾”，是中国知识者的实际。叶圣陶当年的思想已经信奉社会主义，但最后没有应杨贤江邀请去参加共产党的入党式。之后“左联”成立，又没有加入，却一直得到左翼信任（此类例子在传记中很多，如瞿秋白把自己掌握的材料交叶圣陶写小说，丁玲在被押往南京的火车上抛下救急信件，封面写明拾者可交开明书店的叶圣陶先生）。这样的一群在“激进的‘左倾’思想”面前止步，却先后成为左翼“友军”的知识分子，我们可以数出郑振铎、朱自清、冰心、老舍、巴金等一系列人来，他们构成了中国现代思想史的一道奇观。在这本传记里，虽然没有做出什么结论性的语言，却摆出了引人思考的材料。叶圣陶的思想道路与老舍可有一比：因为都出身于市民下层，一北一南，习惯于从平民利益出发观察问题、决定政见；憎恨贫富不均，信仰公平正义；对社会主义有某种紧张感也受到吸引；但追求社会进步、光明始终如一，不投机，不看风向；正派做人如一，不苟且，讲诚信。全传中记载叶圣陶编《苏州评论》时说过的话，“我们的立脚点是一个市民，一个苏州的市民”。若如以往那样，我们会把“市民”立场混同于“小市民”的媚俗性，今天则应当恢复“市民”基本上属于城市公民而具某种开明性、平等性、科学性的特点（当然也有商业的两面性）。这正是叶圣陶的根。

1949年以后的叶圣陶，在全传的第三卷里应如何塑造，是本书的一个难题。那时，他对国家人民更有担当了，做着出版总署和教育部的领导，实际上管的只是一件事：指导全国中小学的语文教育。这是和他的职务不相称的，但他兢兢业业，还怕做不好。研究他的教育思想，展开他在建立中国现代语文教育体系时遇到的阻碍，他的感受和思索，就成了这时的重心。笔者给我们摆出了详细的原始材料，细到某篇课文如何选择、修改，在定点中学如何进行选讲、讨论，以至于历次关于语文教育他所做的演讲和所写论文等等。叶圣陶自己“反思”的线索不是没有，比较隐蔽。表面上他的工作是得到尊重的，不仅是全国的教科书由他审定，连国家宪法、兵役法、组织法等政府条例，周恩来的报告，斯大林全集的汉译，他都参与语言、文法的修润。所以有权威人士说过，叶的语文思想就像有法律效应一样。但是碰到了下面这些问题就没有人听他的了。比如他认为鲁迅、毛泽东选入中学教材的文章，有的语言规范不够，说“二人之作尚未臻纯粹，可以目治，但不便于口耳”（见叶的日记）。他主张“语文”有工具性，也有人文性，但在政治决定论者看来，叶即是个铁杆的“工具论者”。他的语文思想基于以儿童为本位，“教是为了达到不需要教”；口语带动书面训练，强调科学的读写规律；主张保持纯白话的现代性，等等，却一再被批为“语文挂帅”。但是他坚持自己的观念不改，热爱真理，从容应变。这都来源于他从“五四”走来。他是“五四”一代的创新之人，坚持启蒙的新文化、新文学、新语文，并由此造就中国能够应对未来的几代的健全公民，便是他的最高理想。本传在临结束前专辟一章对叶圣陶进行概括，其中称他是永远的理想主义者，信然！

我再重复一遍，不是任何人都适合于写成“全传”的。而且在当今世风下，写一奇异人、聪明人易，找一全德之人如叶圣陶者来立传就难了。现在的这本大型传记坚持了自己行之有效的写传原则，方法不凡，已经可以让一位人们熟知的历史人物得到再现，得到重生了，读之岂非乐乎！

2015年7月25日改写毕

从开题到论文修改:文学教育资料一角

论文的写作以及如何指导学位论文的写作,两者都无一定之规。理工类与文史类因专业不同,知识系统和思维方式的差别尤其明显。但这里也不是没有共同的教育规则可循的。现在我们是太粗放了,教师们只是各人按照自己的经验做去就是了。我这篇文字所包含的几种自己培养研究生的材料,均很肤浅,不过或许到了我们全民的教育水准,包括学校教育、家庭教育、社会教育等整体水准都极大提高的那一天,猛然回头来看看,发现它们对于文学研究和文学教育研究或许仍具备一定的价值,也说不定。

我自河南大学文学专业建立博士点始就参与了工作,至今已达十六七年之久。我培养研究生的方法:第一年,要求学生不能以为自己是博士生就可不读作品了。如按照应试教育以前的"文学青年"来权衡,阅读量还欠着债呢。办法是用王瑶先生《中国新文学史稿》的注释为标准,一一对应,找出仍未读过的作家作品争取把它们读了(不是一般浏览,而是创造性阅读)。然后确定一两位不大不小感兴趣的作家,写几则不长不短的读书笔记,提出点问题来,就像学演出的做几个小品。《中国新文学史稿》最初出版在1957年之前,那时大规模的、时限越来越短越紧的政治批判运动还没有大开展,所以各类型作家一般均有位置,所举作品也比较可靠。读史之余还算踏了一下目录学的门径,受些训练。此外可用的现代文学工具书当然更会点一点。研究生假若不能自己找书读,独立研究的第一门槛就被挡住了。到第二年,坚持教师不出论题,而是学生提出两个选题与教师讨论,确定之后做开题报告,写作论文。这里的指导是个关节点。第三年后半段,读学生论文的部分章节,直至读全文,给予批评并提出修改意见。这当然更是关键所在。我的体会,对学生要冷也要热,严格要求不能马虎,但始终充满鼓励;辅导要具针对性,提的意见是为他量身定制的。重要的是一切围绕养成独立研究文学的能力,教是为了将来不教。凡能不代替学生做的都应放手让他们自己去做,凡经教师提示便能使学生顿悟或渐悟的便需认真准备,不时地去点拨。

下面所列便是关节点的两份材料。一份是为指导开题所准备的提纲。一份是指导同一篇论文所写的三封信。对于即将退出这项工作的我来说,它们都含着温热，是我的一个纪念。

▲“《现代》杂志研究”的开题设想

（一）课题范围

对《现代》杂志性质及文学史地位的进一步认识均可，题目可以产生于论文写作的前中后。

1. 已有研究成果

做海派和施蛰存论文的学人较早注意到《现代》杂志的重要性；京海论争也来源于《现代》（4 卷 2 期）上苏汶（杜衡）对于沈从文在《大公报》“文艺副刊”所发文章的回应；后来，研究中国自由主义文学的人也以《现代》作为一个对象物。

中国社会科学院的博士论文有郭馨 2002 年做过的《〈现代〉研究》一题。还可能有其他研究论文。

2. 存在的主要问题

《现代》是何种文学刊物，其性质和文学史地位至今模糊不清。大体说来有四种说法：第一，以施蛰存本人自述为代表的“非同人杂志”、非政治的“起于商业观点”的文艺刊物说。第二，以当年胡风为代表的认为是“第三种人”的“同人杂志”说（以上两种说法，均可见施蛰存在《现代》影印本前所写的《重印全份〈现代〉引言》一文）。第三，20 世纪 90 年代的研究者普遍认为，《现代》是提倡“现代派”、形成“新感觉派”和“象征诗派”等作家流派的刊物，是体现海派文学“现代性”进展的重要刊物。第四，以 21 世纪初研究者为代表的，持它是中国“自由主义文学”大本营的独立刊物说等。由于对《现代》杂志的性质有如此不同的认识，使其文学史地位更含有极大的不确定性。一般是将其作用缩小，粗线条地认为《现代》不就是个海派文学刊物吗？实际并不那样简单。

（二）经重新阅读可产生的看法

从刊物编辑的历次宣言，刊物发表作品（包括翻译）的实际状况、读者的效果和反应、栏目和装帧设计、图片采用等多方面来分析此刊的基本走向。采用主编施蛰存在 1932 年《创刊宣言》所说的话：“因为不是同人杂志，故本志希望能得到中国全体作家的协助，给全体的文学嗜好者一个适合的贡献。”从中引申出编者想将刊物办成“全体”的性质，看哪些方面达到了，哪些方面没有达到,这之间产生了什么样的张力。这一"全体"文学的性质,在推出中国当时的新锐文学(现代派小说和诗歌、左翼文学)和各种流派的文学中,可以明显感受到。在世界文学方面也是如此,一边是介绍外国新锐的苏联文学、现代主义文学,一边让读者接受经典的"全体"外国文学,中间的关系也值得考虑。

(三)关注新鲜材料

除小说家张天翼、茅盾、丁玲、穆时英、施蛰存、刘呐鸥、叶灵凤、巴金、老舍、郁达夫、芦焚,诗人戴望舒、施蛰存、郭沫若、李金发、朱湘等之外,理论批评、外国文学翻译、图片等材料要重视。

1. 批评:苏汶这个海派批评家的批评;左翼的批评和文艺理论译介(鲁迅、钱杏邨、周起应、郑伯奇);讨论《春蚕》;总结"五四"社团的一系列回忆;设"现代评坛"重视对各种作家的评论;介绍《文坛上的新人》,视界很宽。

请注意仔细阅读、研究"编辑座谈""社中日记""社中谈座""文艺独白"等栏目,有丰富的理论动向材料。

2. 翻译:介绍法国"立体派"作家,英国贾芝的诗,苏俄的高尔基,戴望舒译《铁甲车》,赵家璧介绍帕索斯。在"艺文情报""国外文艺通信"中有不少材料。全景式的介绍文字如《1933 年的欧美文坛》《近代美国小说之趋势》等。

3. 图片:介绍经典外国作家和新兴作家都有不少材料。如歌德、福楼拜等,介绍诺贝尔文学奖得主,登载作家手迹和木刻。

《现代》的图片插页非常丰富,现实感强,可做研究分析。

(四)《现代》出版的内部模糊处

1. 现代书局老板(洪雪帆、张静庐、沈松泉)和编辑施蛰存、叶灵凤的关系。

2.《现代》增加了杜衡,与施蛰存联合编辑后,便日趋不振的真正原因。

3.《现代》的发行情况及对编辑的影响。

(2009 年 11 月 11 日写)

指导研究 20 世纪 30 年代一种重要的文学刊物《现代》,这是当年为开题所写的谈话提纲。主要是针对学生的知识缺陷,将《现代》研究的最新状况点拨清楚,引导他们掌握新鲜的原始材料,考虑新问题,促进他们寻找能产生新观点的着力处。谈得宽大,才有利于学生思考。

开题指导要有启发性。学生经指导要能具体发现论文题目的价值、意义,什么地方属于空白可以填补,什么地方可深入应有再阐释的空间。这样来提高学生做出一篇新论文的学术自信,也经过锻炼懂得一些深挖课题的路径。信心和道路皆是独立研究能力的重要组成。

▲“周作人文学传播接受之研究”论文修改意见

xxx：

即便是我的眼睛不出问题，实际上你此稿我也不可能一字一字来看了。每位学生的论文我仔细加以阅读的一般只一次，根据情况来安排，或前或后。别人都是全文第一次形成前与我讨论得多，所以许多问题提前避免了。你给我的第一稿，却发生将“接受”和“比较”两个概念严重混淆的情况。而“接受”是你这篇论文的主旨，不早日纠正，下一步的修改就无从谈起了。所以我决定立即一字字地读，且下批语，并将批过的论文交给你看。对于此次修改后的二稿，我有些失望，而且我觉得不是你水平太差，而是你因为某种原因对论文写作不够专注，较草率，交给我也太早了。应当肯定，我读到“废名”一节的开头时，觉得完全合题，确实有进步（如果我仔细读过全文，可能发现有进步的地方会更多）。但仅从我认真读过的“目录”和第二章第一节（谈鲁迅接受）的具体内容看，问题很多。

关于“目录”。1. 夹杂不应放入“目录”的词句，如第一章标题下的两行字。2. 目录标题与后面正文不一致，如第一章题目称“概述”，正文里为“探析”；第二章及各节的标题只包括五人的“接受”内容，而正文里的第一行却还有“左翼作家”字样，似更多。3. 目录词句没有好好推敲，如全文标题可用“传播接受”，但“鲁迅”“胡适”等每节题目怎么能用“传播”一词呢？鲁迅和胡适“传播”什么周作人了，你读读看，别扭不别扭？4.“关键词”七个，除“境界”外全是双音动词，这些动词独特性差，被你挑出来，哪里能起到真正检索的作用（最好用专有名词和词组，才有规定性。动词是不能多用的）？5. 注释还是夹注形式，《鲁迅全集》不用权威的人民文学出版社版本，而用光明日报出版社版本，也不可思议。

而目录里的第四章标题的毛病更大，显示了你对第四章在全文中的结构作用，即对此章与全书的关系，缺乏认识。1. 此章的标题“成因探索”，扣不上各节的题目，尤其是与第三节题目有什么关系？建议将“成因探索”改为“要素的几个问题”。2. 第一节题目建议将“时代背景”改为“时代原因探索”。3. 第三节题目可改为“接受是如何参与周作人文学史地位的形成”。4. 第四节题目的“个人素质”应改为“个人和群体素质”。5. 这四节的逻辑顺序，原第四节应放在第二节，原第二节串为第三节，原第三节串为第四节。

在全文中第四章是理论部分，前面都是以史的叙述为主，到这里才进行总括。没有这部分，结语的几句话只能随风飘去，落不下痕迹。

关于鲁迅一节我之所以重视，因最容易写成两人"比较论"。现在所写比前有进步，但总体上仍显得乱。共同点有"三一八""女师大"中批判封建思想道德的举例，有"五卅"，有"气节"，有"解剖自己"等，再有"自寿诗"，有"翻译"的分析，然后是很重要的从"立人"到"现代性"等的论述，谈两人异中有同，谈儒道释等等。内容虽十分丰富，论述逻辑却是一片混乱。你此节第一句自成一个自然段，统领得很好——鲁迅对周作人不是简单地"接受"，而是对周的文学史地位的形成直接起作用的，这意思多好，但后面没有落实。讲得天花乱坠，却不得要领。尤其是现代性 1 或 2 的问题，你不觉得与本题涉及不大吗（你对此有体会那是另一问题）？且你也并不主张现代性 2 就比现代性 1 强，但客观上似扯出了一个能引起争议却同本文主线远离的话题。至于周的这个文学史地位的接受关系，却被放到不知哪里去了。我认为，你可以提出鲁和周在接受层面的几个问题，然后运用你上面那些材料来写（当然较难，但下点功夫你也不见得提不出）。也可退一步，以叙述为主夹杂论述来写。那我建议：1. 先说日本时期，大哥鲁迅是足够影响弟弟走上文学思想解放道路的。从给《河南》等留日学生办的杂志写稿和翻译《域外小说集》的作品看，两人思想一致主要是周受鲁迅影响。2. "五四运动"到失和前后，两人基本一致，这就用得上"三一八"等材料。但不能忽视"新青年"时期，谈两人互相影响，同中有异，异中有同。影响了什么要具体梳理，如何造成周成了思想启蒙家和散文大家的，要有说服力。3. 到鲁迅参加左翼，周入苦雨斋和当了汉奸，两人走上不同政治道路。鲁迅在自寿诗事件和与人谈现代作家的时候，构成了对周的权威性评价。这些仅供参考，你可以另有写法，但不是现在这种写法。

已经写得够多，超出了最近晚间规定的工作量了。下一步你继续修改，最好是写完鲁迅这节就让我看；写完第四章后也给我看，就可以了。其他部分就按照我这信的精神改，我便不看了。即颂

文安

吴福辉

（2014 年）1 月 13 日晚

这第一信写于第二稿的读后。因为第一稿提出的意见论者重视不够，所以这次要“棒喝”了。论者硕士期间已通读周作人，熟悉周作人的创作，写有专文，很有基础。研究周作人的文学被接受的历史状态和其中包含的接受学理论问题，是其本人提出的课题。论文的章节次序调动几乎贯穿了写作全过程，这也是结构能力和论证能力的训练。全文由绪论、核心章节和结论组成，中间按照接受者的类型写出接受周作人的历史（共两章。鲁迅、废名或5名作家及后来的7位学者作家如何接受，都属此），再从接受的现象进而抽象，概括出文学接受的一些规律性问题（主要是第四章），基本可行。鲁迅一节是我指导的重点，抓住何为“接受研究”、何为“比较研究”这一要害进行指导，是此信的根本。后来这个问题也一直贯穿于写作论文的始终。所谓“现代性1或2”的问题，是论者在第四章利用外来的“现代性”理论，分别将鲁迅和周作人对号入座，分入“现代性1”“现代性2”之中。这一引申不是接受学的问题，我主张淡化，但论者对之爱不释手。另外，对目录、关键词也仔细提出意见，此牵涉论者的概括力，也能鉴别出论者对全文的把握，所以轻视不得，我从来都是注意的。

xxx：

我按原订的计划，只能分几次读完你论文三稿的鲁迅部分和第四章及结语了。你的主要问题从开始就一个，写到现在仍是一个，即将“接受论”与“异同论”混淆，而且混淆得厉害，很不应该。“接受”是你论文的主旨，都没有搞清楚，人们会怀疑：你是如何想到写这个题目的呢？但我明白，这题目确实是你自己提出的。三稿比起二稿在此主要缺点上有了改进，只是仍有许多遗痕，这是我读完后的基本看法。我这次再给你逐条仔细地提出意见，你最后再改。

1.“内容提要”基本可以。但要说明，你的写法是偏于一部分内容的概括和文章意义作用的发挥，在内容上似还有些遗漏，但那点遗漏并不要紧。“关键词”已改，但太多。建议删去“境界”一词，因从我的阅读感受来看，对“境界”无大印象。

2.“目录”里“第二章”和“第三章”的问题我原来就想提，便是：第一，到底“作家型”与“研究型”（错写成“性”字，而正文里是“型”）的分类依据在哪里？看你在第二章的开头也没有谈及。如不好谈，建议将两章合并，因本来说鲁迅、张中行不是研究型的就比较勉强。第二，7位接受者的节标题按一个模式写下来,都是"对周作人的传播接受"也太难看了。将来如出书,编辑是一定要你改的,否则页面上很死,很僵硬。建议按此7人每一个接受周作人的特点来拟题。你如果在写作中便能拟出个性化的题目来(多半在中途想出题目,写后再修改),现存的论述文字分散不集中的毛病便可减少不少。题目是有凝聚力的。

3. 第二章第一节谈鲁迅接受,改后分三个层次:早期从南京、日本到回浙江至北京初,是鲁迅影响周作人;失和后,所绝交的只是私方,社会上两人的公方关系转为互相接受;最后时期着重论述两人在中国现代文化建设上的作用。这三层意思是可以的,只是你心里不明确,不使用一些词句来加以挑明,所以特别是第三层意思被你说得模模糊糊,大大冲淡了。建议着重修改第三层,压缩,突出与本文相关的。谈"现代化阶段"你的观点要渗入总体论述,而不是节外生枝(以前多次提过)。周氏兄弟两人互相影响,而接受者鲁迅是站得比较高的,这是这一节的中心(可按此拟题目)。此节还有两个问题要改:一是20页中间说四书五经对鲁迅"不曾发生什么影响",建议改成"不曾发生多少影响"。因说鲁迅完全不受儒学影响能说得过去吗?二是39页倒数第一和第二自然段之间太突兀,应该在周作人引文之后说几句。现在脱节,而且最后一段类似结语的话,说得不好——用"他对周作人的充分认可"这一句来概括,与前述并不一致,只能说你犯了研究谁就只说谁好话的毛病了。

4. 第四章的这四节,共同的弊病是罗列、叙述过多,而较少概括,或者是概括得不太贴题。

第1节,时代情况都叙述了,但缺乏深一层概括。

第2节最差。你用鲁迅和沈从文为个例,以说明他们的不同个性而造成不同的接受状况,但一直到此节结束,你连题目的初步意思也未论述清楚(在接受上何为"个人素质",何为"群体素质",这两种素质各自对接受周作人起何作用,始终没有谈,尤其是"群体素质",连字面都消失了)。而按你的实际论述,可提炼出富有斗争性、批判性的群体和非斗争性、非批判性的群体这两种,可惜你抓不住自己模模糊糊已经有感觉的东西。

第3节的写法,首先引用西方大众文化理论来说明现代媒体的重要等;其次说明周作人如何经过现代媒体而被接受;最后概括的是周作人与媒体的关系,而不是媒体和周作人接受的关系(这是不同的,你懂吗)。所以此节的第三层你要重写,因部分跑题了,与原来第一层、第二层的关系也跟着垮了。修改的路数是要思考:媒体对作家的思想和文体的“规约性”究竟在哪里?周作人不同时期选择《河南》,选择《语丝》,选择《论语》等林氏刊物和《大公报文艺副刊》京派报刊这四类媒体的必然性在哪里?

第4节的写法是将“传播接受”等同于“媒介”,然后就分三类媒介来谈其对周作人文学史地位形成的作用。实际上成了第三节的下半部分了。但如是延伸,另辟一节也讲得通,只是在第四节的开头要说明两节的关系,同时讲清楚现代媒体是传播接受的主要方式,但不能完全画等号,如一个作家的传播也可以依靠传统的口耳相传方式。不然的话,1936年鲁迅突然逝世,一部分市民临时参加葬礼游行,并不一定先在报刊出版物上读到关于鲁迅的消息,如何解释?

5.结语写得基本可以。第二层尤其好些。第三层里说接受体鲁迅、张中行等都是深具学养的小资产阶级知识分子,建议将“小资产阶级知识分子”改作“现代知识分子”。躲开那个阶级定性吧。

全文的意见提完,供你参考。你的阅读基本可以,但分析不到火候,造成进入论文写作时,思维是“散”的。或许这“散”正是你的特点,但对写学位论文实在不利。

正文部分改后要将标点、注释、规格等都搞好。我看不看都行,如对第四章改后自己无把握,就交我再看一看(从网上发给我)。愿你最后冲刺顺利!

吴福辉

2014年2月20日“雨水”第二日

这第二信写于论文第三稿的读后。建议将“作家型”和“研究型”这两类接受类型合并,是因为论者自己也不能判断,往往混淆。张中行、沈从文等接受者名字的更多出现,可看出此文的内容越发丰富了。信里对第二章第一节的鲁迅部分,仍继续在肯定学生修改有成绩的基础上对每一层详加分析,不予轻松放过。对理论性的第四章也按四节的意思,帮助他逐节理清思路,进一步概括。到这时候为止,虽然有些话说得重些,但学生论文的骨架和血肉都已结实和充盈,是可以通过了。

xxx:

我利用今天的空隙,很快地翻阅了你论文的最后定稿,决定立即回答你。这是因为我觉得基本可以了，再在短时间内让你有大的提高是不现实的，而且任谁也不大可能。此外，我对你将全文的章节和内容做如此的调整，感到满意——这一变动大大提高了全文的质量。“摘要”可用。所以，为了不耽搁你15日受检测并及时印出（印出前应认真校正，尽量减少技术性错误），把回信今天便写出。

以下的问题说大也不大，但绝不能掉以轻心，以为是绝小的事情。请你注意：

第一，文中有“三大弟子”和“四大弟子”的提法，发生矛盾。去掉一个沈启无，加上废名和俞平伯无异议，那另一人在文中却有两说，一是冰心，一是江绍原，这似应说清楚吧？

第二，在第七章第一节，有两问题：1. 你将师陀明确说成是“自由主义作家”，这是不对的。一般认为，师陀前期是京派，后期有左翼色彩。但绝不是自由主义作家。2. 有一句话，说左翼对周氏兄弟的批判实际上就从对自由主义文学扫荡开始。把鲁迅这样简单地扯进去不妥。现在较新的研究成果提出了鲁迅思想的自由主义因素（成为周扬派攻击的一点），但也没有说他是自由主义文人呀。

第三，在第七章第二节，突然冒出来一个小标题“沈从文对周作人的误读”，这是怎么回事？这或许可以理解成是修改遗留的痕迹，也是你在总结性的第七章之后仍对论述对象“单摆浮搁”的一种表现。此段你又从头叙述鲁迅、沈从文这两个人，其实主要归纳的就是接受者的个性如何影响接受本身，就可以了。

第四，第七章的三、四这两节还存在过去指出的老毛病，互相粘连。总之，第七章仍然弱，你的行文较“散”是根本原因。

第五，全文在文字上、标点上、格式上，还需多找找毛病。如有些字因“同音”，打字时将“是”字打成“史”字，或将“使”字打成“是”字等。如标题的序号不统一，第二章之后“章”下称“节”，而第一章下面却是1、2、3、4、5。“节”之后的写法，是空格，还是点“、”，也不统一。另外，文字方面往往留下修改前的痕迹。如关于鲁迅的接受，过去是一“节”，现在已改成“章”了，但开头一段还是带出“在这一节中”的字样来。这种问题很多，研究生毕业论文，不应如此毛糙。

第六，书目也要仔细核对。比如参考书目里写我的《编年史》一书，书名里要有副题“以文学广告为中心（1928—1937）”。如不写，主编还应有钱理群、陈子善两位呢。

以上供你考虑。全文自己再修饰一遍，之后不用经过我就可印了。

学安

吴福辉

2014年3月11日晚

这第三信写于论文定稿读后。此时全文调整为七节，体现了论者不断修订的努力。此信虽还大处着眼，丝毫不放过文章老毛病的重犯问题，但重心已转入小处着手，提出周作人是“三大弟子”还是“四大弟子”，师陀是否属于“自由主义作家”，鲁迅不能将他拖入“自由主义文人”行列等问题。表面上是用词，其实都是概念的准确性、科学性问题，马虎不得。其他在论文格式、数序、书目等方面也提出订正意见，以保证全文的完美。实际上这些小过节我也不是不犯，现在随机提出，只是要给学生一个深刻印象：从事学术是一庄严的工作，要时时刻刻怀敬畏之心才行。

改成于2015年10月18日小石居

从生活手记看50年代"文青"的写作姿态

前不久，我受邀给《文艺争鸣》月刊写了篇卷头用的短文，谈20世纪50年代中学里我亲历、亲见的"文学青年"（简称"文青"，如果我没有弄错，应该是"愤青"之前一族吧）的阅读情状。大意是那种只有政治年代兼文学年代才有的高涨的阅读热情，虽已不可再现，但社会上永远存在一种人叫"文学青年"，这是不会改变的。写罢后意犹未尽，于是决定再来回忆一下当年文学青少年们的写作状况，以成姊妹篇。

当然，我之所以能谈这一题目，首先因我即是那个年代的一名"文青"！我的"文青"标准可不低：高中在校各科成绩差不多都应是5分，最差也不会低于4分（这是学苏联而改传统百分制为五分制的时期，5分相当于90分以上，4分应是80分左右。之后又改了回去，而两次都称自己为"改革"。像这类的"教育改革"数不胜数，与5分还是100分取士本身的优劣性质，已无多大关系）；是阳光青年，什么集体活动都全身心地去参加，很投入，不闭塞，热爱生活；语文的自主读写水平几乎接近大学生，阅读的兴趣遍及中外古今，尤其是苏俄文学史上的重要作家和中国现当代的主要作家的作品，大体都读了，并渐渐有了独立写作的要求。这样的"文青"每班都有一二名，语文课都是"越界"在学习的。一般并不引起教师的反感，反而有许多老师在明地暗地支持。比如作文，语文老师会同意我们几个人胀破题目。本来是写自己的一段生活的，我写成了自传；改写古典诗词为白话散文的文题，到我手里后来变成将一首唐绝句改编为电影剧本。因为教师也是这样引导的，将新创刊的《中国电影》杂志借给我们看，让我第一次通过夏衍知道了什么是电影文学剧本和分镜头工作剧本。还告诉我们要长期阅读《文艺学习》杂志，甚至让我们参与一个短篇《天旱的时候》的讨论，写出批评意见寄给刊物。只要言之有物，教师允许我们写得长些。记得我写过一本作文簿那么厚的一篇作文，老师不觉得增加了负担，因材施教，照批不误。在1957年前，时代的气氛在成人世界已经有点紧张，螺丝在渐渐拧紧，但高中生还不觉得。我16岁读高一，天真烂漫，打下了稍厚实的阅读基础之后，觉得作文课不难，还想自添砝码，鼓劲振翅，向课外的天地飞去。所以最后是课内写作的课外化。我很长时间在磨一篇故事叫《在开往千山的公共汽车上》（千山后来成为本地著名的风景区），那篇作文题目在我日记的许多地方都闪现过，但我一直找不到原稿，不知道它写没写完。可能是老师和个别同学都读过了这篇东西，他们提出一堆修改建议，我就一直改下去，到最后弄到作文究竟得几分再也无人关心为止。

"文青"们的课外写作就五彩缤纷了。这种写作大量地发表在壁报、墙报、黑板报上面。每个班级都有编委会，编委会有编委，有主编。学校不大过问编辑情况，都是"文青"们的事情，写完的文字或者用粉笔抄写，或者用稿纸誊清（第一次抄稿纸的时候好激动）。上墙发表在班级的好一点的文字，有的会被推荐到学生会校编委会去，就格外荣耀了。我在班级长期担任编委会主编，对校编委会的高年级同学特别尊重，那仿佛是全校文青的"领袖"。后来一次在澡堂里听两位校编委的私下谈话，发现他们十分傲慢、俗气地在说及全国著名作家的稿费收入等等，从此我的尊重便降温不少（曾将此写入某篇《生活手记》）。这类墙报文字还可分节日性和经常性两大种，到了国庆或新年，校级出特大号，有的小说散文很有水平，读起来觉得不低于市报副刊，像模像样的。至于我编班级的墙报另起名为"我们的生活"，往往临时要写补白，写编后记，选文改文，排版规划，美术设计，以至于画报头、插图、尾花，这个锻炼真是太大了，使我终身受用。这种实际写作有大大小小的学校课外活动做后援，课外活动的活跃简直是如今学生无法想象的。每日下午三时以后，是各种小组在校内最活跃的时候。我参加了文学小组、美术小组的活动，短时期甚至参加过一个物理小组。各文学小组经常会邀请教师举行讲座，讨论学生的习作。全校有各种读书写作的报告会，支持着业余的自主写作。活动和集会，常常是由"文青"们的写作做后台的：主题班会要有发言稿；演出节目有的需要创作，有的如剧本需要改编；过团日，开讲演会、故事会、时事会、联欢会都可能准备稿件，班级里的"写家"大有用武之地呵。至于向社会投稿，时常都是在"地下"进行。一封寄给省市报刊的稿件，只要在信封一角剪出个缺口，就可以不贴邮资通行无阻。但对退稿信就不免要遮掩一二了。有的文章是以集体名义写的，比如老师组织我们文学小组的成员参加《中国青年》杂志关于农业劳动和服装穿戴等的讨论，写成文字投稿就比较大方。我本人虽然没有在读高中阶段正式发表过作品，但校中高年级的同学确有文榜高中者。消息传来，三分羡嫉、七分为之高兴而四处传布的情景，到现在都还能清楚记得。

课外的“文青”写作，是不能以是否发表为标准的。他们毕竟年轻，处于练习习作的阶段，而从我手头现存的近百则“生活手记”中，恰能看到年轻时接近文学创作门槛的一种“箭在弦上”的临战状态。那是一种为创作做好准备的特殊文体，为“文青”普遍喜爱。至于“生活手记”的由来，恐怕要追溯到当年鼎鼎大名的文学普及刊物《文艺学习》（后来知道王瑶先生、乐黛云先生都与之有关）。据我手抄的一段来自该刊的文字推测，丁玲等名作家的提倡也起到推波助澜的作用。“生活手记”即片段写作，是经过观察和一定积累将自己周围生活中感兴趣的事物，譬如一件事、一句话、一个表情、一个动作或一个眼色记下来。是记下具体形象，像是未来作品的一段一节，而不是像做鉴定那样子，写成“为人忠厚，埋头苦干”“年轻热情，可惜不爱动脑筋”之类（体会什么是呈具体形象的写法）。此外，景物、场面也可记，群众生动活泼的语言也可记；周围人的缺点可记，优点更要记，对自己的弱点更要用心记，要更多地进行自我解剖，让生活的敏感性、观察力和分析力，让思想修养和文字运用同时成长。如下面所选我1955年至1956年间（高一）写的四则“生活手记”便是一例。重录没有改动任何字句与标点，因是无标题文字，现冠以序号。每则之后，加了少量说明和批注。

（之一）

甲是我班的生活委员，是个女生。

她的性格特别得很。她的衣裳穿得不讲究，随随便便；看看她的书桌，乱七八糟。有一天，我问她要她的作文本，要看一看，她弯下腰在书桌里翻了起来，但却老半天没有翻出来，我说：“你的书桌，大概是太乱了吧！”她反驳说：“谁说的，我的东西都放在书桌的一定地方的！”眼睛却瞥了自己那乱糟糟的书桌一眼。

她说起话来，就乱哆嗦，有时发出的声音就像那玻璃要碎了似的，与原来的声音一点也不一样（这是指当众说话）。

她来到师范学校当了生活委员以来，已经哭了二次了。一次是班级拔草的每组分配没有分配好，大伙（连我也在）对她提出意见，大概提出的态度刺痛了她，她哭了一顿，另一次是她负责借来的温度表，不知叫谁弄打了，后来知道是谁，但却不大敢说，于是又哭了一顿。第二顿哭完，我讽刺她，她却对我说：“那人承认了。要不哭那人还要不承认哩！”我笑了笑，告诉她，那么以后就多哭。

她当生活委员以来，总是那样忙，什么事她都自己干，她倒也一点不埋怨。每顿饭她都吃得很慢，但吃完后总是要把桌面上的脏东西，用菜勺刮到菜盆里去。每天晚自习下了以后，她都是最后走，在走以前总是把教室的窗户都关上，电灯都闭了。

她和我还好。

我却和她很好，因为我喜欢她。

这是篇人物手记。人物，我多半按照生活所见的写老师、同学、家人和社会偶遇的，从实际出发来选择。可以看出，已经摆脱了一般好人好事的写法，正面形象也不避写缺陷。手记训练了我的观察力，“眼睛要亮，耳朵要尖”“注意微小的东西”“要越过事物的表面”。观察力和思想力总是并进的。我当时不知道已经批判了胡风“到处有生活”的观点，反是相信周围就有可写之人。

（之二）

1956 年 7 月 26 日

妈在看我新买的一本“广播歌选”，

“……号——召——人民——福辉，“扌”字旁放个这念什么？喔，是掀字，掀起——斗——争，红旗——飘——扬——在——上海街——头。嗤，这真叫怪，红旗飘在哪不行，一定要上海做什么！红旗飘扬在——井冈——山顶，怎么一会又井什么山了，真是一点不通。”

这手记只记了人物的一句话，多一句也没有，而且是实录。我母亲原是文盲，经过自修粗通文墨，依靠问字能够读浅近的报纸。但我写这段话已经过文学的演练，懂得从生活出发去观察、记忆、体验、认识而选择典型的话语了。与没有选择不同，典型话语是有雕镂典型人物的能力的。那时的政治风刮得还不够肃杀，用“井冈山”这样的文句做事例，不久以后便成大忌。

（之三）

丙把钱弄丢了。

没有钱，他决定把白裤子染成黑色，冬天可以穿。我挺同情他，为了使他节省点钱，把他的裤子拿回了家，让母亲替他染了染。他给我二角钱。

裤子染好了，我在星期 x 耽误了二堂晚自习替他拿了回来。

我进入宿舍，便把裤子给了他。

“吴福辉！你是为裤子特为到家去一趟的吗？那可太不好了。”他一边说一边把裤子接去，放在褥子底下。

“不是！”我真不是，因为我还上图书馆借了书。

“……”

——第二天早晨起床了。

丙突然问我：“吴福辉，那条裤子染了花了多钱？”

“行了！算了吧！”

“那还行了，告诉我吧！”

“行了！差不多少钱，算了吧！”

“那还行了，那以后谁也不能叫你干什么了，告诉我吧！”

“……告诉你吧！染料一包是一角三分，染一条裤子用了二包，一共是二角六分，我妈都给垫上了，算了吧！”

“……”

——过了一个月。

“……”

——过了一个年。

“……”

这个场面，用对话组成，内在的仍然围绕着人物这个中心。我对这位同学的看法有了微妙的变化。他是真贫困，如果这造成了他的小心眼，也不能全怪他。可是我那点助人的心思也就这样被他破坏无余了。那一晚他可能始终在转着一个念头：会不会剩下钱？至于这欠我六分钱的价值，今日的年轻人还真不要小觑它。我有另一则手记专写缴纳团费和学生会费的事情，明确记载了，那年头的学生会会费和团费仅一分钱，个别人多缴才是二分，六分也算是个钱哪。这类寻找生活中的问题，进行“干预”和“讽刺”的写法并不稀奇。按照当年的习惯，我们在交流对生活的观感时，往往喜欢侈谈“矛盾”。我在笔记里写道：“在生活中发现矛盾，观察矛盾，研究矛盾，从而来表现矛盾！矛盾啊，无矛盾的作品是不存在的！矛盾！”还在旁边画一支长枪，在刺向一面盾牌。就这样，我在学习文学的过程里学会了怎样经过生活发现矛盾，发现微讽的元素。

（之四）

外面是一片银白世界。

小雪纷扬着，它使得一切都变成了白色。它不停地飞扬着落在那对面的山丘上，落在那大石头村的树梢上，落在秋收完了如今是光秃秃的原野上，还落在那一片简易住宅的每家的屋顶上。从简易住宅上空升起的炊烟，是淡淡的，垂直的，它升到上面，便变成了一片，远远望去像是薄薄的雾。

雪还是慢慢地落下来，慢慢地均匀地垂直地落下来。

一切东西都静止不动，承受着那白雪慢慢把自己遮盖起来，它们不喊冷，它们不叫怨，仿佛那雪的降落不是使他们寒冷，而使他们更纯洁了。

路上的行人依然是那样多，汽车依然是隆隆地来回开过；他们也仿佛感到那雪的降落不是使他们寒冷，而是叫他们在它的怀抱中，更加奋力工作，更加奋力去学习似的。

雪依然是慢慢地、均匀地下着，只是好像比刚才更慢了一些，更匀了一些，变得更小一些。

此篇写景，注重的是景物传达出的意境。我多次亲历过东北的大雪，或狂暴，或抖擞，而眼前让我感动的是一场安静的长久的小雪，是一种温柔的启示。我体验到这种纷纷扬扬的静雪的神韵，倾听到它的灵魂在呼吸、在怦动，然后融入我的感情，把它尽力描摹出来。这样写着，再配合上天然的极易领悟的语言节奏，我几乎被叙述的魅力所陶醉了。

1957年之前的“文青”不是没有受到规训。不过这种意识形态的规训还没有完全剥夺其自由写作的特定状态，才会有这种“生活手记”。

每一代“文青”标志了那一代文学的基础情况。重视“文青”们的读写资料，包括这种“生活手记”，看看这些“文青”们曾经在学写什么、怎么学写，便会明白这些文学后备队的所作所为透露出怎样一种文学的品格，为何会造成一个时代如此这般的文学风气。有意识地保留、回忆、整理这方面的材料，将整个社会的读写情况作为文学史的一侧，作为民族精神史的一角来看待，正是我写作此文的目的。

2016年7月20日北京在大雨倾盆中

附记：此文写毕寄编辑部后四日，这天清晨偶阅李泽厚先生《故园小忆》一文，忽然读到他少时在湖南靳江中学读书的情景，眼前为之一亮。这亮光闪在心间，对不住，实在带点功利动机，是因他写及的当年中学生办壁报之事，与我所忆相合。李泽厚先生比我年长，但一头一尾都生在20世纪30年代这一时段内。他上学的状况要与我比较接近些，故不避比附之嫌，抄录该文数句如下，以见证当年中学生“文青”课外写作的真实情景：“湖南中等教育一向发达。靳江只有初中，地处乡村，且属初办；但回想起来，教员、校舍、图书、同学……都相当不错。我在这里读了不少课外新书，交了张先让、杨章钧、谢振湘等好朋友。还办过壁报，每期四版，刊名《乳燕》，小说创作占了大半篇幅。比我高两班的龚振沪（龚育之）也办了个叫《洞观》的壁报，两版，多自然科学内容，颇有水平。这些都是‘民办’的，还有‘官办’和班级办的。”（见李泽厚：《走我自己的路》，三联书店1986年12月版，第44—45页。省略号为原文所有）

2016年7月24日凌晨补记

现代文学家传记杂谈

谈“传记”，完全可以从独立的传记文学系统或散文写作的立场去说，也可以从传记与文学研究的关系上来探讨。我偏于后者。因为我是研究现代文学的，从学术的角度伸入到作家传记的领域，正是我的特别关注之点，兴趣所在之点。

先说作家传记的现况。近三十年来，大量的传记纷纷面世，其中要数记述现代作家的为大宗，而作者的大部分便是曾经研究过这些作家的学者（其他作者如相知的文学家，如作家本人或亲朋，均属少数）。这是个颇有意味的现象，不是科学家被“立传”的多，也不是政治家被“树碑”的多，反倒是操笔的身影潇洒的作家受到青睐。学者们原本在书斋（假设他们都有书斋。但是据许多人回忆，书房这种奢侈品要到21世纪初以后才普遍为文人所拥有，所以改“书斋”为“图书馆”可能更确切）坐得好好的，突然叫外面的世界“诱惑”了，觉得往日熟悉的作家的文学笔头，自己不妨也来弄弄。于是给研究过的作家写个曲折生平故事啦，让作家的文学个性更加张扬、彰显啦，便自然成了一种学术的延伸。我个人就是在写出了沙汀论文后，写了《沙汀传》，后来还出了他的简传、画传；与钱理群合作给江苏文艺出版社主编过一套“名人自传丛书”，有几十个作家入选，我具体编了胡适、梁实秋两种；另给苏青、叶圣陶等的传记写过序文、书评之类。虽然我个人的传记工作微不足道，却顺便也能列举出若干来，更不必说整个现代文学研究界同传记的广泛关联了。这样，从20世纪50、60、70年代屈指可数的几种传记（如我借抄过的王士菁《鲁迅传》，读过的林辰《鲁迅传》片断和《辽宁日报》连载的彭定安鲁迅传记——当年留有剪报。郭沫若则有自传。此外就是空白，两个巴掌绝对数得过来），到今日突然冒出千百种文学家传记来，一时竟有眼花缭乱之感。最多的还是鲁迅，可能有三十几种，并有名品，如林志浩的《鲁迅传》、王晓明的《无法直面的人生——鲁迅传》、林贤治的《人间鲁迅》及朱正的《鲁迅传》。富有十种到二十种传记的作家是巴金、胡适、茅盾、徐志摩、林语堂、郁达夫、周作人。最热门的女性作家张爱玲、萧红、林徽因、丁玲每人都坐拥多种传记，张爱玲传记直逼鲁迅数目，萧红的十几种传记有的很有分量。过去被忽视的京派、海派、通俗作家如沈从文、废名、汪曾祺、柯灵、戴望舒、徐訏、张恨水等，都有了传，而且不止一本。有争议的作家传记更出版得快，像王实味、高长虹、路翎、邵洵美。文学史上历来偏于一隅的作家，如苏曼殊、陈衡哲、钱玄同、靳以、耿庸、陈企霞、陆晶清、石评梅，现在都传上有名。类型也是各式各样的，巨型大传如四卷本超百万字的《叶圣陶全传》，小型十万字左右的有简传、别传、外传、画传。夫妻档的合传格外受欢迎，偏偏我们的作家夫妻店和才子佳人店开得还真不少，比如《萧红与萧军》《巴金与萧珊》《徐志摩与陆小曼》《郁达夫与王映霞》《梁思成与林徽因》《陆侃如和冯沅君》《鲁迅与许广平》，等等。总之，几乎重要一点的现代作家都有了传记，几乎重要一点的现代文学研究者都卷入了作家传记大潮。研究带动了传记写作，传记标志着研究的深入，我们迎来了文学家传记写作的繁盛年代。

次问，繁盛的原因何在？过去的读书市场本来就重视传记，著名的翻译家傅雷就专译了五种外国传记，仅罗曼·罗兰写的即三种：贝多芬传、米开朗琪罗传和托尔斯泰传。文学对钻研“人”之不懈的努力，就贯穿在这对传记的重视中。不同年龄和不同职业的读者都喜欢读传记，也是显然的。进入 20 世纪 50 年代以后，政治、文化环境大变，变得对传记不利了。本来，如郁达夫所说，中国只有“谀墓文”（见《传记文学》，郁达夫文集第 6 卷），传统上就少自由臧否人物的环境。政治成了人物评价的主要的或说是唯一的标准，政治起伏不定，评价也一日多变。以某个人物为原型的文学作品都有了“影射”“反党”之嫌，何论专写人物历史的传记呢？于是人人自危，不敢写别人，也不敢叫别人写自己。左翼的标杆郭沫若、茅盾都无传，遑论他人？新时期开始的宽松的政治文化环境，给传记写作注入了新的生命。而学术上，新时期发轫的文学史重写思潮，必然带来重新评价左翼作家、民主作家、市民作家的重大契机。学术新势头成了传记写作的新推力。研究突入了传记，传记带动了研究。主流文化带来对左翼文学的反思，便有了《周扬传》。流行文化可以带动海派作家传记的出版，施蛰存的生平就会重起炉灶，有人来叙述。地方文化也有一定的带动性，它尊乡贤而发扬光大之，山西收集高长虹的资料聚成他的传记，哈尔滨一再出版萧红的画传，山西会把对赵树理的怀念置入多种《赵树理传》当中。很显然，如果读书市场正常运行，社会的政治清明，思想束缚得到解禁，文化的环境自由、松动、繁荣，那么，人物传记的写作就绝不会寥落寂寞。在某种意义上，作家传记写作的风气是作家研究的试金石，一荣俱荣，一损俱损。

繁盛里面没有点问题吗？有。传记理论薄弱是显然的一条。这个文学和学术交叉的写作文体，在中国还是个新事物。如果"散文加评论"是传记文体的基本模式，我们虽然有"起承转合"文章作法的强大传统，无奈现代散文的理论输入和学理探讨从来就不够，记叙性和评论性兼有的传记写作理论就强不到哪里去。有人称，传记文体存在不确定性，为我们的写作和研究带来了不确定性，这也有道理。还有一条是传记的读书市场的不可测。最明显的是这几十年其作品被市场绝对看好，即经典化过程之中文学史地位节节升高的作家如老舍，他的传记却出人意料得少。是老舍的评价难以把握，还是老舍的生平资料收集不易，甚至是老舍的传记需要更有实力的写家而这个写家还未产生吗？这是个谜。市场选择传记的传主，必然有它合理的一面，也有媚俗的一面，需要学术界的掺和。假如专家和媒体及早来研究有水平的老舍传记为何不能如鲁迅、胡适、萧红、张爱玲那么多地涌现，对市场给出补充性的建议，或许迟早会改变这种不合理的情景也不一定。

至于说到写作传记的要素，我认为第一要素是"材料"。材料是传记的"实体"。一本传记主要看它有没有人物的材料，即人物以往的历史行迹。材料精彩传记就精彩，材料稀松传记就稀松。司马迁《史记》所记历史人物经久而熠熠发光，因太史公精于调查、搜集、选择材料，他是中国撰写人物传记的不朽祖师。我写传记的时候，最早进入"情况"的也是材料。开辟"材料"的来源要从多方面入手。阅读作家传主的全部作品，是不可逾越的第一步。一直到第N步，到传记的文字都写出来了，有一天你还会感觉对某部作品的形成没有从传主的生命旅程里找到根据，作品还没有读透。要读"全部"作品，最好比作家《全集》的编辑者还要读得全、读得用心才好，包括轶文、非主流作品、未刊稿，等等。因为这些作品很可能泄露出传主特别的心思及心理过程。理解郭小川主要不看他到东北钢都、煤都写的《两都赋》，而要读他如何写"团泊洼"，如何"望星空"。传主的全部作品，最是"信史"。不要将花哨的材料读了一大堆，反而漠视作为"信史"的最能传达出作家真实信息的作品。此外，还要读与传主有关的"回忆录"，历史回忆和人物回忆，传主自己的和别人的回忆，带细节带感情的回忆，以帮助你进入或接近进入历史现场。档案里，公家的材料和私人的材料都不能轻视，鉴定、表格、书信、日记、笔记、交代揭发类手稿都十分重要。口述材料不可忽视。本人口述、亲历者口述、亲密者口述都可能带有个人偏见，但经过辨析就是最真实的带着体温的记忆。"口述自传"自有特殊价值，不然就不会有研究者专门给胡适、张学良录音了。人物对立面的材料,反面的材料,是尤其可贵的,如果你到开始动笔的时候竟然发现所有的材料都是“一边倒”的,不妨专门下功夫去听点不同的声音,让你不至于被材料倾向所淹没,而“蓦然回首”,你或许会找到那个俯视材料的制高点。

当“材料”进入传记,对它的处置方式不外两种:客观地如实写下,是谓“纪实”;主观地加以文学化,则是“虚构”。纪实与虚构,关系到传记的根本。或许你认为纪实用的是材料,虚构靠的是想象,那是个误解,因为传记的想象是在材料基础上生发的,无从凭空产生。白薇这个女作家和杨骚的同居及其分分合合的一波三折,是白薇传的基本材料违背不得,你只能在纪实的基础上才能想象他们是如何相处的。在传记里,人物生平的大关节、时代命运的主要走向、主人公的基本性格,都是不能虚构的;能虚构的只是次要情节、场面,个别的对话和内心活动。便是这些具体的虚构也要以纪实为依据,并不能随意向壁而造。这就是说“想象力”在传记写作中应受到限制,只能适当使用。“纪实”和“虚构”似乎使用了两种材料,但都归向材料的真实性。纪实并非一定真实,虚构绝非虚假。凡历史记性的作品,虚构、纪实都会发生严重的复杂纠葛:以影射为主要目的的历史小说和历史剧,往往做出抛弃“纪实”的姿态;报告文学,或与新闻结合的各类历史作品,甚至概括大历史的史诗,就要牢牢守住“纪实”这个基业。而传记无论有多少虚构,“纪实为主”是不能丢的。有一种考证型的传记,全书处在驳难的过程中,言必有据,言必不己出,并着力研究人物、故事的原型,即便是“评传体”,仍然是以纪实为主的。只是这种传记把学术性和文学性高度结合了,比如高长虹的传记,考证高氏与鲁迅的关系,重述狂飙社的文学历程,足以冲击已成的文学史,补正了文学史,但它还是立足于基本的人物史实,以“纪实”为主的。有的传记材料多,有的少,材料多的传记要注重选择,材料少的传记就容易铺张。但铺张不能过度,比如坊间流行的张爱玲和林徽因的传,因生平材料太少而竭力铺张作品的故事与加入许多作品分析段落,显得“虚胖”“浮肿”。还是要从深处挖掘两位女性作家的材料出发,来写好她们的文学活动史和生命史。

传记的另一个要素,据我的体会是“对话”。正是作者和传主的对话关系,决定了某一种传记的记述个性。因为传主已经被历史定格,作者却是站在当代立场上来记述他的,作者当下的主体性和传主历史客观品格之间的张力,会影响到传记整体和各个局部。传记的历史价值有没有被歪曲?传主的思想行动有没有被作者给予同情的理解，并恰当地传述？文字风格有没有融化了过往与今昔？传记结构是不是一种特别的“对谈”？它们最终影响到一本传记的成败优劣。而作者的关键，是有没有在传记中创造性地阐释作家。看作者能否重新读解作家作品，揭示其遭受历史或以往评价的重重遮蔽。传主的地位还可能过度地影响作者的传记。大作家的传记价值，一部分被他的社会地位所制约，以至于平庸的传记也能得到膨胀。这是社会价值对传记的投影。另一种情况是作者在写作传记过程中始终不能与传主同步同调。给鲁迅写传你达不到传主思想的高度。给钱锺书写传你觉得在他的博闻强记的知识系统中你很迷惘。你已经尽量在走传主走过的“路”，在一个虚拟的世界里觉察到两人已经同行过了，但中间还是有“隔”。整个写传的过程，你在试图打破这个障壁，可能打破一部分，也可能一隔到底。所以写传的作者始终要寻找那个平等的“对话”关系。这当然不是指你在思想学问上要和传主平起平坐，那简直是不可能的，但“平等”可以。贴近传主、理解传主，还要持独立不倚的写作立场。要少受或不受传主及其亲友的偏见的影响，找到“对话”的平等口气和语言，而不至匍匐于传主之下，在今日应是无须饶舌的了。

传记的文体要素，是“叙评”二字。传记有叙有评，要处理好叙事和评论的关系。传记究竟是以“叙”为主的，“评”是内在，有时是含蓄隐蔽的，有时是经过特殊的设计体现的。传记既然多半是“叙述”出面，叙事学的一套方法还是可用：叙述人的位置、角度要讲究，叙述的视野，时空的插入和调动，都还可用。只是因虚构性小，要与小说做一区别罢了。要依据传记读者对专注点的不同和对语言风貌的要求的不同，来调整文体。有的传记是给大众看的，大众性的传记要求人物命运的悲欢离合，突出传奇性；有的是给知识分子读的，文字就文雅一些，书卷气重些，要求对传主能提出独特的看法。文人型的传记在对大众传记起一定的引领作用。大众型的传记有进行全社会文学教育之功。提倡文人为大众写传，另有一番意义。现在还缺少一种为儿童写作的作家传记。家长们在选择适宜孩子阅读的励志人物传记时，经常会觉得科学家传记过于深奥，政治家传记用尽计谋，作家传记充满男女情长，都不是理想的儿童读物。其实传记是最适于少年的。我自己小时候最初知道的人物除了白雪公主小矮人，便是发明家爱迪生的一生。我想只要是不板着面孔训人，多写些让孩子们阅读的作家传记，该是个好主意。当然，对给儿童看的传记应该如何写，成熟的写作经验应如何研究，那又是学术界的事情。

破解作家的曲折生平，诠释经典作品的产生和流传的真意，推动作家研究的学术进程，追溯伟大作家生成的原因及生命呈现，依我看，作家传记的文学、教育、学术等多方面潜在的功能和意义，还是可以高估一点的。

2016 年 10 月 14 日避京城阴霾两日于小石居

我的阅读史和你们的阅读史

今天在座的几乎清一色是中文系的学生。主体是2016年中文系的新生，你们的老师大半都是十年前、二十年前的中文系学生，而我不过是四十年前毕业的一个中文系老学生而已。对中文系的人还用得着兴师动众地来讲文学阅读吗？我的回答是：用得着，而且是必须的，因为情况发生了变化。你们看，如今中文系的学生考进来，课文之外，也就是读了指定的几部（篇）课外阅读作品（记得我曾经给"商务"写过薄薄的《围城》课外指导书），中国的高中生要达到苏俄十年制学生能写分析安娜·卡列尼娜人物典型那样的作文，似是不大可能了。我指导过的现当代文学专业博士生，刚入校第一次师生对话，我问这些已毕业的硕士生读过哪些作家作品，结果往往让我大吃一惊。他们真是没有读过几本"经典"，甚至连涉及考题的或是文学史已有定评的一些重要作家，也没有读过他们的原著（比如没有读过茅盾的《虹》、老舍的《离婚》、沈从文的《湘行散记》、曹禺的《原野》，或冯至的十四行诗、丰子恺的散文、汪曾祺的《邂逅集》，等等，现在更不会一本本地读鲁迅杂文）。他们只是从我参与写作的《中国现代文学三十年》中抄录了些故事、人物、评价，就来答题，现在又预备来研究文学。我这才明白我自己也不知不觉被裹挟到这场非文学的文学应试大潮中去了。

文学阅读重要性之一隅

阅读的滞后直接影响着你们这一代中文系学生的成长，动摇着未来语文教学工作者、写作者和文学研究者的根基。你们弄不好就快变成法国小说里那些太太客厅的女主人，为了应酬的高雅，凭了文摘卡片来空谈、侈谈最新的文学创作。这样，你们便永远被隔在了文学大门之外，成为不热爱中国语文的语文老师，做起了文学和宣传都分不清的空头文学家或空头文学研究家。这是很可悲的事情。

关于文学阅读的重要性，可以从多方面去阐释，前人的论述更是汗牛充栋。这里我只是从你们的实际出发，提出以下三点。第一，阅读不够，大大影响了你们入文学之门。这不是说只有"多读"才能进象牙之塔。前辈们翻来覆去所说的"多读"只是个学习文学的过程,还应该有个标准。这"标准"依我来看便是:获取正确语感,体悟美丽文心。"语感"这词,是我从语文教学专家那里贩来的,我解释成,要知道中国的语言文字何谓通顺,怎样才符合约定俗成和不断取得活力这一语文发展规律,以便在一定的上下文环境中准确用来表达语义和感情。"文心"当然来自刘勰的《文心雕龙》,叶圣陶与夏丏尊合作写过一本给中学生读的书当年很为流行的就叫《文心》。我使用"文心"一词,往简单说就是指知道什么是好文章,知道好文章的美是美在哪里。了解"语感"和"文心"并不易,加上中国文字语言的难学,什么是好的"语感""文心"又无从完全定义,只能意会不能言传,具有与生俱来的不确定性、模糊性,因而更需要经过不知疲倦的阅读,让普天之下的优秀文字来触动、陶染我们,以打造出一副语文的好身手。"语感"和"文心"没有边际,如果进入大学之前你并没有经过持久的阅读获得初步的这种感知,即可说你还未入语文(包含文学)之门。我们经常遇到大学毕业多年的中学语文教师,其实他还在门外,这辈子能不能进门也不一定。如果碰上了"文化大革命"这样恶劣的语言环境,整天写什么"大字报""大批判"的材料,那就更坏了。因为你的语感、文感都被引向歧途,破坏干净,你把僵直的、空洞的、唯我独革的霸道文字,当作准确有力和美的,于是你只能被批为"不通"。中文系混进来了,又混出去了,对中国的语言文学还是未得其门而入。所以,我提出用初步的正确"语感""文心"来作为阅读的一个标准,那是较高的标准。第二,在此基础上的阅读便能送你登堂入室,迈入研究文学的第一个台阶了。现在很多中文系的研究生发愁于学位论文的题目,他们甚至认为导师如能提供现成的课题便是得力的指导了,而不明白研究生的培养目标是获得初步的独立研究的能力。如果你没有经过长期的文学阅读取得稍稍走近某个学术前沿的资格(哪怕是占有很偏狭的一角前哨),你四顾茫然,自然不知道写什么好。但假若你的文学阅读已能深入到读完一个作家(或一个流派、一种文体、一个文学时期、一类文学现象)的基本材料,包括三条,一条是全部作品(最好不是主要作品。因为鲁迅说过,读选集如同自己脑袋被别人的马队践踏过),一条是生平思想资料,一条是最新研究状况,那你就大体完成了研究性阅读的准备了。这种研究性阅读,就将你送到了学术前沿。题目随你拾取,就在眼前。这个阅读的标准自然就更不低了,但不是做不到。如果你要等到读博的时候才开始一个作家一个作家地来读,那么,写论文前的两年里要读完重要作家的书当然是艰难的。但如果是在中学到大学阶段，通读了这些作家的一半，读研的时候再来加宽、加深地读，那是可以达到的。再以研究一个作家为例，写得较多的茅盾的全集是42本接近两千万字，老舍全集、沈从文全集、巴金全集也不少（张恨水写有100多部长篇小说，还有众多短篇和散文，仅《金粉世家》一种即百万字，但他的作品散见于不同时期大小报刊，连载未完或写来写去见首不见尾的各种情况杂陈，已经很难收齐。如果谁能寻觅到张恨水的轶文，就可以此为题写论文了），但两三个月到半年如全神贯注，也可读得差不多。而像萧红、张爱玲、汪曾祺这种文学地位高、创作并不以多取胜的作家，集中读半个月也能读毕。再加上研究任何一个作家都要关联到其他作家，研究任何一种文学现象都要涉及其他相邻或相对的文学现象，你的阅读量在进入学术前沿前必然是巨大的，又不是高不可及的。这也从另一方面说明，目前中文系本科生、研究生入学前的阅读准备是多么不足了。

第三，还可以提一提阅读对文科学生或其他大学生修养的作用（因为在其他地方也谈过，这里可以简略）。一个没有书籍的家庭，或一个从来没有见过晚饭后父母读书的文化环境，要想培养下一代的孩子较强的阅读习惯，是很难的。一个不知道自己民族有哪些伟大文学家的国度，很难培养自己的公民具有现代修养。阅读能增加一个人脸上的书卷气，减少或抹去一个人身上的痞气。每一个将来要为人父母的人，都应该想一想自己阅读和下一代阅读的关系这样一个严肃的问题。

20世纪50年代上半期我的阅读状况

谈到我的中学时代的阅读史，有几个问题需要说明。第一，我其时是个普通的“文学青年”。与我这样相同身份的学生每一个班级都有几名，仅仅是比较喜爱文学，把很多课外时间用在文学阅读上面（别的同学是用在绘画、跳舞、打球、科技方面，一下课就忙着装收音机或练习射击去了），而其他学科并不偏废。第二，20世纪50年代上半期正是我读初高中的时候。到1957年夏天“反右斗争”之后紧接着“教育大跃进”，我的中学教育便匆匆结束了。所以“20世纪50年代上半期”不是个简单的数字，而是中华人民共和国历史中特殊的一段岁月。

我的文学阅读比较早。我5岁上学，这与江南人家的习惯有关。后来到了中国北方，知道有的贫苦地方10岁上学都不稀奇。我最初的读物是《白雪公主和七个小矮人》《大人国和小人国》《阿丽思漫游奇境记》这些外国童话的节选插画本。所以我接触经典作品倒不晚。读“阿丽思”是因学校礼堂里上演过大型木偶戏《阿丽思的梦》，等到我几十年后读到沈从文写的《阿丽思中国游记》，我才知道是老相识了。中国传统读物起始颇可怜，家门口书摊提供的是武侠连环画，到附近新书店用零花钱独自购买的第一本书是从各种古典文本选摘的鬼故事。这都有赖于我当年所居住的这个中国最发达商业都市。但我的古典小说阅读很快就展开了。最早读的是《水浒》，印象特深的是那年从无锡回上海的火车上读的《老残游记》。我离开上海是10周岁，故此可以推断读刘鹗的那一年定是10岁以前。为什么会读这本书？一定是我父亲读的缘故。我早期的阅读都与父亲有关。我顺手捞他的手头书来读，他却没有料到身边埋伏了一个“文学少年”。到了辽宁，中华人民共和国新气象之一是到处设立图书馆，不仅学校的图书馆向学生开放，区有区的图书馆，市有市的图书馆，工厂有图书馆，工人俱乐部设图书馆，甚至工人集体宿舍都有以连环画（这时方有了“小人书”的叫法）为主的阅览室，不知为什么都一律对儿童敞开大门。我有了书源，到处找书读（注意不全是老师安排读，而是独立自主地去读），这些图书馆的卡片柜，是引导我读书的第二位老师，是我的目录学。所以我利用20世纪50年代城市公共图书馆的发达，沿着它们提供的方向，虽然读得有点散乱，但大部分还是重要作品。比如我读的第一部巴金小说虽然不是《家》，而是《雾》《雨》《电》爱情三部曲，却也是他早期重要作品。这样就开始了我的古典文学阅读，在正规的市图书馆里读了《西游记》《红楼梦》《镜花缘》《儒林外史》等，《三国演义》读得较晚，连《三言二拍》都翻过了，却几次拿起《三国》又放下，因我不喜欢《三国》式的用计谋。后来到新加坡去讲课，发现《三国》在当地书店卖得很火，问起来懂了，原来商战不就是要使计谋的吗？也因为是广泛利用公共图书馆，我的文学阅读直指经典。我在学校图书馆借开明版的中国现代作家选集系统阅读，借上海孤岛时期出版的第一套红布面的《鲁迅全集》来“啃”。文学阅读的加宽，到高中阶段是更多地涉及外国，尤其是当时流行的苏俄文学。只要一有空隙，我就一定是拿着从高尔基、马雅可夫斯基、法捷耶夫、阿托尔斯泰、波列伏依、肖洛霍夫，到列夫托尔斯泰、契诃夫、陀思妥耶夫斯基、屠格涅夫、果戈理、普希金的书，拿着《钢铁是怎样炼成的》《远离莫斯科的地方》《海鸥》《拖拉机站站长和总农艺师》那样的书读起来。苏俄文学阅读之广，加上对西方现代派文学的偏见，让那一代文学爱好者的世界文学修养并不全面。但读外国作品之多，就像自己将来要到大学教外国文学一样（但不能读原著)，现在想来都觉得不可思议。

我当年的文学阅读还有个特点，是较早注意到文学史。我上文提到的图书馆里的目录柜，那一排排的卡片格子有按照书名的笔画和注音字母(不是后来的拼音字母，但有关系，现在台湾还在用，当然没有拼音字母好)排列的，也有按照作家名字下面的出书时序排列的。特别是后一种，等于是“文学史”的雏形。使用它们查书，是最早对我进行的中国文学史教育。什么是文学史？那是对已逝文学现象的总结，是系统化，是讲文学现象之间的联系的。实际上，当我的文学阅读达到一定数量的时候，当然就会需要梳理，就会考虑所读东西之间的联系。比如读鲁迅，就会考虑他前期作品和后期作品的不同，考虑作品演变和他思想演变的关系。读创造社作家的作品多了，便会想到这个作家社团、流派与其他社团、流派的异同。《女神》时代狂飙突进的自由体诗打破了古典格律诗上千年的传统，为什么新月派出来又提倡写得整整齐齐的“豆腐块”？这种阅读思考的进展发生得如此自然，是大量阅读的结果，读少了就不会有这种带有文学史思考性质的想法了。于是从1955年以后，我一个高中生开始购买文学史。最多的是王瑶、(叶)丁易、刘绶松等的现代文学史，也买当时兴起的国内少数民族文学史如《白族文学史》，买陆侃如、冯沅君合著的《中国诗史》；还波及外国，买各种苏联文学史、俄国文学史(有教科书类型的，也有高尔基个人写的俄国文学史)，买英国、法国、德国文学史等。所以到考研时我家虽经红卫兵的抄书，损失的均是民国线装书，这些平装的文学史偏偏都在，一个多月的备考它们不知给了我多大的便利。使用文学史，让我收获最大的是思想方法的改进。我只要简单地去“对读”，平时如何看的，文学史是怎样写的，看它比我高明在哪里。慢慢地我就有了一点超出个别作家的眼光，有了联系全局的意识。从局部看到较大的整体，再由一个比较大的全体回看局部的作家，心里更清爽了。文学史帮助我认识世界，看文学如此，看世界也如此。可惜我的带有研究性的阅读到此为止，激烈的政治运动很快卷来，自主的阅读便越来越难以维持，直到“文革”结束。而除了读得早、读得多、读得宽之外，自主的非功利性的阅读史，便成了我们那代人的共通的短暂记忆。

今日现当代文学专业的阅读

每个人的阅读史都是自己一笔一画写出来的，旁的人无法越俎代庖，只能提些建议。那么，你们这一代中文系学生如果选择“现当代文学”的专业方向，我可以有些什么建议呢？

补读作品。既然学习中文绕不开阅读，而当前的阅读状态是一个21世纪的人文学科大学生，有可能还不如20世纪50年代上半期高中生里的文学爱好者。而拿到现当代文学硕士学位的学生本应基本读完的作家作品，现在竟需要延至读博阶段。那样一来，补读几乎即是没有办法的办法。

中国现当代文学大约有多少作家，有多少部（篇）作品，积近40余年资料研究的成果，可说大体已经厘清了。我们有各种大大小小的现代作家辞典，大百科辞典里有专门的文学家部分，还有了初步的现代文学作品总目录，原北京图书馆也出过丰富的馆藏目录，等等，数目比较庞大。单是作家，中等辞典约有500位，有一种大型辞典竟有4140位。即便是一个研究断代文学史的专家，要全部读完他们的书籍也是不大可能的。我提出本科生四年内读40个作家作品的基数（研究生再扩大）。40人中有30人可以参考我在《作家排名和文学史叙述》一文所提出的名单，另10人可任凭你们选择自己喜爱的、初读后已有感觉的作家。加宽阅读是当今学生的要害，因为这时课堂里已经开始讲授现当代文学史了，如果以各种借口少读作品，学生就无从建立作家作品和文学史之间的内在理路关系，文学史便是个“死”的！我自己在高中时代尽管读了文学史，但作品读得还是不多，觉得那个“史”不免隔膜；直到大部分作品都读过再温习文学史，整个的史实才有血有肉，感到是活的了。40个作家的作品打下现当代文学的基础，中文系学生终身受用。如果有条件，古典文学、外国文学、文艺理论、文史哲多涉猎些，文学的盘子像植树挖坑尽量挖得比根子大一点，才能栽活。盘子大了，“联系”增多，做活跃的文学史思考就有了可能。

所谓“联系”，有了材料还要有方法。阅读的方法在于“比较质疑”四个字。比较鉴别是人类认识事物的基本办法，这也是在较多阅读后发生的。读了茅盾《蚀》的三部曲，知道那里的时代女性写得有生气，再读丁玲的《莎菲女士的日记》自然就会联想到这也是一类走出家庭的现代女性，有了可比性。乡土小说在现代文学中极其发达，鲁迅派的浙东小说、沈从文的湘西小说和萧红的呼兰河小说读多了，肯定会引起互相比较的兴趣。抽象一点的，如胡风派小说家路翎，有人说他擅长写下层农民矿工的“原始强力”，可沈从文某些写湘人“雄强”的故事也被认为富有原始性，可以填补近代汉人孱弱的性格，这也是比较性的阅读。至于“质疑”，就是在阅读中找到矛盾、空隙、问题，就是要独立思考。像我读巴金的《家》明明是现代文学最畅销的书籍，为何连载时险些被《时报》编辑腰斩？经过质疑，我提出了现代报刊连载读物读者及平装书单行本读者，这样“两种读者”的观点。我重评蒋光慈的《丽莎的哀怨》，是因为此书是蒋被从“左联”开除出去的主要因由，而左翼文学对人物的阶级身份一直有种僵化的观念，与我读小说中的丽莎印象实际是不同的，丽莎有值得同情的一面，于是重新加以研究。比较和质疑，让我们从一个作家的作品延伸到其他更多的作家作品，从一个貌似正确的结论引出真实的经得起历史检验的结论，这时你心目中的文学史如同南方乡间的一棵大榕树，从树干伸出枝枝丫丫，构成了密集的非单线条的巨大树身。

如果你的大量阅读确实打下了理解文学史的基础，你自然会从作家作品延长阅读到作家的生平思想材料。要把了解研究状况也作为一种学术积累，建议最好能读一个作家的两种以上的传记（少选虚构为主的文学传记，而选学术性强的传记），建议读几篇有代表性的研究论文或专著，也可以仔细分析两种以上文学史对某个作家和现象的不同见解。作家作品——生平思想资料——研究状态，这三方面的加深阅读，有可能将你眼前的文学史织成网状，在某种意义上引领你到某个学术前沿。哪怕是很小的一块前沿，放眼望去，已经是风光无限。你会觉得有话要说，有话可说。还有什么找不到论文题目的可能呢？

我把我的文学阅读建议，形象化地概括为：“一个盘子”（要开得大些）、“一棵树子”（摸索到枝枝丫丫）、“一张网子”（现象彼此的错综联系），你看好记不好记？

请记着，离开了你们的大学本科四年，或有人还可能拥有的读硕读博的整整六年，你一生再不会有如此集中的阅读时间了。拜托，千万珍惜呵！

2017年1月21日改于海南文昌逸龙湾，当日为农历小年

现代文学史不必定要以一部作品为开端

我觉得我在《插图本中国现代文学发展史》的开头，没有举出一部可称为伟大发端的作品，可能是明智的。

最近几十年来，现代文学研究界大体趋于一致的看法是同意将“晚清文学”看作“五四文学”的准备期，看作是一个现代性文学整体阶段的发生期。但具体到确定哪一个时间或哪一部作品为起始的代表，认识就复杂多样起来了。在时间上，有把历来的“近代文学”归并到现代文学去的1840年说（鸦片战争），有1894年说（甲午战争），1900年说（20世纪之初），等等。如寻找一部作品作为开端，则更是众说纷纭。有的文学史家提出了颇考验我们思考力的陈季同著的《黄衫客传奇》（1890年出版），还有不乏赞同者的韩邦庆的《海上花列传》（1892年刊载，1894年出版64回本），以及曾朴的《孽海花》（1905年出版前20回本）等，都被推举出来。这些论说各有其学理和资料的支持，这里就无从一一铺开来介绍了，但如果撇开那些定义、概念之争，其实不难窥见它们内在的一致性，即必然是一场“自夸现代性”（争相论说谁更具现代性质）的大战！

当然，定位于一个文学纪元的坐标，是能让历史叙述的头绪格外分明的。但据中国文学现代转型的实际情况看，那么多的时间和那么多的作品都能作为现代文学史的开端而自圆其说，也是有缘故的。中国现代文学的产生，内部孕育突破的因素可上溯至宋元明，但西方文明在近代作为外力的猛然一击，就绝不是可有可无的了。这外力，在政治、军事、经济、市场方面可以如大潮汹涌般席卷而来，到了文学、文化的层次，不免要逐步消化，还是渐进的。而渐进的现代性表现在一个时间段内也就无多大差别了。于是，当众多学者在“夸耀”《黄衫客》《海上花》《孽海花》的现代性功绩时，便会发现其理由大可“互置”，即所列“现代性”的形形色色及其依据，如人的觉醒、平等自由个性的获得、都市的描写、文体的突破以至现代审美意识的引进等等，并不存在唯一性，竟是你也够标准，它也够标准的。而仔细考察起来，整个晚清的作家作品，谁不是“过渡性”的亦新亦旧呢？有了一些独立人权意识的，不过是乘了旧道德部分松弛的空当儿；现代市民文学大大提高了小说、戏剧的地位，成为文学正宗，却仍是呈现出“过渡时代”特色，揭露社会腐败和遵循旧道德互动，文体的守旧性和内部酝酿的改革因素并存。时至今日，叙述鸳蝴文学的先进性和局限性便是如此纠缠。整个一代的晚清文学形态，正是源于此，在当时社会并未产生振聋发聩的影响，更无破旧立新的巨力，与“五四新文化运动”中发表于《新青年》上的鲁迅《狂人日记》是无法比肩的！而一种作为开头的文学现象，当时的影响力就有限，要让后辈上天入地寻找一部具有开创历史地位的作品，而且是“只一个”，就难了。这可能是事实。

既然那么多作品均能代表“现代文学”的出现，与其勉强取出一种，还不如着力将现代性文学产生的文化环境讲清楚好了。这样，我就产生了开宗明义挑选一条现代文化转型的典型街市——上海著名的报刊书店街（望平街）来解剖的念头。不妨想象一下，在距今大约 150 年前，如果你一脚踏入从上海租界繁华区延伸出来的一条街道，即处于四马路（福州路）和大马路（南京路）之间南北走向的望平街，便会看到此处报馆书局印刷所林立的不凡景象。望平街，原称庙街、麦家圈，现为山东中路的一段，在当年不到 200 米长的街面上，便同时簇拥着 20 多家报纸。加上相邻的河南路（原棋盘街）、江西路前后不等冒出来的现代报刊业、印刷业、书业。如 1843 年第一家用机器铅印出版中文书籍的“墨海书馆”，便由南洋迁此；到 1857 年此书馆又创办了第一份现代中文杂志《六合丛谈》（月刊）。先后开设在这里和附近的著名出版机构，还有文瑞楼、著易堂、扫叶山房、万卷楼书坊、广益书局等，更后的商务印书馆（1897 年）、中华书局（1912 年）即便最初不开设在这条路上，最后也都百川归海般地汇聚于此，或把重要的发行所开办于此。它们所带动起来的中国现代文化环境，有物质文化和精神文化多面的辐射力，文学兴起于此间则是必然的了。

这个环境，我是抓住“新旧混杂”但又不断引向“五四”这个问题焦点，从四个方面来论述的。

第一，思想文化的现代引进对文学的渗透力。望平街背后的支撑，是“西学东渐”。这个“西学”是强制性进入的，造成了现代中国文化起始阶段特殊的科技、政治背景。其中，从 1894 年中日甲午海战清廷的败局，到戊戌变法、庚子之变一败再败，使得中国人和中国知识分子觉醒，“群乃知政府不足与图治，顿有掊击之意”①。“革命”(用暴力推翻一个政权，而不是在政权内部寻求改革)的意识一日日深入人心，“暴露”“谴责”遂成为晚清文学的主题。而“西学”被接纳的速度，尤其像在上海这样的沿海城市显然加快了。现代文化与传统文化在这里交战加剧，租界成了新思想、新事物的庇护所。现代思想传播依靠现代出版业可举进化论为例，如在维新潮流中赴英学海军的严复所译赫胥黎《天演论》，便是于1897年在北方租界林立的天津出版(由《国闻汇编》旬刊第2册开始连载)。再如武昌起义爆发当年，同盟会、光复会成员迅即在望平街临时办起30多种报纸大加报道，甚至一报一日发行几刊来及时发布消息，史称“望平街小报”，是现代报刊推进思想文化传播的又一例。由文化环境到文学环境的现代演化，我们可以看到：文学在新时代下的启蒙功能的被强调、被突出，和文学依靠进入市场取得的某种独立性，吸收外来思想后发生的对文学审美特性的最初注视，几乎是同时发生的。最早的洋务派为了学习夷技，贬斥中国的人文传统，认为文学无用而误国。启蒙的维新派梁启超等人反过来，在新条件下大举文学救国的旗帜。而到鸳鸯蝴蝶派的刊物一出，发刊词上毫不掩饰他们的文学消闲观。当然各种鸳蝴文学刊物的社会责任感也不是一点没有，只是强弱不尽相同罢了。而王国维尤其代表了一种接受外国哲学美学思想的倾向，与中国诗词、戏曲、小说的优秀分子结合后，提出文学的性质就在于“美之形式”“其价值亦存于美之本身”②的本质论断。综上所述，可见在中国文学发展以往的任何阶段也不会出现的观念如此杂陈的局面，已然形成。在此之间，因为近代中国被外国列强瓜分的危机形势高悬于每个中国人的头顶，启蒙、新民的时代精神与“诗言志”的传统的融汇就成为晚清占据主流地位的文学声音了。

第二，文学具有现代商品属性的必备条件都有了。文学产生伊始，报刊媒介的推动作用便十分显著。现代报刊印刷如此崛起，使得文学作品再不是藏之名山的稀罕物了，它首先在报刊发表，在书局印行，作为商品流入市场，这就极大地影响了文学的受众面及传播方式。读者群体被拓展了，培养了真正属于现代的读者。作者为读者写作，为报刊写作，产生了新的写作动机和习惯。文学，不仅仅是饭后茶余的遣兴，也是养家糊口的职业，这就使得职业作家的聚合有了可能。这种现代媒介与文学发生的密切关系，互为

---

① 鲁迅：《鲁迅全集》第9卷，人民文学出版社1981年版，第282页。

② 王国维：《王国维遗书》，上海古籍书店出版社1983年版。

生长:报刊将文学作品迅速扩展至外埠和全国,反过来,文学作品对读者的吸引也帮助了报刊的生长。《申报》创始不久,便刊登翻译小说如《谈瀛小录》等,越半年报馆又顺势办了中国第一份以刊登文学作品为主的杂志《瀛寰琐纪》(后改名为《四溟琐纪》,再改名《寰宇琐纪》),连载过蠡勺居士翻译的英国小说《昕夕闲谈》,是用白话译的。至于在报纸上划出一定的篇幅刊载笔记、诗文等,是中国报纸一开始就有的做法,《申报》也是如此,后来发展成文学专版,成为报纸"文学副刊"之滥觞。

第三,进一步,可以挑出稿酬和阅读这两项来看它们与现代作者、读者形成的密切关联。稿费制度的确立也来源于报刊。现在能找到的最早的稿酬布告是1877年《申报》的《有图求说出售》,其称"有精细画图十幅钉成一册"的画集在手,据此征写小说,条件是:"海内才人照图编成小说一部约五万字/限于十二月十五日以前缮成清本/由申报馆送交/择其文理尤佳者一卷/愿送润笔洋二十元/次卷送洋十元/便即装印成书出卖。"①这幅托名"寓沪远客"的征集小说的广告,作为稿酬启事的内容异常完整,有订购的字数,有字数的价码,有不同质量的不同润笔,有截稿日期与务必抄清的要求,讲明是为商业目的征集的。当时的万字四元或二元的稿酬虽不算高,但也不低。到了25年之后,梁启超1902年提倡"小说界革命",他在逃亡的日本首创小说杂志《新小说》,事先在自己办的《新民丛报》刊登了"征文例及润格":第一类"章回体小说在十数回以上者及传奇曲本在十数出以上者","自著本甲等/每千字酬金/四元",乙等"三元",丙等"二元",丁等"一元五角"。"译本甲等/每千字酬金/二元五角",乙等"一元六角",丙等"一元二角"。第二类包括"杂记""笑话""游戏文章""杂歌谣""灯谜酒令楹联"等,不奉酬金,"将该号之报奉赠一册,聊答雅意"。②(这类以赠送书报或书报券代稿酬的办法,沿用时间极久,我在20世纪50年代也经历过)我们正可以将这则梁启超与友人讨论后亲拟的稿酬通告,看成是现代文学稿酬制度正式成立的一个标志。包天笑回忆自己的《小说林》时代,便是辛亥年之前,那时无需修改的小说是千字二元,需修改的是千字一元或五角。他自己曾多到千字三元,而林纾的小说译稿"商务"给到千字六元的高格。③ 由此可以认定,《新小说》施行的稿酬标准已经定型了。

---

① 《有图求说出售》,署"寓沪远客",原载1877年11月21日《申报》。原文无标点。

② 《新小说社征文启》,原载1902年10月《新民丛报》第19号。

③ 包天笑:《钏影楼回忆录》,香港大华出版社1971年版。

与稿酬制度并行不悖的，是现代阅读环境对文学的影响。关于科举文人在其中如何演变，鲁迅在《上海文艺之一瞥》一文有绝妙叙述，用漫画笔法勾勒了这些新型文人的流品：首先称他们为“才子”，以区别于传统的“只读四书五经，做八股，非常规矩”的“君子”。用正统的眼光看去，他们都是“科举”衰落以至终结时期遭历史汰选出来的“落拓文人”。其次是家世中等以下的市民文人。他们习惯于租界生活，也熟悉租界。他们从县城乡镇跑到上海来，对世界的事物顾忌少，适应性强，一切靠自读自学。他们所写已将租界当作上海的主体。最后是“有才子气”的报人、记者、编辑，很多是三者集于一身的卖文者。他们论写作不愧是快手，长篇连载能够边想边写边登，在报馆熬夜等消息，过惯夜生活，自由散漫，放荡不羁，青楼瓦舍都是要走走的。① 而这时的读者当然也发生了变化：小部分是“才子”们你读我的书，我读你的书，大量的是每日阅读报刊粗通文字的市民。等到西洋新式学堂毕业的学生成了气候了，接受先锋文学的“五四学生读者”才会出现，才能开出另一文学时代。而晚清这代的作者和读者，都是中国现代性文学积累时期的文化产物，具有新旧交替特性。他们以文学报刊的编辑、书籍市场的操盘手作为中介，连接成文学发生、传播、接受、承续、变化的新型关系，这在当年自然属于新兴力量，是中国过去任何时代都不曾有过的。

第四，是对文学特别重要的现代语文环境的形成。我们更要留意这时期文学的重要之点，是为“五四”白话代替文言最终成为文学主流语言准备些了什么。这大致可从改造文言使之松动，和使用初期白话这样两个方面来研究。文言的松动并非只是给现代白话让出空缺而已。一种行使了千年以上的正宗文学书面语，它试图适应时代而做出不断调整的努力，自非从今日始，只是到了晚清它再也拖不下去了。这次“松动”性的调整幅度较大。其理论准备，有学者提出可从 1887 年黄遵宪定稿的《日本国志》所言“语言与文字离，则通文者少；语言与文字合，则通文者多”的“言文合一”，找到源头。它比胡适《文学改良刍议》要早 30 年。② 黄遵宪自己的实践，便是与维新派同道诸人提倡写充满新知识、新理念的“新体诗”。西化名词直接进入旧体诗，相当刺激。在文言散文领域，梁启超的“新民体”“报章体”最为出格。这种语体如他写的《少年中国说》等所示，虽是文言，但部分地口语化和

---

① 鲁迅：《鲁迅全集》第 4 卷，人民文学出版社 1981 年版，第 291—294 页。

② 严家炎：《二十世纪中国文学史》（上册），高等教育出版社 2010 年版，第 8—9 页。

欧化了。他自己概括为“务为平易畅达,时杂以俚语韵语及外国语法,纵笔所至不检束”“其文条理明晰,笔锋常带情感,对于读者,别有一种魔力焉”。[①] 此语体也适合输入新词、新概念,配合思想启蒙,宣传鼓动,在现代报纸上运用起来正是得心应手。梁启超报章松动文言的影响极大,起到从内部瓦解文言的作用。而另一种松动文言表现在翻译作品里也不可小觑。这种变化据钱锺书分析,连后来拼命反对“五四”白话却是翻译过一百七十多部外国小说的古文大家林纾(琴南)也不例外,说:“林纾没有用‘古文’译小说,而且也不可能用‘古文’译小说。”林纾译书所用的文体是他心目中认为较通俗、随便、富于弹性的文言。流行的外来新名词像“普通”“程度”“热度”“幸福”“社会”“个人”“团体”“脑筋”“反动之力”“梦境甜蜜”“活泼之精神”等应有尽有。[②] 钱氏将林纾译文所用松动文言的性质尽力挑明,证实了文言的“欧化”,定会潜移默化地暗示“五四”白话向“欧化”的一路(“五四”白话本也可以有别的线路)走去。

至于使用白话,在晚清期间整个都是存在的。先行者要执行语文的通俗化,“白话”是现成的。它的资源至少可上溯至宋代的话本小说和语录体笔记,然后一代一代吸取当时的民间口语,造成古代白话的历时状态。可以说,白话的倾向总是归向口语(由明清两代的“官话”打下基础,这口语自然倾向于北京话)。到了近代,企图用白话来调整民众的书面语言,最初的目标是开发民智,使得维新变法的宣传力度能达到民间的层面,可称为“过渡性白话”时代。其形态约有三种:报章白话、小说白话、翻译白话。报章白话可取19世纪末的白话报潮流为代表。关于晚清各类白话报的总量,大概在二百种以上,分布全国。白话报若与使用文言的大报相比,它们好像只是些小兵小卒在打打边鼓,随印随发,但正是这些小型白话报,造成写报章白话文的风气。1876年创刊的《民报》是申报馆用通俗语体出版的另一种报纸。1897年在上海创办的《演义白话报》也是较早一种,创刊号载《白话报小引》,可见出此类报纸白话的论说风味:“中国人要想发愤立志,不吃人亏,必须讲究外洋情形、天下大势;要想讲究外洋情形、天下大势,必须看报;要想看报,必须从白话起头,方才明明白白。”在白话报盛行的时期,白话向文学创作的渗透日益增强。由于小说本来就是“说”而不是“写”的,白话一直是

---

① 梁启超:《清代学术概论》,天津古籍出版社2003年版,第77页。

② 钱锺书:《旧文四篇》,上海古籍出版社1979年版,第83—84页。

小说话语的主导，到后来谴责小说用现代报刊登载出来，每一部用的都是白话。《孽海花》的语言相对典雅些，有时杂以骈词俪句。他如《官场现形记》《二十年目睹之怪现状》都易读易懂。与此同时，使用白话比较彻底的当是白话翻译文字。因为外国文本便是"欧化"结晶，翻译的白话自然得到启发，同欧化的松动文言翻译遥相呼应。较早的白话译者，有苏曼殊、周桂笙等。周桂笙本是鸳鸯蝴蝶派翻译家中主要采用文言的有影响的译者，他通晓英法文，早在1903年就有一部白话译作《毒蛇圈》在《新小说》第8号发表出来。苏子谷（即苏曼殊）也于1903年用白话翻译了雨果的《悲惨世界》，以《惨社会》的题目发表在《国民日报》上；第二年出版单行本时加署了陈由己（即陈独秀）的名字，成了合译（陈独秀的作用大约是润色加工）。意译的翻译家中真正开白话翻译先河的，是伍光建。他1907年出版的《侠隐记》译的是大仲马代表作《三个火枪手》，直至"五四"时代仍受到《新青年》同人们的赞誉，并引用他"简洁明快"的白话来批评林纾。① 白话的翻译举其要者，还有陈冷血译的莫泊桑短篇《义勇军》，一直到周瘦鹃得到鲁迅褒奖的《欧美名家短篇小说丛刊》那些篇目。它们的直接效果是刺激了吴趼人、徐卓呆等对白话短篇小说最初的尝试。这里有两点还应强调，一是晚清小说的白话，按朱自清的话说仍是"文言、语录夹杂在一块儿。是在清末的小说家手里写定的。它比文言近于现在中国大部分人的口语，可是并非真正的口语"。二是当时的人们并不拿这样的白话来做日常书面语。不登大雅之堂的小说可以这般写，如果是写文章、写公文、写书信、写状子，等等，用的自然仍是文言。② 如从晚清语文教育实际情况看，这种"过渡"态势也很明显。其时"新式教育"已成，中小学校可自选市场上的教科书来使用。教科书能反映的语文问题往往滞后，但更能显示某一时期语文的实存状况。当时没有出现白话的国文教科书，辛亥前商务印书馆出版有林纾编《中学国文读本》和吴曾祺编《中学国文教科书》两种，都是文言的。选文标准也是桐城派的。但"国文"一词的使用已明确表示，"文学"和"经书"一样可以名正言顺地渗入"中国语文"系统之中了。"文"对于"道"来说，地位提升了。而且语文材料的编排顺序开始反历史朝代而行，可以由近及远，从本朝上溯至先秦朝了。总之，"松动的文言"为"五四"白话准备了"转变"的环境；"过渡的白话"为"五

① 茅盾：《茅盾全集》第20卷，人民文学出版社1990年版，第26—27页。

② 朱自清：《朱自清全集》第3卷，江苏教育出版社1988年版，第58页。

四”白话直接树立了样子;“翻译白话”的作用更应引起注意,因有关资料表明,晚清渐渐产生有中国章回体以外阅读趣味的读者了,他们长时段阅读的便是翻译小说。这是一个文言白话你中有我、我中有你的文学语言时代,是一个什么都在破坏中、也在建设中的时代。

晚清文学环境讲清楚了,其中任何一个作家的作品对现代文学的形成能起何作用,能树立何种地位,也就一目了然了。

2017 年 4 月 26 日重改于小石居

旧时上海文化地图:“看张”读书笔记之一

“看张”,自然是从张爱玲的一个集子名《张看》翻造过来的,这绝不难懂。世界既由得张爱玲来看,我们亦可经张爱玲去看这个世界。本篇所指的“世界”不大,便是上海。

一、缘起:不要把上海看扁了偏了

前不久曾读过一篇论文,是研究20世纪三四十年代上海流行歌词的。题目很新鲜,论述也不俗,但看来看去发现一个问题,即全文所指的流行歌曲,便是从《毛毛雨》到《蔷薇处处开》这般的软性音乐。这与我童年印象并非一致。这些歌我都知道,也会哼几句,都是当年由无线电或街上听来。直到十几年前去台北探亲,亲友团聚,饭后有人提议,“来听一会儿靡靡之音吧”,大家一笑,放的便是“桃花江美人窝”“玫瑰玫瑰我爱你”之类耳熟能详的词调。“靡靡之音”是比我年长的台湾平辈记忆用语,调侃中带点纠偏意思。那么当年流行的还有属于另外的声音吗?当然有,那便是左翼电影歌曲。而且不是小宗,是大宗,起码与舞场歌场的时髦曲子不相上下。我记得20世纪40年代后期每当我要催几个“懒妹妹”起床,就唱“起来,起来”,再不就唱“轰轰轰,哈哈哈轰,我们是开路的先锋”,把她们的被子像推石子那样掀掉。这都是聂耳电影插曲的魅力。其时,我哪里会看过《大路》或者《风云儿女》呢,但不知道什么时候就会唱《开路先锋》和《义勇军进行曲》了(它们都比我年纪大,是1934年、1935年涌现的)。这正是流行歌曲的特征。像《桃李劫》里的《毕业歌》,《渔光曲》里的同名主题歌,十年前的电影早演过去了,歌曲却像水银泻地一样到处流淌。流行歌曲在上海本没有那么偏狭,而呈现出它的丰富性来。

回忆这些左翼歌曲,不禁让我想起并不是左派的张爱玲讲过的有关上海左翼电影的话:“中国电影最近的趋势似乎是重新发掘一九三几年间流行的故事。这未尝不是有益的。因为一九三几年间是一个智力活跃的时代,虽然它有太多的偏见与小心眼儿;虽然它的单调的洋八股有点讨人厌。那种紧张,毛躁的心情已经过去了,可是它所采取的文艺与电影材料,值得留的还是留了下来。”(《银宫就学记》)可见要真实了解旧时上海的文化环境并不易,而张爱玲的作品因其容纳、保存的上海映象特别丰富,这让我产生了一个想法:辑录她文学的有关文句,与我的童年记忆做一对照,以更好地把握历史的上海。但愿我们少一些隔膜,多一份真切。

本文在“缘起”之后将写成若干则笔记。每一则笔记拟有引导标题,然后摘录张爱玲的语录,再加上我的夹叙(回溯我的上海)和夹议(对张爱玲文字的读后感)。需要说明的是张爱玲她有她坠落的上层“贵族”的视野,而我有我的普通市民家庭的角度,两相掺和之后的结论可由读者自行得出,我的观点只是其中之一。此外,张爱玲的话无论是虚构想象的小说材料,还是回忆散文带有自传性质,最后都应把它作为文学性的资料看待,不要误认为是历史档案。此为小序。

二、居住:上海富家连佣人都未去过虹口闸北

我们搬家搬到一所民初式样的老洋房里去,本是自己的产业,我就是在那房子里生的。房屋里有我们家的太多的回忆,像重重叠叠复印的照片,整个的空气有点模糊。有太阳的地方使人瞌睡,阴暗的地方有古墓的清凉。(《私语》)

公寓是最合理想的逃世的地方。厌倦了大都会的人们往往记罣着和平幽静的乡村,心心念念盼望着有一天能够告老归田,养蜂种菜,享点清福。殊不知在乡下多买半斤腊肉便要引起许多闲言闲语,而在公寓房子的最上层你就是站在窗前换衣服也不妨事!(《公寓生活记趣》)

张爱玲在上海大约住过六处房子。老洋房是曾外祖父李鸿章给他女儿的陪嫁,毗邻苏州河畔,麦根路(淮安路)和麦特赫斯脱路(泰兴路)的转角,是座清末的中西合璧别墅,便是上引第一段所写的住地。苏州河在上海整体是从西向东淌去,注入黄浦江,在老宅前却是短暂呈南北向,所以自传体小说《雷峰塔》写琵琶(原型张爱玲)在后面小楼的房间远眺“一·二八”闸北大火,实际正是看“江东父老”陷于水深火热之中。老宅对于张爱玲,是她的诞生之地,是被父亲后母禁闭并最终逐出的伤心之地。但自从看了《孽海花》以祖父张佩纶为原型的故事后,她对“贵族世家”的追认,一人直面“大厦将倾”的家族时势,便成了她自傲的渊源,成为她遗世独立的痛楚和梦魇。此房足够提供她“回忆”“瞌睡”或在“清凉”地里施展想象的了,这是她全部

文学的根。后来也住过石库门，但主要是住纯洋房。起初是阔气的花园洋房，以后是好几处公寓大楼。上海的房子，"花园洋房"虽然也有大小贵宜差别，但从房型上讲就算是到顶了。不过在张爱玲的笔下，写公寓最多，以至于专门写有散文《公寓生活记趣》，便是"军营里的喇叭""隔壁的西洋茶食店"，也是站在公寓楼上听的、看的、闻的（见《夜营的喇叭》《道路以目》等），小说也充满这种场景，几乎找不到花园洋房的踪影。她最爱的必是公寓无疑。

住过的公寓房子，现在"张迷"们去顶礼膜拜的一为爱丁顿公寓（今常德公寓），一为卡尔登公寓（长江公寓），很巧，都与我家的上海居所不远。"卡尔登"在黄河路，过去称派克路，那里的一条弄堂是我的诞生地。"爱丁顿"位于常德路（旧赫德路），而我们住过的"四寿邨"，便在常德路和北京西路（旧爱文义路）的交叉口子附近。这里属于静安寺地区，过去沪西的"上只角"地带。我们家，因父亲在报关行做事正处"鼎盛"时期，属中产市民，才住得起如此地段的整幢石库门一楼一底加大阁楼而亭子间改成卫生设备的房子。张爱玲家已然下坠，从几十间房子的地方搬到只有几间房的洋楼，但她感觉颇好，认为公寓利于"逃世"。她本质上是个不擅世故的现代女性，在生活里与人打交道经常失败，在书本里与人打文字交道才觉遂意，而公寓则给了她自由的、平等的、不必看任何人脸色（包括生母。她在其他著作里批评了父亲，却在《小团圆》里借了九莉之名终于释放了母亲给她的委屈）的人生环境，以及满足她与众不同的遗世独立的生活方式（真的就这样在洛杉矶度过一生）。而且公寓确乎不差，所谓再小的骆驼比马大，带热水汀（暖气）、瓦斯灶（煤气）、电梯的公寓房子直到"文革"结束前的上海，还是让人听了垂涎的佳居，更何况 20 世纪 40 年代？张爱玲住的公寓经母亲或姑姑设计，装修成"深浅不一的褐色与立体派艺术"（《雷峰塔》），有一张姑姑坐在客厅里的照片为证，相当现代化。而公寓的租金不菲，"租这一层楼面所付的房租足够租下一整栋屋子"（《易经》）。即是说"爱丁顿"的一套房便等于我家"四寿邨"的一幢楼。而等到我家随着父亲事业的下落搬进虹口，无论是新式里弄房和老式石库门的二楼，都要烧煤球炉子，都要用炭火盆取暖或干脆不取暖，甚至最后要坐马桶，每日清早要听铃声倒马桶了。

上海的住房最能体现你一家子的经济地位。虽然对于小孩如我，到 1950 年离开上海的东余杭路"春阳里"为止，对那条弄堂的看法并不坏。是的，那是一条嘈杂、琐屑、不甚洁净的石库门长弄，每一个门里恨不得也要塞满七十二家房客，却感觉还是比冷冷清清、邻里老死不相往来的“四寿邨”有生机活力，更值得流连。我今日挥之不去的上海回忆，基本都在虹口，而非静安寺。如四川北路多伦路的左翼作家集聚区，正是我后祖母与叔叔们居住的“丰乐里”。我也见到过虹河周边的棚户区。但我第一次读到张爱玲所写有钱人家谈虹口和闸北的闲话时，仍然吃了一惊。《雷峰塔》写到的闸北大火一段，听保姆何干和佟干纷纷讲“倒没去过闸北”，琵琶自言自语说“不知道是什么样子”。同书的另一场面，露（原型即张的生母）和珊瑚（原型即姑姑）和琵琶三人谈虹口日本人：“‘我就不懂怎么会有人愿意住在虹口。’露道，‘每次一过外白渡桥，我就觉得毛骨悚然。’/‘房租便宜。’珊瑚道。/琵琶却道，‘我没去过虹口。’”让我第一次明白在上海租界住着的人，是如何看待闸北虹口的。一句话，旧时上海的居住是分区的，市民则是分层的。张爱玲家庭的坠落好歹仍是在“上只角”，而我家却由上至下，后来跌到“下只角”去了。这在上海是鉴别人物地位的习用常识，毫不稀奇。

三、街市：上海既温暖又冷酷也令人茫然

沿街的房屋大都熄了灯了，只有一家老虎灶，还大开着门，在那黄色的电灯光下，可以看见灶头上黑黝黝的木头锅盖底下，一阵阵地冒出乳白色的水蒸气来。一走到他家门口，就暖烘烘的。夜行人走过这里，不由得就有些恋恋的。（《十八春》。后经作者重写改名为《半生缘》，此段并未变动）

看不到田园里的茄子，到菜场上去看看也好——那么复杂的，油润的紫色；新绿的豌豆，热艳的辣椒，金黄的面筋，像太阳里的肥皂泡。（《公寓生活记趣》）

电车停了，马路上的人却开始奔跑，在街的左面的人们奔到街的右面，在右面的人们奔到左面。商店一律的沙啦啦拉上铁门。女太太们发狂一般扯动铁栅栏，叫道：“让我们进来一会儿！我这儿有孩子哪，有年纪大的人！”然而门还是关得紧腾腾的。铁门里的人和铁门外的人眼睁睁对看着，互相惧怕着。（《封锁》）

这道士现在带着他们一钱不值的过剩的时间，来到这高速度的大城市里。周围许多缤纷的广告牌，店铺，汽车喇叭嘟嘟响；他是古时候传奇故事

里那个做黄粱梦的人，不过他单只睡了一觉起来了，并没有做那么个梦——更有一种惘然。(《中国的日夜》)

以上四段文字包括两种上海街市的感觉，温馨的和惘然的。其实加上“新感觉派”穆时英、刘呐鸥所写，还可有第三种:新奇刺激，充满欲望，使人目迷五色的。我幼时能感觉到南京路和城隍庙不同的繁华，霞飞路的优雅，自然不懂得在上海滩上人与人之间的陌生、对峙、紧张。小朋友与小朋友，已经有了友谊，到高年级大都会的男女同学早熟还会有蒙昧初开的爱慕。如果也有紧张关系的话，便是上海文化叫你渐渐懂得做人要“卖相好”(长得外表漂亮)、“穿戴好”(衣服漂亮)、“门槛精”(头脑活络)之类。我是一样都没有。“老实”“厚道”在北方算优点，在沪地是“无用的别名”。所以到1950年读到小学六年级功课还算可以，但在上海被这三条压住了:我从来没有觉得自己的学习有多好，做人的自信在没到北方来以前未能树立。不过，大人间的斗心钩角暂时也还看不出来。

按理说，张爱玲同她的佣人都不会到老虎灶去买水，不知道她是如何感受到那里的温度的。那是我虹口时期熟悉的地方。春阳里的弄堂前头在东余杭路，尾巴开在鸭绿江路，在去往我的第二个小学新陆师范附小的路上，我会看到鸭绿江路和北新虹桥相交处那爿老虎灶当街两个斜倾的大木头锅盖。至于小菜场，上海有水泥建筑西洋式的硕大菜场，也有凌晨即设到太阳升起便散的路边菜场。张爱玲去的静安寺菜场是好的，我家东余杭路上有临时菜市，如往南穿过一条陋巷到汉阳路，再走几步可到的西式三角地菜场，在上海是出名的。它倒不像住宅那么势利眼了，任谁都可以去逛、去买。但你要能将茄子、豌豆、辣椒、面筋的色彩神韵写出来，就非要有张爱玲的笔力和情感才行。我只是觉得上海的普通弄堂，像我的春阳里那样充溢着一股平民生活缤纷颜色、氛围的地方，真值得一写。那里每日上演的，是手工匠人的绝技、游艺玩耍的千姿百态以及小孩游戏的嬉闹:卖馄饨的竹制担子一头带着锅灶，另一头放着馄饨皮、馅子，像一个店挑在肩上;大饼油条摊子有烘炉有油锅，粢饭团子要有放饭的木桶，葱油饼的香气会从这条弄堂窜到那条弄堂;理发师傅嗖嗖地在皮带上蹭着他发亮的剃刀;补鞋的有贴胶的模具，补碗补缸的手执弓钻，白铁师傅敲敲打打;磨刀师傅放下长凳拿出粗细磨石来切磋琢磨，金属和石头发出并不太刺耳的沙沙声响;耍刀、耍猴，配合着锣声阵阵;套藤圈、拉洋片和连环画书摊周边更是围满青少年;街头大变活人让小孩子直往大人膝下躲藏;而儿童占据着要津在起劲地踢毽子、跳房子,我和同学用书包当球网画上线框在地上打乒乓球(有人采访上海人徐寅生问他从小怎样开始打乒乓球,他说就在弄堂地上打)。我相信张爱玲如能在最活色生香的千人大弄堂里住过,定能发现更多的上海暖色来。

这样的上海有点县乡的味道。东余杭路通向鸭绿江路、海宁路,通向北四川路,到达南京路。乡村的人到了大城市会觉得恍惚。大都市自己的五脏六腑潜伏着乡村文化的沉淀物,也会恍惚。《金锁记》里麻油店的姑娘曹七巧侵入到衰落贵族大家庭里当起二房奶奶,洞明了内里,也腐蚀了自身,那份茫然四顾,和女儿长安"一级一级,走进没有光的所在"(《金锁记》)。金锁记即是惘然记,正是张爱玲深刻之处。

四、饮食:中华吃法是吃了物质还要吃精神

隔壁的西洋茶食店每晚机器轧轧,灯火辉煌,制造糕饼糖果。鸡蛋与香草精的气味,氤氲至天明不散。在这"闭门家里坐,账单天上来"的大都市里,平白地让我们享受了这馨香而不来收账,似乎有些不近情理。我们的芳邻的蛋糕,香胜于味,吃过便知。天下事大抵如此——做成的蛋糕远不及制造中的蛋糕,蛋糕的精华全在烘焙时期的焦香。(《道路以目》)

苋菜上市的季节,我总是捧着一碗乌油油紫红夹墨绿丝的苋菜,里面一颗颗肥白的蒜瓣染成浅粉红。在天光下过街,像捧着一盆常见的不知名的西洋盆栽,小粉红花,斑斑点点暗红苔绿相同的锯齿边大尖叶子,朱翠离披,不过这花不香,没有热乎乎的苋菜香。(《谈吃与画饼充饥》)

中国人的好吃,我觉得是值得骄傲的,因为是一种最基本的生活艺术。(《谈吃与画饼充饥》)

张爱玲谈吃不灵光,至少要比后起的汪曾祺差(张有《草炉饼》一文,谈到偶读汪的小说竟解决了几十年存疑的一个食品名称问题)。她与父亲住的时间应是吃中餐的,之后却没有谈及任何钟爱的菜式。到了和母亲姑姑同住,西餐的位置迅速升高,在家请采用了《沉香屑:第一炉香》的杂志主编周瘦鹃来吃的也是牛酪红茶和甜咸几种西点。待去了香港、美国,写吃的内容才稍稍多些,这可说是一种"间离反应",越是远离什么便越是想念什么。

在美国她甚至写了篇“谈吃”的长文,标题里缀了“画饼充饥”四字成语,下笔时大概也会失笑。不过此文也没谈什么佳肴,所举不过是中国民间食品大饼油条、粘粘转、大麦面子、鹅脯、鸭舌萝卜汤,西餐提到俄国店老大昌的十字面包、德国起士林咖啡馆的方角面包而已。可见张的吃食回忆主要不在滋味,而在于蛋糕烘焙的香气,或苋菜的复杂色调(她说的是紫苋菜,能将周围染成紫色的那种。苋菜还有绿的不染色者),描写之美达到极致,突出的正是“生活艺术”。可是谈吃食不大管舌尖的感觉,“色香味”少了味,仅余色、香,也不免有悖于中华料理的全体精神吧。所以我说张谈上海的吃是以偏概全。

按我的童年印象,上海菜的最大特点如不用“海纳百川”这个熟语来形容还真难把握。本帮菜虽不脱它的根基,却在全中国的范围内注重吸纳名菜,吃的时候是在全上海的范围里挑选名店。沪菜的基础是苏南菜,但它对我的家乡宁波菜的吸收是几乎到了乱真的程度,以至于许多上海年轻人都以为大汤黄鱼、黄鱼羹、腌笃鲜等从来即是本地菜似的。吸收淮扬菜更不必说。至于在沪地如请客吃饭,粤菜就是新雅、杏花楼,川扬菜去梅龙镇、绿杨邨,宁绍菜是状元楼,苏锡菜是大鸿运,京菜数燕云楼,本帮菜是老饭店、德兴楼、老正兴。吃西餐的历史从清末“吃大菜”算起,由好奇追新出发,到形成德式、法式、俄式各种西餐店、咖啡馆、面包房均有名店的体系为止,直到中国人自己开的糖果点心大店冠生园的诞生(见施蛰存《春阳》)。便是现在,上海人仍保持这个习惯,稍微尊贵一点的客人是不会就近找个饭铺解决中晚饭的。我住在华师大本部,说是吃“苏浙汇”,还是要选淮海路附近的连锁店老远地奔过去。上海人的家常菜更见这种“吸纳”的功夫。幼时家里,长辈满口操的是宁波话,衣食住行的“衣住行”都差不多归化上海了,但“吃”的一项是坚守宁波的咸鲜传统的。母亲日常做的雪菜黄鱼、两面煎带鱼、蹄髈黄豆汤、面拖蟹、肉饼子燉蛋;过节吃宁波炒年糕,做最有特色的宁波猪油黑洋酥汤团、肉汤团的时候助大人参与磨糯米、晾水粉、搓条子、揪剂子等全过程;准备年夜饭火锅的蛋饺要一个个用圆勺子做,黄澄澄列成一排;冷盘的鳗鲞、戗蟹,早餐的咸蟹、黄泥螺都可到我们宁波人开的南货店买来,加上糕点,如“三阳”的马蹄蛋糕和水晶糕、“叶大昌”的豆酥糖、“邵万生”的糟醉海味食品,都令我半个世纪后依然难忘。这样说下去好像不是在谈张爱玲而是论宁波籍的上海人苏青了。但当时在上海逾百万数目的宁波移民后代,便是遵守着开放吸收的文化要点,一直开放到我家的日常餐桌上:早点是苏北的;来自江南农家的猪油菜饭可以采各色时令蔬菜;狮子头是扬州菜;色拉、罗宋汤是西洋的;南洋的调料咖喱粉使用普遍,以至于家家会做咖喱鸡、咖喱牛肉,再不济还有咖喱马铃薯。我母亲对迁徙东北最早表示满意的便是土豆真大真沙,适合做色拉和咖喱食品。上海人吃的本土性与开放性兼有,十分鲜明,使得它在中国成为吃得最宽阔的一种人(广东人四川人也各有所好)。

五、衣饰:现代时装是简单中的奇异

对于不会说话的人,衣服是一种语言,随身带着的一种袖珍戏剧。(《童言无忌·穿》)

太大的衣服另有一种特殊的诱惑性,走起路来,一波未平,一波又起,有人的地方是人在颤抖,无人的地方是衣服在颤抖,虚虚实实,实实虚虚,极其神秘。(《花雕》)

这里聚集了无数小小的有趣之点,这样不停地另生枝节,放恣,不讲理,在不相干的事物上浪费了精力,正是中国有闲阶级一贯的态度。……古中国的时装设计家似乎不知道,一个女人到底不是大观园。太多的堆砌使兴趣不能集中。我们的时装的历史,一言以蔽之,就是这些点缀品的逐渐减去。(《更衣记》)

与吃的方面恰好不同,张爱玲是服装专家。这里的三段话,可说是张爱玲的夫子自道:不善言谈可借助服饰表示;宽大奇异的服装有特殊之美;追求现代服饰便要抓住它的简明性。所谓"服装专家",第一,请读《更衣记》便知,等于是一部压缩了的中国服装史。能讲服装史的人岂有不懂服装的?第二,与闺蜜炎樱两人合作,能动手设计服装,不光是动口。第三,自行设计的奇异服装,敢抛头露面穿出去。张爱玲就属于"不会说话的人",但出奇的是她敢用服装来代她说话。穿着用祖母带图案的被面改的大花连衣裙去参加女作家纳凉晚会,穿着显示腰身的旗袍外面罩了带网眼乳白色绒线衫去出席新上海的第一次文代会。这都源于她的不谙世故,以及内在的张扬个性和千方百计总要与众不同的脾气。所以她一边分析现代服装趋于简单的轨迹,一边却穿了自制的奇装异服到公共场所去。不过,看她所着奇怪时装的照片都暴露出一点:衣料是贵重特别的,做工却只是简单缝合,最后达到了她说的大衣服可以拥有“一波未平,一波又起”的神秘效果。将奇异和简明混合在一起,也算张爱玲的一绝。

我生活在20世纪40年代上海的普通家庭,不富足也不寒酸,天天见到的是市民实用习性。小孩子过年一定穿新装,除夕晚我和四个妹妹的枕下就已压好了新内衣了。我是长子,跟父亲到亲友家拜年时要穿新皮鞋,但因平时舍不得,到下回过节再取出便要用鞋拔了。母亲其时年轻,总是旗袍。父亲是长衫,我没有见他穿过马褂和中山装,去写字间一般穿的是西服。父亲穿衣颇省,一件衬衫用过五六年还是新的一样,母亲说是洁净少汗渍造成的。我倒觉得是因衣料上好。后来我已在北方当中学教员多年了,还捡父亲旧西装改的衣裤穿,几十年的衣料看上去仍然七成新。上海市民讲究“扎台型”,也很实际,在以后脱离国际大都会轨道的日子里,奇装异服如张爱玲是不敢想了,但曾在全国带头风行毛蓝土布化腐朽为神奇,或将灰的卡、蓝的卡穿得风生水起,那都是不假的。在领子、袖口做点小手脚也很常见。最受北方人诟病的衬衫假领子,不知现在的人懂不懂,多少年风行不衰,便是服装之上海风气在平凡市民中的生动反映。

六、娱乐:人人能享用的电影京剧游艺还是有等级的

现代的电影院本是最大众化的王宫,全部是玻璃,丝绒,仿云母石的伟大结构。(《多少恨》。“大众化”另有版本作“廉价”)

乡下人进城第一个要看的地方就是大世界,庞大的灰惨惨的混凝土建筑,娱乐的贫民窟,变戏法的、说相声的、唱京戏苏州戏上海戏的……琵琶从小时就读过许许多多在大世界邂逅的故事。她一直都想去看看,没人要带她去。老妈子们偶尔带乡下来的亲戚去,她总也在事后才知道。(《雷峰塔》)

“最大众化的王宫”的比喻说到了点子上。现代大众娱乐表面上是如宫殿一样富丽堂皇,繁华已极,其实是贫富市民都可买票进入享用的。“娱乐的贫民窟”的说法带了点藐视,但还是说出它大众化的真相,并引出上层家庭孩子的无限想象。张爱玲对都市大众文化的看法相当前卫,她的兴奋点也在其中。大众娱乐凡是俗气的,她这个“贵族小姐”反而兴趣盎然。比如

流行曲她多次提及喜爱“申曲”，在上海本叫“滩簧”，即真正的上海俚曲。再如她是个电影迷，从看电影到写电影评论《借银灯》《银宫就学记》乐此不疲，所涉影片《桃李争春》《梅娘曲》《新生》《渔家女》，都不是在电影史能留名的大片，但张知道这些电影上海市民都可以看到，她才介绍。因为电影放映是分轮次的，有首轮二轮三轮的区分，即使“第三轮的戏院也已放映过，然而内地和本埠的游艺场还是演了又演”（《小团圆》）。而第三轮电影院的票价较为便宜，下层市民也看得起。在我童年的记忆里，1947年观《一江春水向东流》，该是我家最大的一次文化盛举。无锡的小阿爷（我祖父最小的弟弟）特意坐火车赶来，一家老小全体出动，到海宁路上的大电影院“国际”（有极长的座池），上午看《一江春水向东流》，中午便在附近饭店用饭，下午看《八千里路云和月》该是续集。那时候，家里的经济境况已经不算好，但可能是受这部电影在上海已经达到万人空巷、人人谈论程度的影响，似乎非看不可似的（就像当年上海一般市民家庭无论多么拮据，都会供男女孩子读完初中高中一样。不读会让邻里侧目的）。我相信我们看到的已是第二轮。因为上下集同时放映已不可能是首轮。而国际电影院所在的海宁路虽是中国电影发源地之一，附近的虹口大戏院是外国人在近代上海所开第一家影院，我自己用零花钱买票也看得起的胜利电影院专放三轮的美国原版片可戴“译音风”耳机观看也在这里，但“大光明”“国泰”崛起后“国际”是不能不相形见绌的。这种电影院和电影分档次、拉开票价距离的做法，给娱乐大众化提供了保证，也不耽误富人看首轮片子时的趾高气扬。

至于张爱玲谈到“《秋海棠》一剧风魔了全上海，不能不归功于故事里京剧气氛的浓”，并紧接着指出“中国的写实派新戏剧自从它的产生到如今，始终是站在平剧的对面的，可是第一出深入民间的话剧之所以得人心，却是借重了平剧”（《洋人看京戏及其他》），也是深深体味了京剧即平剧在中国当时的大众性的。上海京剧场就算是最好的共舞台、新舞台、天蟾舞台，我都跟父亲（他嗜好于此）去过，买的是前排座位；与我的一位在公共汽车售票的长辈也去过，买的是最后的座位，四周围都是人力车夫、小摊主一类人：可见也是用不同票价使京剧大众化的。

不管多穷，你去不了高级舞厅也罢，赌不起赛马赛狗也罢，上海最后还可在街上听听附近无线电飘来的申曲、滑稽（相当于今日之周立波）、流行歌曲的声音，还可以去“大世界”！张爱玲说家里没有人带她去看，佣人带乡亲去看也不带她，那是真的，与我们家如出一辙。我这个下降型的中产市民家庭,尚且不许小孩去“大世界”,更何论张爱玲家呢?我是到1960年的夏天,才第一次走进这个中国当时最大的也曾经是最藏污纳垢的游艺场的。我那时没有想过什么是“大世界”,上海需要不需要“大世界”,更想不到多少年以后,席卷全球的后现代的“大众文化”会如此澎湃袭来,使我们简直猝不及防。

2014年12月30日岁末于小石居

旧时上海文化地图:“看张”读书笔记之二

几年前,我有感于青年学者对旧时“流行歌曲”的理解不免偏狭,曾给《书城》杂志写过一篇谈20世纪40年代上海文化地图的万字散文,当时加了个副题:“看张”之一。这题目自然是从张爱玲的集子名《张看》翻造过来的。上海既由得张爱玲来看,我们亦可循着张爱玲去看上海,最终看出每个人心目中这个城市的一角来。用的是笔记式写法,先有个引导性的标题,再在标题限定之下摘录张的作品原句(社会学和文学角度为主,选出一两条,多至四条),并尽量摆脱简单化、概念化倾向,与我童年所见所闻做一对照,夹叙夹议,力求还原历史现场。但我也需申明,张有坠落的贵族世家情结,我仅市民家庭的普通视角,回忆出来又都成经过发酵的文学性资料,不能当历史档案来看的。当然文学性资料并不一定离“真实”更远,它有特殊的真实面孔。“之一”的叙写计有“居住”“街市”“饮食”“衣饰”“娱乐”五题,未能尽言,这也是写上“之一”的缘故。但自此成了断尾巴的蜻蜓,能飞也不完全了,而我本来是有一个较大的计划的。所以今天来写续篇。

一、婚礼(价值观和人物关系)

乐队奏起结婚进行曲,新郎新娘男女傧相的辉煌的行列徐徐进来了。在那一刹那的屏息的期待中有一种善意的,诗意的感觉;粉红的,淡黄的女傧相像破晓的云,黑色礼服的男子们像云霞里慢慢飞着的燕的黑影,半闭着眼睛的白色的新娘像复活的清晨还没醒过来的尸首,有一种收敛的光。这一切都跟着高升发扬的音乐一齐来了。(《鸿鸾禧》)

想起她小时候,站在大门口看人家迎亲,花轿前呜哩呜哩,回环的,蛮性的吹打,把新娘的哭声压了下去;锣敲得震心;烈日下,花轿的彩绣一排湖绿,一排粉红,一排大红,一排排自归自波动着,使人头昏而又有正午的清醒白醒,像端午节的雄黄酒。轿夫在绣花袄底下露出打补丁的蓝布短袴,上面伸出黄而细的脖子,汗水晶莹,如同坛子里探出头来的肉虫。轿夫与吹鼓手成行走过,一路是华美的摇摆。看热闹的人和他们合为一体了,大家都被在

他们之外的一种广大的喜悦所震慑,心里摇摇无主起来。(《鸿鸾禧》)

这两段描写婚礼的文字都出自同一篇小说。前者写其时沪上正流行的西式婚礼(相信中国绝大部分地区都还不会接受的);后者是婆婆回忆中的旧时送亲场面。实写婚礼之外,融进了人物的感觉、心理,成了张爱玲特有的隐喻文句。娄太太觉得自己儿子的婚礼是破碎的、缺乏喜气的,所以忆及老式结婚的热闹和它富有的传染性。而新式婚礼明明是诗意的、飞翔的,写到披着白婚纱的新娘邱玉清却成了耶稣复活前的“尸首”模样。联系到小说一开头便细细勾勒的玉清婚前购物受尽两个促狭小姑子(结婚时充女傧相)皮里阳秋的话语褒贬,暗示她尚未进入夫家就已身心疲惫的情境,确乎是神来之笔。

张爱玲擅长写婚事。她差不多的故事都在叙述世间男女的悲欢。《倾城之恋》写白流苏和范柳原于香港战事下突然促成的姻缘。《金锁记》无非是七巧扭曲的婚姻,加上儿子遭监视的婚姻,再加上女儿被母亲黄金枷锁一角劈杀的婚姻。自传性很强的《雷峰塔》《易经》《小团圆》,多复杂纠结的结婚、离婚、再婚的情事。而《鸿鸾禧》《琉璃瓦》《年青的时候》等,即是直接以出嫁为核心情节的故事了。张爱玲小说的社会性并不弱,表面上是男欢女爱的线索,实际上一次婚礼带来的是男女两人、两家以及姻亲们在钱财上、门户地位上,人与人的关系包括两性关系上的种种变动,或大或小,或明或暗,是相当深长微妙的。择婿选妻,不同的社会和不同的阶层的人会有相异的价值标准,抗战初期上海女学生向往于空军驾驶员,20 世纪 50 年代初期最吃香的择夫对象是技术员,后来到了 20 世纪 60 年代变成出身好的工农兵。嫁妆的“几转几响”的变化,也有很强的时代感。在婚丧嫁娶的变迁过程中,婚礼可称是民族文化精神面貌和衣食住行各项生活指标最具体化、最戏剧化的一种社会风俗表现。

而我回忆幼时在上海,跟着家人去参加亲友团活动最多的也是“吃喜酒”。虽然“生日酒”“满月酒”“搬场酒”尽有,都没有“喜酒”来得受小孩子欢迎,也记得住。我们并不知道大人为此送礼会有哪些烦恼,对于我们,第一是能看新娘子,男孩子尤其热心新娘子好看不好看,大一点的女孩子心里装的是自己的明天,也想看看新娘子什么样儿。第二是会有好吃的。相比而言,西式婚礼是典型的中看不中吃的。西式茶点简便清爽,因有甜点,小孩子还可接受。中式酒席丰盛可口,大人们内心里都是要吃粤菜、淮扬菜,要喝酒划拳的，所以有钱的人家往往中午前行西式礼，晚上还有中式酒菜招待。《鸿鸾禧》里的家庭是中等阶层，酒席也有却是小规模进行（“因为娄家是绝对新派，晚上吃酒只有几个至亲在座，也没有闹房”），在我们的亲戚圈子里这是通行方式。愿意吃喜酒的第三点比较特殊，是盼自己家有人被选任傧相。西式婚礼仪式上一定要有证婚人、主婚人、介绍人以及男女傧相。傧相分青年男女傧相和儿童男女傧相两种，男女对应，人数倒也不限。《鸿鸾禧》是一对女傧相（粉红者、淡黄者），必然也有一对男傧相（着黑色礼服者）。儿童傧相的职能是提花篮、扯新娘曳地的长长婚纱，要选亲友中漂亮机灵的孩子。拍婚照的规矩一般是在婚礼当日举行，新娘新郎有半身和全身照，要有一张新人和全体傧相的合照，儿童女傧相还有同新娘一样的特权留一张独照。我记得自己的大妹曾有过一次这样的荣誉，穿了纱裙的单人照在家庭照相簿里被放在显眼的地方很久。这都是上海一地先期引进外国生活方式的结果。

根据张爱玲所写及我的回忆，其时上海流行的婚礼已经以西式、半西式为主流了。因其简便新式，中等以下人家还看中它省钱、实惠。下层市民背地里议论邻居的婚礼：阿姐又问：“结了亲几天了？”阿小道：“总有三天了罢？”老妈妈问：“新法还是老法？”阿小道：“当然新法。不过嫁妆也有，我看见他们一抬盒一抬盒往上搬。”（《桂花蒸　阿小悲秋》）似乎实行新法并有嫁妆，是理所当然的，不然就未免太先锋，像是“裸婚”前驱了。折中是中国人应对世界潮流的惯用办法，在婚恋上也是一样。经过张爱玲的概括，当时流行的模式是：烫头发，新旗袍，媒人请客吃饭，席间介绍年青男人，每个星期一齐吃晚饭，饭后看电影，两个人出去三四回，然后宣布订婚。这是折中之道，不真像老派的媒妁之言，只是俗气些（《雷峰塔》）。先要有个订婚阶段，这个风气也是有时间性的。在 20 世纪 40 年代后期，我从来没有吃过什么订婚酒，那是大户人家才有的势派。离婚一直不大张旗鼓，市民阶层仍以为是不光彩的事情，暗地进行而已。而在张爱玲的阶层里，20 世纪初离婚便逐渐公开，交给律师按法律去进行了。关键是分割财产，分割子女如果麻烦最后也还是因分割财产。“家里有人离婚，跟家里出了个科学家一样现代化。”（《小团圆》）“家里有人离婚，跟家里有汽车或出了个科学家一样现代化。”（《雷峰塔》）一再被强调的这句话，分别重复地写进了文学作品，是我们今日也能领会到的离婚率的蹿高和现代生活的必然联系。而再婚行文明礼的描写，也在张的笔下出现了（琵琶——原型即张爱玲）。“她父亲竟然会行

‘文明婚礼’,与旧式婚礼全然相反,又是伴娘又是婚戒的,只少了一顶高帽子。”“宾客吃茶,新人忙着照相。”“吃了茶宾客又到一家旧馆子吃喜筵。”(《雷峰塔》)上层阶级再婚举行仪式,已经是相当开明了,而折中方式依旧大行其道,这里也如实做了记录。总之,婚礼是一种“时代感”非常鲜明的现象,内涵丰富。中西结合而中国化特征明显,是其大趋势。上海走在前面,也不过是时而保守时而摩登罢了。

二、菜场(女佣与下层市民)

看不到田园里的茄子,到菜场上去看看也好——那么复杂的,油润的紫色;新绿的豌豆,热艳的辣椒,金黄的面筋,像太阳里的肥皂泡。把菠菜洗过了,倒在油锅里,每每有一两片碎叶子粘在篾篓底上,抖也抖不下来;迎着亮,翠生生的枝叶在竹片编成的方格子上招展着,使人联想到篱上的扁豆花。(《公寓生活记趣》)

从菜场回来的一个女佣,菜篮里一团银白的粉丝,像个蓬头老妇人的髻。又有个女人很满意地端端正正捧着个朱漆盘子,里面矗立着一堆寿面,巧妙地有层次地折叠悬挂;顶上的一撮子面用个桃红小纸条一束,如同小女孩头上扎的红线把根。(《中国的日夜》)

在上海,与家家的物质生活不能须臾离开的是遍布的小菜场。这菜场有多种:稍偏的马路边上,每日临时设摊,天擦擦亮已经熙熙攘攘,到七八点钟也就撤了散了,此种最多;还有固定菜场,又分广场摊位和敞口建筑,后者如是水泥浇灌必是从外国引进的,如虹口的三角地菜场等。我看张爱玲并不特别熟悉菜场,只是她作为一个女性不会与菜篮子决绝,小菜场还是要去的。所以第一,所写菜场缺乏细节,趋向印象派。写印象是她的强项,如茄子的紫色,面筋的金黄,银白的粉丝,红装束的寿面,甚至菠菜已到了厨房篾篓里了,还闪出菜园的翠色。第二,大抵她去的都是洋菜场。你看她写牛肉庄多么在行,“雪白干净,瓷砖墙上丁字式贴着‘汤肉××元,腓利××元’的深桃红纸条。屋顶上,球形的大白灯上罩着防空的黑布套,衬着大红里子,明朗得很。白外套的伙计们个个都是红润肥胖,笑嘻嘻的,一只脚踏着板凳,立着看小报”(《童言无忌》)。没有观察写不出的。至于我少时跟着母亲常去的路边菜摊,似乎没在她笔下出现过。上海人冬天五点多钟漆黑去买菜，她也没有写过。为什么要赶早买菜？为了要吃时鲜货。上海这个超大都会，每一日下午就开始由四乡往中心城区运菜了，晚了怎么能买到刚上市的时蔬做菜饭，买到活蹦乱跳的河虾炒虾仁呢？在我的记忆中，菜场是上海主妇和女佣的世界！我不识字的母亲一到了小菜场就像进入她的领地，如鱼得水，活了。哪儿有什么菜蔬（谁的春笋质优价廉，装大块鸡血的木桶在哪里），哪个摊子便宜（姓王的或姓徐的摊位），肉要哪个部位，鱼要多少斤两，甚至摊主称重的哪一刹那可再添点分量，她都门清！一个篮子装上五颜六色十几样东西，一个鱼头，二两削脖肉，三块豆腐干，什么都是一点点，让北方人见了真会说只够塞牙缝的，但上海人的精致就表现在这里，上海女人的能干一部分也是活跃在菜场这个舞台上。

女佣既是小菜场的主将，她在整个上海人家庭里扮演什么角色也就清楚了。佣人并非仅张爱玲这样的上层家庭才有，那种“大人家”不过是更多，分工更细，技术要求更高些罢了。像我们中等收入的六口之家有两个娘姨是很普遍的事情。佣人的来源也差不多，一是家乡带出来或投奔来的，一是到中介的店铺去物色来的。我小时在家附近的路上就常见里面坐了一排排手挎包袱、脸带土色的乡下女性，等待雇主来挑的敞开门板的荐店。这些女性有的是婚育之后流入上海，一部分带点与男人闹独立的气味，一部分是少女时期因上海亲友引荐，边做女佣女工边寻觅结婚对象的。她们往往成为中下市民的预备队，研究上海不能不研究她们。记得父亲在报关行做职员最抖的时期，我的表姨、表姐都从宁波赶来我家落脚，没有出嫁前就帮母亲干活。女佣转化为市民，一类是忠心护主的，如带张爱玲到大的“何干”，她会违背老爷的意旨将小主人从囚禁中放出去，她会保存小主人的玩具给她送去。一类是鲁迅描写过的“阿金”，逐渐吸取了城市人的狡狯、势利，但还剩有乡下人的简单老实。

除了上层的颓败，写出各种上海女佣的形象，可能是张爱玲小说的一大贡献。在某种意义上说，如让她写都市下层的人物，她熟悉的也只有女佣了。所以《桂花蒸　阿小悲秋》《小艾》《郁金香》等，都是她最成功的女佣小说。阿小这类替洋人服务的女佣，几乎亏得张来写，也能够写得立体生动。女佣在她的环境中与男性邂逅，由于一开始就存在的不平等关系，她们的遭遇往往特别能扯动人心的。小艾被男主人欺负还要受其妻妾的侮辱，从另一资深女佣的儿子身边穿过还是不平等，获得自己在弄堂结识的青年印刷工的感情却生活坎坷拮据，就是这样的人生了。“郁金香”这种女佣同少爷发生感情但少有圆满者,便是另一类悲剧。这样的故事我们从小在上海随处能看到、听到、感受到,就像那把胡琴拉过来拉过去。

三、交通(都市脉动与游行)

你没看见过电车进厂的特殊情形吧?一辆衔接一辆,像排了队的小孩,嘈杂,叫嚣,愉快地打着哑嗓子的铃:“克林,克赖,克赖,克赖!”吵闹之中又带着一点由疲乏而生的驯服,是快上床的孩子,等着母亲来刷洗他们……有时候,电车全进了厂了,单剩下一辆,神秘地,像被遗弃了似的,停在街心。(《公寓生活记趣》)

巨大的车站本来就像俄国现代舞台上的那种象征派的伟大布景。我从来没大旅行过;在我,火车站始终是个非常离奇的所在,纵然没有安娜·凯列妮娜卧轨自杀,总之是有许多生离死别,最严重的事情在这里发生。而搭火车又总是在早晨五六点钟,这种非人的时间。灰色水门汀的大场地,兵工厂似的森严。屋梁上高栖着两盏小黄灯,如同寒缩的小鸟,敛着翅膀。黎明中,一条条餐风宿露远道来的火车,在那里嘶啸着。(《异乡记》)

任何人怕也不会寄希望于张爱玲会写出什么上海的交通史来,不说汽车、马车、人力车(黄包车),单是上面的电车和火车,凭着作者感情色彩的各异,竟能写出像这样一面亲切、一面肃杀的反差来,倒也稀奇。

张爱玲属意上海的电车。他父亲有自备车,但她没有像新感觉派那样写过街上仅余人腿和电线脚杆(坐在轿车里视线很低)的句子。租界早就引进公共汽车,她也少写。这是否和她在静安寺住的洋公寓之侧有个电车场相关,或者是静安寺经南京路、外白渡桥、四川路的1路电车实在是她经常坐的线路,她甚至写了专门发生在电车上的小说散文,如《封锁》,如《有女同车》。而我们家虽也住过静安寺,却以乘黄包车、三轮为主,所以我回忆幼时在上海拜年,满脑子都是蹲在父亲膝前车踏板上的印象。上海人家开始给小孩零用钱,一般在十岁左右,是包括车费的。家里每月开销要把交通费计入,在全国怕也不多。因为上海太大了,人是金贵的,做事是要讲效率的,富人穷人都需坐车,在这一点上较为平等。当然区别是有的,像分两节的电车前面算头等,后面是三等,车价有异(我想不起有二等,也不明白为什么没有二等)。现代城市里公共交通工具的先后出现,四通八达,形成网络,是都市现代化的重要部分。如慢慢道来,不啻是白头宫女说古今了。丰子恺有个散文集子叫《车厢社会》,他领会得好早。这样,以车当步,便形成上海这个新兴大城市的独特节奏。

上海马路上最显眼的人群聚合,以我之见是迎亲和出殡,后者往往更加盛大,摆富,摆阔,毫不掩饰。民国以降,最出名的有三个人的丧事与此无涉,孙中山、阮玲玉、鲁迅,最后都演化为民众自发的盛大游行。余生已晚,我知道的上海马路大游行以至于堵塞交通的,有1945年抗战胜利大游行,有1949年5月庆祝上海解放的大游行。张爱玲记述了上海的抗战胜利游行:电车到了外滩,遇见庆祝的大游行,过不去,大家都下了车,在人丛里挤着。她(九莉,原型为张爱玲——笔者注)向三大公司跑马厅挤过去,整个的南京路是苍黑的万头攒动,一条马路弯弯的直竖起来,矗立在黄昏的天空里,蝇头蠕蠕动着。正中扎的一座座牌楼下,一连串吉普车军用卡车缓缓开过,一比都很小,这样漫天漫地都是人(《小团圆》)。其时的"九莉",已经处在被人声讨为"汉奸"的窘境中,所感受的游行还有如此气势,不能说作者没有写实的笔法。我当时六岁,朦胧初开,还记不大清楚。蒋介石还都捎带脚回上海,都有庆祝是组织的了。解放后的游行我是亲见,也是在南京路。当时我父亲有个朋友是牙医,他的诊所就开在南京东路,二楼有个阳台正对着,全家从虹口赶过去看了多半天。我能记得队伍中最耀眼的,不是机关工厂的标语口号,而是秧歌队、腰鼓队的彩色缤纷和震动柏油马路的声音!上海和苏南平时并不跳秧歌打腰鼓,这两样东西像城市流行色,像最时髦的服装一般风行!上海这个地方就是这样,游行热闹、花哨,还不免泄露掩不住的功利目的。那时游行的男性多半是长衫、制服,女性尤其是演员明星,却都穿了翻领束腰的列宁装,就像"文化大革命"初期红卫兵一定要穿洗白的军装才来劲一样。白杨她们都把列宁服穿到北京去开第一次文代会了。

上海的市景在张爱玲的笔下还可以挖掘出很多。

2017年7月12日记于小石居,是日闷热异常。改于19日。

旧时上海文化地图:“看张”读书笔记之三

由张爱玲的角度来看民国上海,自然不能反映这个城市的全历史和全貌。加上了我的幼年上海印象,也仍属管中窥豹。但这对学习现代文学的青年一代来说,已经有可能作为一种理解近代文学中心之一的沪上的背景资料了。人文和地理,从来都是抱在一起的。这个题目的“之一”发在《书城》上面,“之二”发于本刊本栏,现在为了让一件事情能够有始有终,我把“之三”写了出来。三篇文字的体例是一致的,即均采用笔记体,分节,每节分三段,一是标示性的题目,二是摘录张爱玲的字句,三是我的同时间的上海回忆。

(一) 店铺橱窗

霞飞路上的橱窗,霓虹灯下,木美人的倾斜的脸,倾斜的帽子,帽子上斜吊着的羽毛。既不穿洋装,就不会买帽子,也不想买,然而还是用欣羡的眼光看着,缩着脖子,两手插在袋里,用鼻尖与下颌指指点点,暖的呼吸在冷玻璃上喷出淡白的花。(《道路以目》)

天还没黑,霓虹灯都已经亮了,在天光里看着非常假,像戏子戴的珠宝。经过卖灯的店,霓虹灯底下还有无数的灯,亮做一片。吃食店的洋铁格子里,女店员俯身夹取甜面包,胭脂烘黄了的脸颊也像是可以吃的。(《红玫瑰与白玫瑰》)

临着碎石子街的馨香的麻油店,黑腻的柜台,芝麻酱桶里竖着木匙子,油缸上吊着大大小小的铁匙子。漏斗插在打油的人的瓶里,一大匙再加上两小匙正好装满一瓶——一斤半。熟人呢,算一斤四两。(《金锁记》)

她到静安寺去,有两家贴隔壁的商家,都叫老大房。各自声称是老字号,比现在活着的人年纪还要大,谁也不知道是左边这家还是右边这家才是当年真正的创业之基。(《雷峰塔》)

20世纪30年代的上海街市如果橱窗不配上霓虹灯，那也算不得是现代商业大都市了。我20世纪50年代初到了东北的中等城市，发现许多商店只有门(到冬天变作双门)是没有窗的，更不要说橱窗。北方无窗的商店现已不见，但还保持了在透明窗上贴纸介绍物品的习惯，弄得依然没有窗似的。我儿时的上海如张爱玲所写，最好的橱窗当属服装店，最好的服装店一定在霞飞路。那里有本年巴黎流行款式的最新展示，南京路也要让三分，更不要说我熟悉的静安寺和虹口北四川路了。霞飞路时尚橱窗里的模特(所谓"木美人")配了灯光摆着各种姿势吸引着路人，不要说女性，便是我这种男小囡偶尔经过也会放慢了脚步贴近去看的。因为真是美。

我故意选了一段《金锁记》里为指示七巧的出身而写的小麻油店的模样，是为了说明中国最现代的大都市里面，当时留存了许多老店是一点不奇怪的。这是现代化的真实过程。像我们这种中下市民家庭的孩子，轻易是不会走入霞飞路比肩接踵的摩登服装店、钟表店、咖啡店的。只要从虹口主干线四川路稍稍拐进小的马路，你满眼看到的便是馄饨铺、食品店、成衣铺、小药店、杂货店，等等，而弄堂口的胭脂店(疑为烟纸店吧)更是市民时时光顾的夫妻微型店。这其中又有许多老店：中药铺的柜台后布满了一墙的药抽屉，称药用戥子，一屋子草药气味；钱庄可不比银行开得少，样子与平遥现存的差不多，规模还要大点，有的也是山西人开的，探头进去是黑洞洞深不可测；客栈，即中式旅店，在武侠电影里多有出现，我前几年在河内和马六甲都住过，临街门面小，走进去很深，猛一亮见到天井，四圈为两层的客房，二楼走廊外是木头栏杆。到上海逛过城隍庙的人不少，不是为看九曲桥，而是看老店，那种后厂前店式的，后面用手工做剪刀、筷子、花伞、纸扇、梨膏糖，前面街上就开糖店、扇店、伞店、筷子店、剪刀店。我幼时印象最深的老店是酱园。性质与麻油店类似，临街白墙上写一个大大的"酱"字，外面加个圈，直径要比成年男子的身材还要大些。我进过这类酱园，它卖酱油、酱菜、豆瓣酱、腐乳、豆油、麻油，店里布满大小木桶、缸子，上面如张爱玲写的挂满大小木匙子、洋铁匙子，舀酱用木匙子，打油使洋铁匙子。看清末的照片，这种酱园就存在。所以你如生活在真实的上海新老商业街区，就会产生如静安寺两个"老大房"的那种感觉，恍惚间不知哪一个是在前的，哪一个是在后的了。

(二) 各样娱乐

头上搭了竹竿,晾着小孩的开裆裤;柜台上的玻璃缸中盛着“参须露酒”;这一家的扩音机里唱着梅兰芳;那一家的无线电里卖着癞疥疮药;走到“太白遗风”的招牌底下打点料酒——这都是中国,纷纭,刺眼,神秘,滑稽。(《洋人看京戏及其他》)

我只知道坐在第一排看打武,欣赏那青罗战袍,飘开来,露出红里子,玉色袴管里露出玫瑰紫里子,踢蹬得满台灰尘飞扬;还有那惨烈紧张的一长串的拍板声——用以代表更深夜静,或是吃力的思索,或是猛省后的一身冷汗,没有比这更好的音响效果了。(《洋人看京戏及其他》)

我对于声色犬马最初的一个印象,是小时候有一次,在姑姑家里借宿,她晚上有宴会,出去了,剩我一个人在公寓里,对门的逸园跑狗场,红灯绿灯,数不尽的一点一点,黑夜里,狗的吠声似沸,听得人心里乱乱的。(《我看苏青》)

无线电里娓娓唱着申曲,也是同样的入情入理有来有去的家常是非。先是个女人在那里发言,然后一个男子高亢流利地接口唱出这一串:“想我年纪大来岁数增,三长两短命归阴,抱头送终有啥人?”我真喜欢听,耳朵如鱼得水,在那音乐里栩栩游着。(《中国的日夜》)

关于上海人当年的娱乐状况,我在引用时故意去掉了电影。这首先是因电影一项在“之一”已有涉及。电影在20世纪40年代是上海各阶层市民普遍接受的娱乐方式,非常普及,富人穷人都进电影院,区别只在放映的轮次上,也就是票价上。我幼时在虹口海宁路的国际影院看过一二轮的片子,最有名的即《一江春水向东流》;在“国际”一侧的“胜利”,看了许多三轮的美国原版片(戴译意风耳机)。其次是按照上述第一段摘录,张爱玲走在战后上海的马路上将市民日常起居与播音与京戏统统摄于眼耳之下,可见一个城市的文化空气是混成而统一的,故意强调娱乐通贯的一面。

张爱玲写过多篇影评,拍过电影,姑姑就在“大光明电影院”做高级职员,在她的娱乐选项中电影肯定也占第一位。此外就很少了。跑狗场就在其姑姑公寓对面，她受其吵扰却并没去玩过。写跑马厅、舞厅，那是新感觉派作家的擅长，却未见于张的笔下。跟着后母过年时节糊糊涂涂去过赌场，那是老式的，新赌场更未进过。她跟着父亲去听京戏，座位都在第一排，但自认不懂唱腔和服装，是个外行(所以这里引了一段她写的京戏，色彩感很强)。张爱玲基本是在一个半西半中的淑女范围内形成她的电影－京戏的娱乐范式的，而我家的宁波背景造成了更为老派的京戏－绍兴戏(越剧)－电影的娱乐范式。至于听无线电播音，正是当年方兴未艾的新型娱乐，亲戚家中多有大小不等的收音机，甚至有是唱机、收音两用的立式机(外国货)。记得上海有许多商业电台，在新闻、广告之间，穿插京戏、流行歌曲、申曲(即滩簧)、滑稽(单口相声)，可以打电话进去，为某某人的生日寿辰或弄璋之喜而点戏、点曲。比起中国大部分农村地区仅有过年过节的广场戏来说，上海人的文化生活真是太多样了。

(三) 城市风光

天是森冷的蟹壳青，天底下黑魆魆的只有些矮楼房，因此一望望得很远。地平线上的晓色，一层绿，一层黄，又一层红，如同切开的西瓜——是太阳要上来了。渐渐马路上有了小车与塌车辘辘推动，马车蹄声得得。卖豆腐花的挑着担子悠悠吆喝着，只听见那曼长的尾声。(《金锁记》)

我一个人在黄昏阳台上，骤然看到远处的一个高楼，边缘上附着一大块胭脂红，还当是玻璃窗上落日的反光，再一看，却是元宵的月亮，红红地升起来了。我想道："这是乱世。"晚烟里，上海的边疆微微起伏，虽没有山也像是层峦叠嶂。(《我看苏青》)

傍晚的城中起了一层白雾，雾里的黄包车紫阴阴地远远来了，特别地慢，慢慢过去一辆；车灯，脚踏车的铃声，都收敛着，异常轻微，仿佛上海也是个紫禁城。(《桂花蒸　阿小悲秋》)

农村是有风光的，城市也有吗？张爱玲算是很能体验上海大都会风光的一个人。她没有穆时英那种大开大阖的对现代化上海声色光电的新感觉，却毫不缺少女性作家对都市建筑、树木、交通工具、灯光、叫卖声的形状气味颜色声调的细微感知。她自称"对于色彩，音符，字眼，我极为敏感"

(《天才梦》)。她具备了把本来无风景可言的城市清晨、黄昏、夜晚写出风景的本事。比如人行道边的一棵树,她有她实体加感觉的写法:“街边的洋梧桐,淡褐色疤斑的笔直的白圆筒树身映在人行道的细麻点水泥大方砖上。”(《草炉饼》)还可以透着象征的意味,像说上海的黄昏是“乱世”,或觉出雾中的一辆黄包车或脚踏车能轻轻踏出如在紫禁城行驶一般的境界来,这都是。

张爱玲缺乏真正的上海弄堂趣味,大概是住公寓或大房子惯了的缘故。我写过我家在上海爱文义路(今北京西路)、狄思威路(溧阳路)、东余杭路三处住弄堂的体会。弄堂是越住越差,可生活趣味是越差越浓。石库门房子通灶间的后门,撑满万国旗(指晾五颜六色衣裤)的晒台,刷洗马桶和生炭炉子冒烟的清晨弄堂,好像很少进入张的视野。她不是不写弄堂,但你留不下印象。为了烘托重病的川嫦的寂寞,她写过“弄堂里叮叮的脚踏车铃响,学童彼此连名带姓呼唤着,在水门汀上金鸡独立一跳一跳‘造房子’”(《花凋》),便算很有生活气息的了。而我留下的弄堂记忆一多半便是游戏:“造房子”又叫“跳格子”,是女生的专利,如同“跳猴筋”。我们男生在弄堂里主要是“打弹子”“掼牌子”“滚铜板”。毽子女同学也踢。还有是将书包放成一列当球网,在地上画出球台边线来打台球(乒乓球)。电视里见过记者访问一个老国手,问他小时候在上海如何打球,他说出在弄堂地上画线的打法。年轻记者简直不相信,我可以投一赞成票,因为我也玩过。城市里还有个看风光的地方叫公园,这也是“舶来品”。小时候去无锡,无锡除了惠山锡山太湖鼋头渚,还有个人人必去的城中景点叫“公花园”。这是“公园”的最初叫法(后来将“花”字删去)。花园本都是私家的,在住宅后部,所以称“私订终身在后花园”。现在从外国学来向市民公众开放的园子,便加上“公”字。城市公园的小是正常的,上海租界里的公园如法国公园、外滩公园(因那个“华人与狗”的事件而有名,但至今也未完全厘清事实)就小,我经常去。沪西的兆丰公园和今日改称鲁迅公园的虹口公园,占地广大,花草湖泊较野,我小时它们还在形成过程中,比如虹口公园还被附近市民叫作“老靶子场”,有一块平地可踢足球,现在成为著名的虹口足球场了。从再野的公园望出去,最后都被高楼挡住。不要忘了写《公寓生活记趣》的张爱玲可是个长期住在高楼里的人,不能要求她把乡土风景搬到城市里来写,她能把初步现代化的上海的声色尽数道出,已经不简单了。

(四)海上女性

门铃响，那新的女人如约来了。阿小猜是个舞女。她问道："外国人在家么？"一路扭进房去。脑后一大圈鬈发撅出来多远，电烫得枯黄虬结，与其他部分的黑发颜色也不同，像个皮围脖子，死兽的毛皮，也说不上来这东西是死的是活的，一颤一颤，走一步它在后面跳一跳。(《桂花蒸　阿小悲秋》)

这是个老板娘模样的中年太太，梳个乌油油的髻，戴着时行的独粒头喷漆红耳环。听他说话的许是她的内侄。她说一句，他点一点头，表示领会，她也点一点头，表示语气的加重。她道："我要翻翻行头，伊弗拨我翻。难我讲我铜钿弗拨伊用哉！格日子拉电车浪，我教伊买票，伊哪哼话？……'侬拨我十块洋钿，我就搭侬买！'坏哦？……"(《有女同车》)

上海的女工向来大胆轻佻，都管她们叫湖州丝娘。最早到城里来在工厂做事的都是湖州人。和其他女孩子不同，她们自己有钱，下班后也没人管束。三三两两到大世界去看表演，除了妓女之外只有她们也赚皮肉钱。(《雷峰塔》)

关于职业女性，苏青说过这样的话："我自己看看，房间里每一样东西，连一粒钉，也是我自己买的。可是，这又有什么快乐可言呢？"这是至理名言，多回味几遍，方才觉得其中的苍凉。(《童言无忌》)

张爱玲的人物，如《金锁记》的姜季泽、《红玫瑰与白玫瑰》的振保和《倾城之恋》里的范柳原，都是写得风生水起的男性。但你只要稍一深入便会觉得还是他们的对手，那些心思绵密而又擅长擘画、敢作敢为的女子七巧、王娇蕊、白流苏，才真正不易忘记哩。但这儿摘录的四类女性，只是为了解说上海的方便，非是论述作者的人物形象系列也。甚至四类女性的代表典型也是比较随意的，像不列"女佣"却加"女工"，实际是违背张的创作状况的(她小说里只有女佣形象写得好)。不过是为了挑出作者出身给她带来的偏见，而故意选用的。

张爱玲从她长期观察的上海当中(她的文学天分使得她并不需要多么用心观察，上一节便能证明她仅凭一瞬间的浸染，便能找到线条光影色调来写上海的晨与晚的)写了年轻舞女、中年太太、湖州女工、苏青这四类女子,都极传神。舞女是我幼时见过的,亲朋中有时会遇到她们,往往是家庭境遇不佳,人聪明漂亮但不喜读书,就下舞池了。大家对她们敬而远之,同情怜惜又怕沾点什么似的。我较有印象的是她们都很注意修饰,比如涂了口红,吃汤团的时候会把嘴唇兜得圆圆的,以免弄污。便是这样地吃完东西,还要立即补妆。张爱玲写的这个舞女像是卖身的,时髦的烫发和扭动身子走路的样子,一读就记得住。电车上的中年太太在上海最定型,出身不高不低,打扮恶俗如暴发户,嘴巴呱啦呱啦,所有的精明都露在外面。她数落的实在是自己的儿子,说他不争气,说他坏,就像上海里弄的大姆妈讲儿子的“门槛精”,表面是在批评,其实形同夸耀。她们还很能享受生活,看戏,打牌,逛店,应饭局,永远是在兴头上。她们又是上海市场最广大的顾客,出手不阔绰,挑挑拣拣。她们的刁钻让上海的点心店不敢有丝毫偷工减料,让布店永远要舍出尺寸。至于那段关于湖州女工类似性开放的文字,是带着上层人的偏见的。湖州以蚕丝业著称,当上海的大纱厂一个一个落成的时候,最早因手工缫丝熟练(进入世界市场有称作“湖丝”者)而做机器工的外乡女人,当然是看中她们的技术、廉价,而被大批招入长江三角洲来。她们作为单身女子,如果不以社交开放的性情为代价,简直就无法在上海滩立足。加之男权社会的视角,“湖丝姐姐”就如“亭子间嫂嫂”,在上海喊出来便带了色情意味。这就如茅盾在北伐军政治部门遇见而以后成为他终生描写对象的“现代女性”孙舞阳们,都是具有早期社会女性的放荡不羁特性的。我的母亲与她妹妹(我姨妈)刚从宁波来到上海时,也都在杨树浦的纱厂里当过工人,等到接近成年,家里就不许她们上工而需回家待嫁了。据说成年女工所受的骚扰是相当严重的。现在在张爱玲笔下变成个个都是“半开门”式的娼妓,是不公平的。其实,苏青遭遇的社会偏见何尝不是如此呢?张爱玲与苏青性格差异极大,但两人成为好友,张写过多篇苏青的文字,里面便说争购苏青《结婚十年》的男性读者许多人认为既然一个女人以自己的结婚、离婚、怀孕、生子做故事,里面必有让人羞惭的内容可看。张爱玲面对女工和苏青,评价标准就不同了,说到底因苏青和自己是同类,都是“职业妇女”。所以她对苏青由衷赞美。我家里亲友在20世纪40年代已经有了女大学生,她们后来依靠的是高学历而成为职业妇女,但只要生育一多,“娜拉”就只好回到家庭。上海的女性不过如此,内地就更不必说了。

但是,上海女性总的给人的印象是聪明美丽的。有东北的男性同事与我讨论过这个话题：为什么上海满街看上去姑娘个个美貌？后来看久了，他说发现真的美女也不比辽宁的多，只是她们修饰得体，服装新派而已。再后来，又承认上海女性举止谈吐及各方面的文明修养是较高的。这算是对上海女性的外部感受，张爱玲应归于一种“内部反映”。她的反应就比较冷静，带着讽喻了。所举四类女性，大半都是被讽刺的。就像张爱玲在《流言》初版本发表的那些女性速写，多是夸张的，题着“势利”（“阔人对穷人”“杂种人对中国人”“外国人对中国人”）“上海十三点小姑娘”“宁波老板娘”“坚决保持愉快态度”等等说明，便是她的用显微镜加哈哈镜在看沪上女性的讽喻立场。

（五）文化夹层

祥云公司的房屋是所谓宫殿式的，赤泥墙上凸出小金龙。小房间壁上嵌着长条穿衣镜，四下里挂满了新娘的照片，不同的头脸笑嘻嘻由同一件出租的礼服里伸出来。朱红的小屋里有一种一视同仁的，无人性的喜气。（《鸿鸾禧》）

中国是什么样子？代表中国的是她父亲、舅舅、鹤伯伯、所有的老太太，而她母亲姑姑是西方，最好的一切。中国并不富强。古书枯燥乏味。新文学也是惊慑于半个世纪的连番溃败之后方始出现，而且都揭的是自己的疮疤。鲁迅写来净是鄙薄，也许是爱之深责之切。（《雷峰塔》）

我特意摘这两节，来做全文（包括之一和之二）的小结。第一段的意思是连这样一个公司的装修，宫殿外形配上西式穿衣镜都呈中西合璧模样，这就是上海的常态。但后缀的一句太厉害了，不同的新娘的脸从“同一件出租的礼服”伸出，所谓“一视同仁的，无人性的”，难道作者预知了后现代社会将要批量生产大众文化了吗？第二段结合张爱玲自身的生平，具体地道出了：什么是中国！中西合璧似乎是无法摆脱的命运了吧，而古今呢，也是两难。古书行吗？新文学行吗？鲁迅行吗？一长串的拷问，字字声声，从“一声炮响”至今，仍然摆在我们的面前，上海不过是一隅罢了。我们能回答清楚吗？

2018年2月5日于小石居

听“淞南山歌”有感

在苏南沃原听山歌

前些日子曾去苏州大学开通俗文学会，会后承主人热情安排到离上海地界很近的张浦镇姜里村（按照现名应称“姜杭村”，但古村名“姜里”仍在。其实如论及历史文物或非物质文化遗产，沿用“姜里”更加适当）去听山歌。“山歌”的叫法颇具历史了，据说唐代即有，明末冯梦龙编辑苏州民谣集，题名《童痴二弄》，其中有的卷次已称《山歌》。苏州及其周边地区有什么大山呢？没有，根本就没有大一点的山脉。虎丘、阳山、东洞庭山都是美丽动人、物产丰富的小丘陵小山头，周围坦着多彩的湖泊平原。但这并不妨碍当地的民众把不是从山谷发生的民谣叫作“山野之歌”。那一天，我们在村中一间二楼的文化室听到的天籁之音，便是请当地的村民，请“歌娘”“唱歌郎”来演的。只见四位农妇穿戴着当地极富特色的蓝印花衣衫，蓝白三角包头，紧束腰百褶裥，齐膝围裙，边行边演边唱《月儿弯弯》等，有的歌还要加上道具敲击，配以各种变化的队形。无论是田歌、路歌、情歌，皆用吴侬软语出之，加上女性的歌喉，绵软轻柔，婉转明丽，一股土地的清香味道扑面而来。而男女声独唱的四五位农人，尤其是年高八十的老汉吟唱以女性为主诉体的《十转郎》（是个长篇，全歌能唱好几个小时），到了紧要处，更是高亢激越，喊出高音，让全场为之动容，兴奋不已！听毕，我还得了一册张浦镇文联编的《淞南山歌》精选本带回来。

“淞南”是吴淞江之南的意思。吴淞江源起太湖，向东流经上海市区即是赫赫有名的苏州河，最后注入黄浦江才入东海。这一带是吴地的核心。大的“三吴”概念，应包含苏南浙北及整个太湖流域地区。而我又正好是个吴人，虽然这个吴人因长期脱离江南的关系已不能名副其实。但我的母语是上海话，说过 11 年。就凭我这点可怜的沪语遗存，我还是能听懂这山歌里的一些句子，也不会被“倷”（你）、“伊”（他或她）、“娌”（她）、“嗯伲”（我们）、“覅”（不要）、“纳亨”（如何，怎么样）弄迷糊，就像我也能马马虎虎听评弹或读《海上花列传》的对白一样。因而听的当场，便起了一层亲切感。回到北方家里，还是余音缭绕，禁不住找来“吴歌”的一些集子对照阅读。可这一对照不要紧，居然帮助我纠正了历来的一个错误认识。

这几年我讲演、著文有一个题目，是有感于今日大学中文系本科生、研究生的阅读量的不足，现身说法谈自己的阅读史。这阅读的起点我回忆的都是外国童话故事，是《格林童话》《格列佛游记》《阿丽思梦幻奇境记》里的白雪公主、小矮人、大人国小人国，等等，中国的古典名著反而靠后，是在小学期间读了的。我一贯这么说，从未怀疑过。直到这次“采风”，引起我读吴地歌谣的极大兴趣，突然发现我最初的文学教育真还是中国的，正是长辈亲友在我三四岁时教我念的那些歌谣呀！这些儿歌清一色是20世纪40年代在上海一带流行的。这些回忆一丝不模糊，竟然能够很清晰地勾勒出我最初所受的文学教育，也即整整一代人幼时所上的“听读歌谣”第一课。

幼时所念儿歌即吴歌

现代的“淞南山歌”勾起了我的回忆，让我想起儿时耳濡目染所接受的歌谣情况来了。记起的大约有六七首吧，或全篇，或仅留下残句。这已经够我吃惊的了，本来以为完全忘却的东西，原来仍顽固地存于大脑皮层的凹深处。

第一首叫“斗斗飞”。在上海弄堂或家庭里，经常可以看到大人为哄孩子，转移他们的注意力，而将小孩的两手食指竖起来互相顶住，口中念道：“斗斗飞，斗斗飞，共共飞起！”这就是此歌的全文。前两句重心在“斗”，动作是食指刚刚离开就又衔接上。最后念“飞起”时，食指便往相反的两个方向斜地里“飞”走了。这首歌谣的读、唱、演的传播是如此普遍，以至家里长辈们差不多在我和我妹妹们面前都演唱过，十几年如一日不怕重复。正像凡流传广泛的口头文学都会有多种版本一样，它们在不同的保姆“诗人”那里得到了最大的修改空间，简朴的几句话也变得多样了：

1.“鸡鸡斗，斗鸡鸡，哄哄飞！”（《吴歌甲集》）

2.“鸡鸡斗，斗鸡鸡，共共飞，飞到高高山上去吃白米。”（《吴歌乙集》。“上”字应读如“浪”）

3.“斗斗虫虫飞，飞到南山吃白米；白米吃不着，变了一只大雄鸡。”（《吴歌己集》）

4.“虫虫斗，乌乌飞，麻姐姐家来牵麦粞，粗格烧饭吃，细格烧粥吃，一吃吃子薄隆飞。”（《吴歌戊集》。“麻姐姐”指麻雀；“牵麦粞”指手工磨麦子；

"格""子"都是衬字;"薄隆"原有口字旁,为象声词)

这些变异,是从形式到内容分析歌谣性质、功能、特色的绝好材料。不过限于本文的题旨,这里只能从略了。

第二首流传更广,可能连北方的城乡都受到影响,是:"摇啊摇,摇到外婆桥,外婆拨我吃糕糕。"("拨"即给)现在还有商家用它做品牌、做广告,可见此歌的恒久性。我记得"吃糕糕"后面还有词,但统忘记了,这次我在吴歌里寻到,而且不只是一首,好不开心:

1."摇摇摇,摇到外婆桥,外婆叫我好宝宝,糖一包,果一包,还有团子还有糕。"(《吴歌乙集》)

2."摇摇摇,摇到外婆桥,外婆桥浪跌一跤。咦买团子咦买糕,买条鱼烧烧,头弗热,尾巴焦,吃仔快来摇。"(《吴歌戊集》。"咦"即又;"仔"是衬字,也写成"子"的。歌谣从口语中来,抄录谐音字会抄出许多异体,这并不奇怪)

我记得的第三首是"排排坐,吃果果",仅这么一句。这次在吴歌里也找到多首。如:

1."排排坐,吃果果,爹爹转来割耳朵,称称看,二斤半,烧烧看,两大碗,吃一碗,剩一碗,门角落里斋罗汉,罗汉弗吃荤,豆腐面筋囫囵吞!"(《吴歌甲集》。果果是落花生,由方言"长生果"而来;"賸"即剩)这首歌后面的部分比较复杂,怪不得年纪太小的儿童记不住。

2.同一题目下的三首:"(一)排排坐,吃果果,你一个,我一个,妹妹睡着留一个。——宜兴。(二)排排坐,吃梅果。爹爹买葛好梅果,弟弟妹妹各一个。——宜兴。(三)排排坐,吃果果,吃得肥头胖耳朵。割一只:称称看,二斤半;烧烧看,两大碗。——江阴。"(《吴歌己集》。"葛"即衬字"格"的异体。如将1同2之三比较,很容易看出它们是可以互相补充的。特别是1的"割耳朵"句,不免突兀,如是吃出"胖耳朵"再"割",自然就顺理成章了。)

第四首是《卖糖粥》。这首记得最牢,而且是相对完整的,幼时觉得念起来又有趣,又上口。其词曰:"笃笃笃,卖糖粥,三斤胡桃四斤壳。吃侬格肉,还侬格壳。"在《吴歌甲集》里有《精精阁》一首,其词曰:"精精阁,阁精精,三升核桃四升壳,吃子倷个肉,还子倷个壳。"("精精"拟铙钹声;"阁"为敲木鱼的声音)幼时读此歌总是想,三斤胡桃为何壳倒有四斤呢?想不通就越是要想。这显然是我念过的那首的变体。

此外,还有几首,只记得残句了。如问答体的:"啥格银?金华兰溪人。啥格话?唐伯虎山水画。"(这是民歌里惯用的谐音造成的机智对答。吴语

“银”“人”是同音的。我很长时间不懂哪里是“金华兰溪”，为什么从上海要扯出“金华兰溪”来）还有一首是说赶火车没有赶上，小朋友常用小板凳一个个连起来当火车，然后坐上去唱。起头的调门“咪嗦嗦嗦啦嗦啦哆啦嗦”，最后一句带叹息地道“火车开脱来”，很能说明 20 世纪 40 年代的吴歌已有了现代都市内容，非常珍贵，可惜在我这里只剩断句残片了。

回顾我在“人之初”时期所接触过的歌谣，在在证明民间文学对儿童的作用是不可小觑的。那么，在现代的环境下我们应该如何面对歌谣呢？那既是一个文学的题目，也是一个迫切的儿童教育题目。本文不及展开讨论歌谣对下一代人的教育意义究竟是在哪里，但这很明显。电视里在提倡“朗读”，我看幼儿最适合朗读和吟唱歌谣。我们应该整理传统歌谣，引进世界的歌谣，创作当代的歌谣，这都是题中应有之义。

征集吴歌与“五四”之觉醒

姜里村的历史很厉害，大约商周时代就有了。周边还发现了良渚文化、崧泽文化的堆积层，出土过精美的文物，证明六千年前这里就存在人类活动。姜里村上面的张浦镇建有“文联”机构，这也少见。所以他们把收集山歌的事情作为当地的非遗文化，认真地搞起来：有山歌爱好者俱乐部，有山歌演唱队，整理收集过 1200 多首山歌出版发行，件件事做得风生水起。几位搜集传唱者告诉我，他们经过交流学习已知吴中腹地山歌的来龙去脉，也了解当年北京大学征集歌谣的活动是与“淞南山歌”直接相关的。这让我不禁另眼相看，因为便是大学里搞现代文学的教授也不见得个个都清楚的。

这段史实的大致情况是：作为准备，早在“五四”之前“周氏兄弟”就有关于搜集歌谣的提议和行动了。鲁迅在教育部做佥事的时候，1913 年提出“当立国民文术研究会，以理各地歌谣，俚谚，传说，童话等”的建议（《儗播布美术意见书》）。周作人 1914 年于《绍兴县教育会月刊》上发表了搜集越地儿歌童谣的启事。到了“五四运动”的前夕，1918 年北京大学国学门破天荒成立歌谣研究会，刘半农、沈尹默、沈兼士、钱玄同诸教授为中心人物，蔡元培、胡适作后援。刘半农作为骨干，负责起草了《北京大学征集全国近世歌谣简章》；后来由他最早将搜集来的歌谣，每日遴选一二首在《北大日刊》上发表；1919 年他自己辑家乡歌谣成《江阴船歌》出版，其劳绩不可没。周作人虽处于幕后，但他对歌谣的历史、语言、风俗方面的关注是长久的。他自己整理越地儿歌，二十年后出版时写了《〈绍兴儿歌述略〉序》；为别人所编歌集写过多篇序文，如替刘半农写《〈江阴船歌〉序》，还写了《〈海外民歌〉译序》《〈潮州畲歌集〉序》等；他对歌谣进行评论，写有《民众的诗歌》《猥亵的歌谣》《读〈童谣大观〉》《读〈各省童谣集〉》《歌谣与方言调查》等，理论研究虽还是初步阶段但在中国已难能可贵。另一位较早显示这项工作具体业绩的，是原属北大学生辈的顾颉刚。他1918年受学校征集活动影响付诸实践，采集家乡苏州的民歌。1922年北大创《歌谣周刊》，他是积极参与者和供稿人。1926年编辑出版《吴歌甲集》，由歌谣研究会付印，前有胡适、沈兼士、俞平伯、疑古玄同(钱玄同)、刘复(刘半农)五序，影响较大。后来的"乙集"至"己集"，或多或少都和此集相关。顾颉刚之后成为著名的历史学家，又因鲁迅的关系负了骂名，也不失为一近现代文化名人了，但他的歌谣搜集与研究的学术成果，知道的人还不多。他写过《苏州的歌谣》《吴歌小史》《写歌杂记》《我和歌谣》等文，是与周作人可以媲美的歌谣研究家。《吴歌甲集》计200余首，据顾颉刚说，这些民谣均是他在苏州养病休学期间从家里和邻里小孩子的口中，从老妈子和祖母的口中抄来的。之后同乡兼同学的叶圣陶诸君也曾助他搜集，初得"一百五十首左右"。后来新妇殷履安"归宁到甪直镇的时候，就从她的家中搜集到四五十首，于是我的箧中的吴歌有了二百首了"(顾颉刚:《吴歌甲集·自序》)。苏州的歌谣也罢，甪直的歌谣也罢(甪直与叶圣陶的关系大家都熟知，此镇与张浦比邻)，均是"淞南山歌"无疑。因而更引起我寻借《吴歌甲集》等书，来与手头的《淞南山歌》一书做比较阅读的极大欲望。

我们将周作人、顾颉刚两位的歌谣研究文字稍一浏览，便会发现他们共同的趋向是从歌谣的特性一直讲到"五四"前发生征集活动的历史动因。比如说:"民歌的特质，并不偏重在有精彩的技巧与思想，只要能真实表现民间的心情，便是纯粹的民歌。"(周作人:《〈江阴船歌〉序》)"歌谣是民族的文学。这是一民族之非意识的而是全心的表现，但是非到个人意识与民族意识同样发达的时代不能得着完全的理解与尊重。"(周作人:《〈潮州畲歌集〉序》)他们强调，歌谣本以直露、简单，经得起咀嚼，擅于表达平民淳朴的风气、习俗、心理，成为"社会之柱"的民众晴雨表，方为上品。它长久被统治者的意识文化所淹没，只有在明白了民间为本源，平民的历史地位受到应有重视的时代，才会重见天日。那即是勇猛提倡平民文学的"五四"啊！而"山歌最没有道学气而最多道儿女情致"(顾颉刚:《吴歌小史》)，男女情歌之所以流行，"那是礼教的压力太大了，一般民众丝毫没有恋爱的自由，姻婚又多不满意，故不得不另求满足”(顾颉刚:《山歌序》)。以离经叛道的姿态突破旧礼教,并演示得相当勇敢的这些山歌,在“五四”前后才会与一代前驱发生共鸣。这便是妇女的发现、儿童的发现、平民的发现,以及爱情自由的发现和人的发现,等等。北京大学征集歌谣的行动,在这个意义上便与“五四的觉醒”一脉相连了。

歌谣足可进入文学史

所谓歌谣入史,便是指民间文学应适当写进文学史。文学史的整个历程是先有口头文学,后有文人文学的,但一旦文人文学在更高的层次上出现,两者的关系就变得复杂了。有时候文人文学会向口头文学吸取不竭的营养,有时候口头文学也需用文人文学来弥补自己粗疏、低俗的一面。今天的歌谣如果追本溯源,或许会在唐宋诗词那里觅到踪迹,而今天的现代文学和后现代文学也会从民间文学那里找到灵感,拜它为“先生”。这就是胡适在给《吴歌甲集》写序时说过的:“国语的文学从方言的文学里出来,仍须要向方言文学里去寻他的新材料,新血液,新生命。”实际上,仅以歌谣为例,它在现代文学史中的线迹不断,是始终存在的。刘半农不仅是歌谣搜集的开山人之一,他还用民歌格调和吴语的自然音节,写过仿歌谣:“河边浪阿姐你洗格啥衣裳?你一泊一泊泊出清波万丈长。我隔仔绿沉沉格杨柳听你一记一记捣,一记一记一齐捣勒笃我心浪。”(《第十九歌》,收《瓦釜集》)其他“五四”诗人学民歌体的几成风气,刘大白等是其中佼佼者。之后,从左翼到抗日根据地的诗坛,吸收歌谣的创作者也不少,成为大众化的一翼。瞿秋白、鲁迅都写过“拟民歌”(自古便有“拟民歌”。家喻户晓的李白《静夜思》“床前明月光”有人指出可能脱胎于南朝的子夜歌),以鲁迅的《南京民谣》“大家去谒灵,强盗装正经。静默十分钟,各自想拳经”最为简劲、传神。到了抗战后方产生《马凡陀山歌》,那种都市讽刺民谣体在反饥饿、反独裁的游行中发挥出的巨大的力度。到20世纪60年代,一时跟着政治风向标转悠的文学,将“人民为本”推演成了“人民唯一”,用民间写作把文人创作挤到一旁去的文学史也都出笼了。诗歌界提倡写大跃进民歌,集成的《红旗歌谣》把最朴实的民歌变作最浮夸的文体,极“左”的思潮将好端端的民歌引向歪路。到了今天,歌谣仍然在民间蓬蓬勃勃地生长,等待我们进一步去继承、发扬、创造。在淞南听到民歌便是生动的一幕。

关于现代文学史中的歌谣线索,以上仅是举例性质,但已能看出“入史”

的途径可以有二。第一，是把典型的文学运动和创作成就直接入史。如本文所涉及的“五四”征集歌谣活动，便可融入“五四”文学环境重大改变的章节加以叙写。再如意义不凡的经典歌谣作品的产生，像瑶族长达14000行的创世史诗《密洛陀》，花费27年整理成功而以文字形式问世，是可以写进文学史的；藏族长达100多万行的民歌（英雄史诗）《格萨尔王传》是伟大的长篇叙述诗，当然也可写进文学史成为一节。但现在一般都缺席，只在少数民族单独的文学史里才能看到。第二，是将歌谣和文人创作的诗词曲赋甚至故事说唱、小说传奇相互影响的关系，插入文学史的叙述中。这种“影响”的论述将文学连成一片，交织成应有的网状，同时加强了文学经典化过程的演示。这里有各种情境。可以表现为古今歌谣的根源关系，如刘半农辑录的《江阴船歌》“月子弯弯照九州，几家欢乐几家愁，几家夫妇同罗帐，几家飘散在他洲”，据说在宋代便流行了，可见《京本通俗小说》的引用。（《吴歌戊集》）再如顾颉刚《写歌杂记》所引《吴歌甲集》第80首的《牡丹开放在庭前》，指出它来源于唐寅的《妒花词》；而《妒花词》又查出是源于《全唐诗》中的一首“菩萨蛮”，作者无名氏。这种民间写作倒过来反是起源于文人的例子虽然不多，但正说明两者纠缠不休的真实情况。其次，同题（甚至便是同一首）的跨时代歌谣，如在各种吴歌集子里与我手头的《淞南山歌》加以对照，可看出“变化”的时代根苗，也是文学史可写入的题目。如《萤火虫》和《萤火虫夜夜红》（前者为历史歌谣，后者为现今《淞南山歌》里的，下同），《再歇廿年做太婆》和《阳山头上小花篮》，《姐伲生来骨头轻》和《一个姐姐骨头轻》等。更突出的例子像“结识私情”系列（指每首开头一句均为“结识私情”），现今的《淞南山歌》有“结识私情隔顶桥”“结识私情隔条街”“结识私情隔块田”“结识私情北海北”“结识私情南海南”等题，均是甜美的情歌；据有人查出冯梦龙明代记录的《山歌》里，却有古代更加大胆、勇敢的女性表露：“结识私情勿要慌，捉着子奸情奴去当。拼得到官双膝馒头跪子从实说，咬钉嚼铁我偷郎。”这引发学者不禁礼赞：“这是何等精神，何等勇气，何等力量！赤裸的人性，率真的心声，只民歌里有。”（李素英：《民歌的特质》）其实那就是“私情”在不同时代的不同反应。压迫愈大，反抗则愈烈也。本来歌谣就是流传的文学，文学史论及文学的传播规律时这就是正面的范例。还有负面“影响”也不可忽略回避，是与我们对歌谣传播的全面看法相关的。比如在流传中的失真，如加深对残疾人的嘲笑（戏弄矮子、麻子、聋子），如因大量采用弹词、昆曲的语汇而使吴歌过于文人化，等等，指出这些我们就不会在认识上对民间文学摆来摆去，不知所从了。最后，还有不同文体互相影响的文学现象问题，可供文学史写作参考。如张爱玲代表性小说《倾城之恋》有个著名的用拉胡琴做开头、结尾的写法，这次读吴歌时不经意竟读出了它的出处。我们不妨重温一下那段足够烘托全文的妙句："胡琴咿咿哑哑拉着，在万盏灯的夜晚，拉过来又拉过去，说不尽的苍凉的故事——不问也罢！"在歌谣里，已有为现代旅行需要专门介绍上海周围风景的俚曲了，《苏州景致》这样唱："我来拉胡琴呀，唱只苏州景呀，苏州景致多得无淘成呀。"或《无锡景致》的开头："我有一段情呀唱把诸位听。诸公各位净吓净净心。我有一点无锡景吓细细从那头吓说吓说你听。"（顾颉刚：《吴歌小史》）这《苏州景致》《无锡景致》两曲的势力相当之大，它们由沪苏一带的小调变化而成"申曲"，在20世纪40年代上海的娱乐场、茶馆、餐馆、无线电里到处扩散，连我这个小孩子也听到了。我想，对都市民间歌谣相当熟悉的张爱玲一定也是听到了。她把小调的文字、情趣、意境悄悄做了点移动，从闲适、轻松平添了些忧郁的分子上去，于是，成就了一个崭新的头尾。文学史可以这样写：张爱玲小说吸收了吴歌的养分！

听唱现代吴歌的随想，先发挥到这里打住。

2017年10月22日于小石居

·流转文史学风

三十年市民通俗小说新订三章

（一）

长期以来被当作“五四”新小说对立面的旧派小说，是现代文学多元存在的一个体现。它始终拥有大量的市民读者，是无可否认的事实。中国的小说自古伴随着城市而发生而流传，是“小道”是“闲书”，最初差不多都是民间口述形态，后来才有了接近下层的叛逆文人的参与，给予加工或独立撰写，以市民文学的面目凸显。到了近代，沿海大都市的文学得到现代印刷、报刊之利，商业性质大大提高并构成阅读市场，读者队伍前所未有地扩大。于是晚清以降，市民通俗小说从传统的文学边缘向中心地位移动，取代诗文，一度成为主流，并开始了自身现代化的漫长过程。待“五四”文化革命爆发，它与白话精英文学对峙，互相渗透，一种全新的文学格局遂形成了。白话精英小说的读者对象主要是新式学堂出身的学生、留学生，及由他们为主体组成的“五四”先进知识分子阶层。而市民通俗小说的读者是沿着传统章回体一路下来的受众：旧派市民。从通俗文学的角度看此派小说，由旧入新，现代性的增长过程不免缓慢，与现代通俗文学中的左翼通俗显然是有别的。若从市民文学的角度看去，它间接催生了现代都市文学，但同市民先锋文学如上海的新感觉派也不相同。所以我们可以将它们纳入通俗文学和市民文学交叉的范围内加以考察，以定名“市民通俗小说”较为适宜。

什么是现代市民通俗小说呢？这个概念一向模糊，是因它的文学地位的不确定性。很久以来人们强调它属于“旧文学”或“封建文学残余”的一面，而来不及认识它由旧文学向现代性的新文学缓慢过渡的一面。只是中国新旧文学的决裂十分“戏剧化”，事后的复杂融合过程往往遭到历史的各种掩盖，所以反而看不清楚了。近年来，学术界大致将“市民通俗小说”厘定为：

> 是指以清末民初大都市工商经济发展为基础得以滋长繁荣的，在内容上以传统心理机制为核心的，在形式上继承中国古代小说传统为模式的文人创作或经文人加工再创造的作品；在功能上侧重于趣味性、娱乐性、知识

性和可读性，但也顾及“寓教于乐”的惩恶劝善效应；基于符合民族欣赏习惯的优势，形成了以广大市民层为主的读者群，是一种被他们视为精神消费品的，也必然会反映他们的社会价值观的商品性文学。①

用这个定义来考察“五四”前后的市民通俗文学，可以发现它是如何站到传统与现代的交界点上的。市民通俗小说利用民国之后的一段“空白”时间，曾经独占文坛。到了“五四”新文化运动兴起后，它遭受极大的历史压力，同时也给自己带来不断重新调整的时机。

1.“鸳蝴”开启直接源头

市民通俗小说的直接资源，来于1912年（民国元年）到1917年这五年的所谓“鸳鸯蝴蝶—礼拜六派”的繁盛期。鸳鸯蝴蝶派，指的是民初专写才子佳人题材的一个文学派别，所谓“卅六鸳鸯同命鸟，一双蝴蝶可怜虫”，据说是他们常用的词语，故被用来命名。《礼拜六》是王纯根等于1914年创办的一种公开表明文学娱乐消闲功能的周刊，“五四”前后各出满一百期。把二百期合在一起看，很能代表这类通俗文学以社会言情小说为骨干，情调和风格偏于世俗、媚俗的总体特征。不过也有使用“民国旧派小说”概念的，容量比较更大一点，气脉上是互相沟通的。

此时“鸳鸯蝴蝶—礼拜六派”的繁荣本有它的时代缘故。一是当时的北洋政府自顾不暇，晚清垮台后中国社会的历来儒家文化控制力量减弱，给了文学以现代发展的良好机会。二是科举取消，文人失去了“学而优则仕”的路径，加上近代报刊业的发展，最早一批走不通“仕途”的文人便演变为报馆的主笔、记者、编辑，同时成为报纸连载小说的作者。通俗作品有了较雄厚的作者队伍。三是更重要的，这样，文人跌入了市民阶层，他们处于与普通市民同样的文化境遇并取得了相同的文化眼光，小说在他们手中回到了市民文化的本位。从小说本身的发展看，后来的“五四”精英小说以鲁迅的《阿Q正传》为代表的，从原来的以表达故事为主，转向以塑造人物为主；体式上白话欧化小说正在代替文言章回体或白话章回体。市民通俗小说却继承鸳蝴派，在这些方面与旧派市民的阅读兴趣相适应。所谓“故事”，远及晚清谴责小说《官场现形记》《二十年目睹之怪现状》《老残游记》《孽海花》等揭发社会现实的题材，如讲述男女之事便有晚清的《品花宝鉴》《花月痕》《青楼梦》《海上花列传》等狭邪叙述体式可毫不费力地予以借鉴。传统小说从晚清到

① 范伯群：《中国近现代通俗作家评传丛书》，南京出版社1994年版，第1—2页。

民国鸳蝴派便一脉下来，构成远近的渊源。社会、言情两大体式就这样得到市民通俗小说的长足发展，以至于广义的"鸳蝴"一直贯穿到20世纪40年代，这个称呼始终存在。

进入民国时期后，市民通俗小说的最初代表是1912年同年出现的徐枕亚的《玉梨魂》、吴双热的《孽冤镜》，还有李定夷的《霣玉怨》，三人被称为"三鼎足"。三部小说都写婚恋悲情，用的都是"骈四俪六，刻翠雕红"的文字，在现代白话小说未出现之前，被处于新旧交替的市民读者所欢迎，因而认为是标志性启动了"鸳蝴"的小说家。徐枕亚（1889—1937年）的《玉梨魂》写书生何梦霞在无锡教馆，与主人家崔姓富绅守寡的媳妇白梨娘相恋，最后一殉情一殉国的悲剧故事。小说中穿插两人的诗词酬答，缠绵悱恻，合于当时读者的欣赏习惯。《玉梨魂》在1912年到1913年的《民权报》连载时即轰动一时，单行本再版数十次，发行达几十万册之多。后来徐又接写《雪鸿泪史》，假托何梦霞的日记，细加安排，进一步扩大了《玉梨魂》的影响。《玉梨魂》用骈散结合的文体来叙事，居然一纸风行，此前此后都是不可重复的文学现象，主要是它在旧的诗文体中融进一点新的东西，让旧派市民读者感到既熟悉又新奇。男女婚恋在旧的婚姻制度下左冲右突没有希望，这已经是许多人切身感受得到的了，所以当年有人评价："近时流行的《玉梨魂》虽文章很是肉麻，为鸳鸯蝴蝶派小说的祖师，所记的事，却可算是一个问题。"①由于小说有作者的自叙成分，叙述中的情感作用前后贯穿，加之受林（纾）译小说《巴黎茶花女遗事》的显著影响，描写高洁女性的道德自戕，结尾用日记交代后续故事，用"后记"形式写叙述者事后的"凭吊"，渲染了感伤苍凉的氛围。这一切都是在一个旧框架里纳入的，因而不动声色。骈体小说搭上了古典诗文传统和现代技法两头，搭上了现代思想和旧道德观念的两头，坐上末班车，预示了民国旧派小说一开始就具备的过渡性质。

继承晚清谴责小说的传统，在民国旧派小说中是以李涵秋（1874—1923年）的《广陵潮》为代表的。《广陵潮》从1908年动笔，到1919年历时12年写毕，计一百回达百万字，白话章回体，随写随在报章发表，是典型的这一派的写作方式。它以近代城市扬州为背景，用云、伍两家的人物，特别是秀才云麟与表妹伍淑仪、妻子柳氏、情人红珠的感情纠葛为线索，编织起庞大而松散的结构，囊括了从中法战争、戊戌变法、辛亥革命、袁世凯称帝到"五四"

① 周作人：《周作人集外文》（上集），海南国际新闻出版中心1995年版，第302页。

前夕抵制日货运动这段时间的重大历史事件，罗列社会丑闻、街谈巷议、遗闻轶事，进行暴露揭发，写尽贪官污吏、市井无赖、才子佳人甚至资产阶级革命党人等各类人物的形象。在围绕云麟与几个女子私情的描写上，吸取了《红楼梦》的技法，把“情”写足，但由于旧派思想的局限，使得反封建意识和封建意识杂陈。这部小说的最大贡献在于它开创了旧派社会言情长篇的体例，以至于带出不下数十种以什么什么“潮”为命名的小说，如海上说梦人（朱瘦菊）的《歇浦潮》、网蛛生（平襟亚）的《人海潮》等，都很有名气。这批作品往往引起全市民社会的注目，将通俗小说兼有史料认识价值和引人入胜的文学阅读价值都发挥到相当的水平。社会小说影响较大的，还可提到包天笑（1878—1973 年）1910 年左右译述的“教育小说”《馨儿就学记》，1909 年发表的短篇《一缕麻》。后者揭露指腹为婚的野蛮性，曾被梅兰芳搬上京剧舞台而风行于世。到平江不肖生（向恺然）1918 年出版《留东外史》，专事暴露留日学生丑态，暴露国民劣根性，虽属实人实写，带有新闻纪实性，但已成为后来“黑幕小说”的滥觞。

旧派小说其时尚有相当多的读者。这些旧派小说一律显示了某种新旧兼有的性质，在表达“世变”“人情”和运用小说形式方面，都有一定的滞后性。而在发挥文化消费功能的同时，又暗暗地为新文学的产生准备了一些条件。比如在作品里输入要求婚恋自主的民主思想、个性主义因素（常与世俗的理解相混合）；部分地吸收外来的文学技术。《玉梨魂》接受《茶花女》的影响，也十分明显。周瘦鹃在《礼拜六》杂志上介绍大仲马、莫泊桑、狄更斯、托尔斯泰等世界名作家的短篇小说，到 1917 年结集出版了《欧美名家短篇小说丛刻》，曾得到过鲁迅的褒扬，但周瘦鹃本人很长时间并不知情。只是这些个别的变动，还不足以在旧文学的基地上自发地经过调整产生出新文学。中国的现代文学要在引进外来思想和文学的强刺激下，才会发生根本的变革。这同时也是现代市民通俗文学寻求进步的刺激剂。

2. 对峙迫使旧派向“俗”定位

“五四”新文化运动和相辅的“文学革命”的兴起，是相当激进的。新文学一开始站在弱势地位与庞大的旧文学对抗，也无法与有了一点“现代性”趋向的市民通俗文学共处。这样就有了新文学阵营从 1917 年开始的持续批判黑幕小说和鸳鸯蝴蝶派的行动。大体情况在第一章已有所交代。我们可以把这种发自新文学阵营的主动出击，看成是一种对峙方式。可以稍加提及的是，鲁迅一直支持这一场对旧派的批判。他远在 1915 年担任教育部通俗教育研究会小说股主任的时候，便参与查禁了32种鸳蝴小说，主持拟定过《劝告小说家勿再编黑幕一类小说函稿》的文件，后来还发表过题为《名字》《关于〈小说世界〉》等杂文，对文学研究会的批判鸳蝴予以声援。这场批判言辞尖锐，新文学方面除大部分文章指出旧派的思想陈腐守旧，攻击其要害是"游戏的消遣的金钱主义的文学观念"①之外，胡适、茅盾两人还特别地解析了民国初的市民通俗小说在文体上的弊病。如胡适认为《广陵潮》等长篇结构，继承了《儒林外史》"体裁结构太不紧严，全篇是杂凑起来"的"坏处"，"却不曾学得他的好处"，即"不知道《儒林外史》所以能有文学价值者，全靠一副写人物的画工本领"②。茅盾指出旧派小说使用的多是"'记账'式的叙述法"，经过变动仍是"略采西洋小说的布局法而全用中国旧章回体小说的叙述法与描写法"而已，且词语技法多循套路，"剿袭了旧章回体小说的腔调和意境"，"不知道客观的观察，只知主观的向壁虚造"等③。分析得比较深入。

进一步，新文学在登上历史舞台之后就以新取得的优势，切入原有的旧派文学领地，与之争夺读者。而"鸳蝴—礼拜六派"经过一番挣扎后，总是被迫撤退，或是另寻地盘。比如商务印书馆老牌的文学刊物《小说月报》，本创刊于1910年，自1921年1月(12卷1号)起便彻底革新，改由年青的茅盾执编，"鸳蝴"内容变成了"新文学"。紧接着停刊数年的《礼拜六》在当年3月复刊，以表绝不示弱。旧派并且利用自己掌握的小报领地，用"抄袭外国"和"性欲描写"等两项"理由"来反击新文学。但图书市场的情况证明：《小说月报》到第11卷，采取了对新旧文学两面讨好的策略(已先期由茅盾编"小说新潮栏"，占刊物的三分之一篇幅，其余仍载礼拜六派小说)，销数却仍然逐月下降，至10月号仅印了2000册。茅盾接编后的第一期即印了5000册，马上销完，商务印书馆各处分馆纷纷打电报要求下期多发，于是第二期印了7000册，到第12卷末一期时已印10000册。相似的事件还可举《良友》和《申报·自由谈》。《良友》画报是一份画幅兼文字，在东南亚一带具广泛影响的刊物，1926年创办时聘旧派主编周瘦鹃，1927年编到13期就改由毫无旧文学背景的梁得所进行全面革新。之后新感觉派的穆时英、新市民文学的予且的许多作品，都发表在这里。《申报·自由谈》是始于1911年的老资

---

① 茅盾：《茅盾全集》第18卷，人民文学出版社1989年版，第233、229页。

② 胡适：《胡适文萃》，作家出版社1991年版，第36—37页。

③ 茅盾：《茅盾全集》第18卷，人民文学出版社1989年版，第228、232页。

格大报副刊，它的历任主编可以排成一长长的著名市民通俗作家名单，有王纯根、吴觉迷、姚鹓雏、陈蝶仙、陈冷雪、周瘦鹃等，直至 1932 年，编辑权才从周瘦鹃交到了刚从国外回来的黎烈文手中，于是迅速演变成由鲁迅、瞿秋白、茅盾为核心作者的新文学阵地。到 20 世纪 30 年代还在进行的这种新旧交替，充分说明了其中的复杂和不易。当然，新文学的胜利主要是在青年学生读者群中的胜利，在此前此后，都还不可能全部占领读书市场，旧派小说依然有生存的依据。

旧派小说在新文学的强大攻势下败退下来，逐渐明白了自己的位置，被迫同新文学相分割，发挥自己所长，去努力争取一般老派市民读者了。对峙时期的旧派小说越发转向市民中下层，形式上更转向"通俗"，同时艰难地力图加强自身的"现代性"，以不被时代列车甩掉。对峙时期的"鸳蝴—礼拜六派"这种文学转移的某种成功，表现在它并未减少自己的势力范围。据统计，自 1917 年到 1926 年创办的此派刊物即有 60 种，小报 40 种。1922 年间苏州的旧派文学家组成星社，上海的组成青社，都开展过一些活动。到这一阶段的末尾，社会言情小说出现了现代通俗文学大家张恨水。武侠小说突起后出现了被称为民国武侠小说奠基人的平江不肖生。代表性作家的崛起，从一个角度反映了市民通俗小说的真实情景。

3. 市民通俗小说类型的形成

与"五四"文学并行的同时，市民通俗小说逐步完成了自己类型化的目标。

社会小说继续沿着李涵秋《广陵潮》的路子发展的，有海上说梦人（朱瘦菊）的《歇浦潮》，1916 年到 1921 年连载五年，之后续作《新歇浦潮》。它们都由无数短篇连缀而成，擅长从姨太太群的角度来反映社会全貌，全方位记录民国初期上海社会情状，揭露穷形极相。另有毕倚虹所著《人间地狱》，1922 年到 1924 年连载，脍炙人口。此书借名士文人与青楼妓女的交往，展开上海社会的人生相，包括官场和商界。书中人物柯莲荪和秋波的精神恋爱是小说的主要故事，在暴露都市丑恶的同时有以道德来疗救人性的意图。全篇为第三人称的自叙传，显示了毕倚虹写实之外尚能写"情"，将之熔于一炉的本事。包天笑的《上海春秋》也属于此类，铺写 1910 年到 1920 年的洋场逸闻。这三种小说将晚清以来上海的黑暗面做充分曝光，都将现代城市看作是藏污纳垢的显贵天堂和小市民的地狱。小说的时事性强，把近代的新闻采访和传统的史传笔调混合起来，留下一份初期上海的历史资料，但在通俗文学本身的演变上并无多少贡献可言。倒是李涵秋自己在1919年出版的另一部代表作《战地莺花录》里，仍能将军阀混战、社会腐败的内容和三对青年男女的婚恋命运串联在一起，笔法显得老练些。据说，由于结末写到了要求归还青岛的情节，市民们刚刚看毕，对上海地区于“五四”时期唯一一次掀起商人罢市起了推动作用。通俗小说的力量似也不可小视。

还有两位作者给社会小说增加了滑稽体式。一是徐卓呆，被誉为“文坛笑匠”和“东方卓别林”。他重视写短篇，如《浴堂里的哲学家》《小说材料批发所》等。1924年发表的短篇《万能术》，融哲理、科幻、寓言于诙谐滑稽的笔调之中，是一部奇作。他在三四十年代仍不断有优秀作品问世。另一位是程瞻庐，他1919年发表的《茶寮小史》《葫芦》等，以插科打诨的俏皮笔法，嘲笑科举制度废除后的文人嘴脸，也颇不凡。

此时值得一提的，是张恨水的初露头脸。张恨水（1895—1967年），原名张心远，祖籍安徽潜山，读过私塾和苏州的“蒙藏垦殖学校”。23岁时，于芜湖任报纸主笔。1919年在报纸连载第一部长篇《南国相思谱》。“五四运动”后赴北京任几家报社的记者、编辑。1924年始到1929年，在《世界日报》连载《春明外史》而一举成名。长篇《春明外史》写报人杨杏园和青楼女子梨云、才女李冬青的故事，由此展开当时社会上层下层各种纷繁的生活画面。这显然是继承了《广陵潮》《战地莺花录》传统的以“社会为经，言情为纬”的体式。《春明外史》虽没有像下一时期张恨水的更成熟作品那样席卷中国南北市民社会，但已经预示出作者能在章回体内部进行部分革新的潜力。第一，男女主人公已贯穿故事前后，初步将小说编织成一个整体（游离的情节仍有），不再形同长篇，实为短制；第二，视点纯是城市平民的，道德评价也是平民的，充满了对平民阶层的同情关爱，因此赢得广大平民喜爱，看成是他们的代言人；第三，反“大团圆”的结局模式，增加通俗小说的悲剧感和反映社会的深度；第四，虽有报界拾闻的痕迹，已加强了虚构性，描写略略超出了讲述。张恨水的创作前程更在以后。

武侠小说源于古代的传奇、公案和清代的侠义小说。正当茅盾1921年大刀阔斧革新《小说月报》的第二年，《红杂志》创办，再一年《侦探世界》创刊，两本通俗杂志在1923年的1月和6月，几乎同时开始连载写过《留东外史》的平江不肖生的两部武侠代表作《江湖奇侠传》和《近代侠义英雄传》。平江不肖生（1890—1957年），湖南平江人，原名向恺然，名逵。1907年和1912年两度赴日浪游，曾入东京中央大学，并开始写作。《江湖奇侠传》全书160回，前106回是不肖生撰，未及写完，1932年回湘，由也是小说家的编者赵苕狂用“走肖生”的名字续完。此书以湖南平江、浏阳农民争夺交界地引起械斗为线索，带出昆仑派、崆峒派的剑侠争雄。另一部《近代侠义英雄传》虽不如前者出名，实际比前者更完整，思想性也略优。这部书写京城大刀王五与戊戌六君子的谭嗣同的情谊，及霍元甲以中华武术为国争光的事迹，侠义、爱国相得益彰。尤其写霍元甲反帝却并不排外的行动，显得格外可贵。这是二三十年代通俗文学作品中现代性颇强的一部书。从武侠小说的发展看，《江湖奇侠传》里面的武技，已经由棍棒拳术发挥到呼风唤雨、吞吐飞剑，武术拳师已然变化成神魔一类的人物，幻想丰富。在表现生活方面，把武侠的世界和民间亚社会结合，小说中利用民俗和传说的部分都很富有生气，只是消化民俗材料的功力尚嫌不足。结构上，两部作品十分散漫，表彰侠义时不免掺杂不少封建思想，但已基本脱出了明清公案小说的框子，侠客有了一定的独立地位，不再为清官做忠仆，做捕快。这样，民国的武侠小说便取得了独立的品格，平江不肖生的奠基之功正是在这里。

其他的武侠小说有赵焕亭的《奇侠精忠传》《大侠殷一官轶事》《马鹞子全传》等，作风峭拔，注重继承讲史传统而发挥之，从清代故实中杜撰出侠义情节，描摹世态人性皆入情入理。赵焕亭当时便与不肖生并举，世有“南向北赵”之称。还有姚民哀的《山东响马传》《盐枭残杀记》。前者取材于当时轰动全国的山东临城劫车案，时效性强，又是用第一人称来叙述的，可称绘声绘色，写的却是“匪”。《盐枭残杀记》写两伙盐枭之间的火并。这只能是姚民哀日后“党会武侠小说”的雏形。

通俗文学在近代由外国引入英美的各种“探案”之后，增加了一个“舶来”的新品种：侦探小说。这类作品先是翻译，如清末《新民丛报》里就译载过《福尔摩斯探案》，1916年周瘦鹃等用文言译的《福尔摩斯探案全集》计12册。英国柯南·道尔的影响似乎要比世界侦探文学的鼻祖美国爱伦·坡大得多。然后是蜂起模仿，在一切消遣的通俗文学刊物里，“侦探”总是跻身其间。中国原来也有公堂破案像包拯的故事，但不会如此曲折，如此逻辑推理，并广泛利用新兴科技，所以非传统的侦探小说自然隐藏着一种对现代技术好奇、玩赏的市民心理（“奇技淫巧”也属小道）。当时写过侦探的鸳蝴作家不下五十多人，最早取得成就的是程小青。程小青译创并重，他由模仿福尔摩斯，到化出中国的侦探形象，1914年起就写开了“霍桑探案”系列。1919年该系列中的《江南燕》曾被搬上银幕。比较出名的有《神农》《活尸》

《新婚劫》《案中案》等。霍桑是一私家侦探，是智慧、正义的化身。他也有助手包朗作陪衬，以包朗为叙述人，犹如福尔摩斯之有华生医生。逃不出福尔摩斯的阴影，也是这类中国侦探小说的最大局限。

历史演义本是旧文学惯用的体式，现在成了较小的品种。这是因为通俗小说与报纸的关系日益密切不可分，小说史笔的即时性、当下性越来越强，便掩去了一部分“回顾”的兴味。不过传统深厚，佳作还是有的。叶小凤1914年到1915年连载的《古戍寒笳记》，用明末来喻清，改造了一般历史演义的“纵式”结构，把二十年的抗清历史“横向”地压缩到数年时间去展开。历史的回叙与个人的身世、经验两相融合，小说充满了悲凉气度。还有蔡东藩，从1916年至1926年以一人之力，十年的时间，将前后汉到民国的史迹用“通俗演义”的形式写了一遍，总题《历朝通俗演义》，11种，计600万言，称得上宏富。而所用多为正史材料，客观记述，与《古戍寒笳记》的取材和叙述情调正好相反。这套书现在还有人当作历史辅助读物来用。包天笑1922年写的《留芳记》等于是一部长篇民国开国演义，将刚逝的事件写成“野史”，用梅兰芳做贯穿人物，记录袁世凯称帝前后的内幕，夹杂了不少笔记材料。以上三种历史演义，显示了各有长短的写法。

大约从近代以来，旧派文学为了迎合市民读者的趣味，作者和编辑便联成一气，不断使用花样翻新的方式给小说制造名目。以至于打开当时的旧派文学刊物，扑面而来的往往是五花八门的叫法，如政治小说、哲理小说、科学小说、冒险小说、心理小说、战争小说、学校小说、地理小说、法律小说，等等。有了言情小说不够，还要造出苦情小说、奇情小说、侠情小说、痴情小说、艳情小说、忏情小说、哀情小说、丑情小说、喜情小说等不一而足的名称。但经过一段混乱，到了这个时期，终于沉淀为社会言情、武侠、侦探、历史这四种通俗小说的基本类型。尤其是社会言情和武侠两大类，后来发展为通俗小说最成功的品种。它们有的是历来传统所固有，在古典文学时代已有相当的经验积累和延续性。有一些类型和技法却是新兴的，是中西文学结出的果实。现代市民通俗小说几十年的发展，后来就稳定地沿袭了这样的模式。这也是此类小说坐稳的一个标志。

这时期市民通俗小说的另一个特点，是南派占据上风。由于经济发达和现代出版业、书店业、新闻业在中国东南沿海一带的繁荣，清末的小说就以上海为中心。到了新文学于北方诞生前后，旧派文学作“战略撤退”，它更要依赖江浙城镇的市民作者和读者。苏州有包天笑、周瘦鹃等，扬州有李涵秋、毕倚虹等，他们又都在上海活动，南派的力量雄厚是显然的。以后，张恨水从北方打回南方，北派武侠崛起，更有复杂的原因。南北竞争，给通俗文学带来不同的地域特色，这也不容忽视。

整个市民通俗文学在放弃部分读者市场面向民间之后，受新文学先锋作品的压力，在小说文体上一直围绕如何改造传统的“章回体”而发生变动。包括用不用白话叙述？在普遍采用了白话后，要不要章回的固定格式？能不能消除章回的说书人的讲述口吻，或者打开了章回却依然是一派笔记风呢？纪实性和虚构性两者又该怎样搭配？在大量复制都市与人的写实描写的同时，如何消除商品性带来文学实用性的加强及审美创造性的降低？这些无疑都是通俗小说内部矛盾运动需具体解决的。当市民通俗文学进入下一阶段，向着新文学渗透并进行吸取时，它面对的就是如此的问题。

（二）

20 世纪 20 年代末到 30 年代的市民通俗文学，处于一个全新的时期。“五四”精英文学这时已经完全站住了脚跟，并进而成为真正的文学主流，已不把旧通俗文学看作是自己的主要竞争对手。新文学的眼光开始向内，它自身内部的流派社团间的斗争、左翼与非左翼的斗争、京派和海派的斗争、新进与守成的斗争，遂成为发展的动力。大规模地批判旧派小说和鸳蝴派文学的高潮已然过去。但这并不意味着精英文学掌握了全部读者和文学市场。

事实是，无论是上海还是北平、天津这样的城市，旧派小说仍然拥有一定的市民读者，而且“市民读者”也在发生变化。随着晚清入新式学堂读书的少年，一批一批已经成了有文学阅读能力的成年人，定将实实在在地刺激着市民文学的新生长。市民成分中老派、新派的比重也不会一成不变。在此情境下，市民通俗小说不会安于现状，它经过一段时间在许多大小报刊有了自己地盘之后，具有全国影响力的通俗文学大家崛起了，这便是在这一阶段张恨水的出现。而且四大通俗小说类型中，社会言情和武侠两类，也已占有绝对的上升地位，北派在这些领域里都有不小的成绩。

1. 雅俗互动的文学态势

现在我们很难提供出一个准确的统计资料，来揭示 20 世纪 30 年代新文学的先锋小说和市民通俗小说，在出版种类、发行总数方面，双方比重的真面目。据现有的几种工具书所登录的小说出版数字大致测算，大概是三比一或二比一的样子①。按这样的比例,说旧体和鸳蝴作品偃旗息鼓已经是想当然了。不过这数字肯定误差仍大,因以往对通俗文学存在偏见,一般公共图书馆馆藏的此类书籍缺漏较多。如《中国现代文学总书目》1930年所登录的通俗小说(包括武侠小说)总共才四十余种,大大低于先锋类作品的数目。而茅盾作为当事人在当时便说:"1930年,中国的'武侠小说'盛极一时。自《江湖奇侠传》以下,模仿因袭的武侠小说,少说也有百来种罢。"②可见通俗文学的涵盖面是相当大的。而新文学作家这时也开始认识到自己远没有掌握大众读者。

先是左翼文学因政治的需要,对"五四"文学进行反省,认为自己没能掌握下层读者是绝大的缺失,一再地进行"大众化"的讨论。瞿秋白写《普洛大众文艺的现实问题》《大众文艺的问题》,鲁迅写《文艺的大众化》《门外文谈》,茅盾写《问题中的大众文艺》《"连环图画小说"》等,提出要运用"旧形式"和"大众语",以便将革命文学伸向群众。不过提倡归提倡,真正能拿得出来的通俗作品不多,如欧阳山(罗西)对"大众小说""方言小说"的尝试,瞿秋白仿通俗歌谣体写的《东洋人出兵——乱来腔》《上海打仗景致》等。这些作品实际都有一定的市民性,但是否能被市民大众接受是值得怀疑的。它们毫无市民通俗文学应具备的娱乐功能,倒是很有形式探索的性质。它们是"虚拟"的大众精神食粮,并不能占领通俗文学的市场,也构不成对已有市民通俗文学的"威胁"。这仅仅是20世纪30年代政治型的"雅"文学自觉向"俗"移动的一种愿望罢了。

真正具备由"雅"向"俗"移动的实践性的,是先锋文学内部产生的海派。其中,像张资平、叶灵凤等所做的,是大名鼎鼎的创造社成员"下海"直接从事通俗小说的实际写作,一直到这一时期末写出《鬼恋》的徐訏。他们代表着先锋文学为争得知识者以外的读书市场而制作都市通俗读物的倾向,这与章回小说作家(经常也被称作"海派",准确地说是"老海派")发生竞争关系。海派中还有"新感觉派小说"出现,证明市民读者群在30年代有了变化。随着上海等现代都市市民文化消费水平的提高,一部分读者已不完全

---

① 根据《民国时期总书目》(文学理论、世界文学、中国文学)(书目文献出版社1992年版)、《中国现代文学总书目》(福建教育出版社1993年版)、《中国现代文学词典》(小说卷)(广西人民出版社1989年版)这三种工具书,从1927到1937年把新文学体小说和章回体、笔记体小说的数量,做抽样调查,结果为三比一或二比一。

② 茅盾:《茅盾全集》第19卷,人民文学出版社1991年版,第368页。

满足于旧派通俗文学，才在城市里酿成“穆时英风”的读书市场效应。这在本书第14章“海派小说”一节已有详述。新海派的产生占去了市民通俗文学的部分领地，但也为新文学拓宽了原先就已经不小的大众文学市场，让自己伸向更广大的天地。

于是，这种由“雅”及“俗”的形势，必然刺激市民通俗文学。随着新文学部分地“俗”化，通俗文学在向新文学和外国文学学习的过程中，不断提高自身的品位，反过来由“俗”及“雅”。张恨水、刘云若等便是其中的佼佼者。雅俗互动的过程并不平衡：通俗的“雅化”是悄然进行的；新文学争夺大众的声势在抗战以前“雷声大，雨点小”；张资平等的“俗化”受到严厉斥责，被认为是新文学的“堕落”；而当时北方的京派文学却我行我素，不受市场牵制，执着于它的纯文学化的努力。就在这样的形势下，市民通俗小说进入它缓慢的、却也是有效的新旧转换阶段。

2. 张恨水等言情写实小说的俗雅融合

市民通俗文学取得“现代性”的过程是一种渐变。这与20世纪30年代中叶以上海为标志的现代性都市的基本成型，有着不可分割的关系。如果从旧派文学里面是否出现一星半点的“现代”因素去考察，当然可以由晚清小说谈起，或由“民国”小说谈起。但是，真正的“现代通俗性”若要占取优势，至少要等现代通俗文化环境在中国个别的发达都市先期形成（还不要说内地大量的农业性城镇仍然存在），现代的以城市公务员、职员、店员、新式市民为主体的通俗文学读者群的出现。因此不能过早地估计旧派通俗文学大规模取得新的“现代质”的时间。20世纪30年代也只是“社会言情小说”一枝独秀，带头进入现代小说的行列罢了。

张恨水其时发展成为社会言情小说的集大成者。经过自觉改革，他创立了现代性的章回小说体式，也就成了现代通俗文学的大家。这是由张恨水的独特立场所造成的。一方面，他的文学观念里始终不放弃章回小说的形式和通俗文学的娱乐性，他说：“我一贯主张，写章回小说，向通俗路上走，决不写出人家看不懂的文字。”认为“中国的小说，还很难脱掉消闲的作用”。而另一方面，他又发问道：“我们是否愿意以供人消遣为已足？”他认为大多数的作者“决不能打肿了脸装胖子，而能说他的小说，是能负得起文艺所给予的使命的”[①]。他立足章回体而不断拓宽其功能，追求新的潮流，不甘落

---

① 张恨水：《我的写作生涯》，四川人民出版社1981年版，第109页、第101页。

伍。他让章回小说能容纳不同时代的题材内容，他注意章回的回目格式的变化，他尝试过言情以外的武侠、侦探、历史、讽刺、幻想、荒诞等各种写法，以把章回体小说调适成一种富于弹性的新旧皆宜的文体，并不仅仅能用来写鸳蝴式的故事。《金粉世家》便是他最早试图调适鸳鸯蝴蝶派章回小说的起始。

《金粉世家》从 1927 年边写边在《世界日报》连载，到 1932 年历时五年写毕，是张恨水第一部具有现代意义的通俗巨制。更早的《春明外史》还有融化各种独立的故事将其合成长篇的显著痕迹；《金粉世家》则是有先一步的统一构思的。过去的连载通俗长篇都是边登、边写、边想，有时写到后面忘掉前面，把前后人物搞错的事都时有发生。张恨水自述写《金粉世家》："在整个小说布局之后，我列有一个人物表，不时的查阅表格，以免错误。同时，关于每个人物所发生的故事，也都极简单的注明在表格下。这是我写小说以来，第一次这样做的。"[①]这是新文学作家惯用的写作方法，可以保证这个长篇结构的完整划一。《金粉世家》写京城三世同堂的国务总理金家，以其七少爷金燕西和出身寒门的女子冷清秋的婚姻悲剧为主线，穿插与金家有关的百十个人物，写出巨宦豪门一朝崩溃，整个家族便树倒猢狲散的结局。所写故事并非纪实，"《金粉世家》，是指着当年北京豪门哪一家？'袁'？'唐'？'孙'？'梁'？全有些像，却又不全像"。[②] 作者的自述已经道出，那纯是虚构，已经具有一定的典型性。可见这部小说从构思的阶段始，就不是为言情而言情了，它着眼于大家庭腐朽过程的描绘，既不是单纯的暴露，也不沉醉于富丽生活的渲染（金、冷结婚的铺张还是有这种影子，但全书的中心点并不俗气），而与一般市民通俗小说不同，在故事中尽力开掘对社会、对人生的认识。它对金家家族内部的刻画，主要不是放在昏聩保守方面。因近代官僚是封建性和资产阶级性兼有的，家长甚至还有开明的成分，但子弟的不肖，根深蒂固的封建纨绔性，促成了它的迅速衰落。这种分析虽不够彻底，究竟已使故事不至于浮在表面。冷清秋的悲惨命运，书中解释为"齐大非偶"，流露出通俗作者常有的陈腐小市民见解，但是，全书对平民女子才艺、诗情、操守的由衷赞美，寄托了对东方式玉洁冰清的女性传统风范的倾心。小说充溢着一种道德理想，以及这种道德理想受到现实无情摧残后引

① 张恨水：《我的写作生涯》，四川人民出版社 1981 年版，第 42 页。
② 张恨水：《我的写作生涯》，四川人民出版社 1981 年版，第 40 页。

发的伤痛感慨。至于书中人物描写的细致入微，由倒叙开头的结构，百万字小说的结尾呈半开放式的状态，这都超出了一般章回小说的格局，而与新文学作品打通了。所以，作为表现大家族的小说，《金粉世家》不仅常被论者拿来与《红楼梦》相比，还平行地与巴金的《家》做比较。《家》和《金粉世家》写旧家族的溃败，显然有激烈与温良之分，有雅俗之别，但都是经典的现代小说巨制。

到发表《啼笑因缘》，这个北方的故事却在1930年的上海《新闻报》上一气呵成地连载完毕，在南方市民层引起轰动，奠定了张恨水成为全国性市民通俗小说大家的名声，那就毫不奇怪了。《啼笑因缘》能打入老牌的上海鸳蝴小说市场是因它超越了鸳蝴。作者自己分析过这部代表作成功的原因，说："在那几年间，上海洋场章回小说，走着两条路子，一条是肉感的，一条是武侠而神怪的。《啼笑因缘》，完全和这两种不同。又除了新文艺外，那些长篇运用的对话，并不是纯粹白话。而《啼笑因缘》是以国语姿态出现的，这也不同。"①此作的整体情调仍是通俗叙事，为广大市民读者接受且能耳目一新正是它的高明处。于是《啼笑因缘》创了市民读物畅销的记录，作者生前就印行了二十多版，达十几万册。续作也迭出，有《续啼笑因缘》《新啼笑因缘》《啼笑因缘三集》《反啼笑因缘》等，以至迫使作者违背初衷也续写了十回。

综观《啼笑因缘》全书，小说写的是平民少爷樊家树与天桥唱大鼓书的少女沈凤喜的爱情悲剧。除了主要的情节线索，摩登女郎何丽娜、侠女关秀姑的插入，使故事平添了都市的富丽场景和乡间的传奇色彩。刘将军强夺沈凤喜及沈凤喜禁不住诱迫背叛樊家树的描写，是最重要的一笔。一般这种小说的"谴责"笔墨，总是廉价地同情女主人公的命运，将过错罪恶推向恶社会和恶人就完了。张恨水一反通俗写法，将笔伸入女主人公的心灵深处，对沈凤喜的柔弱虚荣性格、天真薄弱的意志、反反复复的心理进行了深入描写。这就必然胀破旧章回小说的框架、容量，在体式内提出了张恨水小说特有的中国现代都市生活与传统道德心理相互冲突的主题。唯其表现的现代都市属于北方封建残余力量较强的地区，这种冲突的"中国特色"尤觉鲜明。对官、商两类加在平民身上的都市邪恶势力的表达，作者总是偏于官的一方，如军阀势力对于沈凤喜的残害，属于通俗式的解释。作者的同情心当然

① 张恨水：《我的写作生涯》，四川人民出版社1981年版，第45页。

是在弱女子一面，而沈凤喜受到樊家树的喜爱，能胜过充满“洋化”气味的何丽娜，以及何丽娜一旦抛弃繁华尘世、归隐学佛后，反倒有了与樊家树结合的可能，这都蕴涵了作者对传统文化在现代失落的一种惋惜、回顾的复杂心态。沈凤喜的陷身，与城市环境对她的戕害有关，她的出身、职业、教养造成她的可悲的性格，这又是市井文化的阴暗面。作者能看到这一点，便也保持了对传统的清醒态度。

《啼笑因缘》在社会言情外，又渗进了“武侠”因素。虽然起初是应南方报纸编辑的要求而加写关寿峰、关秀姑父女的，但这不是一个无意的试验。张恨水以一个南方文人身份久居京华古都，他的通俗文学的北方气质被南方文化接受并加调理后所形成的特色，也是他的魅力之一。所以他的文字也像“言情”掺和了“侠义”，细腻中挟带了豪爽。他所操的文学形式，质和体都属于章回，但慢慢越来越不像原先的章回：结构不再是一段一段的，而按照原意有一个全开放的不交代主人公结局的非鸳蝴式结尾；人物心理描写复杂了；风俗描写、风景描写、环境描写，以书中的天桥景致为代表，可直逼西方小说的笔法，但全书细细叙事的传统声口和文化气味仍是浓厚的。

抗战时期的张恨水，对章回体小说的改良和完善又有新的进展。这是以《丹凤街》《八十一梦》为代表的写实精神高扬的作品，表现出张恨水更进一步的雅俗结合（两部小说都只有拟白话的简短章名）。《丹凤街》又名《负贩列传》，是专门为下层的肩挑小贩们立传的。它写以菜贩子童老五为首的一群民间义士，如何救助被卖给赵次长做姨太太跌入火坑的秀姐。他们虽然失败了，但那一点正义的疾恶如仇和重许诺、轻生死的品质和传统美德，却保留了下来。此书言情的成分大大压缩，不是武侠题材，却用民间的“侠义”思想贯穿。《丹凤街》于 1940 年开始陆续发表，在抗战环境下把这类经过调试了的“侠义”精神提高了加以表现，显然是有积极的现实意义的。这是张恨水爱国主义分外高涨的时期，他把章回体贴近现实，反映现实的作用也发挥得淋漓尽致。《八十一梦》是一部社会讽刺幻象小说，1943 年成书，实际只写了十四个梦，将国难期间大后方的种种丑陋现象做了奇特的观照。它有“谴责小说”的暴露意味，想象的依据不出神话传说、历史典故、古代文学的范围（个别的外国人物也有出现）。“寓言十九，托之于梦”，是古小说中已有的写法，但它在张的手里有暴露也有反省，对当政的腐败和丑陋民族性的批判皆不留情面。比起后来《虎贲万岁》的纯纪实和《五子登科》的纯谴责，《八十一梦》的梦幻结构的每一个单元似乎又回到旧小说的范畴，仿佛是散乱的，但梦幻的意念实有了内在的统一思路、理路，它又是现代的。我们甚至觉得现代主义的一些荒诞表现方法，在这位章回小说家的笔下也出现了。这样，张恨水完成了他实现章回小说体制现代化的文学使命。

稍后跃出，但在北方社会言情小说家中可与张恨水相抗衡的是天津的刘云若(1903—1950年)。在总体上，刘云若的成就自然次于张恨水，但有人认为“他的造诣之深，远在张恨水之上”①。这应该是指通俗小说艺术所达到的现代性的程度。刘云若一生在天津度过，以表现北方市民社会为己任，早年编辑过画报和报纸副刊。自20世纪30年发表第一部长篇《春风回梦记》起，受到市民读者欢迎而成为职业通俗小说家。

他的另一部20世纪40年代出版的《红杏出墙记》，我们为了叙述的方便，也像分析张恨水的后期小说一样，把它提前了。此作被人评价为“这一类小说中最出色的作品”②。长篇也是言情体，写外出的铁路职员林白萍深夜回家，故意要让妻子黎芷华惊喜而潜入，却意外发现妻子和自己的好友边仲膺同床共寝。事发后，林白萍远离，黎芷华追寻丈夫，引出女友房淑敏、房淑敏之兄房式欧、丑女龙珍、名妓柳如眉、官宦小姐余丽莲等一系列人物。这些男女之间发生的错综恋情，集巧合、误会、忏悔之大成，互相勾连在一个大情网之中无法自拔。而每一发生矛盾时，几方又都采取情场相让的行动，越是相让越是纠缠，成为死结。最后以龙珍误毒杀了房淑敏，边仲膺打仗负伤而死，林白萍跳水自杀，黎芷华坠楼殉身，形成大悲剧的结尾。《红杏出墙记》情节之曲折，戏剧性之强，在通俗婚恋小说里罕有先例。有的时候读着会感到它太是为曲折而曲折了。它在人物性格的搭配和映衬上，也极富匠心，似乎是吸取了中国戏剧的特点，有“生”“旦”“丑”各类角色。以上都显示了《红杏出墙记》通俗性和非通俗性的两面。而在对“人性”的表现上，作者也是超乎以往任何一部通俗小说(包括张恨水的)，充分开掘出人的情感心理层面，尤其是解剖男女主人公的两性心理：精神之爱与生理欲望的矛盾，清醒的理智与无可救药的沉沦的冲突，恩爱、悔恨和善恶的生死交战，都极富探索性。连文字也按照情感的起伏，适时地喷发热情。可以说，这是一部相当现代的并不让于新文学的长篇通俗作品。

---

① 均为郑振铎1949年对徐铸成谈刘云若语，转引自张赣生：《民国通俗小说论稿》，重庆出版社1991年版，第227页。

② 均为郑振铎1949年对徐铸成谈刘云若语，转引自张赣生：《民国通俗小说论稿》，重庆出版社1991年版，第227页。

在20世纪40年代，刘云若的创作仍丰。著名的如《小扬州志》《旧巷斜阳》《粉墨筝琶》等，其中表现天津沦陷时期的世态人情，有正义感，写地痞混混儿如何走向汉奸道路，了了分明。小说的回目越写越大，不再刻板地按回目形式分割高潮，而是按情节发展的需要来设置回目。但基本没能超越《红杏出墙记》的模式。如果说张恨水的特点是不断求新，每有新作必出新招，终生探索不止，那么，刘云若起点甚高，却比较定型。他在47岁创作的旺盛期突然逝世，殊为可惜。

这一时期的南派言情小说、社会小说进入低谷：李涵秋、毕倚虹已经逝世；李定夷、叶小凤、严独鹤等相继停笔；包天笑是创作生命最长的多面手通俗作家，这时也少佳作。滑稽社会小说家徐卓呆的《甚为佳妙》、程瞻庐的《唐祝文周四杰传》，社会历史小说家张恂子、张恂九父子的《红羊豪侠传》《神秘的上海》都是有一定影响的作品，但究竟难挑南派的大梁。张恨水和刘云若的崛起，标志着北派社会言情小说的高峰，是市民通俗文学取得一定现代性的重要样本。北派社会言情体同南派的区别是：北派作家并不直接承续晚清小说，较少负担，所以容易同"五四"文学沟通。北方的现代经济转型没有东南沿海一带快，文学中的道德关注沉稳而不浮躁，世俗化、生活化的描写比南派反显得深入。而南方通俗文学的"文人化"趣味却十分浓重。北派的小说介入社会力避锋芒，表现出游刃有余的市民精神。对于妇女解放、男女婚恋、城市日常生活的现代演变，取改良的开明姿态。凡大大游离了普通市民价值观念的"西化"言行，则用传统道德为武器加以针砭。张恨水、刘云若衡量情谊的尺度正是如此，与刘呐鸥、穆时英等海派的都市男女社交观念相比，就显出通俗文学渐进的现代性是怎样同传统难分难舍了。

3. 武侠想象世界的现代拓展

南派社会言情小说虽衰落，但武侠小说在20世纪30年代并不示弱。平江不肖生的《江湖奇侠传》影响深远，顾明道、姚民哀各有各的路数；而北派经过赵焕亭的过渡，出现了还珠楼主。于是南北辉映，成熟的武侠小说大家和长篇巨作带动了整个的"武侠热"。在市民通俗文学的诸多品种中，言情小说最接近现实，与当时新文学的现实主义潮流容易汇合，小说的描写和结构技术的现代化也比较易学。武侠小说比较远离现实，它一方面对中国主流政治社会外的亚社会，即民间社会、江湖社会的武术技击世界加以表现，另一方面醉心于创造一个超现实的剑仙神魔世界，而侠义精神始终在传统文化的范畴内运行，这就给武侠小说的新旧过渡带来更加慢半拍，但并非不精彩的奇特景象。

《江湖奇侠传》连载不久继之而出的，是顾明道(1897—1944 年)自 1929 到 1940 年写毕的《荒江女侠》，堪称一部大作品。顾明道从小残疾，是位奇人。他最初写的是言情小说，早期的《啼鹃录》1922 年出版，内收 18 个短篇，多为婚恋哀情题材。1929 年后陆续发表长篇悲情小说《美人碧血记》《红蚕织恨记》《哀鹣记》，或取材现实，或取材历史，其中已经有侠客存身。正因为顾明道是由言情写到武侠的，这就给《荒江女侠》带来侠情两相结合的特点，开了言情武侠小说之端。

《荒江女侠》写方玉琴为父报仇学成剑术，在寻找仇人过程中遇同门师兄岳剑秋，构成了“剑”胆“琴”心、相偕锄奸的基本故事。中间铺叙男女侠客之间的恩怨和武林流派之间的恩怨，为写情创造条件。因顾明道缺乏武术的知识，在设计“武”的打斗场面和技巧套路的时候常力不从心，就在出生入死的场景之间多安插情意缠绵细节，加以弥补，反而为此书增加了亮点。《荒江女侠》受长期连载和市场的拖累影响，结构松散；但值得一提的是它采用了武侠小说此前从来没有的第一人称限制叙事，使得依靠想象交织成的武侠世界具备了真实感、可信性，便于调整读者与书中人物的感情。后来的武侠小说为增加“情”的因素，而用书中人物的视角或口吻来进行叙述的，就都是借鉴了《荒江女侠》的。顾明道还作有《胭脂盗》，写北地女强人英武而多情，还是发挥了侠情融合的长处，十分可读。

武侠除了与“情”结合产生了顾明道，还与其他因素结合，使此种类型的通俗小说有了多方面的拓展。与“史”结合的，有文公直的历史武侠小说。所写历史只是个背景，为的是好虚构侠客们的活动。代表作是“碧血丹心”系列，包括 1930 年出版的《碧血丹心大侠传》、1933 年分别出版的《碧血丹心于公传》《碧血丹心平藩传》等。本来计划里还有《碧血丹心卫国传》，但未能完成。三书以明朝于谦的事迹为背景来写为国尽忠的众侠客，同时抒发作者自己郁结。另外，将武侠与江湖帮会秘史结合的，有姚民哀写的党会武侠小说。因作者本人参加过清末的帮会，又是职业说书人，笔笔写来是里手。姚 1929 到 1930 年写的《四海群龙记》说的是帮会复仇的故事。1930 到 1931 年写的《箬帽山王》是说“四海群龙”里的“一龙”如何组党的故事，交代内幕，叙述行规黑话，都很到位，很能满足读者的知识欲和探秘的心理。他由一小说再引出另一小说的“连环式”的写作形式，是后来长套的武侠小说惯用的结构。

1932年，还珠楼主（1902—1961年）的《蜀山剑侠传》在天津的《天风报》连载，刚开始并不十分出色，谁也没有想到这竟是一部集武侠小说大成的奇作。小说一集连着一集地写下去，到1949年，出到55集。虽然它不免带有通俗文学共有的因长期连载所生的拖沓毛病，但基本部分的题旨与容量是相配的。除了市民通俗小说，无法相信一部长篇可以有这样宏大的规模。

还珠楼主，本名李善基，后名李寿民。幼有“神童”之称，三上佛山峨眉，四登道教圣地青城山，从小熟习武术气功。成人后做过幕僚和家庭教师，历经坎坷，始写武侠。他的创作时间将近二十年，写有四十部左右的作品，可分为“入世”的现实技击武侠和“出世”的仙魔神怪武侠两大类，但以气魄宏大，容量深广，充满瑰丽想象的仙魔神怪武侠最著名。它的代表性作品便是《蜀山剑侠传》和《青城十九侠》。

《蜀山剑侠传》的神侠世界是一个超现实的世界。它由人间社会、神话幻想、自然胜境、哲理诗情交织组成。表面的故事是正道的剑仙同邪恶的怪魔间的斗争，就是说有一般剑侠小说共有的表现善恶的主旨。剑仙、怪魔都要逃脱“道家四九天劫”，即每四百九十年一次的劫难。不同者，剑仙以行善来避劫，怪魔用行恶来逃劫。两方面预示了一种共同的形而上意义，就是人对自身命运的不懈抗争。有人指出：“只要翻阅一下宝相夫人抗劫故事（《蜀山剑侠传》总134回），忍大师‘情关’破化故事（同上总209回），以至于作为穿插小段的‘灵狐’无罪被杀，其‘内丹’激射缓飞，聚散明灭，久久飘舞不已的凄艳描绘（《青城十九侠》第8集第2回），当即能够获得强大的心灵震撼。”[①]这就是生命“抗争”命题的集中表现。表现力的丰富也为从来的通俗小说所未有。书中“关于自然现象者，海可煮之沸，地可掀之翻，山可役之走，人可化为兽，天可隐灭无踪，陆可沉落无形，以及其他等等；/关于故事的境界者，天外还有天，地底还有地，水下还有湖沼，石心还有精舍，以及其他等等；/对于生命的看法，灵魂可以离体，身外可以化身，借尸可以复活，自杀可以逃命，修炼可以长生，仙家却有死劫，以及其他等等；/关于生活方面者，不食可以无饥，不衣可以无寒，行路可缩万里成尺寸，谈笑可由地室送天庭，以及其他等等；/关于战斗方面者，风霜水雪冰，日月星气云，金木水火土，雷电声光磁，都有精英可以收摄，炼成各种凶杀利器，相生相克，以攻以守，藏

---

① 徐斯年：《侠的踪迹——中国武侠小说史论》，人民文学出版社1995年版，第118页。

可纳之于怀，发而威力大到不可思议。”[1]这种天马行空，把一切“人情物理”统化为“会心”的绚烂意象，是还珠楼主对世界的文学诠释。

还珠楼主的神怪武侠小说建立在中国传统文化的基础之上，它的文化内容也十分丰饶。举凡道、释、儒，经史子集，医卜星象，天文地理，诗词书画，风俗民情，无不与武侠的表现融会贯通。这些内容投射到故事和人物身上，或模塑性格，或烘托氛围，或引起事件，或梳理渊源，使得小说的情节不仅曲折有致，而且内涵厚重；人物情感表达的民族性分外鲜明，突出一个“孽”字，恩怨纠结，生死同心。他的写作字数近两千万，长篇拉长和结构松散的通俗文学弊病自不能免除，但全部武侠小说可说是对中国文化的一种现代综合阐释，也近于是一奇迹。

与另一位早出的平江不肖生（向恺然）相较，他们有前后的承接关系。还珠楼主后来居上，更能显示武侠小说的现代意义。不肖生虽介入人世，侠已经重于武；还珠楼主横空出世，气度恢宏，谈玄述异皆超妙奇绝，武与侠都不过是作者对生命感受的一种外化方式。武侠世界、武林中的仙或魔，都成了人类生命的表现，标志了武侠文学新旧转换的成功（虽比言情小说慢些，但所获不小）。还珠楼主首先直接作用于20世纪40年代北派武侠大家白羽、郑证因、王度庐、朱贞木，带动北派武侠超过南派。在观念和技术上给后人以启示，一直影响到港台新武侠的出现。总之，这一时代的市民通俗小说在社会言情和武侠两个方面都有向新文学渗透，又足与之抗衡的成绩出现；而新文学因向市民通俗文学倾斜，竟产生了海派。究其原因，就是两者的互动在这时已经成为大势。

（三）

这个时期的市民小说，进入了通俗文学与“五四”先锋文学力图和解、融合的年代。战争造成了文学实实在在面向大众的重要契机，无论是抗战动员民众的迫切需求，还是在战争给人民带来无情的灾难之后人民需要精神的东西来平复、治疗、奋起，都在前后方甚至敌占区形成了这样的空间。于是，通俗文学在战争环境下，只有在出版业的转移和整顿没有完成的时候才短期低落，其他的时间反而高涨。像上海处在孤岛和沦陷的情境，小报和报章散文依然繁荣，通俗剧的演出更加活跃，新的更年轻的通俗小说家不断涌

[1] 徐国桢：《还珠楼主论》，正气书局1949年版，第12—13页。

现。由此，雅俗文学你中有我、我中有你的过程就越发加强了。

1. 雅俗对立的部分消解

从抗日战争发生到20世纪40年代，通俗文学面临了特殊的文化境遇。其时，中国分为三个相对独立的政治区域，即国统区、解放区和沦陷区，不同的政治、经济环境使得文化、文学表现出一定的差异。但共同的是，因新文学作家由沿海地区和大城市向内地后方和农村移动，文学遂得到某种扩散和普及，新文学的通俗化便日益提上了日程。党派性强烈的激进的文学这时也被爱国的、统一战线的抗战文学所代替，1938年成立的全国文艺界抗敌协会推举张恨水为理事，便是新文学作家主动向通俗作家发出的一个"团结"的信息，对于形成通俗作家和新文学作家的联合关系，影响极大。在抗战进入持久阶段的大后方和沦陷地区，政治性文学一定程度的缓解、松弛，左翼青年读者的流失，也势必给能起慰藉作用的闲散文学留出空当。特别是到了这个时代，"五四"之后形成的现实主义文学已经完全定型，失去了它昔日的先锋光芒，虽然在小说方面沈从文、萧红、师陀、冯至（写中篇《伍子胥》）、汪曾祺等的探索努力仍然存在，但通俗小说也大量采用变得常规化的现实主义写法后，大面积的、大规模的雅俗对立就成为不可能了。

在通俗文学的一面，它往"雅"的方向移动，主要是加强了文学的现实批判性，加强了历史的、文化的探索精神。这当然是有限度的，但比以往任何时间都注重是确实的。通俗文学移步换形地将文体形式和自己的审美情感，更多地也向"雅"的方向转化，以至从这时开始，涌现出了未经过章回体写作训练的新型通俗小说家如予且等，即是俗雅融和的一种标志。那么，在先锋文学的一面，除了按文学审美陌生化及文学自律性的规例不断向前之外，争取广大读者也是一条谁也无法逃避的规则。曾经受到旧派小说影响的新文学作家，像具有新旧文学混合品质的张爱玲的出现，就更有非凡的意义。加上徐訏、无名氏等，介于"雅""俗"之间的作家越来越多，成为一个绝大的趋势①。

文学的部分雅俗合流现象，在此期的报纸杂志变化上也可看得一清二楚。中国近现代的文学、文化刊物，先是从老牌的鸳蝴品味解脱出来，像前面提到的《小说月报》《申报自由谈》，作家像刘半农、叶圣陶、张天翼，由旧派

① 孔庆东提出"广义通俗小说"的概念，就包括以上的作家，见《通俗小说的流变与界定》，《文学评论》1996年1期。本书同意此概念的合理性，但在涉及论述通俗小说家的范围时，仍采"狭义"概念。

过渡为“五四”新派，前后痕迹了了分明。到 20 世纪 30 年代，上海的刊物兴起了和现代都市相匹配的新潮头，左翼的《北斗》也好，非左翼的《现代》也好，皆一副洋派的先锋模样。到抗战后又有新变，就是城市里通俗文学刊物多呈雅俗合璧状态。1938 年创刊的《杂志》一直出版到 1945 年，执笔者由老鸳蝴作家和新市民小说家两部分构成，包天笑和张爱玲、苏青、予且的名字都列在其间。还有顾冷观 1940 至 1944 年袭用旧名办起来的《小说月报》，钱须弥自 1942 到 1945 年主编的《大众》，陈蝶衣、文宗山 1943 到 1949 年合编的《春秋》，新旧作者队伍大抵如此。所以当时人们面对张爱玲的小说不知如何称呼为好：有称作“新鸳蝴体”的，本意是认她为旧派；有称为“新洋场小说”的，又觉其新；还称作“娱情小说”，那就简直混合了新旧两种意思。最具代表性的要数《万象》，它是有名的通俗文化月刊，文艺色彩很浓。它起初由陈蝶衣执编，翻阅 1941 年开头两年的《万象》，顾明道、徐卓呆、张恨水的名字同胡山源、魏如晦（阿英）、李健吾的名字混在一起，中间也出现予且、丁谛、施济美等，但新旧作家中旧派还占上风；到 1943 年 7 月起由新文学作家柯灵接编，孙了红、程小青这些老侦探作家虽然仍在，张恨水在此也连载着《胭脂泪》，但其他的长篇连载已是师陀的《荒野》、罗洪的《晨》，还有张爱玲的《连环套》（《连环套》让历来将新旧文学分得清的读者也分辨不清），变成以新文学家为主了。可以看出，此类通俗文学刊物在与旧的传统不截然断绝的情况下，调和新旧关系，同时努力追求自身的现代化、新文学化。已经新文学化了的，还要选载一点旧体笔记和诗词，还可以来几篇考证文字，以满足一部分市民读者和旧式文章家的喜好。以《万象》为标志所表现出的 20 世纪 40 年代雅俗文学融和的意义是十分显然的。

这一时期三个地区文学的雅俗融和，各有各的特点。沦陷区因新文学的地盘一时间几乎空出，通俗文学市场的需求突然增大，而显得分外繁盛。上海一地言情文学的繁盛情景，一直到抗战胜利后仍然如此。华北沦陷区以北派武侠小说为代表，达到了现代武侠的一个高峰。而国统区的新文学力量是最强大的，抗战初期提倡“文章下乡”“文章入伍”，用民间形式、旧戏曲形式进行创作，创办众多通俗文学的报刊和社团，一时也成为风气，如老舍就参与《抗到底》的工作，写过抗战大鼓词、快板、相声等作品。但因这种通俗化同时容易带来简单宣传效果，以降低新文学的水平为代价，在国统区未能坚持太久。倒是原来的章回小说大家张恨水，在新形势下向新文学的进一步靠拢，有着重大的意义：显示了国统区多样的雅俗联手的过程。至于解放区，由于文学更大范围地转入战时状态，读者对象转向偏僻农村的文化偏低的农民，通俗化的必要性、紧迫性加强了，运用行政手段鼓励为农民士兵写作，特别是为初露新思想的农民读者写作，便成了当务之急。以后果真出现了以赵树理为标志的新型大众文学作品，还有《新儿女英雄传》等新型章回体作品。真正现代化的中国通俗文学，应当说是迟至这个时期才大体确立的。

2. 通俗小说的"现代化"

因为解放区的通俗小说不属于市民通俗文学部分，此节专论国统区和沦陷区的通俗小说。

这两个地区的社会言情小说实际主要是承续了20世纪30年代上海、北平（北京）、天津等地此类小说所达到的高度。因为张恨水、刘云若的通俗言情体，比任何别的通俗小说体式都先一步显示出现代性的特征。到这时候，只是社会的主题更深入、更重大；用言情来探索人生、探索人性的意念更显著，写法上也更多样而已。

张恨水在国统区重庆、刘云若于沦陷区天津，两人将章回小说体式运用自如，能在通俗故事之内调动新文学的手段来描绘人间世相和挖掘人的内心世界，已如前章所述。这里要强调的是，张恨水和刘云若各有自己独创的一面。张恨水将通俗文学创作旨趣的严肃性，提高到从来没有的程度。他在抗战时期几乎试验了通俗文学展示社会的各种功能：《大江东去》是较早的"抗战＋言情"的小说；《虎贲万岁》是新闻纪实的写法；《八十一梦》是幻想型忧患讽刺；《魍魉世界》和《五子登科》暴露国民党官僚腐败的现实画面；《巴山夜雨》则是对知识分子在抗战时期陷入精神、物资双重困境的充分揭示。张恨水跟上新文学的步伐，把通俗小说表现社会的本事已经膨胀到极致，因为如一味将表现重大时代题材做大，是会越出通俗文学游戏娱乐的基本功能的。刘云若的注意点不在社会性的显露上，而在于社会中"人"的揭示。用通俗形式写尽现代市民复杂的人性表现，是刘云若在《粉墨筝琶》《小扬州志》里做出的主要贡献。另一个是陈慎言，所写《恨海难填》，也有这种长处。

这时的言情小说创下畅销书最新纪录的，是"孤岛"上海时期秦瘦鸥的《秋海棠》。秦瘦鸥（1908—1993年）写作起步不迟，1928年发表长篇《孽海涛》，1936年译述过德龄描写清慈禧宫廷生活的《御香缥缈录》，表现已经不凡。《秋海棠》1941年连载于《申报》之后，其当时的畅销程度，一如十一年前的《啼笑因缘》，成为秦瘦鸥的代表作。《秋海棠》的故事并不出奇，甚至类似旧派言情小说，是一个军阀姨太太和伶人相好并造成军阀摧残这样三方矛盾的悲剧。但现在的情节重心，并不放置在唱旦角的京剧艺人秋海棠和被迫嫁给军阀的女学生罗湘绮的恋情身上，而是突出了秋海棠面容被毁之后的惨局，和他忍辱放弃了爱情与艺术，带女儿梅宝隐居乡间，受尽歧视折磨十八年将孩子抚养成人的经历。等到罗湘绮千回百折终于找到了父女二人，秋海棠带病"跑龙套"已倒毙于他心爱的舞台之上。全书以悲情感人，主题严肃认真。讲述的故事从前到后一丝也不松懈，但不忘发掘故事的人生含义，处处升华着故事的内蕴，充满同情平民的意识和人道主义精神。小说表面已无章回形式，多采新文学手法（作者是个在大学任教的通俗小说家），而骨子里的情调是通俗的，是写给市民读者看的。《秋海棠》原有现实模特儿，是用20世纪20年代发生在天津的一则军阀杀害"戏子"的新闻改写的，但它比一般通俗小说高明，正在于它不把时事性的都市逸闻急忙地加以摄取，加以排比，而是大量舍弃纪实的成分，进行虚构。这虚构的部分才是小说的中心内容。它明确显示了言情通俗小说在20世纪40年代的现代化水平。

还有一个王小逸，是当时具有小报情趣的作家。他擅长于言情中暴露社会阴暗，《明月谁家》就是通过由乡村到都市的男女关系来揭示沪上的淫靡风气的。他的《四郊多垒》不用章回，故事也不求连贯，是以散文笔法写的。1942到1943年连载于《万象》的《石榴红》，写冯柳丝兄妹设计惩办"孤岛"恶人，结构、叙事都很现代，又能代表他通过性爱的视角来反映城市人们生活的特点，但不免带一些色情倾向。王小逸写作的技术已趋现代，而趣味不高，编写故事的主旨仍然停留在迎合低等阅读的阶段，这也具有一定的代表性。

予且（1902—1989年）的读者是上海石库门的市民，这些市民的阅读口味是新旧皆宜的。予且原名潘序祖，据说中学时代写过章回体武侠和侦探，但从未发表。时代究竟变迁了，通俗文学到了摆脱旧章回小说窠臼的时刻，开始专注考虑的是如何将"五四"以来的西式小说大量通俗化的问题。他于20世纪30年代中期发表的通俗长篇《小菊》《如意珠》，短篇集《妻的艺术》《两间房》，已经显露出新型市民小说的端倪。抗战后进入写作的高峰，除《女校长》《乳娘曲》等长篇和短篇集《七女书》外，集外的小说也很多。沦陷区上海的通俗刊物《大众》等上面，每期都用他的《试婿记》《埋情记》《觅宝记》《拒婚记》作为首篇，他有写“百记”的计划，属于都市百态的一种记录，在当时有一定的影响。予且小说主要写沪上男女婚恋、弄堂人们的生活样式，文字纯白话，轻松明快。《照相》《伞》《君子契约》写现代物质文明如何成为城市男女成其好事的媒介。他还用已婚者的眼光来透视各种婚姻心理，叙述老夫少妻、夫妇分居、大小家庭、理家失和等故事。“物质”在都市人和人关系中的贯穿作用，是他小说的基本主题。其笔下众多的女性人物，如《七擒》《移情记》《如意珠》里的女性都是在强烈的生存欲求过程中，经过对男人的擒获，而主动释放出精神能量的。“生存”造成对道德的适度调整，如作者所说：“有时因为物质上的需要，我们无暇顾及我们的灵魂了。而灵魂却又忘不了我们。它轻轻地向我们说：‘就堕落一点吧！’”①通俗小说会探讨这样的“现代事实”：浪漫婚恋如何明明白白沦为一种生存手段。从经济的一面来解剖“言情”，是予且提高此类小说现代品质的鲜明之处。

予且的意义还在于他的新文学式的通俗写法。他的小说接近西洋型，是把昨天的先锋文学创新成分迅速转化为大众成分的成功例子。如《埋情记》《追无记》把心理分析方法化解得连市民读者也能读懂；《女校长》将侦探推理的结构纳入恋爱小说也够新奇刺激。在叙事方面，他注意的是流通所必备的顺畅，就不过快地吸收复杂的叙述方法了。反而是保留了一套市民熟悉的插笔、闲笔，节外生枝，制造噱头等调节讲述速度、起伏的办法。他追求趣味，包括巧思、世俗性、喜剧感等。他说过：“我的文章也要用笑脸写出来，方才有趣味。趣味便是文章的灵魂。”②趣味本来属于作品的情调，通俗作家从文学的娱乐功能出发，把情调提高到意义的层次，“情致”即市民的生活哲学。就这样，予且的市民风情叙述系列，标示出 20 世纪 40 年代通俗文学的新类型。

与言情小说比较，20 世纪 40 年代武侠通俗小说的现代进程更加明显，这就是“北派武侠”令人瞩目的崛起。现在一般通行“北派四大家”或“北派五大家”的说法，是指还珠楼主、(宫)白羽、郑证因、王度庐四人，再加上朱贞木成为五人。以上几人所代表的武侠小说成就，之所以说更具现代性，主要是指他们对“侠”的精神(此为“武”的灵魂)，更进行了现代的阐释：第一，表现武侠社会在现代社会的困境。在抗战时期的言情小说中，侠义世界仿佛

① 予且：《我怎样写七女书》，《风雨谈》，1945 年第 19 期。

② 予且：《说写作》，中华书局 1936 年版，第 86 页。

能补现实世界的不足，侠的民族主义精神提升了，但在真正展示侠义世界的武侠小说里反倒似乎证明了理想的江湖社会已不复存在，它处处显露缺失。这样一来，现代社会的英雄气质日益减弱，独往独来的游侠陷入越来越孤独的境地（其道德精神仍有在中国文化中得到某种继承的可能，是另外一回事）；第二，以侠的世界来批判现实，更向深层延伸。除了揭露现实，还增强了隐喻的性质；第三，以侠的人格、生命境界的开拓，来肯定现代人的抗争、搏战、反省、进取，肯定现代的人道主义思想，肯定人性。

还珠楼主（李寿民）一共写有近四十部武侠小说，后期的作品，尤其是这时期一直续写下去的《蜀山剑侠传》，热情洋溢，驰骋奇想，集通俗文学之大成，发扬中国文化的绚丽多彩于武侠的世界，特别是将“侠”的精神提高到现代人的生命境界来表现，体现了上列内容，已在上一章论述过了。

白羽（1899—1966 年）的成就主要是社会武侠小说。他本名宫竹心。“五四”时期结识鲁迅、周作人兄弟，受新文艺的影响很深，因此他的通俗作品的新文学性质特别强烈，表现为按现实规律来描摹世态，武侠都是于现实社会的背景下活动的。1927 年在《世界日报》连载其武侠处女作《青衫豪侠》。到 1938 年发表《十二金钱镖》（开头一回半是邀郑证因代写的），始成名。以后著名的武侠小说还有《联镖记》《武林争雄记》《偷拳》等。白羽接受新文学的现实主义写作的影响，他一生经历坎坷，便借武侠的故事来宣泄他对社会、人生的真实体验。他的侠客都是现实社会中极平常的人物，不是包打天下的英雄，他也不把武侠世界理想化，在叙写镖客拳师的英武、敬业、诚信的同时，也写他们现实处境中可怜可笑可悲的地方。《十二金钱镖》《联镖记》里都有镖行武夫在官府面前忍气吞声的描写。镖局失事，镖头身亡，而平日害怕强盗的缉私营巡船却耀武扬威地将镖船随意杀伤骚扰一顿，反要镖行感恩戴德，这种近乎反讽的场面，衬托了社会的黑暗，也显示了武侠在近现代的真实地位。再如侠义讲究宽厚仁德，讲恕道，不赶尽杀绝，但是在现实社会中，这种正宗的侠义精神的境遇如何呢？《联镖记》写大侠林廷扬因宽恕败者，反被对方突然袭击而亡的情景是撼动人心的。一般武侠小说极少这样处置中心的人物，而白羽的写法正是要突出他表达武侠思想与现实社会矛盾的题旨。这不是对“侠”的全盘否定，而是对“侠”的现代思索。因为只要将“侠”置入现代社会实际生活之中，它的局限是分明的。在这个意义上，《偷拳》是白羽更重要的作品。它一方面通过杨露蝉三年假装哑丐，受尽磨难，自投太极陈门下偷学无极拳，表现“侠”的卓绝不拔、忍辱负重的精神，一方面写杨露蝉五年被太极陈拒之门外，偷拳前到处拜师，遇到了多少“伪侠”，由此批判了武侠世界名不副实的一面。杨露蝉满师时受太极陈的庭训，太极陈居然一反平日的孤僻倨傲，告诫徒弟：“要虚心克己，勿骄勿狂。多访名师，印证所学；尊礼别派，免起纷争”，“千万不要挟技自秘”，“你不要学我”①。这种绝非平常的“反省”，既是批判武侠中的假冒伪劣，又充满了现代人的自尊自重，是白羽为武侠小说一直贯注的现代精神。

白羽是相当全面的一位武侠小说家。他于武侠中写社会、写情、写“武”的套路、写“侠”的思想境界，都有不同的成就。《武林争雄记》武师丁朝威的女儿丁云秀及二徒弟袁振武、三徒弟俞剑平这三者之间的爱怨，由于师傅弃长择幼指定掌门人而激化，陡起风波，武与情是融和的（但与王度庐不同，以武为主）。《十二金钱镖》写“杨柳情丝”，尤其是女侠柳叶青的娇痴，都很动人。据说，白羽是“武林”一词的发明人，他在武术技击的创新描写上也有贡献。他运用传统术语、诗词典故、山水自然、动物象形、神话传说，来给各种掌法、兵器命名，增加了武侠世界的文学色彩，与还珠楼主、郑证因一起，为后来的新武侠小说命名武技，大大开拓了思路。

郑证因（1900—1960 年），在北派中所创的是技击武侠小说一路。他被称为真正懂得武术之人，曾在“北平国术馆”许禹生门下学太极拳，使九环大刀，公开表演献艺。白羽认为他通武术、工文章，两人相交为友，白羽《十二金钱镖》由郑证因开头，郑的初作《武林侠踪》请白羽校改，倒是文坛佳话。1941 年《鹰爪王》于当时北方著名的画报《369》上连载，遂名声遐迩。后来有“鹰爪王系列”续作，总计有八十多部作品。

郑证因擅长写天津黑社会内部的秘密、帮会的复杂仪式、争斗的场面，而完全不写侠情。武侠小说此时很少有不穿插侠情的了，也因此，郑的纯技击小说显得弥足珍贵。仅是拳法掌法，郑证因就创出绵掌、混元掌、排山掌、般禅掌、小天星掌力、龙形八掌、三阴绝户掌、鹰爪手、天罡手、黑煞手、金刚指等不下二十个种类；轻功有草上飞、追云赶月、飞鸟凌波、燕青十八翻、金鲤倒穿波、仙人换影等数十种。与还珠楼主想象型的武功相对，郑的武功描写则偏于写实，但达到艺术化的境地，是由实到虚。他的武侠小说阳刚之气颇盛，对以后的硬派武技描写发生直接的影响。

王度庐（1909—1977 年）以悲情武侠著称，使得言情武侠小说旁支斜出

① 白羽：《偷拳》，正华出版部 1940 年版，第 135 页。

又出现新的类型。从1938年后，他连续写下《鹤惊昆仑》《宝剑金钗》《剑气珠光》《卧虎藏龙》《铁骑银瓶》五部互有联系、又各自独立的武侠小说，成为他的代表作品。王度庐写侠客柔情已经远超出争斗恩怨，五部小说共包括三个悲剧侠情故事：江小鹤（后称江南鹤）和阿鸾、李慕白和俞秀莲、罗小虎和玉娇龙的爱情纠葛。江南鹤为李慕白之师；李慕白、俞秀莲把杨豹偶得而引起江湖黑道追逐的大内宝珠追回，罗小虎即杨豹之兄；玉娇龙盗“九华秘籍”而为李慕白、俞秀莲围追：这样构成了所谓的“鹤—铁系列”。

“鹤—铁系列”达到了通俗武侠文学写悲情的现代水平。鹤、鸾的悲剧是因“世仇”酿成，仅有阿鸾的祖父鲍昆仑杀了徒孙江小鹤的父亲，没有鲍因妻子淫乱产生的性变态心理和江的处处以复仇为重的偏激性格，也不会走向悲惨结局。这是命运和性格的双重悲剧。李、俞的悲剧是“义”的过分抬高而对“情”的虐杀。李慕白因俞秀莲与孟思昭有婚约在前，而割断情丝；孟为成全李、俞而殉友，造成李、俞终身背上了十字架而无法冲破道德、心理障碍结合。李、俞结合的外在条件本已撤除，余下的纯是侠自身思想束缚的内在原因。王度庐的悲情武侠此时显示出它伸入人物内心的巨大魅力，“情”由伦理、道义的压抑，由侠的扩大的牺牲精神、孤寂感而遭粉碎，通俗小说的笔力达到一定的人性深度。至于罗、玉的悲剧先是因门户造成：玉娇龙为京城九门提督之女，罗小虎是沙漠大盗，于是一夜欢愉后终于分手。到后来，玉娇龙所生之子（韩铁芳）被人调换为女（春雪瓶），上一辈的情义演化为下一辈的情义，到韩铁芳千里寻亲，在荒漠分别遇到生身父母而不知，父母又辗转死在儿子的面前：人的心灵撕裂所造成的悲剧效果，友爱、情爱、亲子之爱所构成的人类的温情，使得通俗的武侠言情小说也进入“五四”以来的“人的文学”序列，小说获得了社会悲剧、命运悲剧、性格心理悲剧的综合美感。

王度庐熟悉新文学和西方现代文化思潮。他的武侠小说已以性格心理、性格动作为重心，作者叙述时且有主观情绪的投入。他对江湖恩怨也同白羽一样，能抱批评的态度，如《洛阳豪客》所写。《风尘四杰》富平民思想，用第一人称“我”来叙述，充满对天桥贫民的同情与赞扬，风俗描写逼真，通体的小说形式与先锋文学作品的界线已很微小，是十分难得的。

北派五大家的最后一位是朱贞木，被认为是擅写奇情武侠小说的高手。情的观念虽比不上王度庐，但能开辟出诡奇的格调。代表作是《七杀碑》，并未写完，被誉为布局技高一筹，笔法细腻，侠情兼长。《魔窟风云》《罗刹夫人》以历史的所谓“苗乱”为引子，铺写边地蛮荒的离奇恋情和侠事，幻想极其瑰丽。朱贞木有南派通俗小说的笔风,所创的类型,丰富了武侠文学的品种。

武侠小说在20世纪40年代的繁荣及其现代性的增长,是通俗文学现代品质确立的最好说明。除了对"侠义""侠情"的现代理解,还应包括对章回体式的逐渐消解过程。这种消解,留下了"说书"传统仍然被市民接受的故事讲述模式,却将章回的格式置于可有可无的地位了。就以章回小说的回目为例,王度庐的《洛阳豪客》是并不对称的双行标题,白羽的《偷拳》却一律是单行的八言题目,朱贞木的《罗刹夫人》则干脆采用与新文学一样的白话拟题方式。这还是属于表面的,内在的章回体的改造,主要是叙述人称的多变化,描写能力的加强和以人物为中心的结构形式的大量运用。这在武侠小说演进中似有超出言情小说,后来居上的势头。

此外,武侠小说始终浸润于中国民族文化的环境里,是颇有根基的。它不像20世纪从国外传入的侦探小说,引进的年代很早(与近现代文学同步),而生长不易。中国本土作为侦探文学生长的文化条件不利,法制不全,科技滞后,作案与破案的现实手段低下,想象的翅膀怎样鼓动也究竟有限。三十多年的时间,主要还是程小青、孙了红这样几个作者在领衔写作。孙了红在抗战期间比前成熟,一是社会表现力增强,侦探的世界有所扩张,一是"侠盗"鲁平的"反侦探"形象有进一步发展,由盗匪气稍多到侠气占据上风。他的主要作品有《血纸人》《一〇二》《三十三号屋》等。可见侦探小说还是要和武侠合体,也就是尽量地与中国文化合体,才有立足并发展的可能。从这个意义上再来反观20世纪40年代武侠小说的繁盛,是具有深长文学史意味的。

3. 大众文学在现代社会生长

20世纪40年代市民通俗小说积极与新文学融和的趋势,各派文学全都重视文学大众化的实际情景,让人对大众文学的能量和生命力刮目相看。从晚清以来,凡在社会上畅销而引起影响的市民通俗小说,几乎都被另一种现代都市大众文艺形式所青睐,得以改编,得以普及,这就是电影。1924年,上海明星影片公司的郑正秋将鸳蝴开山之作徐枕亚的《玉梨魂》加以改编,由张石川导演,拍成十集上演,十分卖座。电影的成功反过来激发市民读者购买小说,在那个年代《玉梨魂》一版再版,竟印到三十万册,成为通俗小说和初期中国电影合作互相促进的一个开端。1928年以后,"明星"所拍的神怪武侠片《火烧红莲寺》也来自通俗小说,胡蝶主演,引起轰动,市民观众狂热追捧，从最初计划的 3 集，一直拍到 18 集。到 1932 年“明星”拍成《啼笑因缘》第 1 集放映时（后来共拍 6 集），这部小说的普及水平就不是单纯的电影所能衡量，其改编的幅度竟涉及话剧、说书、评弹、申曲（滩簧）各种艺术形式的了。而 20 世纪 40 年代市民通俗小说改编的高潮非《秋海棠》莫属。据有关资料，1941 年在《申报》连载的《秋海棠》即引起市民层的广泛注目。电影改编之外，仅由小说家自己和剧作家、导演秦瘦鸥，顾仲彝，费穆，黄佐临四人合编的话剧《秋海棠》，石挥主演，竟在上海连演五个月二百多场不衰，票价高达 30 元，黑市卖到五六十元一张，票房纪录超越了《雷雨》。① 这种现象说明，在 20 世纪中国进入后现代化国家之时，城市市民文学读者的偏好通俗小说，使得通俗文学与五四新文学对峙的局面始终存在，而到 20 世纪 40 年代通俗文学融合新文学达到一定程度后，其包容读者（观众）的力量反而更大了。文学大众性和大众文学性这两者，到当今中国的后现代文学和现代文学交杂的时代，到网络时代，就更不可无视了。

我们这里论及的通俗小说，是 20 世纪中国现代大众文学的主要一支。作为市民大众文学，它不具备先锋文学在每一时代带头创造性地开发新的人文精神、试验新文体、表明新的审美境地的功能，且受商业和娱乐的影响会有低俗、媚俗的倾向。它在文学的转换期往往开始显得滞后，继而在通俗文学的范畴内吸收先锋文学的各种营养，并与历来的传统文学、民间文学、外来文学相调适，形成与同时代先锋文学既对立、又渗透的大众文学层面。这是它的基本形态和发展规律。在这当中，市民通俗小说所追求的现代性，主要表现在以铺陈社会人世相为强项，在写实性上与新文学沟通；因承续旧道德并以改良旧道德为己任，作品的政治思想力自然软弱；却关心日常生活中的情意、痛苦及趣味，使得文学更符合市民性情，更加切合现代市民的所感所想。市民通俗小说在追求文学商品性的同时，让文学的生活感加强，于是，在向通俗化迅速转移之后，中国现代文学的大众化潮流便增添了市民文学一翼，不断前行了。

---

① 尹诗：《1940 年代海派话剧的璀璨绽放》，《中国现代文学研究丛刊》，2014 年第 12 期，第 37 页。

晚清文学现代环境的形成

（对插图本文学史的改写）

小序："插图本文学史"全称《插图本中国现代文学发展史》，是指我在2010年由北京大学出版社出版的著作。任何写作都会留下遗憾，这本文学史也是如此。此书台湾人间出版社2013年二刷繁体字本已通改了初版字句和图片说明等误，留下的问题还是不少。最近大陆版的二印终于启动了，那个字句的修订可能会是最严格的。但真正的修订应包括全书的材料、观点、基本骨架、叙述论证的方式以及读者定位的转移，等等，那要看我余下的精力了。这里是对原史第一章第一节的改写，是我本来要较彻底地加以修改的一个并不成功的尝试。"晚清文学"何以可作为现代文学起始的理由已渗透其中，并主张：既然多个年代、多种作品均能代表"现代文学"的发端，与其勉强取一种作为标志，不如着力将中国现代性文学产生的环境讲清楚好些。当然，这里仍然没有讲好。

不妨想象一下，在距今大约150年前如果你一脚踏入从上海租界繁华区延伸过来的一条街市，即处于四马路（福州路）和大马路（南京路）之间南北走向的望平街，便会看到此处报馆书局印刷所林立的不凡景象。望平街，原称庙街、麦家圈，现为山东中路的一段，在当年不到200米长的街面上，便同时簇拥着20多家报纸，加上相邻的河南路（原棋盘街）、江西路前后不等冒出来的现代报刊业、印刷业、书业，它们带动起来的中国现代文学的环境，有物质文化和思想精神文化多面的辐射能力，是崭新的。1843年第一家用机器铅印出版中文书籍的"墨海书馆"，便由南洋迁此；到1857年此书馆创办了第一份现代中文杂志《六合丛谈》（月刊）。先后开设在这里和附近的著名出版机构，还有文瑞楼、著易堂、扫叶山房、万卷楼书坊、广益书局等，更后的巨型的商务印书馆（1897年）、中华书局（1912年）即便最初不开设在这条路上，最后也都百川归海般地汇聚于此，或把重要的发行所开办于此。中国最早最大的两份报纸，《申报》于1872年创办，最初的馆址在江西路汉口路，十年后业务大大扩展，新馆便迁移至仅隔两个街面的山东路汉口路，到望平街上来了。《新闻报》1893年创刊时登了《本馆告白》，第一句话便说："本馆开设上海北市四马路横街/原名望平街/即英工部局所称山东路第一百五十六号门牌/坐东朝西石库门便是。"[①]时人呼为"申新两报"，"申"在前"新"在后，因《申报》比《新闻报》早办21年。不过《新闻报》颇不服气，认为自己在销量上已超越《申报》，应称为"新申两报"才对。可见望平街竞争风气之激烈。

望平街报刊印书背后的支撑点，是"西学东渐"。这个"西学"是强制性进入的。两次鸦片战争，西方列强用炮舰轰开了大清朝的闭关锁国大门，才有了不平等条约，才有了"五口通商"之一的上海开埠，同时带来西方的机器工业文明。这造成了现代中国文化起始阶段的经济、政治背景。其中，从1894年中日甲午海战清廷的败局，到戊戌变法、庚子之变一败再败，使得中国人和中国知识分子终于觉醒，"群乃知政府不足与图治，顿有掊击之意"[②]。"革命"（用暴力推翻一个政权，而不是在政权内部寻求改革）的意识一日日深入人心，"暴露""谴责"遂成为晚清文学的主题。而"西学"被接纳的速度，尤其像上海这样的沿海城市在有了被迫建立的外国租界后，显然加快了。现代文化与传统文化在这里交战加剧，租界成了新事物的庇护地。现代思想的传播如何依靠现代出版业，可举进化论为例，像在维新潮流中赴英学习海军的严复所译赫胥黎的《天演论》，便是于1897年在天津《国闻汇编》（旬刊）第2册开始连载的。再如武昌起义爆发当年，同盟会、光复会成员迅即在望平街临时办起30多种报纸大加报道、宣扬，甚至一报一日发行几刊来及时发布消息，史称"望平街小报"，依仗的也是现代报刊的强大推力。

现代报刊印刷如此的崛起，直接改变了文学。文学作品不再是藏之名山的稀罕物，开始首先在报刊发表，在书局印行，作为"商品"大量流入市场，便极大地影响了文学的受众面及传播方式。扩大了读者群体，也培养了现代读者群体；作者为读者写作，为报刊写作，产生了新的写作动机和习惯。文学，不仅仅是饭后茶余的遣兴，也是养家糊口的职业，这就使得职业作家的聚合有了可能。这种现代媒介与文学发生的密切关系，互为生长，报纸将文学作品迅速扩展至外埠全国，反过来，文学作品对读者的吸引也帮助报刊

---

① 《本馆告白》，原载1893年2月17日《新闻报》创刊号。原文无标点。

② 鲁迅：《鲁迅全集》第9卷，人民文学出版社1981年版，第282页。

的成长。《申报》创始不久，便刊登翻译小说如《谈瀛小录》等，越半年报馆又顺势办了中国第一份以刊登文学作品为主的杂志《瀛寰琐纪》（后改名为《四溟琐纪》，再改名《寰宇琐纪》），连载了蠡勺居士翻译的英国小说《昕夕闲谈》（是用白话译的）。至于在报纸上划出一定的篇幅刊载笔记、诗文等，是中国报纸一开始就有的做法，《申报》也是如此，后来更发展为文学专版，成了报纸"文学副刊"之滥觞。此外，稿费制度的确立也来源于报刊，为文学一大事件。现在能找到的较早的稿酬布告，是1877年《申报》的《有图求说出售》，其称"有精细画图十幅钉成一册"的画集在手，而据此征写小说，条件是："海内才人照图编成小说一部约五万字/限于十二月十五日以前缮成清本/由申报馆送交/择其文理尤佳者一卷/愿送润笔洋二十元/次卷送洋十元/便即装印成书出卖。"①这幅托名"寓沪远客"的征集小说的广告，作为稿酬启事的内容异常完整，有订购的字数，有字数的价码，有不同质量的不同润笔，有截稿日期，务必抄清的要求，讲明是为商业目的征集的。当时的万字四元或二元的稿酬虽不算高，但也不低。到了25年之后，梁启超1902年提倡"小说界革命"，他在逃亡的日本首创专门的小说杂志《新小说》，事先在自己办的《新民丛报》刊登了"征文例及润格"：第一类"章回体小说在十数回以上者及传奇曲本在十数出以上者"，"自著本甲等/每千字酬金/四元"，乙等"三元"，丙等"二元"，丁等"一元五角"。"译本甲等/每千字酬金/二元五角"，乙等"一元六角"，丙等"一元二角"。第二类包括"杂记""笑话""游戏文章""杂歌谣""灯谜酒令楹联"等，不奉酬金，"将该号之报奉赠一册，聊答雅意"。②（这类以赠送书报或书报券代稿酬的办法，沿用时间极久）我们正可以将这则梁启超与友人讨论后亲拟的稿酬通告，看成是现代文学稿酬制度正式成立的一个标志。包天笑回忆自己的《小说林》时代，便是辛亥年之前，那时无须修改的小说是千字二元，需修改的是千字一元或五角。他自己曾多到千字三元，而林纾的小说译稿"商务"则给到千字六元的高格。③ 由此可以认为，《新小说》施行的稿酬制度到这时已基本定型了。

稿酬使文学作品具有了显著的商品属性，文人可以为"稻粱谋"而写，望平街便形成了自传统文人阵营中裂变而来的第一代职业作家。我们读鲁迅的《上海文艺之一瞥》，那里用极其生动的文字，不免揶揄地叙述了这些新型

---

① 《有图求说出售》，署"寓沪远客"，原载1877年11月21日《申报》。原文无标点。

② 《新小说社征文启》，原载1902年10月《新民丛报》第19号。

③ 包天笑：《钏影楼回忆录》，香港大华出版社1971年版。

文人的流品：第一，称他们为“才子”，以区别于传统的“只读四书五经，做八股，非常规矩”的“君子”。用正统的眼光看去，他们实在都是“科举”衰落以至终结的时刻遭历史汰选出来的“落拓文人”。第二，家世大部中等以下，均是都市市民。他们习惯于租界生活，也熟悉租界生活。“上海的租界——那时叫作‘洋场’，也叫‘夷场’”，旷达的才子不像君子那样“对于外国人的东西总有点厌恶”，他们从县城乡镇“跑到上海来”，对世界的事物顾忌少适应性强，他们的所写，已将租界当作上海的主体了。第三，“有才子气”。他们“原是多愁多病，要闻鸡生气，见月伤心的”。职业上多半是报人、记者、编辑兼于一身，同时卖文。写作不愧是快手，长篇连载能够边想边写边登，在报馆熬夜、等消息，笔头来得快。他们过惯了夜生活，自由散漫，放荡不羁，青楼瓦舍也是要走走的。第四，于是他们的文学是与其身份结合的，起初是“才子佳人的书”，后来是“才子＋流氓”，再后来是“新的才子＋佳人小说”，即“鸳鸯蝴蝶式文学”。[①] 而这时的读者当然也发生了变化：小部分是“才子”们你读我的书，我读你的书；大量的是每日读报阅刊粗通文字的普通市民。要等到西洋新式学堂毕业的学生成了气候，接受先锋文学的“五四学生读者”才会出现，才能开出另一个文学时代。而晚清这代的作者和读者，都是中国现代性文学积累酝酿时期的文化产物。他们以文学报刊的编辑、书籍市场的操盘手作为中介，连接成文学的发生、传播、接受、承续、变化的新型关系。的确，这在那时还属于新兴阶层和新鲜事物，是中国过去任何时代都不曾发生过的。

那么，为什么不举某一个确切的年份如 1840 年（鸦片战争），1894 年（甲午战争），1900 年（20 世纪之头），作为现代文学史的开端；或者以一部作品，像近年来一些文学史家所提出的以陈季同的《黄衫客传奇》（1890 年出版）、韩邦庆的《海上花列传》（1892 年刊登，1894 年出 64 回本）、曾朴的《孽海花》（1905 年出版前 20 回本）来做中国现代文学的起点呢？我觉得找到一个文学纪元的准确坐标，固然有让历史叙述头绪分明的好处，但是根据中国文学现代转型的实际情况看，反不如做模糊化处理，采用“望平街形成”等这样一些说法来得更准确、更真实。目前的学术界大部都同意将中国文学现代化的过程提前到晚清，待要具体化到确定一个年份或一部作品的时候，便发现其理由是可以“互置”的：即所列现代性的根据，如“人”的觉醒包括平

① 鲁迅：《鲁迅全集》第 4 卷，北京人民文学出版社 1981 年版，第 291－294 页。

等自由个性的获得，妇女和儿童的发现，对都市的认识，文体的突破，现代审美意识的引进等等，并不存在唯一性，竟是你也够标准，它也够标准的。而仔细考察起来，整个晚清的作家作品，又谁不是亦新亦旧呢？有点独立的人权意识了，究竟还是归于旧道德的部分松弛；改造过的章回体仍然还是章回体；而且这些改变是渐进的，在当时并未掀起风浪，产生振聋发聩的影响，树起破旧立新的巨力：总之与“五四新文化运动”时打破旧礼教、旧道德，用白话代替文言，在《新青年》上发表鲁迅的《狂人日记》，是无法比肩的！这可能也是事实。

因此，不如更去注意晚清文学现代转型的具体环境和状态，来得重要。

我们会看到：新时代下文学的启蒙功能的被强调、被突出，和文学依靠进入市场而取得的某种独立性，吸收外来思想后发生的对文学审美特性的最初注视，几乎是同时发生的。最早的洋务派为了学习“夷技”，故意贬斥中国历来的人文传统，认为文学误国、无用，而加以一定的排斥。维新派的领袖如梁启超等人，在新的条件下大举文学救国的旗帜，梁的名文《论小说与群治之关系》说的“欲改良群治，必自小说界革命始，欲新民，必自新小说始”的道理，是再清楚不过的政治性文学口号。而到鸳鸯蝴蝶派的刊物一出，发刊词上毫不掩饰他们的文学消闲观。以《礼拜六》1914 年创刊时王钝根所写《〈礼拜六〉出版赘言》为代表，说的一句“晴曦照窗，花香入坐，一编在手，万虑都忘，劳瘁一周，安闲此日，不亦快哉”便见一斑。当然各种鸳蝴文学刊物的社会责任感也不是一点没有，只是强弱不尽相同罢了。而王国维尤其代表了一种接受外国哲学美学思想之后的倾向。他将中国的诗词、戏曲、小说的优秀因素集中起来，换取眼光，提出文学的性质就在于“美之形式”，“其价值亦存于美之本身”的本质论断，[①]成为又一路的文学价值标准。综上所述，在中国文学发展以往的任何阶段，也不可能出现像这个时期的文学观念如此杂陈的局面。王国维的想法固然必有晚清外国思想进入的背景作为前提，便是文学救国、文学自娱等观念即便可以寻得中国历来的“文以载道”或“性灵说”等为依据，但也与它们先后交替地出现情景不同了。它们同时存在，也就必然相互影响。在此之间，因为近代中国被外国列强瓜分的危机形势高悬于每个中国人的头顶，启蒙、新民的时代精神与“诗言志”的传统的融汇就成为晚清占据主流地位的文学声音了。

---

① 王国维：《王国维遗书》，上海书店出版社 1983 年版。

另一个特点，是随着城市现代化在东南沿海一带逐步展开，前现代市民社会的出现，市民文学便在这时首先转型而勃兴。这个问题同历来所称的晚清的小说、戏剧地位大大提高，成为文学之正宗，其实是重合的。对于新文体，以往过于强调梁启超倡导“小说界革命”等的政治组织作用，实际上从文学内部的动因考察，小说、戏曲本来就是宋元明以来下层市民的主要文学消费品种，与上层的诗文构成对峙和渗透关系。在现代印刷将文学传播方式由信柬传抄一变而为报刊、平装本的广泛流传之后，市民读者得以改造，读者市场大大扩展，加上动员民众的时代需要，以及世界文学越来越重的影响（许多启蒙先驱都提及西方文学是如何以小说、戏曲为主体的），这才造成小说创作的空前活跃、繁荣和话剧的大力植入。在吸取外国小说方面，晚清的潮流来势凶猛，以至构成“小说翻译大于创作”的局面。据有关资料统计，清末民初这时期的小说约有两千二百多种，其中翻译小说过半，总数超过古代小说的总和。[①] 这种以小说为主的市民文学，呈现出“过渡时代”的特色。它们有揭露社会腐败推动革新的要求，有与世界民族比较而追索自己民族病根的倾向，推崇新思潮，遵循旧道德，然后渐进地改良社会。它们求新求变，利用媒体，吸纳新闻，使得文学获得了新闻性、现实感，突出了文学存留社会史料的功能，通俗的品位也进一步加强。这样一种市民文学，在继承中国市民文学传统，大力提升小说、戏剧地位的同时（其时的诗文则处于新旧矛盾境地，力图挣脱而包袱沉重），也在内部酝酿了小说、戏剧的先锋性因素，即用小说、戏剧老旧的通俗民间形式，经过改造而成为能够演绎、承载新的思想、新的人物，探索新的叙述时空的“工具”。晚清小说、戏剧构成了市民文学一统天下，同时处于矛盾、分解当中。

由于现代报刊的介入，这一时期文学的流派、社团现象较前丰富，也呈现出向“五四”过渡的性质。特别是小说的发展，市民文学的规律尤其鲜明。文学的商业价值和人文价值是互为消长的。以《儿女英雄传》《海上花列传》为代表的侠义小说、狭邪小说是最受市民读者欢迎的两种传奇题材，它所拥有的读书市场，迎合了中国式尽忠、多情的“人”的现代表达需要，所以开了旧章回体的新境界。而《海上花列传》的作者韩邦庆最早将自己的小说用自己办的文学杂志《海上奇书》来逐期刊载，其运用媒体的现代手段也非常抢眼。维新派梁启超创办《新小说》刊物，来推行他理想中的政治小说，后来转

---

① 严家炎：《二十世纪中国文学史》（上册），高等教育出版社 2010 年版，第 69 页。

为登载社会性强的谴责小说(如吴趼人的《二十年目睹之怪现状》《痛史》《九命奇冤》等),开了晚清小说刊物的先河。之后谴责小说形成大潮,都与报刊结合紧密。如李伯元办《绣像小说》,载自己写的《文明小史》(李的《官场现形记》登在《世界繁华报》);吴趼人创《月月小说》,登自己的《劫余灰》;徐念慈、黄人的《小说林》首刊了曾朴续写的《孽海花》五章。而写《老残游记》的刘鹗1887年竟在上海自办石昌书局,虽然后来他因用人不慎而遭失败。一直到辛亥至民初,鸳鸯蝴蝶派成立青社、星社这样松散的社团组织,办了《民权素》《眉语》《礼拜六》《小说大观》等众多刊物,出版的小说以《玉梨魂》(徐枕亚)、《广陵潮》(李涵秋)等为代表。在这期间,小说的视角、人称、时空、结构都在悄悄发生着变动,显露出局部突破的可能。至于诗文的写作,受政治思想派别的左右较大,被传统泥淖拖累的成分也深。故晚清的诗文,它们为"五四"所准备的积极东西要比小说少。从"诗界革命"的黄遵宪,到南社的革命派诗文(以推翻清廷统治为宗旨),在表现新时代和采用新形式、新词语方面都有所扩展,但究竟缺少大破大立的气概。维新派的梁启超对散文体式和文学语言两个方面,于旧中出新,最有成绩。其他像诗歌的"同光体"沿承之前的"宋诗派",还有"常州词派",都还是打着圈子走路。以曾国藩为首的"桐城中兴",也只能是守旧文学派别的回光返照了。以上交代的晚清文学概况,从各种小说流派的交替出现及诗文的逡巡不前,可以大体了解这一时期的新旧混杂及民众和知识者在矛盾中艰难挣脱的心态。

而我们更要留意这时期文学的重要之点,是为"五四"白话代替文言最终成为文学主流语言准备了些什么。这大致可从改造文言使之松动,和使用初期白话这样两个方面来看。文言的松动并非只是给现代白话让出空缺而已。一种行使了千年以上的正宗文学书面语,它试图适应时代而做出不断调整的努力,自非从今日始,只是到了晚清它再也适应不下去了,不改不行了。这次"松动"性的调适,幅度较大。其理论准备,有学者提出可从1887年黄遵宪定稿的《日本国志》所说的"语言与文字离,则通文者少;语言与文字合,则通文者多"的"言文合一"的话,找到源头。它比胡适《文学改良刍议》要早30年。[①] 黄遵宪自己的实践,便是与维新派同道诸人提倡写充满新知识、新理念的"新体诗"。极端的例子像谭嗣同《金陵听说法诗三首》之三的句子"纲伦惨以喀私德,法会盛于巴力门"(喀私德 Caste 人的等级

---

① 严家炎:《二十世纪中国文学史》(上册),高等教育出版社2010年版,第8—9页。

制。巴力门 Parliament 英国议院)。西化名词直接进入旧体诗,颇为新鲜刺激。在文言散文领域,梁启超的"新民体""报章体"最为出格。这种语体如他写的《少年中国说》等所示,虽是文言,但部分地口语化和欧化了。他自己概括为"务为平易畅达,时杂以俚语韵语及外国语法,纵笔所至不检束","其文条理明晰,笔锋常带情感,对于读者,别有一种魔力焉"。① 此语体也适合输入新词、新概念,配合思想启蒙,宣传鼓动,在现代报纸上运用起来正是得心应手。梁启超报章式的松动文言的影响极大,起到从内部瓦解文言的作用。而另一种松动文言表现在翻译作品里也不可小觑。这种变化据钱锺书分析,连后来拼命反对"五四"白话却是翻译过一百七十多部外国小说的古文大家林纾(琴南)也不例外,说:"林纾没有用'古文'译小说,而且也不可能用'古文'译小说。"林纾译书所用的文体是他心目中认为较通俗、随便、富于弹性的文言。流行的外来新名词像"普通""程度""热度""幸福""社会""个人""团体""脑筋""反动之力""梦境甜蜜""活泼之精神"等,在他的译笔里应有尽有。② 钱氏将林纾译文所用松动文言的性质尽力挑明,证实了文言也可以"欧化",它会潜移默化地促成"五四"白话向"欧化"的一路("五四"白话本也可以有别的线路)照直走去。

至于使用白话,在晚清期间整个都是存在的。先行者要执行语文的通俗化,"白话"是现成的。它的资源至少可上溯至宋代的话本小说和语录体笔记,然后一代一代吸取当时的民间口语,造成古代"文学白话"的历时状态。可以说,白话的倾向总是归向口语(由于明清两代的"官话"打下了基础,这口语自然倾向于北京话)。到了近代,企图用白话来调整民众的书面语言,最初的目标是开发民智,使得维新变法的宣传力度能达到民间的层面。到"五四"白话出现为止,这之前的种种演变,可称为"过渡性白话"时代,其形态约有三种:报章白话、小说白话、翻译白话。报章白话可取 19 世纪末的白话报潮流为代表。关于晚清各类白话报的总量,大概在二百种以上,分布全国。白话报若与使用文言的大报相比,它们好像只是些小兵小卒在打打边鼓,随印随散,但正是这些小报小刊型的白话报,造成一种报章白话文体。1876 年创刊的《民报》是申报馆用通俗语体出版的另一份报纸。1897 年在上海福州路上创办的《演义白话报》也是较早的一种,创刊号所载

---

① 梁启超:《清代学术概论》,天津古籍出版社 2003 年版,第 77 页。

② 钱锺书:《旧文四篇》,上海古籍出版社 1979 年版,第 83—84 页。

《白话报小引》可见出此类报纸白话的论说风味："中国人要想发愤立志，不吃人亏，必须讲究外洋情形、天下大势；要想讲究外洋情形、天下大势，必须看报；要想看报，必须从白话起头，方才明明白白。"在白话报盛行的时期，白话向文学创作的渗透日益增强。由于小说本来就是"说"而不是"写"的，白话一直是小说话语的主导。到20世纪初，后来著名的谴责小说同时利用现代报刊登载出来，每一部用的都是白话。《孽海花》的语言相对典雅些，有时杂以骈词俪句。其他如《官场现形记》第一回说："话说陕西同州府朝邑县，城南三十里地方，原有一个村庄。这庄内住的，只有赵、方二姓，并无他族。"《二十年目睹之怪现状》第一回开篇说："上海地方，为商贾麇集之区，中外杂处，人烟稠密，轮舶往来，百货输转。加以苏扬各地之烟花，亦都图上海富商大贾之多，一时买棹而来，环聚于四马路一带，高张艳帜，炫异争奇。"都比较易读易懂。这些作品的读者面相当广阔，因而小说白话的普及程度应当没有问题。与此同时，使用白话比较彻底的当是用白话翻译的文字。因为外国的文本充满了"欧化"的思维，翻译成白话在这里会受到极大的刺激，并同欧化的松动文言翻译遥相呼应。现在能找到的较早的白话文译者，有苏曼殊、周桂笙等。周桂笙是早期鸳鸯蝴蝶派翻译家里主要采用文言的有影响的译者，他通晓英法文，早在1903年就有一部白话译作《毒蛇圈》，在《新小说》第8号上发表出来。苏子谷（即苏曼殊）也于1903年用白话翻译了雨果的《悲惨世界》，以《惨社会》的题目发表在《国民日报》上；第二年出版单行本时加署了陈由己（即陈独秀）的名字，成了合译（陈独秀的作用大约是润色加工）。意译的翻译家中真正开白话翻译先河的，是伍光建。他1907年出版的《侠隐记》译的是大仲马的代表作《三个火枪手》，直至"五四"时代仍受到《新青年》同人们的赞誉，并引用他来严厉批评林纾，便是因其使用了"简洁明快"的白话。① 白话的翻译举其要者，还有陈冷血译的莫泊桑短篇《义勇军》，一直到周瘦鹃得到鲁迅褒奖的《欧美名家短篇小说丛刊》那些篇目。它们的直接效果是刺激了吴趼人、徐卓呆等对白话短篇小说最初的尝试。这里有两点还应强调，第一，晚清小说的白话，按朱自清的话说仍是"文言、语录夹杂在一块儿。是在清末的小说家手里写定的。它比文言近于现在中国大部分人的口语，可是并非真正的口语"。第二，当时的人们并不拿这样的白话来做日常书面语。不登大雅之堂的小说可以这般写，如果是写文章、写

---

① 茅盾：《茅盾全集》第20卷，人民文学出版社1990年版，第26—27页。

公文、写书信、写状子，等等，用的自然仍是文言。[①] 总之，“松动的文言”为“五四”白话准备下“转变”的环境；“过渡的白话”为“五四”白话直接树立了样子；特别是“翻译白话”的作用，因有关资料表明，晚清渐渐产生的有了中国章回体以外阅读趣味的读者，很长时段读的便是翻译小说。这是一个文言白话你中有我、我中有你的文学语言时代，是一个什么都在破坏中、也在建设中的时代，是整个晚清作为现代文学过渡环境的一个缩影。

2015 年 2 月 18 日（甲午除夕）再订于小石居

① 朱自清：《朱自清全集》第 3 卷，江苏教育出版社 1988 年版，第 58 页。

湘西文化·民族重造·两性表达

关于沈从文和湘西文化的关系，几乎是不证自明的。沈从文整个的文学生命从此出发，并在此完成，两者如鬼神纠缠不可拆解。经由沈从文的文学可以纵横观察神秘诡谲的湘西文化，然后更能深一层反观被湘西文化浸润的沈从文文学：好一块文学、文化的丰厚之地！

湘西文化

按照沈从文的理解，“文化”是一时一地人民的生活方式和生命方式。在文学中表现丰富多样的区域文化，显示它的独特性，显示此间人们的所思所想所作，表达更广大地域的人的精神及人性，正是百年来中国现代文学的重大贡献。其区别只是，有的从现代文明脚步走得快一点的地区来讲述中国，如茅盾；有的是从现代文明脚步来得缓慢的地区来看待中国，极端的且文学成就不可小觑的，如萧红之于北疆，如沈从文之于湘西。

沈从文文学中的湘西文化可用以下三点来概括。第一，它是与现代文明保持一定距离又足以参照的荒僻区域的文化。参照是互相的，两者平等。荒僻文化与发达文化在文学中无所谓先进与落后之分，只看表现得美否，美就有价值。《三三》里那个碾坊少女纯情、天真、美丽，白裤白鞋病态“少爷”有城里知识人的优势。《萧萧》里的萧萧固然是懵懂地自在地生活着，而多次写及的“女学生过身”“过路”，让萧萧“做梦也便常常梦到女学生，且梦到同这些人并排走路”，这近乎一种文化暗流的冲击。第二，它是沉淀着鲜明先民生活样式的传统深厚的民间文化。已逝的传统往往积淀在民间，这里自然有健康或低俗之别，但并非总是那么泾渭分明。《牛》里的人、牛对话是基于湘西人擅长从自然界感受神鬼面影，因爱牛而引发的幻觉。于是这人和牛仿佛都回到了往昔年代，互相体味着对方的悲苦，除社会性的揭示外，也暗含了保护生态的传统积极因素。民间中积累的传统文化不能全盘被吸收，沈从文也不是让我们回到“化外”，而是要人们注意“化外”环境仍活跃着的健康生命态度。由于我们曾经历过一段“横扫一切牛鬼蛇神”的畸形日子，对待民间传统的虚无态度现在终遭到惩罚，当下便见到一个最无锐气的、最无想象力的折中年代。沈从文的文学经验可供我们警醒。第三，它是天真未泯的以苗族、土家族为主，且融和了汉族的质朴，如人类童年期的少数民族文化。《会明》《虎雏》《灯》里的湘西土著，包括老兵、小兵与水手，他们都有粗蛮的外表，粗鲁的行为，但丝毫不能掩去其依然保有童真心地的一面。他们不被现代都市接受，自己也拒绝现代都市，是一悲剧。但他们具有的诚信、侠义、无机心的性格，是人类过去普遍存在的，就如人类童年期留下的文化遗产希腊神话，保有永恒的价值，至今还能补当下文明之不足。

如果从文化角度来呼应沈从文文学本身，我们可以看出他文化品质的特殊之点。沈从文作品无论是小说散文，物质性的文化底色充盈，却最终达到仰视"神性"的极致。这种"物质性"就是湘西人日常的食、色生活表现，不含贬义，是人类不得须臾离开的基本面貌。神性是最高人性，是物质性和美、爱高度结合的产物，即"神在生命中"(《美与爱》)。这也正是他的文学理想："我只想造希腊小庙"，"这庙供奉的是'人性'。"(《习作选集代序》)"希腊小庙"祭供的是现世的、欢愉的原始本性(酒神精神等)，故沈从文的文字关切俗世，描摹琐屑细节(有时加上暗示、象征作补充)。在湘西文化里面，"神性"并不难追求，普通人"如用泛神情感去接近"(《美与爱》)就会有体验。此外，沈从文文学显著的特色是强调湘西文化中的"常"和"变"，不是"新"与"旧"。"新""旧"界限在他是比较模糊的，主要描写的是湘西生活的平常态，生命方式里的"常"数，古老而常新。哪怕是最传奇的故事，如《传奇不奇》写的绑架私奔、火并的事例，荒谬而惨烈，但背后起作用的仍是千百年不变的乡间族姓矛盾，使用的还是"万千年渔猎耕耘聚集得来的智慧知识"。所以到故事的末尾，叙述人自己出来说："想不出还有什么'人生'，比我遇到的更自然更近乎人的本性。"(《传奇不奇》)这种湘西故事的"常"，还包含了沈从文文学里面民族文化的隐蔽性。湘西在历史上是曾经遭国家压制与掩盖的。湘西内部的民族和家族之间除相互友善外，还存在"结怨影响到累世"的情形。乡村里有"长期统治者""佃户""游离分子""小土豪""游民土匪"等各阶层的人物，由各种利益驱使，时常迸发戏剧性极强的事件，堪称文学的绝佳材料。但在沈从文眼里仍是太阳底下无新事，如《巧秀和冬生》中经巧秀母亲被沉潭的历史讲出当地一部文化史，最后归结为"历史上固定存在，无不依旧存在，习惯上进行的大小事情，无不依旧照常进行"。这里就有一股隐痛。朱光潜说沈从文全部作品有"沉忧隐痛"在里面，是知人之论。

民族重造

历来左翼批评沈从文的命题之一，都是说他的文学表现出历史的倒退性，是向后看、回头看。苏雪林最早读出沈从文作品的宏大题旨，在《沈从文论》一文中，抓住“雄强”和“柔弱”的对立意象，提出“民族性补充说”是有一定道理的。这与沈从文自己提出“民族品德的消失与重造”的创作主旨（《〈长河〉题记》），也很一致。我们于长时期形成的观点，好像左翼文学完全推拒“人性”和“美”的描写（20 世纪 30 年代兴起的左翼文学是丰富复杂的，不应简单化），而非左翼的文学似乎只写身边琐事，完全与社会学意义的题旨无关，实际并不是这样。沈从文的文化见解就十分高明，他知道一个民族已消失的东西其中也有值得保存并作为重造因子的。所以他文学的文化层面意义，都在指向地方民族性的重造，而且由湘西民族性的重造通向全民族性的重造。

《灯》《虎雏》等的显然用意，是要从湘西民间的底部汲取健康的、有力量的那部分，来作为新的民族性重塑的原料。这不仅是沈从文一人的趋向。我们看汪曾祺的《异秉》《鸡鸭名家》一直到新时期写的《大淖记事》，也是自觉地在发现地方上（汪曾祺是苏北）底层民众性格中的健康成分，诸如向善、轻利、守诚、同情心、简单、执着等优良品德，一般都指向正在被现代文明剥蚀、破坏的内容。此为京派传统，包括废名的诗化小说如《桥》等表面写小儿女的纯情，正是以人情日薄、尔虞我诈的现实世界（并未写出）为对照物的。除了挖掘民族深处的美丽，沈从文也有专揭露民族丑陋的作品，如属于湘西古老习俗一部分的沉潭、跳刀山、求巫、放蛊、落洞、刽子手杀人等描写，有的结合人物命运有显著的批判指向，有的稍稍模糊却被作者做了现代心理学的重新阐释。像女性“落洞”的变态心理和社会压抑的双重分析（见《凤凰》）；刽子手旧时杀人和当下杀人的时空错乱及急剧易位，造成他直通现代版的疯狂戏剧性演出（见《新与旧》）。意味深长的是，沈从文笔下总是在暗示我们，许多恶俗丑陋的文化现象是古今中外不变的，它们几乎是人类身上的脓疮，是改造各民族消极丑恶面所要共同面对的。

此外，我们也要看到沈从文对地方民族传统肯定和否定皆有的复杂交错态度。《黔小景》里的荒凉诗意最终便遭颠覆，你不知道是欣赏它好，还是远离它好。湘西当地的宁静幽远和停滞不前在这里成了同义词。《箱子岩》写的那个见过外头世面的担任“什长”的“跛脚青年人”，似乎是改造乡里的唯一人才，但他所持的“旧式治疗方法”被作者评价为先用毒药让湘西社会溃烂到底，然后才希图让新肌肉生长。但是，眼前这个“跛子”每日里时时刻刻在做的，恰证明他只能是个“可以溃烂这乡村居民灵魂的人物”，给人的印象“异常恶劣”，却又不得不寄予希望。旧肌肉还在疯长，新肌肉在哪里呢？作者在文中插入多处议论，指出湘西民众懂得“与自然妥协”（中国文明是深悟“妥协”的），也懂得“游离历史”，超然物外和超然人事外的态度便造就这种并不清醒的妥协性（没有外来文明的对照就无从醒过来）。这个时候，湘西文化的美丽仿佛褪色，沈从文提出的放弃“妥协”，“重新来一股劲儿，用划龙船的精神活下去”（均见《箱子岩》），这时，已是对湘西民族历史既批判又保留的双重立场了。

两性表达

两性关系，毫无疑问是沈从文自然人性的集中表现。从两性表达来体现湘西文化，是沈从文文学世界的一个绮丽窗口。

本真的、直露的当地两性关系描写，透出湘西人生的本真性和直率性。像《神巫之爱》《扇陀》《夫妇》《雨后》《阿黑小史》诸篇，直写性爱之不可抗拒，异常生动、质朴。就连在本地社会中头上不免戴了光圈的巫师也不可免，得了神法的仙人也不可免，甚至连青年夫妇在野外跋涉遇上了大好时光也不可免（最好笑的是替这一对已婚者设置了野合的环境，竟被人当成野男女“捉了奸”）。婚前性关系的普遍存在，并不演化为悲剧，而恰恰是两情相悦的自然结果，是好奇、探秘、嬉戏，是导致未来结合或本来就只待举行婚礼的前奏曲。性爱的自然状态，既是“化外世界”的真切实景，也带有理想化的浪漫性质，透出了湘西生命的某种自由色彩。如果按照汉族文化来观照，婚前性关系的发生是对女性相当不利的，它可能引来“移情别恋”“离弃”等妇女利益不得保障的悲惨后果。但是在沈从文的笔下，似乎一切不和谐的事物都不存在，这就引出关于湘西地方少数民族文化环境的两个问题：一个是阶级关系和穷富差别的相对松弛状况，因此在经济相对发达地区，两性婚恋中严重起作用的经济关系和政治关系，所谓“门当户对”的标尺就比较轻微；另一个是男女相对平等，由性别差异带来的男女不同的命运结局是普遍发生的，《萧萧》中女主人公的遭际便与男性不同，但贯穿婚恋过程中的性别歧视，使得男女的关系显然没有沿海沿江和汉族地区那么紧张。对比《八骏图》《绅士的太太》等作品，湘西乡间的两性描写，凸显了湘西人性的非虚假，多真实。

但是沈从文的两性表达还有另一层面，即写丑，而且一丝不遮掩。《柏子》水手嫖妓的粗野，给妇人的礼物（有牌子的香粉）是妓女自己从男人身上摸出的，互道相思是用怕对方不忠但又信任对方的笑骂来显示的。于是，狂野的两性动作移去了平日里两人长久积累的压抑和无望。特别是《三个男人和一个女人》，所写故事简直是惊心动魄。两个市镇营盘里穷当兵的，一个号兵，一个班长，每日到城里豆腐铺喝豆浆，为的是看一眼对门商会会长的小女儿，坚守着他们无望的爱情。女孩不久因不明的缘故吞金而死，号兵一连几天半夜去探坟，最后起意要盗棺时，却发现坟已被挖，盗尸的正是豆腐铺的年轻老板！盗尸奸尸，本来是极其丑恶的事情，沈从文写来却好似完全颠倒了日常道德的标准。

两性表达的反丑为美是如何做到的？像《柏子》里的性场面，是按当地民众的自然习性，选择两性的表情语言动作的细节，越是自自然然地写，就越是流露出两个下层人物的真情来。爱的粗野外表，掩盖不住爱的实在、诚实、可信，因为这不是上层官僚富商，不是都市人，不是知识者，而仅是乡民。而《月下小景》《媚金·豹子·与那羊》均为惨烈的爱情悲剧。两性之间美好专注的感情是经由自杀殉情的结局获得美感的。其中《月下小景》的殉情是为反抗族里“女人同第一个男人恋爱，却只许同第二个男子结婚”的千百年习俗，不幸的他们是要将恋爱结婚统一到同一对男女身上。《媚金·豹子·与那羊》的殉情是男人豹子遵习俗要用白羊来换取女人媚金的贞女血，却因找不到纯毛白羊的偶然缘故误了约定时间。两个故事相异，而男女信守诺言则一。有时候，孰丑孰美是依仗叙述者评介语的提醒。这类评介语往往表明叙述主体悲悯的、赞美的审美感情和立场，提示读者，不要仅仅沉湎于作品提供的现场效果，而要看得更深些，更全面些。《柏子》里在写两性粗莽的情节时，突然插入一段叙述者的话：“一种丑的努力，一种神圣的愤怒，是继续，是开始。”有深意存焉。这类作品常常在黑暗人生的描写瞬间，打入一束光，将“丑陋”转化为“诗意”。不过这种“诗意文化”有特别的忧郁掺杂其间，也饱含了对生命自由、解放的一点向往。

沈从文的文学态度集中到一点，就是对湘西文化的凝视。尽管对他创作自来就有各种批评和赞美，也不能说对作者没有触动，但沈从文唯一不变的便是他对沅水（包括属于上游的辰河、白河）的挚爱。所谓“我的写作与水的关系”即他和湘西这方水土不可分割的血脉贯通。离湘西越久越远，以至于到了任何地方，他都能发现湘西。1957 年 4 月末他在上海留下了几封家书和几种画幅，都是从高处下望外白渡桥和苏州河的，他看到了两种文化：一边是路、桥，“有几百万人在街上逛”，“有千万种声音在嚷、在叫、在招呼”；一边是河上，“流动着船只的水，实在十分沉静”。他在市声喧嚷的上海发现了水上最不起眼的“艒艒船”，深夜在苏州河“听到艒艒船摇橹荡桨咿呀声。一切都睡了，这位老兄却在活动”。被沈从文昵称为“老兄”的大都市船只，一再地被写、被画，被赋予各种寓意：好似是人们在历史风云下的遭遇，“只要有小小波浪也动荡不止，可是即到大浪中也不会翻沉”；还好似是良好品德和文学的养成所：“弄船人永远和陆地讨生活不同，永远从容许多。脾气也好得多。将来如有新诗人培养所，应当派到船上过一年半载。”（以上均见《从文家书》写于沪地的“南行通信”）沈从文如何坚持他文学的独立性，这里都能诠释。有了这种对湘西山水的钟爱，自地方到中国，到世界，才会有对民族文化的挚爱、批判和创造性对话。

2016 年 1 月 24 日于小石居改毕

新文化运动“反传统”漫议

“五四”新文化运动如今是经常要遭受批评的了。这也属正常。试想如果后人对以往的历史只有一种恭恭敬敬的态度，只配仰视、膜拜而不能说长道短，那倒是奇怪的事情。而且这首先就不合新文化运动留给我们的“反传统”的精神遗产，虽然“反传统”正是新文化受到当代人责难的一个所在。

对于中国古老的“传统”进行现代批判与调适，论其规模之大，涉及之深，影响之巨，自然始于“五四”时代。现在检讨起来，有没有过激的一面呢？当然有。比如吴虞等人振臂喊出的“打倒孔家店”的口号，比如钱玄同曾经说过的不仅可以“废孔学”而且可以“废汉文”的话（原文是“欲废孔学，不可不先废汉文”），现在听起来都不免过激，因为有个对孔子的全面评价和对汉字、汉文的全面评价已经站在历史的纵深处了。如是站在辩护者的立场，顶多也只能用“矫枉过正”这样的历史理由来解释一番。它本身还是“过激”。当年的鲁迅面对好友钱玄同的狠话，有时也只好打趣，心里是不以为然的。钱玄同曾批评人们一老就保守，说“四十岁以上的人都应该枪毙”，后来鲁迅写《教授杂咏》第一首第一句便称他：“作法不自毙，悠然过四十。”

假若就新文化实际的批评对象来考察，“反传统”的各种子题目固然也会过激，像对待“旧戏”啦，对待“汉字拉丁化”啦便是，但从总体上看，关于“反传统”的具体内容，新文化的批判锋芒多半指向旧礼教、旧道德、旧文化制度，是很难用“过激”两字来简单地下评语的。这里的例子多了，如针对贞操节烈、妇女儿童、家族制度、国粹国故、白话文言、新旧文学、劳工大众诸问题的文化批评，在当年的进步报刊上都相当激烈，却没有太大的偏颇。有些今人觉得是片面的，其实并不片面。比如“孝”。所谓父子亲情都不讲了，儿子可以用“革命的名义”残酷斗争自己的父亲了，那是阶级斗争扩大化以后的产物，与“五四”无干。“新文化”要批判的，是鲁迅在《〈二十四孝图〉》一文所指出的“愚孝”，是儒家纲常体系里臣子绝对服从君主一样的儿子服从老子。他所举的“郭巨埋儿”“老莱娱亲”正是尖锐地挑出“传统”的“孝”里面，那些反人道的东西（因为三岁儿要分母食而将他挖坑埋掉）、虚伪的东西（七十老翁为求父母一笑而装婴儿啼，或穿五色斑斓衣而摇拨浪鼓）。批判这种

“孝”是一点不为过的。而要建设新型的父子关系呢，鲁迅认为要从“我们现在怎样做父亲”改起。他不写“我们怎样做儿子”，因为“传统”的家长制权威遍地都是，只有父亲反省好了，做好了，到不再愚孝的儿子成为父亲的那天才可能做个现代的文明的父亲。正因为旧礼教“吃人”，吃了儿童，吃了妇女，于是新文化从批判中发现了儿童本位，发现了女性权益，发现了传统的历史如何将紧要关头亡国救世的责任一股脑推给妇女。这些批判都没有错。

而且新文化阵营内部并不是一种声音。《新青年》从 1917 年二卷五号、六号一开始发表胡适、陈独秀的文章批判传统旧文学、提倡新文学，胡、陈二人的差别就十分明显。胡适《文学改良刍议》对传统用的是“改良”一词，陈独秀《文学革命论》用的是“革命”。许多人指出胡适高举“八事”是抱着探讨学问的态度，“以与当世之留意文学改良者一研究之”。陈独秀提出“三大主义”，表示要为敢向“迂儒”宣战的人“拖四十二生的大炮，为之前驱”，态度激烈多了。以后胡适成为中国自由主义知识分子的代表，陈独秀是中国共产党的创始人之一。过去描写两人发起文学革命的态度，褒陈贬胡，视为对立面，现今学术界认为是在同一战壕出击的革命家和学问家，互为补充（陈平原的观点）。便是新文化对待“传统”于过激的霸气中得到学问的调剂，而在学识才情方面因有革命雄心引导，方能挥洒自如。新文化内在的存有过激和不过激的两种潮流。我们看“五四”时的批判儒学独尊也是这样，有用西方文明全部取代儒学的观点，也在内部形成主张对儒学进行现代调适的一派。新儒学不是产生于新文化阵营之外，而是在内，要讲整个对孔孟的态度也不能只执一端。至于国民性改造问题，鲁迅的接力棒后来反倒被主张“民族性重造”的京派文化人接了过去，也是意味深长的。总之，新文化运动的“反传统”态度在大体同一的情境下又是多元的，是可以分析的一股合流。

我们如果注意研究“新文化”当日对待传统，和今日有什么不同，就会看到“五四”的理想主义光彩是怎样照射到“反传统”的行为上的。而当下却是一个最无锐气地接纳“传统”，模糊、调和“传统”的古今差别，似乎一切“传统”都是美好无比的折中时代。我们读叶圣陶的长篇《倪焕之》就不是这样。那里的人们在躁动不安地批判和创造，最能嗅闻到真实的“五四”气息。倪焕之这一不可重复的“五四”理想主义的典型，他的婚姻家庭的理想，“教育救国”的理想等等，皆纯洁美好，义无反顾。他不断与社会现实搏斗、改造环境而为理想献身的言行，在反映出“五四”历史青春期的特色。早就有人指出，“五四”的青春颜色甚至都涂在那些刊物的名字如《新青年》《新潮》《新社会》《少年中国》《曙光》上面。就像高中生处于“青春期”就会叛逆一样，有理想的青年在任何时代都是“反传统”的先锋。我小时候读过孙中山童年便在自己村里带头去砸庙里偶像的故事。巴金的《家》吸引我们中学时代阅读的，正是大家族的门庭如何走出这批叛逆的有目标的青年来。有理想支持的“反传统”，必然是一种有破有立的“反传统”。比方将偶像破坏了，就少了奴隶相；国粹国故有了精华糟粕之分了，现代文明就有了存身的空间。陈义要高，“反传统”就少了盲目性，就有了青春型的进取目光。“大凡一国的文化最忌的是‘老性’，‘老性’便是‘暮气’。一犯了这种死症，几乎无药可医。”（胡适：《文学进化观念与戏剧改良》）

说到破和立，新文化“反传统”的终极目的是使人觉醒，从近代的所谓“开通民智”，直至“五四启蒙”。这里姑且不论启蒙主义，只说怎样通过启蒙造成古老中国的现代公民。为此要清理好自家的地盘，弄明白家底，中国的文化系统、价值体系，哪些地方是有问题的，哪些地方是可采用的，不必遮遮掩掩。此外，从头讲起何为现代文明，从哪里调适、输入这些现代文明。启蒙者要有自由的心态，纵意而论；被启蒙者要开放胸襟，如迎雨露；双方在某种条件下互相渗透，互为启蒙。但是由于我们国家的地域广大，文化的发展极不平衡，“五四启蒙”因文盲众多而终止于偏僻农村，仅对城市知识青年发生较大作用。我们读《家》里所写，觉新和他的两个弟弟觉民、觉慧如何经常在成都商场附设的书店“华洋书报流通处”（小说所用是真实的书店名字，我写《沙汀传》的时候沙汀告我他也在那里买过新文学的书刊，我将《家》的这段文字引用了）购买并阅读《新青年》和《少年中国》刊物。这一期他们差点就没有买到仅余一册的《新青年》，而如此偏于一隅的成都，要看的人很多，三包刊物不到两天就卖完了。可以看出《新青年》在全国城市的传播，很深入，但也有限，深入不到乡村。“启蒙”碰到了教育普及的问题，而我们的教育一直比较弱，造成启蒙的欠债。最欠的，是人的民主平等意识，独立人格，缺少主人公的姿态，不了解世界。现在我们的农民迅速转化为新式农民和市民，这个过程中缺失的还是“教育”。所以，现代《二十四孝图》的故事还在演绎。几年前，我收到从福建寄来的一位农村企业家的信，他说他要将《二十四孝图》全部雕成石版放置在他的家乡，却在任何书店买不到此书。我回信告他这算是本古书了，有各种版本，如不重新印刷出版就只能在好的图书馆里借到。不过我是搞现代文学的，我不认为《二十四孝图》有必要刻出来作为现代少年人的样板。我建议他不妨去读读《朝花夕拾》里鲁迅的那篇散文。我由此想到至今我们对“传统”的认识仍然模糊不清，而家庭中人身依附关系的残余，女性遭遇家庭暴力的普遍性（以上是旧传统理应早就扫除），公民基本公共道德的匮缺，对抗法治力量的存在（以上是“五四”新传统本应继承），在某种意义上，是否可以说“新文化”的历史使命还未完全终止。

2015年8月13日于小石居

文学阅读与全民素养

世界上的事并非后起的就一定进步，而曾经先行一步得风气者也无法保证永远独占潮头。校园里或社会上的文学阅读风气的演变，即是一例。

我没有条件做像样的阅读调查，本文所能涉及的材料只是我的亲闻亲见，主要是对今日学校里文科研究生阅读现状的感受，及对以往20世纪50年代上半期青少年文学阅读的回忆。在共和国将近70年的历史中，1957年是一重要的分界年份，那年的"反右斗争"震动了整个社会格局，之后改变了许多。对于我自己，"反右"结束了我的高中读书生活。在此之前共和国相对平稳的时段里，连年战争的枪炮声刚刚停歇，人民松了口气，对新政权竭诚拥护，自由度一时颇高，社会的正气、新气、精气神也高。当时整个社会的气氛和学校里爱好文学的气氛相一致。在学校里贯彻的"三好"，第一好不是政治好、学习好，反而是身体好，这与"全面发展"的教育方针也相合拍。如果说共和国有一段玫瑰色的时期，那么此前此后是再无法重复的了。

我记得，那时的中学生不知高考压力为何物，因为差不多的高中毕业生只要家庭不需他立即就业，都能上大学。学生自制能力很强，上完课之后的课余时间教师很少管，学生会和团总支都会帮助同学参加各种活动。我加入的是文学小组、校合唱队，加上挎个画夹子到处去写生。元旦准备的晚会文学因素很浓，比如诗歌朗诵，比如高年级各班自导自演话剧、快板、故事等文字类节目往往是学生自己写的，晚会要一直闹到敲响新年钟声才尽兴。这种演剧和写节目的骨干，每班都有三四位，我叫他们是"永远的文学青年"，就是说不管他们将来是学文学理，是务工务农，到任何时候，始终都是文学爱好者。他们早就不满足于语文课堂（一本语文书发下来几天就读毕了），也不等教师指定书目，而是到处找书读，这成为他们最大的特点。在校里、区里、市里图书馆办多个读书证，刚刚兴起的工人俱乐部内几乎都包含一个图书馆（文学名著改编的连环画尤其受欢迎）也不放过。人们赶着去参加各种读书报告会、讲演会或大小作家见面会。我初中时开始读学校图书馆里的《鲁迅全集》和开明书店的新文学系列选本，读我父亲借来的"三言二拍"（《水浒》《红楼梦》《老残游记》《格林童话》是小学读的）；高中时读苏俄作家、欧美作家、东欧弱小国家作家的作品。开班会担负的讲题是鲁迅如何教育儿童，如何对待海婴，洗浴不避孩子，交代不做“空头文学家”。参加了侦探小说读书小组之后，过团日讲的是侦察员的故事。文学经典作品看多了，不知什么时候就有了翻读文学史的要求。在我们那个东北的中等工业城市能进文学史著作的新华书店，仅有火车站附近一家，我练长跑跑过去需半个小时，几年来居然跑去买了王瑶先生的《新文学史稿》(上下册不是一年出版的)、丁易的《中国现代文学史略》(一元五角的书费还借了同学三角才凑够，题在扉页上的字赫然还在)，在旧书部配齐了刘绶松的《中国新文学史初稿》(上下卷)。所以等我1978年考研究生的时候，有的考生说他只读过半本文学史，我手中确实是有50年代出版的这三种文学史的。一个中学生会去买文学史，是知道它可以梳理平时的阅读所得。我中学时代几乎读过《俄国文学史》里从普希金、果戈理、屠格涅夫、陀思妥耶夫斯基、契诃夫到列夫·托尔斯泰的大部分经典作品。买《苏联文学史》的时候，高尔基的《母亲》和“自传三部曲”，阿·托尔斯泰的《保卫察里津》和“苦难的历程”三部曲，法捷耶夫的《毁灭》《青年近卫军》，马雅可夫斯基《开会迷》《好》，绥拉菲莫维奇《铁流》，奥斯特洛夫斯基《钢铁是怎样炼成的》，马卡连柯《教育诗》，费定《城与年》，卡达耶夫《时间呀，前进！》，肖洛霍夫《静静的顿河》《被开垦的处女地》(其时还读不到他的《一个人的遭遇》)，都已读过。那时候读了那么多的苏俄小说现在想来也吃惊，一方面这是向苏联“一边倒”的年代，萧军在东北《文化报》批评苏联红军就算犯了大错，一方面19世纪的俄国文学确实也达到了一个高峰。莎士比亚、狄更斯、歌德、海涅、司汤达、大小仲马、莫泊桑、福楼拜、杰克·伦敦、海明威等也读，但终究没有读苏俄那样热心。当时的读书已懂得精读、浏览之分，据说有人快读，一年的读书量可达千本，我那时年读二三百本大概还是有的。寄宿住校的时间大概有三分之一都用在文学上，但绝不荒废正常课程，很多年我都是“全五分”的学生，有奖状为证。

密切关心当代文艺的进程，自然是阅读的出发点、着眼点。鲁迅之外的现代作家最能吸引青年读者的是丁玲、艾青诸人(我写手记是学丁玲。自己起了个笔名叫“艾茸”，没有用它发表过任何东西，但早期藏书均用此署名)，第一时间读的是王蒙、刘绍棠、刘宾雁、杜鹏程、陈登科、冯德英等。为了文艺要不要“干预生活”，目睹全国读者对苏联小说《拖拉机站站长和总农艺师》的讨论。还跟着文艺界的风向去啃关于“社会主义现实主义”的理论，后来才去啃“车、别、杜”。而写作的自由度大，语文教师对每一班的“文青”都是网开一面,如我的语文教师便允许我写得长,一篇作文写满一本也无妨。记得一次作文题是改唐诗绝句为新诗,老师同意我把一首诗改成整整一个电影剧本。我们出墙报,写日记和生活手记(至今留有当年写老师、同学、场面、景物的文字片段),偷偷投稿(把信封剪一个角就可免费寄稿子),组织各类的读书讨论活动,等等。至于社会的文学活动那是校内活动的延长,在公园的露天广场上我听过丁玲讲话,在二中礼堂听于敏做过读书报告,激起我更高的阅读热情。记得就是在我家附近的工人俱乐部期刊阅览室里,读到《文艺月报》登载的钱谷融先生《论"文学是人学"》一文,这已经是 1957 年之初,快到夏天"清算"阅读的年代了。

重要的是,如此的文学阅读经历是与 20 世纪 50 年代一代人的人格、心理的成长紧密相关的。比如最著名的《钢铁是怎样炼成的》那一段保尔·柯察金的话,"人最宝贵的是生命,生命属于我们只有一次而已。人的一生应当这样度过,当他回首往事时,不因虚度年华而悔恨,也不因碌碌无为而羞耻",这差不多就是我们青年时代思考"人为什么活着",建立"世界观""人生观"当儿,最重要的思想库里的警句之一了。人人会背诵,与喜欢不喜欢文学无涉。它造成了一代人的理想主义和政治进取心,影响太大。同时的文学读物《卓娅和舒拉的故事》《绞刑架下的报告》中的献身牺牲精神,《把一切献给党》的高度革命事业心和愚忠是捆在一起的。看了车尔尼雪夫斯基的长篇《怎么办》,要学民主革命者锻炼意志而睡钉板床的人,也不在少数。这后来就延续成迎着困难上,到最艰苦的地方去的主音。文学,影响到我们对整个"人文学科"的爱好也是显然的,读《史记》,读《马克思传》,读《大众哲学》和《辩证唯物主义和历史唯物主义》,读青年修养小册子,文史哲相通,也是这个时候。文学对增进人的全面修养的作用,更因受当时意识形态的推动而膨胀。你很容易知道,杰出的政治家,尤其是最富代表性的外交家,追本溯源原来都是"文青":周恩来在南开学校演过话剧,陈毅是诗人早期加入文学研究会,黄华是长征途中的画、文高手,乔冠华不折不扣是个秀才笔杆子。以我那一代中学生为例,正巧是在高一高二的学期里完整地学习过四册《文学》课本的(也是学苏联的结果。将《语文》分成《文学》《汉语》两门,单独进行普及型的中国文学史经典作品选读和汉语语法教育)。按照我的体会,每一个高中毕业生如有机会了解祖国的文学发展历史,从《诗经》到当下,知道自己民族、国家的伟大作家和伟大作品,进而具体了解自己民族的文化,实际上是打下了国民应有素养的基础。苏联中小学是九年一贯制,我看过材料，他们九年级的学生要做《安娜·卡列尼娜》人物分析的命题作文，可以想象他们的青年对自己祖国文化的了解是什么程度。50年代的中国青年虽然具有先天的缺憾，少有质疑的精神，他们观察世界的眼光仍嫌狭窄，但与今日的中学生相比，他们全面发展的素养仍是一种优势。

我们曾经生活过的年代，是个政治年代，是个斗争年代，也是少有的文学年代。轻松的调子渐趋沉重，幸亏有文学垫底。领导人写诗，全民写诗，政治搏杀突然扯上《水浒》的评价，或以《红楼梦》学派的争议面目出台，给以后单调、肃杀的历史抹上一点五颜六彩。后来，我们有全民阅读，读《青春之歌》《林海雪原》《红岩》《红旗谱》《创业史》(一直延续到全民"读"样板戏)。千万不要小瞧了这个阅读，正面的也罢，负面也罢，它们都融进了共和国历史的血液当中，与我们当前社会思想驳杂的现实有着千丝万缕的联系。

我们目前所处的是一个政治、工商混杂的转型时代，也是一个信息智能的时代，却偏偏不是文学时代。金钱的手伸进任何一平方寸的空间，最不应当市场化的教育也遭受严重侵蚀。极度的应试教育使人文教育受到挤压，整体的教育处于畸形(所谓名牌中学就等于考试训练营，喊着拼死口号的学生像是要去赴难)。文学阅读不堪回首，已完全边缘化。按照阅读量计算，近年来我所接触过的大学中文系本科生、研究生，其文学阅读的低下状况不可想象，大概还不如50年代的中学生。(有没有学教育学、心理学、文学的人来做认真的社会调查?)而在中学里，哪里还有"文学爱好者"的踪迹呢?所有学习好的学生一窝蜂进入理科班。真正爱好文科的学生的绝迹，使得文科读研的生源水平极度下滑，他们是应试教育的牺牲品，希图使他们成为未来的大师恐怕比登天还难吧。问起现代文学的博士生读没读过赵树理的《李有才板话》，什么叫"板话"？不知道；路翎的《财主底儿女们》呢，题目里这个"底"是什么意思呢？也是摇头。那你"考博"的时候怎么回答20世纪40年代长篇小说总体特征这道题的？说是背文学史呀，主要背你们写的《中国现代文学三十年》，背下了那些长篇的名字、故事的梗概和评价的词句，就可以答了！真没有想到，文学史的学习竟可以代替他们对文学本身的阅读。这让我不禁想起巴尔扎克、莫泊桑写的法国上流社会客厅里，女主人与客人兴致勃勃谈论流行的文学话题时，居然可以没读过原著，依据的只是读者文摘卡片！我们读博的学生，现在也弄成这个样子，许多必看的书只好补读。这还不够，有人还提出因为高考语文的分数是拉不开多少距离的，索性可以不考，以减轻学生的"负担"。我想，出这种主意的教育家或称教育管家，离背叛我们国家民族的文字、文学、文化也就不远了。流弊所及，不是大中学生的文学阅读少读了几本书的问题，而是这样培养出来的学生他们已经失掉了真正热爱自己民族语言文学的最佳时机，他们中的一部分人假如将来充当语文教员和文学教授，可能不过是个教书匠。

自从大陆公民有了可能大批出国旅游之后，国民的文明素养成了用钱买不回来的让我们蒙羞的尖锐问题。教育出了纰漏，不是一年设一个"阅读日"可以解决的。文学阅读的急剧减少，影响到祖国语言、文学的健康延续，影响优秀人才的产生，国民想象力、创造力的发挥，低级趣味的消失，等等，甚至决定未来我们孩子的脸上有无书卷气！

文学阅读不是小事。后代的成长固然不必杞人忧天，但不等于我们在这个转型时代可以放弃"责任"，可以无视全社会文学教育付之阙如的危急性。社会转折之前，或转折当中，社会上握有政治权力和知识权力的两种人，应该富有远见地指出发展中的正面和负面可能，并尽量缩小负面作用。假如这两类人无作为，不发声，便要问责，便要查一查我们的制度和渠道什么地方应当检修了。

文学阅读也是社会情绪、心理的一种晴雨表。我相信，青年一代之中"永远的文学爱好者"仍然存在，他们不过是一时隐身，转入地下而已。

2016年6月8日晨改定于小石居

学术环境的风气、传承与改造

所谓环境(这里主要指社会环境),皆由一时代的物质面貌和精神气象所构成,在群相中包含了个体,有主流亦有次流,然后蔚然成为风气,再影响到环境中的人。当今我们的学术环境真是险象丛生,逼到眼前,让你回避不得。最常见的,如"项目"已成学术"生命线",几乎人人都以各种方式奔走于各级评定委员会的门下;"抄袭"事件屡屡发生,成为家常便饭,以至现在的硕博论文都必须使用某种软件程序先期给予测定。在这种情状下,听说有人还在某"机构"发出宏论,侈谈要在若干年内培养出"大师"或"大家",这让我不禁想起鲁迅论天才如何产生的话来了。鲁迅说拿破仑有一次过阿尔卑斯山,自我陶醉了,禁不住喊道:"我比 Alps 山还要高!"忘了如果没有"后面跟着许多兵",他什么也不是。鲁迅据此发挥:"所以我想,在要求天才的产生之前,应该先要求可以使天才生长的民众。——譬如想有乔木,想看好花,一定要有好土;没有土,便没有花木了;所以土实在较花木还重要。"①这个道理不难懂,伟大人物、天才人物来自他们的土壤,土壤即民众,土壤即他们产生的环境。脱离了一时代的学术环境来谈学术大师的产生,说这类话的人只能"归入疯子一类了"。②

中国百年以来的学术环境如何,好像很难在一篇短文里回答,但可依下面的分析谈点感受。学术环境如按其结构看,可以分出许多层次来。首先是学术和学术自身的关系,有学者个人师承与学派的关联,有学派与学派之间的理念之争、方法之争、体用之争,等等,可以有多样的亲疏远近,核心是学者的人格心理,构成一定的学术气象。其次是学术与学术的外部层次,同政治社会、经济社会的各种盘结。可以是学术失去自身,一味服务于政治,甚至成为政治的奴仆;但即使是为统治阶级服务的学术也不是那么简单,不管有无变形,有无被阉割,它仍然可以是"学术"。这种关系的反面,便是高张学术自由的旗帜,特立独行,奉行"为学术而学术"者。至于学术与经济,那真是一个很老的新问题。近世城市经济造成市民阶层的文化需求、人格需求,有明一代才会出

① 鲁迅:《鲁迅全集》第 1 卷,人民文学出版社 1981 年版,第 166－167 页。

② 鲁迅:《鲁迅全集》第 1 卷,人民文学出版社 1981 年版,第 166 页。

现李贽、袁宏道等文人异类。清代以后，学术为出版、读书市场的兴衰服务就比较明显，“学以致用”也顾及“实用”。至于学术的通俗化，大学和普通教育的教科书、参考书的编写，更能体现出这种学术和商业的结合或对峙。学术环境如果用“风气”来标志，在进入现代文明历史阶段之后，大致可分作三种：一是为学问而学问的书卷气、学者气，二是与现实斗争紧密结合的问政、致用的风气，三是为个人名声和物质利益，视学术为敲门砖的商业气息。“三气”的不同搭配，相互的渗透，此消彼长，便造成现代学术环境的不同气象。

如果手执这个衡量标尺，去反观“五四”学术与今日之学术，会发现这两个学术环境已经存在巨大的反差，它们之间的演变轨迹也可划出迂回曲折的学术路径来。

比如半个多世纪以降，一向最受注目的学术风气是“五四”的批判锋芒。“五四”学术很长时期里被称是我们应当传承的“新传统”，便是一种与“经世致用”“政治功利”结合较密的学术。从“五四”前后的李大钊、瞿秋白等先烈用论文介绍俄国十月革命、介绍马克思主义，开创哲学、经济学、文学、史学等的马克思主义学派算起，他们是有历史贡献的。但是他们也曾一度遮蔽了胡适为首的以学理为主、以新材料为根据的实证学派。而且这也是“五四”的另一支批判流脉，在今日可能是更被高估的一个用批判开路的学派。胡适、俞平伯的“实证派”红学，是经批判旧的“索隐派”红学才起家的。顾颉刚的“古史辨派”也是批判力很强的新史学派别。所以若要科学地评价“五四”的学术风格，政治摧毁式的批判性和富于学理建设的批判性，实际是混合在一起的。胡适和鲁迅两人所持都是“致用”的学术，政治性、学理性兼有，只是鲁迅的批判性更深邃、尖刻，胡适是很早提出中国学术现代化的一人，却在“整理国故”方面受到文化激进派的许多误解罢了。现在看来，以批判与反传统为特征的“五四”学术气象，不可全盘否定。包括最大的历史公案，“五四”对儒学的批评，有过激的一面，但也不应与正确的批孔相混淆（可见我的《新文化运动“反传统”漫议》一文。① 其中论及“五四”时期鲁迅正确批判“愚孝”，正面提出“我们现在怎样做父亲”这一现在社会上也远没有解决的命题）。一直到今日，“文革”的“评法批儒”的余毒还没有扫清，有的博物馆门口的孔子雕像匆匆立起，大家稍有议论又匆匆撤回，上演了一幕活剧。于是儒学和马克思主义学派统统成了疑案。“五四”批儒的历史价值被矮化、模糊化，马克思主义学派的历

---

① 《群言》，2015 年第 9 期。

史功过至今也没有哪一位出来做像样的总结。所谓“不争议”和“搁置”的学术空气之流行，便是我们对“五四”的犬儒主义态度。

至于谈到20世纪末到21世纪初以来的学术环境，如仅仅套用商业性、市场性的评价，也未免以偏概全。的确，中国自开天辟地以来再没有哪一段学术史是如此商业化的了。新闻、出版、读书市场、电视传播等对学术的干预，到了从来未有的程度。利用传媒以轻浮的立论打击别人，来混同于“创新”的各类低俗手段，多有所闻。但这究竟不是全部。因为除了一般的商业性之外，为体制服务的时髦学术项目、不严肃的学术评奖、通俗讲演的某种媚俗性，等等，也是新的商业与政治联系的方式。此外，通过传播王国维、胡适、陈寅恪、钱锺书等的学术经历来宣扬纯粹的学者精神，也在日日进行着。“三气”并行不悖，和平共处，这也是今日的特色。而且，当今的学术衰颓，不仅只有商业侵入的单一因素。“文革”结束后，以1977、1978届本科生和1978届研究生为主力的新一代学者，他们是以揭“政治遮蔽学术”为使命而走上学界舞台的，但这个使命完成之后呢，自会渐趋衰竭（现代文学研究中的提升边缘作家和以发现作家轶文为“出新”途径的，现在已成强弩之末）。新时期的学术潮流曾经为引进西方理论、方法所席卷，铺天盖地一番之后呢，因与中国的材料不完全相合，介绍进来后逐渐与原来的系统融解直到为我所用，声势就不如初期那么大了。以上的学术环境特点如能计算在内，对于进一步改造我们的学术环境，会有一定的参考。

带着今日的现状，由“五四”学术上溯至离我们最近的古代，即清代学术传统，比如近读梁启超的《清代学术概述》，抚今追昔，也十足令人感慨。清代本是政治高压下的学术环境，但在严酷的“文字狱”条件下，竟生成外攻“小学”、内治“经学”的乾嘉学派，借“复古”而求理念、思路、方法、文风的“解放”。它的局限性是清楚的，不过它应对政治的办法，为学术而学术的精神，一样也不缺乏（唯独商业性分子不多），对于今日的学术有着不可小视的借鉴作用。下面所述梁启超总结“朴学”的“学风”十条，除第二条“选择证据，以古为尚”可以商榷（其实里面的“以汉唐证据难宋明，不以宋明证据难汉唐”，指出前人的材料会波及后人，却不可用后人的材料来要求前人，仍具局部真理），第五条“罗列事项之同类者，为比较的研究”现已视为常识，其余八条，仿佛条条都有针对性，读来叫人肃然起敬[①]：

---

① 以下均引自梁启超：《清代学术概论》，北京中华书局2010年版，第69—70页。

关于立论要有“证据”，第二条之外还有三条：“凡立一义，必凭证据”；“孤证不为定说”；“隐匿证据或曲解证据，皆认为不德”。一切要用新材料说话，不发空论。材料经过甄别、选择，找到理解材料的独特角度，才算有量、有质。尤其是“隐匿”和“曲解”证据这两项，今人几乎不认为有错，完全麻木，这里却被上升为学术道德加以判定，简直振聋发聩！其实这就是走向“抄袭”的第一步。

如何“引用”列一条：“凡采用旧说，必明引之，剿说认为大不德。”这条实与证据相关，却是当今违反最多的。明明用了别人的观点，而不引，变作自己的，这是明目张胆的抄袭。同是抄袭还有更恶者，他引了一大段旧说，只在前面几句注出处，后面紧要的观点就变相照抄不误。而剽窃他人的学说为己说（即“剿说”），那是千夫所指的“大不德”了。

提倡“辩诘”存两条：“所见不合，则相辩诘，虽弟子驳难本师，亦所不避，受之者从不以为忤”；“辩诘以本问题为范围，词旨务笃实温厚。虽不肯枉自己意见，同时仍尊重别人意见。有盛气凌铄，或支离牵涉，或影射讥笑者，认为不德”。

这里讲到学术的本质，是切磋驳难。因为学问已到了前沿，一时很难分清谁对谁错，这时要敢于质疑，要善疑。学术面前人人平等，弟子可驳本师，尊己也尊人。最可耻的，是盛气凌人、影射嘲弄对方的态度。可当今学界正是这套东西盛行。以人画线，自己师门内一切皆好，表扬与自我表扬；对学术观点相异的对方便杀伐打压，人身攻击，无所不用其极。按照这里的说法，这是要进学术法庭的！

治学之道又加了两条：“喜专一业，为‘窄而深’的研究”；“文体贵朴实简絜”。这是讲文风。窄而深即研究的切口小，里面大，防止贪大求全；朴实简絜即反对铺张拉长，动辄几十万言。总之像有的人著书立说，先存了膨胀自己、吓唬别人的心思，无论写得长或短，都是缺乏真正专业心的。

这些话让人心动。你很难说它们只对别人有关，而与你无涉。因为说不上哪一句话，就会直刺我们的软肋。它揭示了：凡学术务必求诚。而一切学术规范正包含了学术道德规范，学术衰颓即是从这些规范遭破坏那天算起的，如再不改造，正道的学问便无以树立，无从发达。历史上已有的学术经验，同一切已逝的传统中的优秀遗产一样，作为改造我们当前学术环境的警言，还是值得听取的。

2016 年 4 月 4 日改于小石居，是日清明

《中国现代文学编年史》和我的文学史观

看到自己花了几年时间参与的这套三卷本 200 多万字的学术著作《中国现代文学编年史——以文学广告为中心(1915－1949)》(下称《编年史》)终于出版,那个心情当然是复杂的。高兴之余也会有遗憾,估计理群君作为总主编的感慨更会深切。我当初参加这个写作集体时,一方面是认识到文学史写作的多元时代已经到来,认识到文学史多样化的可能性终将转化为现实性,所以愿意来书写这样一部颇具特色的、极富魅力的文学史,知道这将意味着是在用我的精力和年龄做一新的挑战;另一方面,因为我刚刚出版了个人著述的《插图本中国现代文学发展史》(下称《发展史》),纸张还在发烫,油墨还未干呢,我自问:我有必要马上又跨入一种集团式文学史的长长的写作旅途吗?而且,这部新型文学史的内在理念,同我的搭建未久仍在发烫的文学史架构是否相配,是否没有抵牾呢?

这些想法很快就在写作过程中被打消了。随着写作的深入,更越发看清了这是一部与我的观念十分契合的文学史:它有些地方比我原先扩展了,有些地方深化了,有些地方虽然各有各的侧重点,角度与视野相异,却远兜远转仍然是相合的。这相合并向前迈进一步之处,至少有三点。

第一,便是所谓的"大文学史"观。这是我们打破了近百年来一直遵守的文学史书写的"苏式""欧美式"模式之后,学术界普遍接受的概念。那就是在文学史现象的多元多面表达基础上,于文学内部,要对文学的发生、阅读、接受、传播、交流以至于经典化的过程,都加叙述;于文学外部,要统揽影响了文学的,或文学影响了其他的各种因素,给予足够的关注。这些因素说到底均是文化因素,都是对文学的资源、成因、成熟、衰败、延伸、交汇起相当作用,而不可忽视的。比如文学和现代印刷出版、新闻业、报刊业;文学和新兴艺术如电影、木刻、报道;文学和外国文化引入(翻译对作家读者的影响还有一个狭角,除了引入还有我们现代文学的输出,向国外的译出情况);文学和教育(包括文学作品进入教材、进入课堂,甚至社会的文学教育,这些接受都对养成一代读者有关);文学和学术(一时代的学术思想,正统的或异端的,统统对作者、读者发生潜在作用);文学和经济(不仅是像《子夜》等直接写到经济生活的作品同经济相关，诸如文学的水准、刊物的质量、读者的购买力也都与一时的物质生产方式及分配方式息息相关）；文学和政治（政治思想、政治运动、政治组织、政治制度的影响，过去我们将他们和文学的关系说成是唯一的，现在我们不能走向另一极端而完全轻视它）。当《编年史》逐渐形成的“广告条目”，按照文学内外的文化联结来构成骨架时，它与我在“发展史”中设立“望平街－福州路：文学环境的转型”“《阿Q正传》的传播接受史”“电影艺术与文学交互作用”“对外国名家应时的整体的接受”“文人的经济状况和写作生活方式”等章节，同偏于文学文本的分析的章节如“白话新诗、短篇小说的带头突破”“时代色彩鲜明的长篇小说”“农民——市民：大众文学的全新势头”并置的用意，是相通的。不过因“文学广告”一个个相对独立的节点性，可以造成文学史叙述的机动灵活，文学的文化关系的表现张力也大大增强，所以我们现在看“编年史”的“大文学”味道，它的“外延至文化史”的特色，就越加显著。仅出版社的条目，便有隐形书店如鲁迅为出叶紫、萧军、萧红作品而假设的“奴隶社”，有老牌的商务印书馆、中华书局，有自“五四”延续下来的北新书局，有20世纪30年代特别活跃的开明书店、新月书店、良友图书印刷公司、现代书局、文化生活出版社等（本文举例多出自《编年史》第二卷，下同）。作家生存状态的条目，计有“开明风格”、“叛徒与隐士”、“给作家或社团起绰号”、“茶话与咖啡座”、“四大作家”如何在变化中形成、“北大拉丁区”养成的“精神流浪汉”型文学青年、旧文人的存在、作家之死（包括徐志摩、刘半农、鲁迅之死），等等，非常丰富，完全不同于过去文学史书写不见“人”的情况。由文化事件入手谈文学的，如“尊孔”、“看萧”（萧伯纳访华）、“定县乡村建设实验”（谈农民戏剧），由经济入手的如“话剧上演税”和话剧职业化等，你无法想象如果是过去的文学史，怎样能够将触角伸展到如此的角落。这即是“大文学史”概念的具体实践，使得文学史成为在文化史中被扩大了的立体的文学史！

这种《编年史》因为是取“文学广告”为切入口，它的结构是以貌似零散的小小的“板块”，暗地里却连接了史的四通八达的“线索”。“块”是散点，只要具有文学现象的典型意义，没有太多的限制，便可设出如“丁玲失踪及其长篇小说《母亲》”“白薇戏剧集《打出幽灵塔》”“林徽因的眼光”“女明星和女作家”这样的条目来；而文学史的“线”，就可连成“20世纪30年代女性作家”的内在的“面”。而且不止是一种面向，“丁玲失踪”还可以与“左联五烈士”，和“文艺刊物、作品的查禁”连成左翼文学遭压的文学史线索；“林徽因的眼光”(讲她编《大公报文艺丛刊小说选》)还可以同“现代书局首创编写《中国文艺年鉴》”、“赵家璧与《中国新文学大系》”、“《世界文库》:中外名著翻译、整理之集大成”、茅盾主编“《中国的一日》”连成“20 世纪 30 年代文学编辑史”系列;即便是“女明星和女作家”一条,也足可以同“电影《春蚕》”、“电影《啼笑因缘》”、刘呐鸥软性电影“《永远的微笑》”构成“20 世纪 30 年代电影文学史”的宏大叙事。所以这种《编年史》的文化史内涵和块线面结合的方式互相激发,要比我的《发展史》更能体现出“大文学史”的特色,在扩大文学史的深广度上有十分有利的条件。难怪《编年史》可以比《发展史》扩展出“女性文学”“儿童文学”“游记文学”“传记文学”等更广大的文学叙述空间来,而两者的精神实质,文学史理念又是一致的。

第二,更接近文学的现场和原生状态。这个问题我在《发展史》里给予了充分的注意。在《发展史》中,叙述者的个人意愿虽然到处存在,但是通过历史材料的部分客观性,各类图表的汇总显示,典型文学年份的“大事记”式的表现方法等,我表达了文学史并不是由文学史家百分之百来主观记述的想法。现在的《编年史》里,经过“以文学广告为中心”和“编年”的处理,极大地提高了文学现场性在文学史叙述中的地位。可以说,迄今为止的所有文学史著作,是再没有如此的原生状态显示了。

若从“以文学广告为中心”观之,这本《编年史》可以说是双重的读者接受史。第一重,即作为历史材料的“广告”本身,便是一种接受。它应当是对“文学史现象”(文学史的基本单位,包括作家、作品、报刊、事件等)最初的读者反映,是比较接近文学现场的读者感应。写“文学广告”的人不外乎是出版机构的编辑、做发行工作的职员和作家本人。前者如《现代》的编辑施蛰存、良友图书印刷公司的编辑赵家璧,他们在当时赫赫有名,当然也有许多广告是普通编辑执笔写的;中者像创造社自办出版部之后,大部分从日本留学归国的“后期创造社小伙计”就都在出版部忙碌,广告由他们来写也就不会太差;后者尤其值得一提,是与出版社关系密切而亲自操刀上阵的名作家,像鲁迅为北新书局及其他出版机构所写的图书广告(以自己的书为主,也有给瞿秋白《海上述林》写的广告等),叶圣陶为开明书店众多新书拟就的广告,巴金为文化生活出版社写的文学书籍广告,那就简直是他们创作的一个组成部分,其价值更是不可低估。总之,就从我接触过的 20 世纪 30 年代的文学广告为例,从质量上可分:诚实而具文采、大体实事求是和略显夸大三类,而文字粗糙、态度荒诞不经甚至带有低级商业趣味的广告是很少的。

至少比今日的广告要“老实”得多。这些广告的叙述人不仅离文学发生的现场近、相隔时间短，而且大体可归入“可靠”一族，他们的叙述也属“可靠叙事”。第二重读者接受，便是对此“文学广告”的选择和阐释了。“选择”条目，当然有文学史作者一定的思想、知识线迹可寻。“阐释”更其如此。这时离开当年文学现象的发生已相当遥远，一百个作者就有一百种叙述，原来“广告”的历史性和“广告”阐释者的当代性交织在一起，同时便有两个音调在发声：第一重声音保证了“编年史”的原生状基础，第二重则显露出文学史的个别性旋律来。这种文学史是一部和声。

再看“编年”。《编年史》尽管不是大事记（我认为“文学大事记”，或“作家年谱长编”，或“不是为发表目的而写的作家日记和书信”，一般最靠近文学现场，原生状态是最显的），但将选择的“广告”置入文学纪年序列之后，无形中与我《发展史》的典型文学年大事记可以相类比。纪年广告有其本身的体系规定性，文学广告一旦进入这个序列，一定程度上也就摆脱掉过去占统治地位的“单声道”“全知型”文学史轨道了。

第三，不需全部交给读者现成的、凝固不变的文学史结论。这是我对中国灌输式教育的反省：书籍都是给人用的，熟知专业的基本知识固然是学习的方法之一，但与其记住过多的死板知识，反不如在学习中弄懂方法和获取思想动力来得重要。文学史的学习也是如此。另外，也是出于当前的现状：我们正处于文学史的一个分解的时代。历史的转折甩掉了一部分已然老化的文学史结论，新的综合却还需要历史的沉淀，需要时日。所以尽量提供第一手资料，以供年轻的、未来的读者自己“重读”文学史，不断“重写”文学史，是学术正道。因此我写一卷本《发展史》的时候，章节的设置有的只是举例而已：鲁迅的接受史我仅挑出百年经典来谈，老舍的接受史就待程度够的读者自寻自填；小说对新兴的电影叙事节奏的吸取我论及了，从中国“评书”那里学到什么就让读者去思考了。现在的《编年史》的广告和对广告的选择阐释，是两种“作者”（广告作者与文学史作者）评介的实际效应在起作用，它很容易激起读者作为第三种声音加入的欲望。广告之间的空隙大，研究生或青年教师读下来，很容易产生“填空”的动机。这样的给读者留下空白的文学史，是我的一个理想。我只怕留空白留得不好，而不想把那些应留的空白填死，把读者的思路堵死。《编年史》和《发展史》都是这样留空白的文学史，就像擅长留空白的中国画一样。

这样的《编年史》虽然好读，却仿佛支离破碎了。它的结论没有那么凝固，与繁杂众多的文化领域勾连，体系是开放的、无边的。如何看待这种貌似“零碎”的文学史呢？杂乱，原是历史的本来面目，文学史的原状从来就不是规规整整的。我过去写《发展史》，关于文人在抗战的叙述，年轻一代读者能读到救助贫病作家张天翼的实例，发起“千字斗米”运动的史实（一千字换取一斗米的实物稿酬，不要随时贬值的纸币稿酬）和西南联大的教授作家无法养家糊口的实例，它们同洪深全家自杀事件的连接虽然琐碎，却构成了作家生存困境和文人自守的战时写作环境的总体勾勒。在《编年史》里，大家可以读到“冰心要求更正她关于‘普罗文学’的谈话”的条目；看到“学衡派”大将吴宓盛赞茅盾《子夜》，与徐志摩、朱自清、叶公超、浦江清诸人相友善，调整了“五四”时期与新文学家之间的紧张关系的条目（见《学衡》登载新文艺丛书广告和徐志摩之死的两条），就一定会对现代文学家生存的不确定性有更深的印象，思考文学史的脑筋也势必复杂起来。而今日看来“芜杂”的历史，很可能就是明日在更大的真实范围内重新显示文学史真相的开始。

也毋庸掩盖《编年史》的缺憾。它究竟只是文学史之一，是有特殊角度的文学史。它已经是多元多方位的了，但不是全方位。严格来说什么是“全”文学史？世界上有没有“全”文学史？都是待考的。由于“大文学史”概念的介入，《编年史》中作品的条目和文学、文化思潮和事件的条目比例，显然前者就会降低。这是我的《发展史》研讨时就提出的问题，即“大”了以后会不会丢失文学史的本性？文学史的最小单位、不可再分割的单位究竟是什么？我们只能等待各色各样的文学史都像“魔鬼”似地放了出来，然后由时间这个严酷的衡量器来做评判、做改进了。

2013 年 8 月 2 日据发言起草再改成

藏书票与中国现代文学

我并不研究藏书票，也无收藏之癖好。与藏书票发生关联统来自两个方面：一是因现代文学作家。自 20 世纪 80 年代初我开始接触海派文学起，便通过这些海上文人的读书经历知道了一点藏书票的常识。海派作家在中国好像是天然的最早一批藏书票爱好者。他们往往精通外文，比其他流派的作家更易具有接触外国文学和外国作家的条件，所购书籍也较多外文原版（上海有很多西文书店），还多具艺术天分，这都会让他们喜爱上收藏或亲自制作藏书票的。比如叶灵凤，青年时代学画，是上海美专的学生（肄业），加入创造社成为“后期创造社小伙计”（“小伙计”的含义有二：或真是在书局门市部做经销的青年，或指第二代创造社的成员。叶灵凤兼有），后加入“左联”，但与左翼的关系不即不离。他写小说散文并翻译，是个多面手。在编创造社刊物（包括与潘汉年编过的《幻洲》等），于《现代书局》任编辑及其后的编辑生涯中，一贯喜爱搜集图版，设计封面，装帧，做插图。他的美术风格是带有西洋装饰性的（与藏书票的绘画风格接近），曾模仿过 19 世纪英国画家毕亚兹莱的版画风的作品，与鲁迅发生过纠结。难得的是叶灵凤又是沪上著名的藏书家，所藏多半是西洋书籍，估计这是他早期藏书票（原票）的来源，在香港逝世时遗产里面就有数百张珍贵票种。所以他是中国最早的藏书票收藏家和宣传家，在《现代》杂志上印出过当年的藏品，发表过《藏书票之话》，被公认是中国较早的介绍文字。我就是读过此文的后辈。另一个海派小说家、编辑家施蛰存也是藏书票爱好者。他写了中国最早的弗洛伊德心理分析小说，我在 1981 年的《十月》上介绍过其中的代表作《春阳》。施蛰存擅长翻译，从英法文转译的东欧和苏联各国的文学作品即有二十多种。1932 年起他是著名的大型文学刊物《现代》的主编者，由他刊登了叶灵凤关于藏书票的图版和文章，促发了中国读者对藏书票的留意。他父亲从苏州搬来松江的时候，原有 12 箱中国古书，他成年后为了“历年来买的西文书多得没有地方安顿”，才制备了多只西式书橱（《我的家屋》）。他在通信中告诉我，接受弗洛伊德学说是直接读的原文。他买过多卷本的弗洛伊德原版书，一直到 1949 年以后才按废旧书处理掉的。在谈买旧书的经验时，他说“买旧书还有一种趣味，那就是可以看到各种不同的题字和藏书帖（Exlibris）”。他解释：“藏书帖是西洋人贴在书上的一张图案，其意义等于我国之藏书印，由来亦已甚古。”（《买旧书》）所谓“藏书帖”，即“藏书票”也。

我与藏书票的缘分，第二是来于现代文学馆。这是我工作了 30 多年的地方。巴金于 1981 年受“文革”大规模毁灭现代作家资料的现实刺激，倡议建立现代文学馆，当年我即参加了筹备组工作。从 1985 年正式建立，到 2000 年迁进新馆，不久又将拥有 5 万册清末以来旧书刊的“唐弢文库”入藏，标志了馆内现代文学书籍的基本完备。大量的民国图书在我面前展现出新文学的史迹和图景，其中的一个小角落便有藏书票的身影。到后来馆里还举办了专门的藏书票展览（包括展出众多当代美术家加盟设计的藏书票原稿）。此展览曾应邀在东海之滨的著名藏书楼天一阁巡展，配合着还由我在宁波图书馆做了讲演。于是，我便与藏书票有了“血缘关系”了。

藏书票的名称既然在叶灵凤和施蛰存的年代都没有完全固定，可见它从西方传入中国的历史极短。何谓“藏书票”？施蛰存说它是一种图案，用处类似藏书印。这就点得很透彻了。如再将它的功能、外观、置放地等集中起来概括，可说是贴于书籍扉页或封面内页上的一种图案和文字结合的凭证，用以表明书籍藏主是谁的微型平面艺术品。

藏书票的外形和大小规格虽无僵硬的定则，但也有一定的界限。它是放进书内的，总不能比书籍的开本还大，对不对？一般最小的尺寸如一张普通邮票，较普遍的是二三寸见方的。长方形中竖式为多，横式的少，因大部分的书是竖式的。长方形之外，也有正方的、三角的、圆的不等，规束中也有变化。藏书票上的绘画以版画木刻为主，是为了便于拓印。手绘者少但格外珍贵。中国现代作家就有三枚自行设计、自行手绘的藏书票，非常有名。第一张是叶灵凤于花丛中栖息凤凰的藏书票，是与藏主名字暗暗照应的。第二枚是施蛰存的无相庵藏书票，采用了作者书斋的名字。作者散文里有《无相庵随笔》《无相庵急就章》等篇名，可以证之。此票由作者自写“无相庵藏书之券”几个字。第三枚为现代戏剧家、戏剧理论家和藏书家宋春舫自制的褐木庐藏书票。宋家在浙江吴兴富甲一方，宋春舫中过秀才，读过上海圣约翰大学，去法国和瑞士留学，懂英、法、德、意、西多国语言，学过七年拉丁文。就因为在欧洲期间夜里经常出入剧院，遂成就了终身对西洋戏剧的强烈爱好。修的是政治学、社会学，在欧洲集中购买的却全部是戏剧书籍。1915 年获得学位后返华，带回三千余本，遂在中国的大学教西洋戏剧。这些书日后便成为他1931年在青岛建立专藏西欧戏剧书籍的私人图书馆的基础。这藏书楼我早有耳闻,但始终不明白其名字“褐木庐”的由来。最近得读其孙子宋以朗的回忆书,才知道“所谓褐木庐,即Cormora,是由三位法国戏剧大师名字的首音节组成的,即高乃依(Corneille),莫里哀(Moliere)、拉辛(Racine),意在向他们致敬”。“褐木庐”三字赫然写于藏书票的上方;中间是由打开的书卷、墨水壶与英文字母及交叉的两支羽毛蘸水笔组成的图案;下方为书籍编号(《宋家客厅》)。以上三枚自制藏书票代表了中国作家喜爱上藏书票之后,所迅速达到的水准。

藏书票的图案大多带有寓意。纹章一度是藏书票上必有的装饰,代表藏书其事的高规格和藏主的高贵家族身份。纹章图案大约11世纪末在十字军中便流行,后逐渐被家族、城镇、城堡自治体所采用。直到1960年,据说欧洲仍有20%的藏书票是使用此类图案的,这是传统。施蛰存为那时的青年要不要读“《庄子》与《文选》”,与鲁迅起了争辩的时候,在文章里讽刺“鲁迅们”也涉古涉雅,说“新文学家中,也有玩木刻,考究版本,收罗藏书票,以骈体文为白话书信作序,甚至写字台上陈列了小摆设的”(《〈庄子〉与〈文选〉》)。可见“收罗藏书票”在1933年间的中国也是一件雅事,而且他也知道鲁迅关心木刻,也留心于藏书票(鲁迅日记于1930年6月13日记得有:“夜往内山书店买《藏书票的话》一书,十元。”还记过某日得藏书票或版画家送的藏书票。收藏过广州的“现代版画会”于1935年出版的《现代版画》“藏书票特辑”等)。其他的图案,大都用的是神话、寓言、书斋、文具、书橱等,庄重却呆板,后经革新才打破成规而画动物、花草、风景、人物(人物里包含藏主的肖像)等。图案围绕读书赋予寓意,如蛇和灯火、计时表、骷髅代表智慧和时间,女性和天使表示理想、美,猛枭与猫头鹰是夜行动物象征了夜读,等等。图案中夹杂的文字,有书斋名字,也有警句箴言。往往使用花体组成图样,有的是取音节的第一字母为代表。较早的藏书票上的文字,有的属于警告偷书贼和毁书人的,现在看来未免有些小气。如1730年德国某修道院藏书票的题字是:“我是维森布伦修道院的合法财产。注意!依法把我还给我的主人。”德国早年还有一张藏书票写着:“本书供毕赫梅及其朋友传阅之用!”17世纪中叶一位德国哲学教授在藏书票上写诗题字,用书籍的第一人称口气说道:“他买下了我聊供自娱,借出去只求人逐页细读;你忠厚,就该归还原主,霸着我不放,你就是小偷。”还有属于赞颂读书的题词,如18世纪德国藏书票画蜜蜂在一簇百合花上翻飞尝蜜,题词曰:“善用书本,别让人家误用书本；蜜蜂不弄脏百合，只轻轻碰碰百合。”比较有风度。外国还有的藏书票上题字：“大胆借书；小心护书；耐心读书；毅然还书。”真是言简意赅的借书规则。许多藏书票都有拉丁文的字样 EX-LIBRIS（表明“某人的藏本”或“某人书斋的藏书”之意），然后再加箴言诗句之类。总之，藏书票的设计已是日益个性化，越来越丰富，以往的程式已经多有突破。而从印制的角度来看，铜版、钢版，石版、木版、凹版蚀刻，各种印刷方式也都具备。集绘画、书法、印制于一身的现代藏书票是更加美观了。对中国来说，由于传入历史较短和民族习惯更依赖于使用藏书印，藏书票的制作和收藏限于一个较小范围，要变成众多人的喜好还需走一段路程。

在这方面，中国现代文学可能是与中国藏书票关系最为亲密的。15 世纪开始在欧洲德国兴起的藏书票，叶灵凤是否为传入中国的第一人，是可存疑的。但若说是由现代文人（包括作家在内）传入，应该没有问题。因为只有现代留洋的知识分子出现了，建立起与世界文化的纵横联系了，才会发生携带外文书籍回国因而带入藏书票的事情，如宋春舫那样。更往前的时代应该是 19 世纪末，与中国留学史同步。较早提倡使用和收藏藏书票的人中，就有现代作家郁达夫。其与鲁迅都是留日学生。一般认为自民国后开始有人收藏藏书票，但一直也无证据。可是台湾吴文兴 1990 年居然在北京琉璃厂淘到一部 1913 年版的《图解法文百科辞典》，封面内正中发现贴有“关祖章藏书”字样的藏书票一枚，上画一头戴方巾的古代书生，在展卷阅读，后方是满架的线装书与卷轴，地上有打开的书箱与散落的书籍，还有准备远游的包袱及佩剑。此书此票的主人关祖章是留美的交通工程师，业余收藏古镜，“文革”中惨死。他的藏书票是 1914 年留美期间使用的，竟被台湾人无意中得到，可见大陆收藏藏书票的历史之迟。这 1914 年的藏书票是个实证。如果要找一个热心于藏书票的群体，那就是一些拥有留学生、藏书家、美术家背景的现代作家。除了前面已经提及的几位，还可举出留学生作家孙大雨、赵萝蕤、温梓川。三位不约而同地把扬帆航行作为自己藏书票的图案：新月派诗人孙大雨 1926 年在美国书店里挑选了由扬帆航行的船只和书斋书桌合成画面的藏书票，这很符合票主当年远涉重洋求学的心境。另一位是新月派诗人陈梦家夫人、女诗人兼翻译家赵罗蕤，1944 年她入美国芝加哥大学攻读英美文学期间，在纽约书店为自己选定了远航帆船背景前站着一位捧书沉思姑娘图案的藏书票。赵当时觉得此姑娘面影与自己相像，让书店再加上自己英文姓名便满意了。还有一位是华人作家温梓川，他

20 世纪 50 年代出版的为许多人引用的《文人的另一面》一书，使用了大帆船图案的藏书票，上面加盖印章。温青年时曾由马来西亚到上海暨南大学读书(这类反方向的留学生仅南洋一带才有)，所以也有漂洋过海的经历。三种扬帆藏书票倾诉出票主的生平、性情、爱好，透露出时代的文化信息。而兼有美术家身份的现代作家，叶灵凤之外还有曹辛之也酷爱藏书票。曹辛之写现代诗歌的时候所用笔名为杭约赫，九叶诗人之一。他又是著名的书籍装帧设计家，我曾经为取他设计的《茅盾全集》封面、内封的图纸，到过他位于北京帅府园的家里，见过他书房兼画室的环境。曹约请四川陈世五为自己设计过一种藏书票，以花蛇缠绕书本寓属蛇的票主与书有不解之缘，同时用三支笔穿插其间，毛笔寓票主从事书法，钢笔寓从事写作，画笔寓从事美术，都是曹的毕生事业。曹辛之生前极为推重此款藏书票，说是“我见到的中国藏书票中最具藏书票特色的一种，可以与叶灵凤以凤凰为图案的藏书票相媲美”。此外，有国际地位的中国现代作家如胡适，会有他人为其制作藏书票。胡适曾经用“开卷有益”四字题词，赠予美国普林斯顿大学的葛斯德东方图书馆，后来成了该馆的藏书票的一种。藏书家身份的现代散文作家如唐弢，自然会注意到藏书票。香港作家中对西方文学较熟又兼藏书家的，也会收藏藏书票，董桥便是。他的《藏书票史话》也是一篇全面的介绍文字，足够初学者入门来读的了。

总之与文史相关的现代作家同藏书票的关系既然如此之深，那么由藏书票去反观其内含的文学因素，当然顺理成章。这时候，藏书票就是文学史的一种辅助资料，可以经过藏书票来研究作家的“藏书”，再从所藏来研究一个作家。现在京沪两地的鲁迅博物馆、纪念馆的研究人员，已经在做通过鲁迅的藏书来看他的思想倾向、性格爱好、风格影响的课题。经过一个作家的外国文学藏书，显然可以找到他所受哪些国度和哪些作家影响的源头，进行比较研究。褐木庐藏书与欧洲尤其是法国戏剧的关系，自然是研究宋春舫的必由之路。经过现代文学馆数量巨大的唐弢藏书、巴金文库的七千册藏书(他的书分藏京沪两地了，还有少数在成都)、周扬全部一万册藏书、李辉英很具特色的 20 世纪五六十年代香港藏书，来研究这些作家当然是可行的。不过这方面我们也有教训，就是不要夸大。像“文革”时期将鲁迅在溧阳路的一间藏书室夸大为他专门阅读违禁书籍的地下房间。我去那里参观过，按照书目也能知道其中的马克思主义书籍只是少数，而且房子面向狄思威路大街(即溧阳路)，那里虽然冷清安静，因没有深度，进出并无什么秘密可言。夸大这个藏书室的作用是不必要的。而经过藏书票的“票”的研究，可以探入到一个作家的艺术修养和才情等。在这些方面，藏书票可以增加我们的文学知识，加深我们对一代作家文学史地位的确切认识，辅助我们了解以往的文学史迹。如英国文学家的绿色藏书票：同性恋的王尔德以绿色康乃馨做私人纹章；同期诗人拉法洛维克专请人雕丛林毒蛇藏书票，然后印成绿色贴在自己色情藏书里，表示警告假道学先生提防那头绿色毒蛇。与作品结合紧密的藏书票如：美国小说家杰克·伦敦的藏书票上是画着一个狼头，两眼炯炯有神，就像是他与《荒野的呼唤》齐名的动物小说《白牙》所写的那条狼，能于极高寒地区的生存竞争中艰难获救。美国小说家马克·吐温的藏书票，中间是他在密西西比河哈特福德的故居，票面四周是他八部作品的图景。这些书票对了解一个作家是相当重要的渠道。

谈到藏书票本身所含的历史内涵，这是间接引导我们进入文学史的路径。记得我读研究生的时候，导师一再强调我们要读一点旧时报刊，即使是读点似乎与作家不相干的广告、消息也好，因为可以闻到宝贵的历史气息，了解到产生作家作品的那个已逝的时代。英国小说家狄更斯的藏书票居然有一张收藏在上海图书馆，这是很不容易的。1996 年 12 月上海图书馆新馆落成开放，编印有一册《上海图书馆藏藏书票作品选集》。在“馆藏早年外国藏书票”一栏里，特别将这款藏书票用四色印出，注明：“贴在 1842 年伦敦出版的《中国第二次战役纪事》一书上，原票下方贴有一张书标，上写：1870 年 6 月，朴次茅斯，狄更斯藏书室。”而狄更斯是该年该月的 9 日逝世的。这本书并非文学，狄更斯注意本国在中国发动的鸦片战争的历史，为我们对他的理解又加深了一层。小小的藏书票也是一面镜子，可以反映中国与世界的关系，可以知道中国文学和世界文学的链接，知道中国走向世界的一个微小而实在的侧面。

世界进入现代历史阶段之后，上一世纪初传入中国的藏书票至今也有一百年以上了。西方的藏书票是他们读书界的一个标志。据说伦敦最早是在 1891 年 2 月成立了“藏书票协会”的，到了年底就有三百多位英美和欧洲的会员加入。之后，全世界都有了这种组织，有国际的、国家的、地方的，并出版各种刊物与年鉴。单是大英博物馆就藏有两千零五万张藏书票。我们直到 20 世纪 80 年代，北京才成立了中国版画藏书票研究会。如果不是起步迟，不是全民的藏书票收藏意识薄弱，台湾的吴文兴怎么那样晚还能在大陆收获早期的中国人藏书票呢？吴文兴的优势便是他与世界文化的联系比我们紧密，我们要急起直追的便是要紧密地联系世界文化。

藏书票本身即一种通向世界的文化遗产。可以知晓文化风尚的沿革，有艺术价值和文物价值，是高雅的收藏品。现在藏书票的价格已经较高。1999 年，是美国作家海明威 100 岁生辰，他 1926 年初版的书《春天的激流》加上签名藏书票，喊价 5000 美元。《飘》的作者女作家米契尔，她的签名藏书票价值在 20 世纪也达到 2500 美元。

但更重要的，从文学的角度看，作家和他的藏书票经常是一体的。只有珍爱书籍的极有独立性的人，才会珍爱收藏并制作有个性的、有文化内涵的藏书票。

2018 年 2 月 19 日戊戌正月初四是日雨水

（本文所采用的藏书票资料来源于叶灵凤、施蛰存、范用、董桥、吴文兴等的文章著作，因文体所限不及一一注明）

现代作家故居琐谈

由于专业和工作的关系，我曾经看过许多现代作家的故居，也自然有些话可以说。

以下这件与作家故居有关的事情是我亲历的。1982年在上报建立北京茅盾故居的申请还未批下的当儿，听说有人对作家故居设得过多而高级干部逝世后建故居却不易的情况有意见。当然这仅是耳闻，但故居所在的这条交道口后圆恩寺胡同可是个卧虎藏龙之地，三进四进的四合院多得是，前门在这条胡同而后门走那条胡同的房子也不在少数，茅盾这个准两进四合院已是最小的了（加个"准"字是因第二院并不成立，它只是茅盾书房卧室前经过改造的一个天井而已），流言便是在这些工作人员中传播的。不过耳听的消息没传多久，故居就批准下来了。根据是什么？因茅盾是个"文化名人"！他一头占着"文化"，一头占着"名人"，所以建了故居。如果政治人物同时兼有"文化名人"身份的，当然很容易鉴别。而真正的"政治名人"应建故居也无疑义，却不是凭干部级别，凭的是一个人对全社会、全民众的贡献大小，影响力持久还是不持久。这样建下来，代表文化积存的作家故居就会比政治家的多，自古至今，由中到外，皆如此。

那么，什么是"作家故居"呢？作家故居是著名作家全部历史或一段重要历史的见证。无论这故居是祖居地，还是借居地；是长住地，还是暂住地。只要这故居能渗透着这个文化名人的家世、生平、性格、爱好、修养、思想，或表现出他的奋斗史、心史、著作发生史，足以在我们面前展演出作家的生活场景和创作环境的，即是具有历史文物价值的标志物。比如说，中国不久以前还是个大农业社会，所以我们的现代作家出生在农村的就不少，故居为农舍的也就多。我到浙江金华的乡下去看过艾青家的房子，拜过他乡间奶母"大堰河"的墓地（艾青最早的诗写了"大堰河"）；金华东部的义乌，现在是有名的小商品集散地，做着全地球的生意，我去看过那里的冯雪峰故居，屋子四壁存有丁玲生前关注过的痕迹；还有安徽绩溪上庄的胡适故居完全处于农村环境，而且绩溪要比安徽南部的许多县府歙县、黟县、祁门、休宁、婺源（后者原属徽州，今归江西，是朱熹的祖籍地）都贫苦，我两次去到那个村子，惊奇于少年胡适如何由此走向杭州、上海和世界，也惊奇于同村走出的另一人才胡开文（沪上最有名的文具店牌子上便署着胡开文的名字，我从小知道）；长治乡下赵树理的故居应该是普通农村房舍吧，但不尽然，你进得大门楼便见那带花饰栏杆的颓败楼房，才知他家绝不是贫下中农；而离我的镇海老家双桥河里头开车只需几分钟的唐弢老家的农村房子，黑森森的，却是分外亲切地矗立在那里。想到这么多作家的农村故居，联想至鲁迅才猛然觉悟他家似乎都在城里。绍兴的新台门、老台门现在是连成一片了，过去我却不知道近邻的挂着市文物局牌子的便是老台门，可见周氏原是多大的一个官宦之家。北平十四年，鲁迅住绍兴会馆、八道湾、砖塔胡同和西三条亲自参与翻造的新屋。最后十年，鲁迅在上海住过景云里的老石库门，住过洋人的拉摩斯公寓，然后是新式里弄的大陆新邨，三处地方离得不远，都在四川北路底。而虹口这个地方正是左翼文人集居之处，新开辟的多伦路文化一条街就表明了这种择居倾向，里面有众多左派文艺青年住过的亭子间，有住了鲁迅、茅盾、叶圣陶、柔石的景云里，有住了周扬、周立波、沙汀、艾芜的德恩里。这些作家和鲁迅一样有乡下的根（看过鲁迅的外婆家安桥头和幼时看社戏的地方，就明白了）。茅盾的家乡乌镇现在声名显赫，那里的茅盾故居是其出生地，又是清代的建筑，故而文物级别高于北京茅盾故居；叶圣陶的墓地在苏州乡下的角直镇；沙汀来自四川的安县，我数次去过那里，是离前几年的地震灾区汶川不远的地方（沙汀早期小说《灾区一宿》《为了两升口粮的缘故》《代理县长》等故事人物均取自汶川大山里面）；艾芜的故乡新繁虽不像沙汀那样偏僻，但也是成都远郊了。说到同是四川籍作家李劼人的爱好，明明在成都市内有房，却偏要到郊外建“菱窠”，躲在那里改他的《大波》。徐志摩的趣味恰好相反，故乡硖石原是农村集镇，家里为他回乡盖的可是洋楼。这些居住地的变迁历史，很可以勾勒出中国现代作家从农村到都市的大体路径。

至于从建筑物能看出作家的倾向和个性，故居便是凝固的活化石。最鲜明直接的，是作家自己设计、督造、建成的住地。如林语堂在台北阳明山半山腰所建的纯白色西班牙风格的院子，外观是洋的，里面挂了“有不为斋”的匾额，书斋窗外“修篁数竿”，是他度过晚年并最后安息的地方，这里和他的中外合璧的创作风格是相符合的。还有丰子恺的缘缘堂。本是书斋名，跟着他迁徙于上海、嘉兴和故乡石门镇之间，1933 年春终于在石门湾老屋后面“赋形”，被造成一幢中式书楼，1938 年毁于日机轰炸中。丰子恺对此堂感情极深，许多散文集都署《缘缘堂随笔》《缘缘堂再笔》等名字，被毁后用与此堂对话的笔法写过《还我缘缘堂》《告缘缘堂在天之灵》，以一文弱书生的身份控诉入侵者，显示了柔弱下面不屈的意志和坚强个性。我到浙江石门去看丰子恺的故居时，曾经在后修的缘缘堂前徘徊不去，用手掌摩挲两扇里面烧焦的木门（故居挨炸着火时木门被丰子恺邻居抢下），据说是原缘缘堂唯一保存至今的物品。

作家故居最重要的有两个种类。第一类，是作家出生地和童年生活之所。多半是祖居地。老舍的北京故居现在是定在灯市西口向西拐进去的丰富胡同，被称为“丹柿小院”的地方。这个故居固然重要，是他50年代自美国回来后长期生活写作的地方，在家搬花盆，出门萃华楼（著名鲁菜馆），《茶馆》写于此，《正红旗下》写于此，他也是从这里走向太平湖的。但是要想真正了解老舍，你得知道他的贫苦市民的出身，那就是北京城西北角护国寺附近的小杨家胡同，他的出生地。那里在现居的老百姓还没有厌烦参观者之前我是去过的：从新街口南边大街进入不起眼儿的胡同，紧细紧细，仅容两人（不能太胖）擦身而过，走入里面有个“肚子”般的空场，然后七拐八拐，完全和《四世同堂》写的小羊圈胡同一般无二。这个地区是西城平民百姓聚居处，往南是老舍入教的缸瓦市教堂，了解了它，你才能懂得他为什么能写人力车夫（《骆驼祥子》）、旧警察（《我这一辈子》）、下等妓女（《月牙儿》）和大杂院的人们了（《龙须沟》）。茅盾乌镇的故居二楼也是他的诞生地，旁边的小学是他受启蒙的地方，几步路就可跨过。难得的是《子夜》出版后，他用版税在这个老屋的院子里自建了一所平房，供他那也有一定城市生活习惯的母亲享用。其中含书房一间，可在他回乡时有个写作空间。鲁迅在上海逝世，茅盾正探母住在这里，因犯病无法在出殡那一天赶回，成为终生遗憾。现在的读者已很难明白茅盾孝顺母亲的心理了，他是少年丧父由寡母一手养大的。其他的“五四之子”如鲁迅、胡适、瞿秋白、老舍等莫不如此，所以有人做过现代作家的养成和寡母关系的论文。此外的作家诞生地兼童年生活地的故居，郭沫若大渡河畔的四川乐山沙湾祖屋是保存得最好的。那是一处原生态的木结构大房子，前有“贞寿之门”的匾额，后由小院可眺望远山。因为郭的结发妻子张琼华（所谓“黑猫”者）在结婚之后一直厮守于此，连婚床桌椅都没有动过一毫一分，张琼华寿长，又走在郭沫若的后面，所以若讲中国作家故居保存原物最好的，可能无出其右的了。这个故居我大约80年代初期就去过，当时买到一个比较粗放却很别致的纪念章（用郭沫若在重庆做寿朋友送的如椽大笔为基本画面)，相隔多年后再去该馆，我很想能再添一枚新章，不料小卖部姑娘在答曰“没得”之后，又补了一句“我们从来没有做过”，让我哭笑不得。还有林语堂福建漳州乡下坂仔村的故居，“文革”中被破坏了，现在重新修复，包括其父做牧师的教堂，及一旁林的诞生住屋。我去看时觉毁得太可惜了，那种环境对造成走向世界的林语堂太重要，包含基督教的氛围，以及大片大片的蔗林。其他被破坏的这类故居如沙汀安县他的诞生地(产生《淘金记》和《在其香居茶馆里》故事的川北小城)，骆宾基吉林东部的珲春老区(在骆的自传体小说《姜步畏家史》中写得特别有魅力的中、俄、朝三国交界图们江入海口的人们生活形态)，废名湖北黄梅县城门内外的城乡世界(见他的诗情长篇《桥》)，我都像探险一样去寻觅过遗址，有的还有老屋的蛛丝马迹，有的被破坏得仅余传说了。这些地方几乎都能证明，童年生活的回顾和再创造是决定一个作家特质的重要方面，包括性格特质和作品特质。如果我们始终没有到过湘西的凤凰城，像某个欧洲学者所说是中国最美丽的县份，不去看看城里沈从文童年翻过的社会那本大书：老街、铺子、城门、庙宇、吊脚楼、廊桥，那怎样能读懂沈从文这本多卷的书呢?

第二类，是那种与代表性作品的产生有密切关联的作家故居。这里又有原型地、生活地(指生活其中写出了代表作，但并非取材于此)和两者混合型等三种情况。我长久地不敢去萧红的呼兰县，是怕现实中被破坏的故居与我读她作品留下的美丽又残酷的印象完全背道而驰。我有太多类似的失望，比方在辽宁昌图就没有看到端木蕻良长篇小说《科尔沁旗草原》里的广袤原野，对当地人告我的端木家舍也半信半疑。因为到处都是苞米地而无草地已经破坏了我的感觉，就心存疑虑，也就不敢见萧红了。直到前年由海参崴回到黑龙江听学生讲呼兰县已经是哈尔滨的一个区，才决意冒险一看。那确实是个东北地主家庭，最大的正屋能有八开间那么长，十分宏大。但是“祖父的花园”就像绍兴鲁迅的百草园一样，似像非像(鲁迅三味书屋原先只辟出一角，现在整个鲁迅老师寿镜吾家的故居私园全部开放，没遭破坏，非常之真实)，远没有萧红的文字那么美。萧的文字是按童年记忆加工而流淌出来的，只余永恒的孩子视角。我在临离去的时候从车窗里对呼兰河匆匆一瞥，当然是雾里看花，想要恢复《呼兰河传》的印象再无可能，也没有人会为了一条不知名的河流写本“传”了。而真要说到现代文学经典作品的故事人物原型地给我最深一瞥的，应来自曹禺故居。那日我与天津亲友驱车至早先的意大利租界，先看了开放的梁启超故居。因为到过广东新会的梁启超老家，两相比较，虽然这洋楼里有著名的“饮冰室”，但由于梁启超的书读得少，这个产生出他一生文章结集名字的房子，能引起我感慨的地方并不多。可接着到曹禺的小洋楼去看，就完全两样了。故居修缮尚未完工，不能进去，这里也非曹禺的诞生地，但因我读过曹禺的全部剧作，特别是20世纪60年代起就看《雷雨》的演出，读剧本无数次，脑子里充满对它人物发生地的想象，一眼望去便如触电一般，心里“啊”的一声：这就是《雷雨》的原型地呀！是周朴园逼蘩漪吃药的地方，是鲁侍萍喊出不能两代人都受周家欺侮的地方呵！我觉得未修好的曹禺家房子可能比2007年正式开放的，其神秘感还更多些，也更有“雷雨”味一些。这感觉一直延续至今，不能散去。同理，我在青岛踏访许多现代作家的临时居地时也闻到了文学味道。青岛市重视这些文化遗存，用挂牌的方式向游客介绍作家们生活过并写作了重要作品的住所。其中老舍1936年在现今黄县路12号的小楼一层写下了《骆驼祥子》，可能是最为惹眼的。房子和祥子无关，但写下了祥子。我去看时，居民还在，据说现在已开辟成“《骆驼祥子》博物馆”了。此外，饱含情感产生过重要作品的故居，非常典型的是1935年郁达夫为王映霞从上海搬到人间天堂杭州，然后在浙江图书馆附近所建的爱巢，名为“风雨茅庐”。鲁迅与创造社的人普遍交恶，独与郁达夫友善，曾经写诗劝说郁不要离开上海。这个地方我早就去过，后来还引韩国的学者去参观过，它三面有回廊的房子很有特点。记得当时是被一家派出所使用，警界算得开明，允许人们进到院子里转一圈。现在据说已经搬走做故居接待游客了。“风雨”两字不幸而言中，郁、王二人日久由爱而生隙，生厌、生恨，令世人为之叹息。但这段情留在了郁达夫的散文书信和诗歌里，是他重要的写作阶段，“茅庐”便是证人。别的既是代表作品产生地，又是长久生活地的故居，如扬州安乐巷的朱自清家，从晚清朱的祖父到父亲到自己（朱自清出生在外地，6岁搬来，到读完中学住过十几年，因而写文章自称“我是扬州人”），三代居住的三合院留下说不尽的亲情。听说朱自清同父亲不是没有矛盾，但可能更加平添了父子间的复杂关联。《背影》一文流传甚广，当是父亲在扬州送他北行时留下的影子。还有如沙汀在川北家乡山区依仗袍哥舅舅的掩护，携妇挈子，在各临时住所辗转隐居达十年之久，却写出一生代表性的长篇和短篇小说，可说是个奇迹。我踏访过他这段日子全部的住地。其中的《淘金记》写于睢水镇的刘家酱园，我把到访的经过写进了《沙汀传》的“小引”。一个乡民认为闹鬼的堂屋，有着通向大山的后门，堪称在最困窘的故居里完成了很杰出的作品。这些作家故居是解读现代文学经典的一处处指路灯。

故居可以延伸，那便是作家的重要活动场所，或伴随着作家发生过重大文学事件的建筑物。比如上海的中华艺术大学旧址，是1930年年初“左翼作家联盟”开成立大会的地点，曾被错认过，后来正了名。这地方离鲁迅在虹口住的任何一处都很近，步行过来很方便，结果便产生了一篇了不起的演说词。还有重庆的张家花园，是“五四大轰炸”之后中华全国文艺界抗敌协会(简称“文协”)继临江门、南温泉之后的总会地址。实际上又是进步文人的一个集体宿舍，许多著名作家、艺术家栖身在一个楼里，更有像茅盾、沙汀这样临时进城的作家借居在此地(经常挤住的是以群的屋子)。我为了深入了解这个三层楼房子的作家住户们，专门访问了葛一虹，他为我画了简图，可见我为“石斋语痕”栏目所写的第三篇文章《抗战期间“文协”作家的重庆集聚地》。北碚后来更是“文协”作家的集中地，那里现在可供参观的是老舍故居和梁实秋故居，后者即因梁的散文而出名的“雅舍”。我还到过延安桥儿沟的“鲁艺”旧址，所集合的几代作家不可胜数。桥儿沟的谷口有一教堂，两侧的山坡正是建窑洞的好处所。鲁艺的师生住在这里，沿山呼喊或吼唱信天游，真不比舞台的声音效果差。而大都市的作家场所，可用新感觉派所写的上海娱乐场为代表，现存的如大光明、国泰影院、百乐门舞厅、跑马厅主楼(做过市图书馆)等，我每带一个研究海派的学生，总找机会让他们领略一下这些旧地，以贴近20世纪30年代的上海气氛。许多人不清楚叶圣陶墓为何置于甪直，以为那里是叶圣陶的故乡。其实那里只是叶最早从教的地方了。可对于他来说，却是一个作家长久取材并写出第一个短篇集《隔膜》和重要长篇《倪焕之》的地方。小学教师的生活给叶圣陶最初夹杂着卑微、冷漠和理想的生活体验，可能是他一生梦系魂牵的，所以他会要求葬于甪直保圣寺，与唐塑罗汉为伍，和甪直小学儿童的琅琅读书声相伴。这种像作家发祥地一样的场所，我还可以举出台湾南部高雄美浓的钟理和纪念馆。钟理和为客家人，为了与同姓的女子结合他与世俗社会决裂，一生潦倒。这个地方我去看的时候，由他儿子在管理，它就坐落在群山之中如同一叶孤帆。什么是笠山农场，什么是原乡人，看看这周边的山峦就知道了。所以，我认为作家重要活动场所对于理解作家创作，是和故居有同等价值的。

当前作家故居面临的主要问题是如何保存它的原生状态。在一定意义上，这比设立故居还重要。试想如果我们将一个原汁原味的建筑，好不容易确定为故居了，是文物了，但接着就来破坏它，那还不如不设立了！“文革”

及更往前的破坏，如50年代作为巴金《家》的原型的故居(曾经做了某文工团的驻地，后来被完全拆毁。现在于成都某公园建了个“家”，又有谁会相信它是觉新、觉慧、鸣凤生活的那个家呢)，如苏北高邮汪曾祺的故居现仅存一偏屋，进去的感觉是个库房，就不必说了。当前的微破坏，主要是削去环境。鲁迅北京阜内西三条的故居本身已经收入博物馆，连同“老虎尾巴”一起，丝毫没有变，但却隔断了故居与胡同、鲁迅的家与周边住家的联系，成了孤家寡人。这个毛病在当初成立鲁迅博物馆的时候，早已种下了。萧红的呼兰故居是近年的事，本身是完整的，但被新兴的城市所包围。你在萧红老院子的任何一处拍照，都躲不开高楼大厦。还有一种故居的修复是伤筋动骨的，属于内在变异的。老舍的丹柿小院重修后变得很新，你觉得和过去比，不知道什么地方就是不像了。我曾经三次去浙江富阳看过郁达夫故居，一次比一次新，好像连一面墙一根柱子都没有变，却越来越不像。改建故居失掉原味是个严重的问题，比较好的是乌镇茅盾故居、乐山沙湾郭沫若故居、绩溪上庄的胡适故居以及台北南港中央研究院里面的胡适故居，它们保持了文物的原样，维持了原来的故居环境，是个榜样。

总之寻找作家故居是我们文学研究者在“游学”中捎带脚就能完成的工作，并非没有困难，但持之以恒总会有所发现。记得那年到湖北黄冈瞻仰苏东坡的赤壁遗迹，它作为古战场是个假的，但作为认识前后赤壁赋的创作历程来说，却是个货真价实不能随便逾越的地方。接着知道不远的浠水是现代闻一多的老家，便在黄冈师院老师的带领下前往。谁也不知道他的老房子安在否，只是一站一站地问下去，最后终止在闻一多纪念馆门前。纪念馆人员告诉我故居已经毁坏，不存在了，纪念馆就是仅有的了解闻一多的地方了。我不相信，我知道闻一多还有清华大学、青岛大学、西南联大等他教过书的地方在，还可以有一个故居来保留下他的痕迹，就像厦门大学和广州白云楼的纪念室虽小，不还是留下鲁迅的脚印了吗？这个愿望是不能绝的。

2018年1月20日于小石居是日大寒

·序跋 留住时光

《都市漩流中的海派小说》新版前言

2018年对于我来说似是一个“反观”“反思”之年了。即便是反观和反思自我生平中的一项，如这平平无奇的写作生涯，做起“盘底”工作来，也丝毫不会感觉轻松。在总共写出的十几本书里，合著的《中国现代文学三十年》不计，大概只有两本书或许稍可留存几年。社会的评估眼光不能不让我折服，那就是繁简字各出了两版，近期已译成韩文、俄文译本的《插图本中国现代文学发展史》，以及前后由三家出版社平均每十年出一新版的本书《都市漩流中的海派小说》。

本书最早是作为“二十世纪中国文学与区域文化丛书”之一，由湖南教育出版社在1995年8月出版的。之后，复旦大学出版社再版于2009年1月，回到它的故地了。现在的这个因科学出版社大力支持而即将面世的，为最新版。关于本书的写作的缘起，我在初版的后记中曾有较详的告白，这里就不重复了。我只想说拙作能得三家出版社的青睐，是我的幸运。

历史的发生和澄清往往是需要时机的。本书的写作对象是20世纪20年代至40年代上海一隅的部分文学和作家，执笔时已身处中国近代以来最大的一次经济改革大潮，海派文化突入人们的视野，它与中国现代化的关系自然被大家看重，这就是重要的社会条件。而本人又是个横跨民国、共和国两个时期，远离海派文学发生地，但又对上海有着相当感情和记忆的文学史学者。这样的机缘便促成我较早注意到海派：1982年我在《十月》发表了研究施蛰存心得的文字；1989年在《文艺报》发表专文为海派正名；越两月又在《上海文学》提出“大陆文学的京海冲突构造”的命题；1994年在《文学评论》上发表了我研究海派小说都市主题的成果，题为《老中国土地上的新兴神话》。由此，我在本书出版前已经有了长期的海派积累。而在本书出版之后，我又将一部分注意力转移至海派作家如何可以进入文学史的研究中去，如在合著的《中国现代文学三十年》一书，由我在上海初版和北京修订版中第一次将叶灵凤、穆时英、张爱玲、徐讦、无名氏等人归入海派来叙述。同时，有计划地培养我的少数博士生选择海派文学的其他领域，如海派报刊、海派散文、海派话剧及海派作家迁徙等课题，进行深入的探讨。到如今，海派研究已成显学，没有一种新出的现代文学史可以回避海派文学，这是我深感欣慰的。

海派文学的研究视野一旦打开，我们就能清楚地看到非主流文学和主流文学相向而行的文化态势。更多的非主流作家和主流强势的左翼作家一样，得到了注目。现代文学史上一时间独尊现实主义，而忽视甚至排斥现代主义（一整打的形形色色现代派）的流弊，提到我们受到的外国文学影响单单指向19世纪的欧美，而不愿同样看到20世纪欧美的偏见，都由此发生微妙的转变。其他如文学与电影等艺术的关联、与通俗文学、与大众化的联系，也都相继引起注意。商业化的文学再不是单纯的罪恶之渊薮。海派研究牵一发而动全身，在一个方面带动了文学研究的整体变动。本书只是参与其间尽一份薄力罢了。

学界和读书界接受本书的情况，一直叫我感动。还可说明的几点是：第一，它出版后引起了当时健在的"海派作家"的共鸣。东方蝃蝀（李君维先生）因为被列入书内而感慨甚多，后来他又在耄耋之年重拾他写小说的笔；他又转告了20世纪40年代在沪上共同办报的冯亦代，冯先生连我的书都未得到就主动写了篇书评让我受宠若惊，书评竟谈到他20世纪40年代的文学品格，从正面承认自己是个"海派"；美籍华人作家令狐彗（董鼎山先生）回沪时，在一次聚会上听说本书将其写入，当即在席上翻读，将事情的始末写进了给新民晚报的一篇短文中。第二，本书是我得到各种书评最多的一本，使我得益匪浅。第三，长久以来的读者群是待考或已考的研究生，他们把它当作海派文学的入门书来读。有青年告我自己因为买不到而只得全书复印，有的读者说曾借来此书一夜读毕。之所以能得到读小说一般的待遇，他们说是因为作者把对出生地的感情，把童年的回忆，都一股脑融进对海派小说的分解中去，所以好读。我当然明白好读并不是对学术著作的最高评价，或许倒是认为本书理论深度不够的一种婉转批评。

目前的海派研究已不如几十年前那么"热"了。我倒觉得是一种好现象。看待海派千万不能用"单眼"，而应该用"复眼"去反复斟酌。海派的扩大延伸研究虽属势在必行，但也不必赶时髦。海派文化如水银泻地渗透各个角落，必定会从城市、建筑、音乐、戏曲、绘画、娱乐和日常生活，广泛地表现出来，引起多种的矛盾冲突，从而激发现代社会的前进。它也和现代化必有两面一样，有着向自己反面发展的可能性，而使我们不得不警惕。

对于我，研究海派是我的一个回乡的过程。就像我最近去苏州开会听到“淞南山歌”，促发我写了一篇文字，纠正了我对幼时所受文学教育的一个错误记忆。淞南民谣和吴文化是我的根呀。我要感谢这三家出版社，使我有可能又一次接近我的文化根须。复旦大学出版社位于上海，自然多了一份“老乡”似的亲切。感谢科学出版社的王洪秀、高晓婷及有关编辑，没有她们对我的信心、耐心，哪里来的本书的三版呢！这是对我 2018 年的最好纪念。

是年 2 月 13 日，越来越近戊戌年春节

陈啸海派散文研究书序

陈啸读研的时候做的是京派散文，后出了书，现在又顺势做起了海派散文的题目，他可能想象不到，这无形中替我还了一笔重要的“文债”。记得20世纪90年代，我出版了研究海派小说的论著，当时，李君维先生（笔名“东方蝃蝀”）将拙作拿去给他朋友圈里的前辈同辈们看，其中就有曾经拉他担任过上海《世界晨报》编辑的冯亦代先生。冯先生并未得我赠书，翻读后竟兴致勃勃主动写了篇书评，让我十分惶恐也着实感动。这篇发在《瞭望》上的文章除了认可海派小说研究的意义，是在于“开启了中国文学研究中无人亦无法问津的都市文化”，还指出我之不足，“可惜他只写了小说一门，其他如诗，如散文，如戏剧，甚至是上海小报上写‘豆腐干’一块块的专栏文章，他都没有触及”（《读“海派小说”之余》）。今日我可以告慰冯先生的是，我虽不才，但在我指导下的学生这十几年里却已做完了从杂志（刘铁群）、小报（李楠）到海派戏剧（尹诗）、海派散文（陈啸）诸个课题，手头的学生还在做海派作家迁徙香港后的论文（鹿义霞）。做得如何自然可勿论，但我们师生聚在一起，总算是实现了这个全面述说20世纪海派文学的愿望。我也可以直面冯先生了。

“海派散文”是个繁重吃力的课题，这不难想到。几十年尘封的沪上报刊需要一一翻录查找。谁是海派散文作家？写了多少散文？有多少不同个性和风格？有何价值？都是前人没有留下现成答案的问题。好在陈啸现在用了数年之力，钩沉爬梳，理出了一个头绪。他的成绩便在于在文学史上第一次确立了“海派散文”的地位。由他给“海派散文”做了初步界定，分析了它的现代都市发生语境、生成的过程，提出了固有的作家群体和代表性作家，厘定了基本的作品和形态流变，以及与其他散文和文体的互动互补关系等。按照他全书对“海派散文”的定位，这是现代都市文学的一个必然的分支，一个合理的补充，必将给现代文体分类研究带来一定的推动，并且必然是对整个“海派文学”进一步的完型。研究的水平自然有深有浅，所提出的一些局部的概念也不无可商榷之处，不过他究竟迈出了这新鲜的一步，是可喜的。

任何局部的历史都是更大范畴的历史长河中的一朵水花，长环中的一个节点。陈啸在其海派散文研究的成果里，便悟到了历史研究（包括文学史研究）的根本路数，那就是衔接、对抗、失衡、渗透、融合。海派散文形成的资源首先是晚清报章文体，但处于更近位置的还是五四散文，所以本书在论证海派散文产生过程时，一方面是注重现代都市文化环境的影响力，一方面就特别注重《语丝》在上海如何分化，沪地新起的作家如何围绕《论语》而崛起的史实。这样，海派文学的生长史就凸显了"京海合流"的力量，突出了周作人、林语堂两人的一定作用。这种历史多面衔接和多元渗透的研究，是本书的一大特色，要比只讲对峙、只讲单向发展更加错综，更符合历史真相。"京海合流"不过是我举出的本书的一个例子而已。

论及海派散文的本体，此书抓住了典型的文学现象，借以做出合于文学研究规律的细致剖析。根据作者的归纳海派散文的三个典型现象是：更依赖也更能利用报刊媒介，更能开拓文学的空间，更能对现代都市性进行想象和再创造。对这三个紧要问题的提出和回答，彼此独立并且相互联系，便形成全书颇有特色的结构。论述按此次第展开，便避免了目前普遍存在的重复研究的弊病，有了自己的另辟蹊径的语言。比如关于"文学的媒介化与海派散文的非文学化"的大胆命题，便具深意存焉。其中论述海派散文的道德感的升降、"真美"的幻变、流行色的风趣及短平快的浅陋、传播方式的改进和实用趋向，等等，均能切中要害。而依据消解文学性的斑斓和加入新闻性的芜杂之后的海派散文特点，提出"杂散文"的概念，也能道他人之所未道。对于散文空间化一题也是如此，虽不能尽善尽美，但论及散文的时间与空间之关系，散文空间化的各项表征功能，和散文空间形式中的感性空间、私密空间、色彩空间等，也都能自圆其说，提出个人的看法。至于海派散文对日常都市性的重塑作用（都市产生了海派散文，海派散文反作用于都市），在分辨了现代日常和传统日常的区别，在寻觅了现代都市对于"人"的意义之后，所评价的市民哲学——"安稳即道"，也颇意味深长。长久以来，我就曾以"如何细读散文？如何阐释散文"这样的题目来与作者讨论，以期通过一种散文的研究来窥视整个散文的研究。现在从此书看来，作者已经有些体会。能在一个全新的课题之上加以新的探索，处处显示出青年学者的蓬勃精神，这是可取的。

作者也认识到自己目前对海派散文认识的不足，尚有未尽之处。有的角度和层次虽已意识到了，比如海派散文隐现的"原乡印记与创伤记忆"，这实际是对“都市性”的深入认识，但从他安置的论证地位来看，仍不免举棋不定。还如海派散文的“文学审美性和文化本体性”的命题，几近呼之欲出了，如果假以时日，给他研究的余裕来仔细打磨，一定可以做出成绩来。

现在的学术环境说得严重一点，真是危机四伏。我们一年年地培养着硕士博士，学术队伍从来没有如此庞大，学术经费等物质条件从来没有如此雄厚过，但学术规范、学术风气、学术承传也从来没有跌到如此的低水平。大学圈子和研究界充斥着一种“快餐文化”的气味。在这方面，我希望陈啸能力戒浮躁，安心坐牢冷板凳，在初步有了属于自己的学术领地的基础上逐渐走向成熟。是为序。

2015 年 4 月 18 日于小石居小病中
想着鲁迅称小病是“一种福气”的话

尹诗海派话剧研究书稿序

好像尹诗申报研究海派话剧的学位论文题目，和紧接着排除一切困难毅然去上海坐图书馆的情景就发生在昨天，可现在她的论文就要出书了。日子过得真快，正如我少年作文开头的套语所言，是“日月如梭，时光似箭”呀。生平所带学生不多，十几年下来虽然招生目标都写着“京海派文学研究”，其实论题是任其选择，各取所需的。细想自己在古色古香的河南大学老校区（已是国家级文物）这些年下来，居然耐心地培养了五六个青年学者做海派题目（到目前为止我的学生全在大学任教，无一例外），也算得是件不大不小的奇事。内陆学生做海派的难处在于消除文化隔膜，但如做下来了，学业成绩似易突出，离校后从事学术工作易成规模，论文和著作发表也易发生影响。这似乎不是聪明不聪明或勤奋不勤奋的问题，起码不是主要原因，因为中原的学生普遍是聪明努力的。我觉得出生于全国历史文化名城浚县的尹诗之所以能够研究海派，是因她有一种背靠传统却积极向外、向上的冲劲。她没有多少研究话剧的“资本”，她就是很少看过话剧，连话剧演出场地原来都极少涉足的一代青年。但她面对陌生的研究对象丝毫不胆怯，从不打退堂鼓，充满一股在知识殿堂化闯荡勇气为坐冷板凳底气的劲儿，最后将课题拿了下来。我的许多探讨海派的细微课题在学生那里得以完成，这使我倍感欣慰。这就像郑州这些年的变化，我一年四次五次地经过这个河南四大古都之一的城市，眼看它一年一年“现代化”起来。我在新疆石河子大学讲过课，对他们说了一个星期的海派文化，大陆的学生照样听得很好。摆脱落后，面向世界，一种前所未有的思想动态让大家在改革时代接受海派，也让尹诗产生了研究上海、研究海派话剧的热情。这是她的成功之道。

即便是在海派文学的领地里面，尹诗这个海派话剧研究也像是一个新新人类，属于一个填补现代文学研究和现代戏剧研究空白的题目。读这本书，至少在以下几个方面，你要承认她的研究再稚嫩，再初步，但也是取得了好几个“第一”的。此书第一次提出了“海派话剧”的概念。过去我们已经有了海派小说的界定，我的另外的一些学生研究了海派期刊、海派小报、海派散文，现在尹诗提出了上海上一世纪长期存在并于 20 世纪 40 年代分外活跃过的市民通俗剧，即为“海派话剧”。这一界定也属于首次，是有道理的。“海派话剧”概念一经提出，势必要将过去被左翼话剧、纯话剧看不入眼的沪上话剧，提到一个新的水平来重新认识，重新估价。文学类别中一个细部发生的变化，势必波及全局。所以这个新概念的提出，并不仅仅限于海派话剧这一狭小科目而已。

其次，按照新的海派话剧的定义，作者在熟悉史料后第一次确定了海派话剧活跃的时间：从发生前的准备期即文明戏改良算起，大约是1929年到1935年间；到海派话剧雏形的形成，到兴盛，到终止，则是1936年到1951年间。作者都能一一细数，并且第一次列出了这一剧种的代表性作家和代表作品来。代表人物与过去不同的是，不仅有著名的剧作家，还有名导演、名演员。这与整个海派剧的排练和演出的特点相关，它们始终处于一种动态的演场之中，而不是待在静态的书房里、书桌上。许多剧一直到公演很久了，还在不断修改。许多的导演同时兼编剧。代表人物有郑正秋、徐卓呆、唐槐秋、姚克、黄佐临、费穆、黄宗江、张爱玲、顾仲彝、周贻白等，名演员有石挥、唐若青、孙景璐、黄宗英等。而在海派话剧的剧本方面，作者是下了大功夫挖掘的，发现了四十多部文字剧本，最有代表性的如《月儿弯弯》《清宫怨》《秋海棠》《大马戏团》等；更多的是亡佚剧本达一百多部，是因各种缘故其剧本故事人物流传于海派报刊中，不见神龙的首尾了。剧本的钩沉扩大到仅留下剧情的剧目，是非常符合海派话剧的实际情况的。比如张爱玲的小说《倾城之恋》，由作者在上海改成话剧，在香港又改成电影，却都没有存下本子。现在的电影剧本是根据电影的拷贝还原的，按照电影制作的流程，中间还应有导演的分镜头剧本和拍摄现场的即兴修改等，与原剧本是有很大区别的，但原剧本遍找无着落。还如费穆编导的《浮生六记》，取材于同名的古典名著，当年影响大、票房好。费氏有多种书面剧作存世，这个剧本偏偏没了影子。这些剧目经过一定的考证（当然还不够），证明它们应当有剧本但现在仅有“本事”流传下来，它们在本书得以保存。如果翻阅本书的附录，近二百部剧目勾勒出海派话剧史的一个清晰的脉络，这也属第一次。

全书对海派话剧的内部外部解读，是十分用心的。对于众多的青年学者来说，尹诗最大的经验便是一切从资料出发。整体的论述处处焕发出新材料的活力。提出海派话剧这个问题，靠的是资料的提示作用。文明戏的材料展示了1928年之后文明戏的真实历史，它没有全军覆没，而是在改良的旗帜下一再地异军突起。到了20世纪40年代看材料，占领舞台的仍然是文明戏的半部天下。文明戏的材料本身，揭出了话剧内在的矛盾性，露出了研究的切入口，引你走向学术的前沿。进一步，海派话剧纷繁的各种资料就展示无余了。有时候，我觉得作者过于沉浸在材料中，让叙述和论证两者变得纷繁不清楚，这也是有的。不过，当前我更愿意强调的是尹诗的经验，是提醒大家注意第一手的资料工作永远是我们学术研究之始，是培养独立研究能力之必要，是当前克服学术不正之风的一剂良药。

由此，本书分析海派话剧的内部和外部，处处都显示出材料带给作者的一份大礼。内部的讨论，除了文本细读，许多时候是"现象"揭示了话剧的高雅性和通俗性的矛盾，是要进入文学堂奥还是要一味地去掏观众钱袋的问题。将海派话剧的现实性（人生百味）、民间性（植根于市民社会的市民艺术）、艺术性（达到"好看"）提到一个相当的高度，可见本书第三章。在分解剧本演出的同时，适时地引向外部，依靠在报刊上广泛披露的消息、广告、评论，来揭示海派话剧和非海派话剧的互动关系，引进"由左入海""由京入海"的概念来谈论左翼话剧、京派话剧与海派话剧的反应关系。反应和影响，这成了本书研究话剧的一个重要方式。本书用整整一章的篇幅，从剧评的角度来谈海派话剧，更是新的研究角度。据作者搜集的大量散见于报刊的剧评告诉我们，剧评可以是观众反应（包括专业的反应和业余的反应，现场的观感和事后的观感），可以是演出的实况（包含演员的体验发挥、群众的呼应和剧场的气氛），甚至可以揭示剧团编导演员的多种内幕，表达都市的文化潮流倾向，各界的评述立场，等等，总之是话剧演出包罗万象的一部小小百科全书。抓住剧评这一关节，跳出以往单纯进行剧本分析的模式，从舞台内一直扩展到舞台外，反映一部剧的全貌，建立起戏剧评论在研究中的特殊地位，本书是个初步的、先锋的尝试。正因为是初步，它的不够成熟的地方，如某些重复，某些夹杂，是显然的。但仍是个先锋。

逐步地，全书在论述海派话剧的基础上，将市民、都市适当引入，求得深化。海派文化产生于都市现代化的环境之中，一个进入剧场看戏看电影的市民，最终走入了话剧演出场、音乐会演出场，津津有味地每日里阅读充满戏剧新闻的小报，读着登载剧评的戏剧报刊，由传统到现代，成为市民的日常人生。所以，到书中提到"看剧"成为当时上海市民的"一种生活方式"的时候，也就毫不足怪了。

我的学生的海派研究已经全方位地展开。我们师生合成的这点现代文学研究范围内的海派研究基础，让我禁不住自豪。可能是因为我们不日日生活在上海，远离沪地历史材料的缘故，才更珍惜这个研究的机会，更激起我们对这个大都会过去或现在的所有幽秘奇幻处进行探索的兴味。而现代人的全部幽微复杂的心理、性情，可能是我们了解海派话剧当下意义必然的兴奋点。为了这些，尹诗的这本书值得一读。

2018年1月27日于小石居过了“四九”

费冬梅沙龙研究书序

费冬梅的文学沙龙研究，与我过去一段时间内所做的海派、京派题目，靠得比较近。她像是擦身而过，向前跑去了，却让人眼前一闪。我是抱着极大的兴趣，来看待这个课题可以包容的那些新老问题之间的张力的，觉得真被道出一些微言大义来了。于是被邀写书序的时候，也就挣不脱，有点自投罗网的味道。

"沙龙"一书给人的总印象是：紧紧围绕着一种文学现象，从头至尾，全神贯注地加以考察。切口虽小，一旦切入，里面则是风光无限，四通八达。它说明，只要这种文学现象真正具有典型性，如能抓住并辐射开去，是可以达到文学史的各个方面的。这里就有对文学沙龙的正面和侧面，内部和外部，性质和功能的多样叙述论证和条分缕析，特别是像作家与作家的关系如何构成作家群体，构成流派社团，对文学作品和文学风格的产生、传播起到什么作用，生成了怎样的文学环境等等，一一细说，抓得紧，放得开，直达文学史细节所能深入的程度，小题目就被做大了。

寓论于述，是本书行文的特点。沙龙本身及能引发思考的文学问题甚多，作者先理清沙龙的概念，按照一定的梯次将曾朴父子的"马斯南路寓所"、邵洵美的"花厅"、林徽因的"太太客厅"、朱光潜的"读诗会"等四大沙龙的实例置于前，然后综合起来按照沙龙与人，沙龙与文学这样的两大板块来归总分析。就这样，此书的结构必然使得论述鲜活，有依有据，在事例中包含各种相关的问题。至于问题究竟怎样提出，是可见仁见智的。不过书中材料提出的丰赡与使用熟稔，竟让我这个1981年就为《十月》杂志写过介绍钱锺书小说《猫》的人感到吃惊。我这才悟及，《猫》不就是实写中国沙龙的一篇作品吗？我虽不主张用"索隐"的"对号入座"方法来读本质上属于"虚构"的小说，但如能将林徽因和朱光潜两个沙龙的十几位文化名人一一引入，破解原型，以增加对作品本来就有的"影射性"的理解，那还是有益的（我当年对《猫》的影射性略有所闻，但哪里下过这等寻觅的功夫呢）。

有许多沙龙问题，作者都是依仗这种细节在意义中的穿行，来完成阐释的。

比如沙龙跟时代的一致性及复杂性。中国最兴盛的沙龙年代，与现代文学的高峰期正好相合。“聚”和“散”都为作者所看重。沙龙的性质，当出自一种作家的聚集。这聚集的旺盛时间按照本书题目标示的是 1917 到 1937 计二十年，按四大沙龙存在的时间是 1927 到 1937 共十年（从曾朴在上海法租界租住洋房，召集作家算起）。而百年中国现代文学的高点，之一是“五四时期”，之二即 20 世纪 30 年代。我曾经做过 20 世纪 30 年代小说的统计，将 114 位小说家的代表作 170 篇（部），按发表时序排列，结果前五年平均每年产生 13 篇（部），后五年平均产生 24 篇（部），三十年代中期的繁盛状况便不待言了（见拙作《深化中的变异：三十年代中国小说理论与小说》）。这与沙龙产生的条件是相关的。作者认为，从西方引入中国的这种作家“类聚”方式，条件有四：一是文艺观念的相对接近；二是要有懂文艺、有组织力的召集人（最好是女性。作者钩沉的材料证明，当年曾朴想物色苏雪林和王映霞，但都因有短项而放弃）；三是要有提供“客厅”（“沙龙”原意）与待客的物质基础；四要正逢社会的文艺风气浓烈。这四条中，文艺观和作家群都需长期积累，物质水平也务与经济发展相搭配，那就难怪历史会选择 20 世纪 30 年代这一时期了。聚不易，散也不易，将沙龙的“散”一并列入论述，是本书的独创，分析虽弱但线索都已经理出。《论语》原本产生于邵洵美沙龙，却终因林语堂与邵的政治社会观念有隙，而分裂了。另外一例是对林徽因诗《一句话》的评价不同，造成以“新月”为班底的太太客厅发生分歧，派中有派了。可见一个沙龙和任何群体一样，在未被社会承认的孤立状态下，可以一致对外，等被普遍承认的时刻反倒显出裂痕。沙龙聚散方式是文学史的常事，是规律，被作者一一点明。

再如沙龙中的作家生存状态。作者指出，中国现代沙龙与古典文人的“雅集”不同，它是自由主义知识分子的聚集地，是以留学生、洋派西装少年为主流，是京派海派文人的源头。为什么表面上也找咖啡馆、书店开会的左翼没有沙龙？就因为来自西方的沙龙，内中各人虽然含有精神的共同点，但又是松散的、自由的，文学空间是个人的。左翼文人是集体的，有纪律的，是以统一目标为主旨的一群政治型作家。而且，沙龙多转型中的文人，曾朴自办沙龙，由“老新党”转为“老先党”；沈从文在林徽因的客厅和大公报文艺副刊的约稿圈子里完成了从民间身份向都市、学院身份的转变；徐志摩在京海之间游走；尤其特别的，是郁达夫和左翼作家交好，且又是唯美主义邵洵美的座上客。只要将郁达夫曾出现在多种沙龙的事例一摆，他的关心社会下层疾苦的广大同情心及灵魂深处向往有个性的自由创作的焦灼感就十分明显。他的游离的生存姿态便跃然纸上。而总体上，许多作家正是在沙龙中经历了从传统文人间的血缘、地缘关系转向学缘关系，而获得现代性的。沙龙推动新潮，引进新人，它的某种先锋性质就突出了。作者讲述这些沙龙事实，没有条条框框，没有一二三四，考察的深度只来自沙龙人际关系与都市文学空间纠葛的史料，使得我们脑中的文学史也变得“错综”起来。

沙龙和文学作品产生的具体关系并不易论述，作者并未回避。沙龙既然是文艺观点集中对谈、研讨的地方，产生流派、产生新人、产生新作品是自然的事。作者由沙龙交谈语境向文本转化的趋势，提出“互动”的观点，更具体地提出沙龙文人的密往和沙龙作品有“互文”关系，在文体上形成独有的“影射小说”和“对话式小品”，是有一定信服力的。不过《玛女士》的举例还不够准确。此作品对左翼女性作家（暗含丁玲）的“合写”方式，并非沙龙作家独有。晚清民国的鸳蝴作家似乎早就发明“多人合写”小说的体例，为的是挖空心思地给文学做广告。倒是后面提到的林徽音《花厅夫人》，无论故事、人物由来，或是文艺观念和笔法的依据，均来自沙龙，是标准的沙龙小说。可惜剖析得还不够，因为作者光注意沙龙创新体的能力，忽略了沙龙对已有文体的改进成绩，也由此忽略了对沙龙何以没有产生重大作品的讨论。因为文学毕竟是散漫的个体劳动，沙龙的社交性质容易引起创造性注意力的分散。沙龙利于交流，利于把新人推向文坛，如萧乾小说和何其芳散文得京派沙龙的推荐。它能启发、促进文艺的繁盛，能试验性地提出文学革新的命题，像在朱光潜的“读诗会”讨论过的新诗形式和前途，和“语体文”的发展走向，但不足以产生伟大的作品。沙龙摆了“精神贵族”的架子，容易拒人于千里之外，却并不离开20世纪30年代知识者精神文化的高端地位，所以受到左翼的批评。整个一部世界文学史、艺术史所支持的是“穷而后工”，是先进的人们在逼仄困窘的条件下经过思索产生的伟大作品。将来有没有可能改变这种情况尚不清楚。

一部研究专著也要受学者本人思想、视野、学识、才分的影响。费冬梅是位年轻学人，有一定文学功底，受过良好的学术训练。刚出手的这本论著，根基结实。她肯下做材料的功夫，使用材料娴熟、有板有眼，已经很不错了。她的论述风格鲜明，对鲁迅、胡适、郁达夫的评价虽不一定精确，却绝不仰视，无顾忌，有新一代学人的爽快立场。她的思想方法以对待沙龙为例，比过去较为复杂，充满悖论。沙龙是什么？是聚也是散，包括分裂和游离；

是群体行为，也有个体自由色彩；是民主对话讨论，又可保有排他的门户之见。这是一种开放而不封闭的学术观点，作为起步也很难得。

中国现代文学研究的新时期，从“文革”结束到现在已近40年。调整作家评价标准之后，紧接着是以现代性研究为导向，直指文学流派研究，进入多元的文学整体格局。后来是考察现代期刊、出版、传播的兴起，逐渐传至对文人的写作方式、交流方式和生存方式的研究。这种从人到作品的反复过程，在我的《插图本中国现代文学发展史》中也有所反映。写抗战文学的时候，就专写了在战争环境下作家的生存状态和写作方式的变化，自成一节。一定时代下，人怎样，文学怎样，“沙龙研究”就是人与文学的另一类关联研究，在本书被作者把握住了！这种关联，必在人的理想和实用目的之间往返飞翔或降落，但在当今的情况下，文学商业化的现实使得一辈子从事文学创作和评论的人们伤心、沮丧，也是不争的事实。但我相信，与人有血肉关联的文学还有希望。全世界的史前时代岩画，都画出了人类一旦劳动温饱有余就开始从事艺术、从事文学的铁一般事实，所以文学是不会绝的。应当警惕的倒是，文学来自社会的物质生活层面，究竟属于精神。凡是与人的关系密切的精神产品，都不能过度商业化、市场化。教育、医疗、文学过分市场化的结果，便是衰落。而文学“沙龙”同作家的精神关系和创作关系密不可分，现在作者的研究，表面的层面涉及得多一些，作家在沙龙内部会遇到哪些思想精神的压力、动力？沙龙作为人（作家）和人（作家）的交流形式，有哪些积极处和局限性？与商业化、市侩化有哪些遭遇和拒斥？这都是可以深入思考的问题。研究沙龙的意义，只有在我们更加明白了文学的意义、文学中人和人的意义之后，才能拨阴霾而见蓝天，才看得更透彻些。我愿以此与年青的朋友共勉。

2016年2月29日（难得多一日）草于小石居，3月5日改定

朱惠民《白马湖文派短长书》序

朱惠民研究浙地的"白马湖文派"有年，颇具心得，在这个领域内算得是最早一位有实力的文化学者了。我是经由谢振声才认识他的。这就好比甲与乙原来相知，而甲和丙正巧相交，如此乙同丙便不知不觉相识了。我的故乡本来就是人文荟萃之地，他们两人又都是宁波文史方面的人物，他们结合各自日常的工作，精研地方文化和文学，熟稔地方掌故及风土人情，承传了宁波一地传统与现代交相融合的文化精神，每次见面都使我受益良多。现在朱惠民要出一本关于"白马湖"的新书了，大家都是现代文学研究的同行，且为朋辈，正所谓"同志加兄弟"，他嘱我在书前写几句话，似没有借故推托的道理，只得从命了。

"白马湖"作家群在中国现代文学史上首先是个不大不小的散文流派，与"五四"时期最重要的新文学团体文学研究会血肉相连。朱惠民二十多年前便从考察朱自清与文学研究会宁波分会的关系入手，由个别作家朱自清、夏丏尊、丰子恺、叶圣陶、俞平伯等一个个的研究到整体流派的命名，到风格特征的概括，从此踏入白马湖文化的圈子，一发而不可收，进展到目前这个程度和水平，让人起敬。他的学术精力十分专注，没有旁骛，就像"白马湖"是个天上仙女一般地被迷住了。他辛勤耕耘不止，发现的是一块"自己的园地"。这样，就有了影响不小的《白马湖散文十三家》的编选，有了《白马湖文派散论》一书在香港的出版。而现在，他的目光从散文一隅逐渐移向更宽阔的文化空间，"文派"的名义渐渐定型，自有其深意在。而眼前这个"短长书"的题目也值得玩味：不仅是指历年积累的这些长长短短的白马湖论述，也暗示了笔者的寓纵横流丽于质朴自然的文字，正欲与自然质朴"混搭"流丽纵横的白马湖文化相对应呢（"短长书"原义为战国时期纵横家的言论和史迹。朱自清曾有一篇短文即名曰《短长书》）。这是一个其志不小的文化憧憬。

朱惠民的"白马湖文派"研究因而有了一些特色。其一，充分发挥区域性本土文学、文化研究的优长。你看他挖掘白马湖的新文学事迹、报刊资料、讲演记录等，都不是外地研究者能轻易接触到的。他举的《我们》（《我们的七月》《我们的六月》）、《春晖》、《大风》、《山雨》、《新奉化》、《四明日报·文学周刊》、《宁波评论》、《火曜》等刊都是研究地方文学的绝好材料。我以极大的兴趣读了他写的《白马湖讲演词考论》，知道当年春晖中学的校内讲演者有经亨颐（此校校长）、丰子恺、刘薰宇、刘叔琴等，校外聘来的有蔡元培、沈泽民（茅盾亲弟）、杨贤江、黄炎培、陈望道、黎锦晖等，觉察到这群知识分子的中间偏左的思想倾向。这可以解释很多“白马湖现象”，也是由阅读了本地的历史文献方能揭示出来的。区域性本土研究的特点，是材料新颖，富地方性，可以支持全国性本土研究向纵深方向发展。它鲜活、亲切，能发挥地方学者的优势。所以沈从文的家乡湘西学者就会专门研究土、苗的风俗，探讨巫文化与沈从文的关系；茅盾家乡浙江桐乡的学者就会从发掘茅盾少年时期的作文起步。当然，区域性研究如不及时调整，不勇于打开眼界，必会狭窄，这是需要警惕的。其二是从材料出发。所有的论述都是以拥有扎扎实实的材料为前提的。论从史出，史料在研究中的第一性位置不能颠覆，它还能向论述的主体性渗入，便能不空疏，便能言之有物有据。因而，朱惠民的论文有活气，在资料基础上的品赏性分析就较多，就浓，以至于他也逐渐意识到要多运用史料性的随笔，来作为自己文体追求的目标。这一点，只要不绝对化，只要不随意地排斥学院派论文，便是无可厚非的。反之也一样。我近年来所开“石斋语痕”栏目，写的便是学术化笔记。近时与钱理群、陈子善合作主编出版的以文学广告为具体材料的文学编年史，论述自觉采用了“书话体”，这种试验似也与朱惠民同调。其三，尽量扩大研究的延展性。比如将“白马湖文学”延展到“白马湖文化”：由散文到新诗，由创作思想到审美生活情趣，由文学流派到组织、媒体再回到人格特征，由整合全体到绘制时代人文地图等，都是扩展。我对他所写的探勘朱自清在宁波的教育生涯一文《语文教学中的“人格”教育》，特别地加以注意，认为是很有前途的对白马湖文派的拓展型研究。我们只要联系白马湖文派的后身“立达派”或“开明派”，想到开明书店同仁所办的《中学生》杂志，以及开明教科书和丛书面向中小学生读者的不懈努力，便知“白马湖”以人格立身的文学教育精神，有多么重要。而国人语文修养的培育与文学的高度结合，艺术思想和教育思想的互相补充，正是“白马湖—开明”这一派的鲜明旗帜，是可区别于其他文学流派的地方。

我觉得理解“白马湖文派”的特质，不宜长久地停留在纯正、自然、恬淡和丰腴、隐秀这样一些“文章风格”概念上面。这些固然是对的，如集子中俯拾皆是的“静情相融”“闲情美文”“绚烂向平淡的复归转移”“流贯于‘剑’与

'箫'之间""激越与隐秀的两个传统是并行不悖的""味重于形"等等提法,都没有错。但我觉得在文化品性的分析中,还是要适当引进政治思想的视域(当然不是"政治挂帅")。我们读朱自清的《那里走》,便知道此文颇能代表这批"白马湖人"后来的思想状态:在激进的阶级斗争站队和坚守五四文化启蒙主义这两方面,最后选择了后者,选择了如巴金所说的文化"岗位"。这在白马湖时期已露端倪:与激进思想相近,行动上却是守护型的。我曾写过短文谈从春晖中学到立达学园到开明书店的这批学人的总体精神(虽然这三者可以分阶段研究,但最终还是要从总体来理解局部,方才"完整"),说他们是"海上的京派",亦是此意。要真正懂得白马湖的文与人,这也是一条窥探的路径。

我还要郑重推荐他的另一部佳作《舌尖上的宁波》,认为是一点不比白马湖论差的。朱惠民提倡美文美食,读他这类小品,正是食料与文料共舞,乡思与舌尖齐飞,堪称享受。他兼宁波汉通店的顾问,我曾到过上海淮海路汉通店和宁波汉通中央会馆两处解馋,都被他一支笔写入,荣幸成为食客。他历数宁波的吃食,什么抢(戗)蟹、龙头烤、风鳗鲞、乌贼混子、雪菜大汤黄鱼、清蒸鲥鱼、苔菜烤肉、荠菜炒年糕、宁波汤团,直让我这个童年在上海吃过宁波吃食的人垂涎。但更重要的是他将佳馔珍馐与文人风雅混为一体,讲出的周作人喜吃豆腐菜,俞平伯尝过宁波野味,朱自清"贪食"说过宁波年糕"其佳在'滑'"的名言,苏青喜欢家常菜还写了《谈宁波人的吃》,你弄不清究竟是文学掌故,还是民国食谱汇集。仅文题包含"白马湖"三字的就有《"苦雨斋"里的宁波海味与白马湖鱼干》《宁波吃·白马湖·开明酒会》诸文,查证周作人《鱼腊》写的可能是白马湖醉鱼干,而开明酒会有一不成文的规定,凡入会者"一次要能喝五斤绍兴加饭酒,结果,夏丏尊、丰子恺、叶圣陶、郑振铎、章锡琛等全部入选",大半皆白马湖老友也。他谈浙东美食和白马湖散文都用了"清淡而腴润"一语(新派甬菜已经偏离"咸鲜",故可称"清淡"),将一种闲适中的积极生活趣味,推到了极致。

于是,我留下了一个意愿:希望我这个祖籍宁波的人有一天能到白马湖走一遭,便用朱惠民的这两本书作导游,来领略我家乡的人文和自然胜景。是为序。

2014 年 3 月 24 日春分后三日于小石居

赵焕亭现代作家传记研究书序

在我的印象中，赵焕亭研究现代作家传记的时间可不短了。甚至私心里以为这研究已经停顿。我认识赵焕亭是因近二十年来在河南大学博士点的工作，豫地各种年龄、资历的现代文学研究者一回生二回熟，慢慢都熟识了。后来她来北京读学位，曾多次听她谈起过这个题目，当时觉得还新鲜，关注点也容易集中，可是为此要读多少让人血脉贲张和并不轻松的书籍呢，劳动强度够大（翻看附录里的作家传记统计索引就知道了）。赵焕亭是个本分的人，有股子韧劲，咬住一个课题不放才符合她的性格。还好，她证明了自己，眼前的这部书稿终于被她“磨”出来了。

书稿开头便称，20 世纪 80 年代以后中国的作家传记写作形成了一个繁盛期。这标志是差不多每一位现代作家都有了一部到几部的传记。创作的多而杂，泥沙俱下，以及对它们研究的严重滞后，成了实际的状况。而本书正是立足在这个富于“中国特色”的传记写作和传记研究的基础之上的。如果没有这段作家传记创作潮流的澎湃汹涌，自然就不会有今天的研究。80 年代以来的传记写作已经沉淀 40 年了，方有了这一领域的材料和理论的积累，有了今日的研究视野、格局、手笔。早十年二十年都不会有。书中对这样的研究趋势做了分析，认为是时代的转折、新的文化环境的组成和读者趣味的导向，共同构成思想禁区的某种突破所致的。这有一定道理。但我还想补充的是，还有一代传记作者观念转换的原因。带头写作现代作家传记的，大部皆学者出身，研究作家原是他们的本行，可是过去是用僵硬的教条来衡量人的，不颂圣不能写，今不如昔不能写，盖棺不论定不能写，各种限制套在脖子上，无法畅言。现在他们觉得有许多话可说，要一吐为快。此外，原来天天研究的是别人的文学创作，所写只是论证这些作家，现在等来了描述自己心仪作家的机会了，可以臧否人物指点江山了，这便是传记写作。这种写作等于是解放了文学的“生产力”，帮助他们实现了“创作”的理想。再一个方面，如果没有传记研究的现况，也就不会有本书。作者是依据当今传记研究存在的四大软肋，针对“现代传记中的作者主体性”“传记中传主作品的呈现”“传记中的原型考证”“传记童年叙事的启示”这四个“薄弱”

环节,来进行全书要点的设计、构思结构的。不管这四个问题抓得准确与否(可以讨论),围绕研究现状来提炼问题、铺排论证,确实为本书特色。

本书的另一个特点是对作家传记学术价值的有意开掘。传记写作的学术性角度被突出了,还扩大运用了这个角度。本来,作家传记就具备文学价值和学术价值这样两个方面,研究者等于是站在两者之间。如果强调了文学,传记即为"散文"之一种,应当作为有述有评的"散文"来欣赏品鉴,作为面对人物的夹叙夹议的文体来研究。而传主及传内其他围绕传主的形形色色人物,是可以使用各种文学手段来加以刻画的。作者在全书透出的意思是认为传记并不等同于散文,它是一种尚未稳定的文类,其实就是隐隐指它内在横跨的学术品格。那么如果强调了学术呢,就可以从有关作家材料的采集、甄别、爬梳、概括,对作家传主的认识的提出、论述的步骤等方面来对待作家传记。学术性成分,明确地体现在本书的结构上。它将传记"写什么"内化了,而让"怎么写"浮出水面,从中提炼出问题给予学术评价,这便是本书的基本思路。比如纪实和虚构的关系,是传记的理论问题,在这本书的表面就几乎消失了,却在怎样处理作者和传主的关系里将作者的主体性问题浮出水面,成就为第一章(全书一共仅仅四章)。于是学术性的纪实和虚构问题,便内化为探讨客观纪实已经不是当今传记的主流,而充分发挥主体性使传记充满记述者的个性的,才是今日关注所在。由传记看学人品格、情感气质和专业特点对写作产生的影响,遂成为这一章学术分析的着眼点。同样的,在其他各章里,研究传记作者如何破解、诠释作品,追溯作家的生命过程,如同文学史探究作用的一种引申,被使用着。而书中研究"考证"型传记的一章,更具学术性,如同一篇考证型论文之延长。从传记的史学特征上研究作家生平原型、人物故事原型的问题,路翎的传记最有代表性,最后有说服力地证明了路翎《财主底儿女们》等创作的"自传"性质。而传记的写作将考证的过程、结果,路翎的出生地、年龄、生父死因、家人亲友与小说人物的对应关系,都一一写进,与传主的文学生命和创作相链接,成为扎实、鲜明的考证型传记。另,关于童年叙事和童年体验,原应是文学性很强的内容,现在归入了"文学史不大谈作家的童年,而一切传记却必从童年说起"这个范畴给予很高的地位,于是,学术性的眼光在此"童年"视镜里就显著十分了。因而说到底,本书的分析传记作者可以与分析文学史作者一样,取相似的研究态度。甚至认为,虽然作家传记和文学史有着许多不同的侧重点,但两者可以互补。明确地说出作家传记和文学史可以构成"互文"关系,初听会觉怪异，想想是有启发性，是有见地的。因为它把作家传记的学术内涵，推到了和文学史并行的地步。

全书从前到后自典型个案入手，以同类的个案结束，是结构法，也是写法。在外部，四种作家传记写作的典型现象，平摊罗列。到内部，挖掘出每一题的各个“侧面”，如“童年体验”，可分通向作家的人生走向、显示作家所写作品的文化特征、表明作家的生活哲学、表现童年记忆是众多天才作家的温床，是这样一个面一个面地合成了全像的。“侧面”包括衍生的话题，像本书作者虽然对传记的主体性大加支持，但对部分郁达夫传记的滥情写作，还是提出了不能“过度”的警告。因为假如历史事实可以随性夸张，“戏说”之风最终会将“主体性”一起埋葬。作者对于各种有代表性的传记，往往用其他传记进行比较，还用传记性的论文来做比较，从而发现背后的隐秘东西。这不是猎奇，不是哗众取宠，恰是传记的读者阅读期待带来的一条“解密”规则。传记解读作品可以揭示出被文学史和文学评论忽略的方面，原型考证可以挖出传主思想的隐蔽角落，儿童记忆可以解开传主和其作品的原始密码，都是重视传记应有的对作家做新发现的作用的。典型个案的写法，好处是显著、集中，容易把握，但也易封闭。围着每本传记的本身转，是难以随时灵活地探向全书要旨的。读的时候经常会觉得把传记本身说得过多，转不回身来，忘记了要紧的是需指向传记写作的总体规律。

此书整体性的理论深度还可提高，但因全书经过长时间的琢磨，就像是流光逝音，会留下一些发人思考的话题。只要仔细阅读，不同的读者会根据自己的情况有所发现。比如促发我做专业思考的，就有下面几条。第一，“突出作者主体性是优秀传记的标准之一”，这句话很易引起异议。不过作者有预见地补充了一句：“作者主体性突出的传记未必是优秀的传记，但优秀的传记一定是突出作者主体性的传记。”这就全面了。第二，在罗列萧红所有作品涉及儿童视角的名单时，我发现重要作品里只有较早出版的《生死场》不在列。《生死场》确实含了较多的政治写作动机（田沁鑫的话剧改编就抓住此点发挥），这是否暗示了政治性强的文学文本可能少用儿童视角，儿童视角不仅是叙事学问题，更是文化问题。第三，作者抓住了传记文体不确定和传记理论不深入的现况，抱怨其“不足”和“欠规范”，但这是有片面性的。它们固然不成熟，但也是一种“活跃”“上升”的机遇，是提供理论概括的开阔空间和不被成规所拘的好时机啊。事情要从多面看。

就像文学性传记如研究不透，学术性传记的认知也会受到制约一样，这两种传记都有自己存在的理由，是互相依存、互相渗透的。学术性传记也罢，文学性传记也罢，都应按照各自的轨道走下去。现在被此书从传记的学术性角度推进了一步，以至于提出了作家传记与文学史在某种意义上可以视作“互文”的观点，虽不一定成熟，究竟是一家之言，是一种能够不断追踪下去的研究思路。我将这种启发性都一股脑算在这本专著的成绩单上了。

2016 年 4 月 15 日于小石居草成

汪应果《北方的白桦树》序

读长篇小说《北方的白桦树》，整个儿的感觉便是“亲切”。学者出身的作者汪应果与我几乎同龄，按旧的说法可算同科同年，都是 1978 年带着曲折经历入校的中国现代文学研究生。所读学校虽在中国分属一南一北，可也因此相识了。这部小说包含的激情、识见和想象，多彩地融进我们这一代人的生活经验，阅读恍惚间仿佛就是照我写的。比如说男主人公岳翼云受过童子军加少先队的教育，相信很多人不知道这是什么意思，但我知道。热爱俄罗斯文学，读《怎么办》学拉赫美托夫，或是敬仰十二月党人及他们的高贵妻子等等，我前一段为《文艺争鸣》回忆 20 世纪 50 年代文学阅读经验时就提起过这个。而且我也同样是从江南来到东北，初次看到小伙伴将纸条叠成“交字结”传递还很觉新奇（这种叠纸的名称却是读了小说才第一次知道）。我由“统购统销”了解到农村的真实性，困难时期饿饭懂得了艰难，甚至我也因某种缘故和一个“右派”老师同住在学校图书馆的书库里，为了当年社会流行的阶级观念也和小说里的人物类似，好像脸上总带着隐形的“红字”（充军的林冲面颊上的叫刺字），这正是小说推动全部情节的要害。抱着与小说这么多的“一样”来阅读小说，对我还真是开天辟地第一回！

故事从岳翼云被“贬”分配到黑龙江的新办大学写起，时间是在“反右”之后。一定程度上这是中国部分知识分子“反右后”的必然结果。这些人一边是对新社会的信任坚定不移，极富献身精神，带着自我改造的情结；一边是对自身遭受不公和社会地位每况愈下的日益加剧的不安和反抗。这类文学作品可以定名为“反右后”的实写小说。因为写的时节已经是“文革”后了，我辈已经“归来”（电影《归来》是写身心无法归来者。而“重放的鲜花”一批作品不妨把它们看作是最早的“归来者”的创作，他们身上的“过度乐观”都有历史线迹可足追寻），过去绝对忠诚的事物，光彩业已剥落，从困惑到有所悟，就成了归来之后的“反思”。《北方的白桦树》就是这种“反思”的产物。不过它有一个动人的发生在白桦林的爱情故事，并不追求新颖而采用旧的叙述方式，“反刍”自己的理想、爱恋和痛楚。小说中的“我”作为叙事者和主人公和作者的多重叠加，具有强烈的质疑性。它有全面发展的人格，站在时代高处追求真知，同时不可免地带有自信与自恋、自省相互纠结的典型性格，构成了这种浪漫型“反思”文学的特征。

小说始终将青年知识分子放在“苦难”和“欢乐”的现实之中。“白桦树”迎着北方风雪挺立着，它是女主人公张桦茹美丽爱情的象征，是正直善良的书中人物坚韧生活的标识。作品里的许多叙述文字，具有流畅而尽情倾诉的质地。比如第 14 节写主人公生病自救，体验到的生死瞬间，和知识对知识分子处境的意义，异常独特。第 22 节写“大烟儿泡天”（东北人称暴风雪），尾声写偷渡澳门游横琴到氹仔的五百米界河，都让人如入大自然不可测的境地，没有真切体会是写不出的。而如果叙事与议论结合，“反思”的意味及批判的尺度，便会随着人物命运的展开逐步深入。全书的华彩段落往往是叙述、议论结合得最好的地方。如第 17 节写三棵树“千军万马”买票场景，是令人哭笑不得的时代风俗画（我在 20 世纪 60 年代初期曾有在上海金陵东路连夜排队购买返辽船票的经历，那时也悟到了人只等于一堆“符号”的荒唐感），却由群众一句“抢皇位”的话引出对中国两千年暴力和秩序在历史反复上演的议论。第 22 节写安达（后命名为“大庆”）会战打“干打垒”，借着谈建房突击队的分工，论及“这一层层的中国特色的‘阶级’划分”，也似并不突然。直到“尾声”，叙与议的配合，贯彻到底。叙述张桦茹终患忧郁症自投松花江的悲剧，父女异地团圆的喜剧，做出交代，并无可改变地抒发“从这些年轻人的热情召唤中，看到了世界美好的未来”的理想主义情怀、抒情和许诺，都熔于一炉了。

产生如此故事与人物的环境，现在已经过去了，翻篇了，但无法忘却。我的一些在大学工作的学生，其中年轻到 70 后的，最近看到一个外国人所摄 20 世纪 50 年代中国老百姓日常生活的黑白纪录片，给他们留下的最大印象是：“那时的人穿得不好，没有色泽，但穿得干净，看着就是善良、朴实、真诚。”对呀，“干净”二字说得多好。《北方的白桦树》所写的世界相对就是比较单纯的。有粗暴的政治，也不复杂。而另一面却是天使般的女性的纯真，少杂糅欲念，甚或还压抑欲念，催动着人们去实现那个如今看来“乌托邦”式的憧憬。于是，两个主人公都为追求真理而活着，人物似乎是透明的（这也不合如今写复杂人性的时尚），带来了整个文体的单纯美。这种风格同这个故事很合体。我一向认为文学的演进不是翻筋斗，翻得越多越长就越好。文学的一些基本东西，如纪实和虚构，模仿地写和象征寓意地写，情绪爆炸和冷静过滤，从来就有；现实主义、浪漫主义和现代主义的某些因子，应该在古代文学阶段就已存在，不过未成体系，没有那么自觉运用，所以还不叫什么“主义”罢了。它们的先后出现有其道理，但严格意义上并无优劣差别。我们应当尊重那些还有兴趣、还有目标在使用老办法写新故事的人，尊重在后现代照写现实小说的作家。

我在很多文章里谈到自己近年来睡觉爱做梦的习惯。好梦坏梦都有，做完了全然记不得的乱梦更多。简单地给出“希望”自然是浅清的（鲁迅说“浅清”胜于泥淖），但各种梦的袭来，套用我们年轻时爱说的一个短语，便是不以我们的主观意志为转移的。是为一代人的终局，岂有他乎！

2016年10月19日于雾霾中之小石居

《低分子酒精的飘飞》后记

以上吴声雷的集子所收的林林总总十几篇作品，均是中短篇小说。据作者自己说都快要将它们忘却了。但我想还不至于此吧，无论怎么说它们都是一段生命的真实痕迹。现在经作者同意编辑出版，但书的序跋皆由他人执笔，自己不写了，这大概是缘于这本书的特殊性质和出版的纪念意义。而序跋作者无疑都是他那段写作生活的目睹者。

作者祖籍位于中国东南沿海的名县，屈辱的“五口通商”口岸之一。母家与苏东坡同为乡里。他生于东北某工业城市的边缘，依托了一个巨大露天铁矿而形成的亦工亦农的乡镇。一直到考入重点高中才真正进入都市。他父家三代前辈都曾生活在中国最大的商业性都会之中，他却被自己的高中师生视为“由乡入城”的后生小子，很长时间都能被闻出他身上异质的“乡下”气味来。所以他对都市的鲜明印象和复杂感觉，怕是与从小生长在城市的少年有些不同。这是他整个写作的原始出发地。

到了 20 世纪 90 年代，他在北京的一家著名的文学出版社任编辑。突然某一天觉得有了与日日联系着的作家们一样执笔写小说的冲动了。于是差不多在两三年的时间里，井喷似地冒出了眼前这些滚烫的文字。它们像是来不及修饰，挤挤挨挨地涌了出来。不够成熟是有的，初生牛犊的冲劲及无顾忌的创造力也随处可见。它们大部分发表在国内主要的文学刊物上，有的被几家北京的选刊所转载，有的省里的刊物为他发了专辑(比如一期发三篇小说并配以评论和作者自述)，势头不可谓不好。爆炸式的小说创作连他自己也猝不及防，他毫无犹疑地起手便选择了都市作为叙述的对象。什么深意，什么技巧，都不及细忖，便一股脑留下了开放之初的“都市”“都市人”的面影。我们当初的惊奇还没有表达出来，他连他最熟稔的童年记忆、“文革”记忆、市镇记忆都还没有来得及开写呢，却因某种私人的缘故，戛然而止了。

不知道事后作者有没有反悔过，反正世事难料，祸福互移。如果时光倒流，他可能还会为了别人利益而做自己命运的选择的。他是个能决绝的人。他这次的决绝，放下了非常良好的写作条件：时间、单位、人文环境，不免使邻近他的人替他惋惜。但他倒是看得很开，不久在北美和加拿大的华人网络上开始了业余的文史杂谈写作。他用网名到底写了多少，连我们都不知道了。

这次结集出版旧时的小说，作者十分开心。时间久了，他手里已经没有了小说的初载件、转载件、复印件和手稿，究竟有无遗失篇目一时也无从判定。当他一下子看到由他人编订的小说目录时，他简直有点怀疑某篇作品是他当年一字一字写出的。他不知道既然白纸黑字在中国印出了，那也就永远无法消灭它了。你爱它恨它远离它，它都照样存在。如今出版它们的意义，至少对于他来说是从遗失的岁月里重新捞回自己一部分的生命，有机会再认识、再审视一次自己的生命。这是值得的。

我们作为在作者身边亲切注视他的人，自然祝贺他。并期待他有一天能重新捡起写小说的笔，或者宣布出版他新一本的文史杂著。

2016年3月9日于小石居

徐昌才语文创意教学书序

长沙徐昌才是位出色的中学语文教师。他长期认真地教好每一堂课。对于他，所讲的每一篇课文都如同一次次面对东方日出那样的新鲜，沐浴在光亮里，促发了他的创造性思维。除了孜孜矻矻地钻研，教余还从事写作，真像叶圣陶先生说过的，为了给学生一杯水他准备了一桶桶水，不敢懈怠、侮慢了教书这一行。现在他将多年的教学笔记积累起来，由清华大学出版社出书，经北师大方面的推荐前来求序，我虽对徐昌才本人知之甚少，却觉得对此书有一种义务，应当说几句话似的。因为年轻的时候我也曾教过中学，那时的语文课正在政治灌输和工具训练之间翻着筋斗，教学负担也不轻松。我有幸恭逢"教育大跃进"，每周 12 节课，批两个班的 120 本作文，还兼做一个班的班主任(都无津贴)。记得冬夜在炕桌上赶批作文，竟伏案睡过去的情景。这样的岁月让我特别难忘，因而每遇醉心教书、一心向学的中学教师，自然就有一份惺惺相惜之意。

本书并非是专论某种教学原则或方法的书籍，它只是一些教学实例的汇集，穿插一点散论，有一定含量，很生动活泼，较接近原生态而已。它的记述，一部分是"预设"好的，比如从哪里"切入"教某一篇课文，全课可分几个步骤和环节，关键性的词语和片段是什么，这中间隐藏着怎样的教学主旨等等。另一部分属于"追记"，因课堂实践的效果究竟如何，师生习练的状况如何，甚至一些教与学形成的高潮怎样，都是教过之后才能发生的，有心的老师自会做些事后的记录，印证或质疑某些主观设想。所以这些笔记实际是"预先设想"和"课堂实录"两相结合的混合体，用来研究一堂课中师生双方的态势是绝佳的资料。但是就这样不加评注、不做任何理论分析地端将出去，最初令我不免觉得可惜。不过再仔细想想，总比匆匆忙忙归纳成什么什么教学法要来得好(我经历过的"红领巾教学法""双基教学法"的名堂多去了，不知目下还剩余多少。学校里永远只有打着"中国特色"旗号的"做法"和"经验"，像贯彻运动口号刮风一样刮来刮去，而不愿上升到"教学论"来沉淀某些行之有效的教学规则)。徐昌才无以名之，便自称为"创意教学"，一个简捷的叫法，等于是为将来的理论归纳留下空白和无限可能性，不失为是一种负责任的幅度较大的概括。

那么,何为“创意教学”呢？依我看,首先就是徐昌才这种“一课一设计”的教学方式:为每一堂课和每一篇语文经典,设计“独特”的教学方案,量身打造,一课一个模样,即是“创意”。如《装在套子里的人》的教学设计,是与另一译名《套中人》的比较开始的。然后观察此作的各种经典插图,带起了对这种人物从外观到内心的语言刻画的深入认识。阿Q、堂·吉诃德和这个套子里的人都是全世界最伟大的文学典型之一。《雨巷》的课,是由教师自作一篇《雨巷》的改写版引入的,与原作象征主义诗歌相比,品赏与浪漫派的诗不同的意境美、音乐美、语词美。《项脊轩志》的设计围绕感恩亲情,用已知的《背影》为导入,三层阅读为主线:一是鉴赏性阅读寻觅关键词语,二是体验性阅读感知细节,三是拓展性阅读联系人类已有的感知亲情友情的作品,扩大对美好人性的理解。“一课一设计”的根据,是因每一篇经典作品的文本和思想都是独特的,每一接受语文的学生个体和群体也是不同的。而教学是一种在教师带领下拥有一种共同目标的个体活动,故此,教师作为掌握教学全局的设计者的地位不容忽视。教师对语文的个性化的理解,他的语感认知和行动的探索兴趣,他对启发性讲解的精心安排,他为达到人文教育、语文教育的高度一致性而组织的语文训练,是整个创意设计的关键。每一个教师不尽相同的语文优势,不但不应当构成语文教学总体目标实现的障碍,而且应是重要的推动力。我们不必再费尽心力地来讨论人文教育和语文教育的关系问题了,半个世纪以上的政治为语文所设的这道陷阱还不够深吗？我们应该关注的是通过什么“设计”来达到这种关系的高度融合。像考察徐昌才,即是看他如何为每一篇课文来“设计”不同但又有规律性的充满人文精神的语文训练的。

这种训练为徐昌才教学设计的精华。在全书里面,他有各种提法,如“咬住语言”“深思细品”“紧扣诗眼(词眼、文眼)”“置换对照”“适当引申”“古今汇通”等,其中最核心的是“咬住语言”“体会情思”这一条。比如《灯下漫笔》是扣住“再也不能这样过”这一中心,找出文中鲁迅各种深刻的文句来。《桥边的老人》是将海明威典型的“电报体”(“冰山”一角)文辞片段加以组合、移位、改动等,多样地引导欣赏。具体的比较法,多样而灵活,如经过增减置换词句类,来体会诗词神韵(《归去来兮辞》);改换题目类的,或故意写错题目(《作为生物的社会》错写成《作为社会的生物》),或要求改变题目中的描写对象(《登建康赏心亭》试改为其他天下名亭后对词意理解的区别),

改换方法一直涉及情节的改换(《林教头风雪山神庙》《炼金术士》)、改动语序设疑来带动对全诗意象的不同体验(如杜甫《登高》、李清照《醉花阴》,教者对诗歌有特别体会,设计文辞训练格外得心应手);引申的词语训练包括以诗解诗(偏于诗语词境),以文解文(叙事作品以人物情境、性格、心思互相拓展,纵横联系)。而体会语文语感、美感的品赏,往往是设计各种目的的阅读、朗读,可以是为欣赏关键词、典型意象和情感浓度、深度而做的反复练习。

"设计"贯穿始终的另一根线索,是学生。徐的课几乎都是师生共同完成的。在语文教学中发展学生的智力、想象力,不断拓展学生探索和创造性思考的能力,永远是与生长语言运用能力密切不可分的。所以利用已知到达未知,以旧带新接近全盘,让学生学习语文时充分动口、动手,能够设疑提出自己独立的看法,这些都是徐昌才课堂最活跃的因素。《声音》一课自然会有"听"的实践。《小石潭记》《墙上的斑点》都从设疑入手,特别是后者为伍尔夫的意识流小说,让学生提出疑问,教师则指导大家仰望星空提高思索的博大性。这样来让不惯于了解现代主义的中国学生获得沟通渠道,很有启示性。《求雨》甚至有按照农民求雨的情感涨落和情节起伏,用数学坐标做出抽象图示来发动学生掌握小说人物故事的做法。触类旁通,联系并积累中外语文的经验知识,一方面是为认识新知搭桥,另一方面反复训练不断加深又是语文形成技能、形成互相勾连的网状系统知识所必须的。比如徐最擅长的诗歌教学,就是通过反复联系形成诗语的积累、诗意片段的积累、诗境积累(像人的命运关键时刻的诗境,就可经过读诗而积累,因而更扩大对生活和诗歌的认识),而达到立体的语文认知。这里根据我的经验,学生的训练和发动是有真假之分,调动学生是有深浅之别的。我曾经在中学语文上过允许学生"交头接耳"的观摩课,这种讨论课如果不是建立在学生真正自觉的动手动口和动心基础上,就必然沦为一种浮于表面的大轰大嗡的假课。关键是要从学生的需要和实际语文读写水平出发,如果暂时达不到,便不妨降低"讨论"的难度。还要有针对性地训练学生,以造成学生参与人文性极强的语文活动的积极性,并将这种积极性不断引向深化。

徐的语文教学实例可以引出许多问题,启发我们思考。其一教无定法,却有规律可循。本来文学和语言两者都是人类基本的活动,语言是交流的工具,文学艺术是在人类早期就存在的精神需要。它们最拒绝古板僵化,而我们的许多语文课偏偏是刻板的,让人昏昏欲睡无兴趣的。与创意教学相反的当然便是程式化教学。“一课一设计”必然是个性极强的教学，对教师的思想语文水平有很高的要求，但它也不是无边无际的，掌握语文教学的基本目的就可以了。实际上“设计”的基本原则和方法也没有那么复杂，从徐这本书里就看得很清楚。其二普世价值与人文语文。语文的人文精神内容，最主要的便是古今中外长期积淀的、有利于塑造我们现代国民素质的东西。就以徐昌才的文言文教学为例，他早就打破了我们过去狭隘的赞扬批判的那一套，而挖掘出古人在亲情之爱、故乡故土温情、童年记忆、同情穷苦困境、人道主义、重视山水环境和自然融洽等思想，这都是带有普适性的人文内容，是今日语文教育中稳定的价值系统，不能轻视。其三热爱中国语文和爱教、会教中国语文，是对语文教师的基本要求。教师工作有专业的研究性质，有决定人类未来的性质，所以我们不能做只对知识勉强照搬的教书匠，而应做具有独立获取知识的精神、具有专业知识的底里和持续研究倾向、热心教学、热爱学生的研究型教师。徐昌才正是后者。我自己在1960年前后的经历告诉我，中学语文教师队伍中爱语文、懂语文者大约是十里挑一，真正掌握语文和乐于研究如何教语文者大约只能百里挑一了吧。现在自BP机在讲堂响起、铺天盖地的“补课”成为许多教师忙碌的中心之后，教师的专业思想和知识情况如何，我就很隔膜了。但我不相信不热爱中国语文、也不会教中国语文的人能够让我们的后代热爱语文、并学会正确使用语文。

这本书的出版，部分地说明了“创意实践”与它的典范化、理论化还有不少的距离。我们的教育不讲教育学的理论已经很久了，久到几乎忘却中国还有“教育学”一说了。今日突然分省分区地使用地方教材和分别进行高考的教育学根据在哪里，明日又要“改革”说是发现了全国教材和统一高考的好处，不知道教育学的依据又在哪里。“教育”的实用主义、犬儒主义要到何时才能休呢？多建设，多积累，对前人的教育实践多存敬畏，让教育科学像一个“科学”样子地发展下去，这才是正途。

2016年3月22日于小石居，院内桃花已开多日

《博览群书》名家名作栏目编者按四则

(一)“名人名作与名川”编者按

本栏的主旨是从文化或文学角度,来解读古今文人与水的关系,从浅层至深远。这是与前期所载“名人名作名树”一脉相承的,叫作“名川”。人和川,即人与自然之一部。这里的“江河湖泊”,是人的认识对象、描述对象,同时给予人以至深至大的影响,这个过程也不会与社会隔绝。所以文人懂得,“水”是生活养分,语词源头,能熔炼气质风格,锻造审美精神。沈从文有一经典命题:“我的写作与水的关系”,便是此意了。

这次约稿的作者均为大学现当代文学专业的青年教师(教授)。他们视野开阔,所选作家多元,在各自熟稔的作家作品范围内开掘出新问题来。有的着重叙述而提供细节,有的详加议论提炼出一定深度:写法也属多样。但因时间的仓促,难免有所疏漏。惯写论文的学者偶尔也应操散文之笔,写点从容的文字,榜样就是王了一(王力)的《龙虫并雕斋琐语》。

(二)“名人名作与名山”编者按

有了“名川”再来写“名山”,山水,山水,不免会有“山重水复”之嫌。但是本栏的作者们认识到此点,就会设法避让。他们知道“山”主要由“石头”构成,传统的石之德性,山石的坚实、奇崛、幽深、凌空、温润必然会影响至作家的笔端,关乎作品的性情和意境。美丽的“石头”也就会说话,名山与作家的话题便取得独立的位置,足以传达出一代人的民族性、现代性的各种品格,成就了本栏目的各类文字。

于是,也启发了作者们写作的多元趋势。仅是写山与人的关系的类型,就有一山多人、一人多山、一人一山、多山多人等各种,每篇不一定开发得一样好,却是十分多彩缤纷。

山与通俗作家、武侠小说的关系比较特殊。江湖来于山,隐于山,山是别有洞天的世界,是山外城乡的对峙物。一种武侠的门派,一类特异的武功,统来于山的灵感。中国人的源流、归宿,也在此凝结。山是一种文化符号。

由此可以引申出“文学风景谈”的题旨，要比论游记写法更深邃一些。这是人和自然的多重关系，可上升为生活模式和生命形式。

至于这次约请大学青年教师来写此类文章，我有一发现。发现他们与“山”并不陌生。因为如今大家的知识面广了，有山区经验的人多了，论起来不是熟悉此山便是了解彼山。但他们总是着眼于中国的大山大谷，而忽略家乡门前的小丘，其实它们在许多名作家的童年记忆中都是最珍贵的收藏，可惜栏目里没人敢写无名山陵哩！

（三）“名人名作与名师”编者按

这里的五篇文字都是围绕“名师”这一焦点而写的。“名人名作”延伸至此，似乎十分自然。而且还可以继续延伸。

师生之谊在人与人的关系里，算是特殊的一种。它同名人的成长，联系紧密：有时是夯实基础，有时是决定性关口的引领。在这方面，名师与父母的作用较为类似，但更多了知识学问、精神品质、社会人事上的个别影响罢了。这种师生的关联，在学界可成门派，在文学艺术领域可演化为流派。只要这个门派和流派实行公平竞争，不敌视派外的人，认为什么“非我族类，其心必异”，那就不是宗派，是对学术的、艺术的发展大有益的。

师生的承传，一般都是上一代传给下一代。表现为历史的代际流传脉络，有“继承传统不断革新”“长江后浪推前浪”的意义深藏其内。所以是人类文化延续的方式之一，可以是正面的，也偶尔包含负面的因素。就像在我们中国的语词里，“天地君亲师”“一日为师，终身为父”，都不必照单全盘接受。因为“吾爱吾师”后面，还有“尤爱真理”呢。

作者还是来自国内各大学文学专业的中青年教师。他们所选的“受教者”多为著名现代作家、艺术家，而“名师”则包括中外，师生类型多种多样，视野还是比较开阔的。

（四）“名家名作与女性”编者按

我们最近曾经开过的栏目，文学与山、与水是同自然的关系，与师和今日的与女性皆关联到人。当然，文学中的自然是人工自然、人性化自然，也离不开一个“人”字，而“人”在文学中的女性形象尤为复杂。因为女性在很长的一个历史阶段里都处于不平等的弱势，处于底层，她们的美好、负重、抗争，折射出人类社会制度和人性完善的种种纠结。文学的女性形象的丰富深刻与否，简直便是一时代文学的风向标志。

这里的四篇文字包含了现代文学中的现代女性、劳动女性、沉沦女性和移民女性，在百年近世文学中很有代表性。发现她们的，有左翼和海派的各类文化立场。其中的现代女性是中国最早的职业女性，她们看似放荡不羁的性格和作为，是在反叛社会的过程中形成的，不如此便无法和男子一样走上政治舞台。她们是离革命女性最近的一群人。劳动女性、沉沦和移民女性则历来是受压者、破坏者、追梦者的预备大军。作者们继承了鲁迅的眼光，指出了扼杀女性的各种势力，包括旧文化所构成的集体杀人团，提醒我们要不忘反省。

文学与历史不同。人类一万年后还是需要文学，因为文学能用情感、想象、象征来建造含有独特思考的人生历史图景。所以文学中的女性不完全是历史中的女性，却是不容忽视的女性图景。还是那句老话的意思，妇女的真正解放和人类文明的大行其道必然是同步的。

广告编年文学史(1928—1937)前言

本书及本卷文学史的作者们,是由两年前聚合起来的这个学术群体构成的。其主要成员大都有文学史著述的长久经验和思考经历,现在他们经过务虚、讨论和实践,有了编写这套文学史的共识,其中包括对于所谓"大文学史""编年史""文学广告为中心"和"书话体"这些概念的大体一致的理解(请参看本书的总序);又经过寻找广告、确定条目、着手写作、通读编审各项的过程,目前呈现在大家面前的是一种陌生的因而也是全新的、以文学广告作为中心视点进而能折射出文学万象的历史著作。在整体各卷的篇幅中,对于这半个世纪的文学叙述,有发端,有准备,有延续,而此卷却正处于它的收获季节、黄金季节,算得是这部文学史的重心所在。

本卷所涉为20世纪30年代的中国文学现象,以往的文学史教科书习惯地称它是"现代文学第二个十年"。这一断代的文学史,经了我们的重新发现、钩沉材料,换取眼光并加以梳理后,表现出一副崭新的面目。透过貌似"破碎"的叙述,突出了一个丰满生动的文学时代。这个文学时代的主题词是:分解,转折,综合。上一时期"五四"时代主要是形成"新文学"。这有别于整个古典意义的新文学的对面,自然是旧文学。后人如我辈一说起"新文学",往往会被它对旧文学摧枯拉朽的巨力所撼;但当时大部分人只是站在风眼之外,或许觉得新事物不过如一阵清风吹入莽林而已。可到了20世纪30年代,五四"新文学"的威力和活力就显示出来了,那即是带头分解。过去的"新文学",部分地转为左翼文学("左联"为代表),部分地转为自由派文学("新月"可代表);"新月"分前后期,后期也分解了,部分融入"京派文学";"语丝"分解,转为"京派"并成它的主体。这时的左翼对面,是国民政府掌控的文学。而旧文学呢,分解为其时的市民通俗文学;新文学的一支异类则"长入"市民文学后,形成新的"海派"。这即是"分解""转折"后再行"综合"的基本线索。到了这时期,文学形成更多的板块。每一个板块都不小,互相冲突,互相渗透,你中有我,我中有你。所谓"新文学"独大的情势全然改变了,20世纪中国现代文学的全景全身、基本轮廓,在这时便浮现出来。

本卷在表露这种20世纪30年代文学的分解性、转折性方面,不遗余力。严格来说,整个20世纪中国文学期都是从古典形态向现代形态转型的时期。在大转型的语境中,这是一次相对较小而意义深远的文学转折。转折中有突变渐变,有分也有合。对"五四"有继承,如大手笔动员老作家编辑十卷本的《新文学大系》;有质疑,如多次"大众语"讨论发起显示多样的动机。在关于胡适为何只写半部白话文学史的条目里,提出胡适可能在上卷已说完了开创性的"五四"话语,下卷虽占据更丰的宋以后的白话文学材料,却调动不起他再说的兴趣和热情了。这是一种疏通两个文学时代的文学史话语。梁实秋用新古典主义批评浪漫主义的题目也一样,既可以总结五四浪漫主义,又可以指明"新月派"前后对待浪漫主义的不同态度,以及革命文学浪漫主义的由来。这些连贯史迹的叙述,特别突出了"转折"二字。向"左翼"的转折,如创造社及其刊物的左转,南国社和田汉的左转。左翼内部还有一种切实的转变,如《北斗》克服政治僵硬性向吸收非左翼作家支持的文学性办刊方针改变。由激进向中性倾斜的,如《语丝》中人向《骆驼草》的转化,林语堂由"叛徒"向"叛徒与隐士"的转化。从浪漫向写实转移的,如论及王统照《山雨》的出现;洪深则是从现代主义的奥尼尔向写实转移,遂有《五奎桥》剧作。戴望舒背离"新月派诗"的风格,才会在出版《望舒草》的时候删去他前期诗歌的代表作《雨巷》。而许多的"转变"并非一定是180度的,它可能是微变,是调整,也显示了这个文学时代的转型性,像"五四"期的"学衡派"大将吴宓,在这个时候经过与徐志摩、朱自清、叶公超等人的交往,而调整了和"新文学"作家的关系,便是一例。通过冰心在左派报纸上要求更正她关于普罗文学(无产阶级文学)谈话的报道,我们可以看到当时"普罗"的强大趋势,和非左翼作家所持的独特立场。而本卷中对"开明人"面临大转变的矛盾心理,对"开明人"的笃厚文品、风格所做深入的剖析,指出他们敏感于"革命"的破坏性,而选择坚守文化启蒙主义的立场,致力现代文学出版和文学教育的拳拳之心,又是另一类作家"不转变"的事例。这样,20世纪30年代激烈转折的文学气氛,被准确地烘托出来了。

在此格局下,本卷梳理出的文学史线索很多都是新颖独到的,便是看似旧的线索如左翼文学、通俗文学等,也都开掘出特殊的侧面,具备了新的文学史观察点。

我们可以看到,注重作家的写作、生存状态,表现一个文学时期代表性作家形成的历史原貌,"人"的凸显是过去任何一种文学史很难实现的。本卷几个条目列数当时人们心目中的"四大作家",从评传和文学传记的角度提出郭沫若、茅盾、张资平、郁达夫四人，而从书店出版创作选本的角度又提出鲁迅、周作人、冰心、郁达夫四人。后者怕更有书籍销量的根据，让人们看到了作家经典化的实际过程。以上两种分法带有“五四”后的过渡印迹，到了20世纪30年代的中后期，鲁迅、周作人、胡适，已经被公认是第一个十年的代表作家，他们会被选为《新文学大系》的编者就绝非偶然，分化后各自成为左翼、京派、新月派的旗帜也就毫不足怪了。而更重要的是20世纪20年代末到30年代初出现的第二代作家，如何渐次登上文坛。本卷叙述了茅盾如何在五四评论家、编辑家的身影之后，在这时期成为杰出小说家的(左翼核心之一)。沈从文如何从籍籍无名之辈通过丰盈的小说、散文创作，获得了京派新坛主的地位。施蛰存由于编辑著名的《现代》杂志和写作精神分析小说，成为海派的重要作家。张恨水以一部《金粉世家》奠定了章回体小说的现代化基础，更因《啼笑因缘》在上海《新闻报》连载而走向全国。这些作家都成为一个流派的代表性人物。而后来越发上升的巴金、老舍、曹禺也都在这时依靠轰动性的作品绝大地提高了中国小说、话剧的地位，因而大放光芒。激烈动荡的时代环境成了涌现优秀作家的一个客观条件，现代中国的大部分重要作家在这一时期现身，20世纪没有哪一个“十年”能达到如此的水平。

而把刊物、书店、作品、流派的研究，同作家、编者、读者、出版家、教育家的叙述结合，将现代文学从内部到外部，在文学的生产、流通、传播、评介、教育各方面加以打通，把这段时间的文学面貌揭示得异常细致、生动，更是别样的文学史所无法达到的。比如左翼作家依托短期的自办刊物、书店，甚至是用假托的机构出版作品(鲁迅助叶紫、萧红、萧军虚设奴隶社，借书店之名自费出书)，或长期依托正规的老牌书店，或南下的北新书局、新兴的现代书局、文化生活出版社等，以城乡激进知识青年为主要读者群，冒着被查禁的危险推行左翼文学和新兴文学。而城市中相对稳定的知识青年和学生是新月派、京派的主要读者或文学教育对象，他们有新月书店、开明书店、中华书局等做依托。新感觉派、海派面对的是都市白领和新市民群，现代书局、良友图书印刷公司等的经营理念、策略和宣传运作套路正与其相得益彰。具有国民政府背景的民族主义文学和中国文艺社作家，依靠的是城市机关青年、青年军官读者，由硬性派定的书局或拥资自办发行机构出版《前锋周报》《前锋月刊》《文艺月刊》等等，这幅文学图景也是既成块又交叉的。通过发行、教育，本书的笔触深入到过去文学史从来达不到的“文学影响”层面，叙述了文学与“人”的关系:开明书店、文化生活出版社各自的风格,它们施行的语文教育在当时青年学生中的作用;北京大学附近的“拉丁区”如何养成“精神流浪汉”式的叛逆文人群体;大学的文学课程设置的变化,朱自清、沈从文、废名、叶公超、梁宗岱等先后在清华、北大、武大带头所授的新文学课,怎样打破了唯古典文学教育为尊的旧体系,最早实行了现代文学教育。而其他各类与文学相关的文化事件,如尊孔、看“萧”(萧伯纳访华)、争取建立话剧上演税制、定县乡村建设(内含一个“农民戏剧实验”)、作家之死(徐志摩、刘半农、鲁迅葬礼的反响),也把文学史的触角伸向了20世纪30年代的社会、思想、经济的各方面,由文学的作用及反作用,激射出文学实践对人类精神世界发生影响的广阔场景(当然只能选取一些典型的文学“反应”),则成为本卷的显著特征。

在这总体情况下我们很容易发现,即便是与过去文学史教科书在叙述上相类似的线索,也已然有了不小的更动。在复杂多样的文学生态中,从过去的“左翼”独尊,演变为多元的叙述;多元中表现了对左翼和京派的看重。左翼文学的思想革命先行固然具有一致性,但不同的作家都是带着各自的思想资源、不同的革命动机汇入的:鲁迅坚持的“五四”启蒙主义、改造中国的理想,他看重柔石等切实的左派青年;蒋光慈等早期俄国留学生的思想风格,同从日本回国的后期创造社青年唯我独革、激扬文字的气势显然有异;“第三种人”遭误读的“同路人”立场,貌似“左翼”而终究脱离的穆时英写作道路,不同国际路线的左翼人士所接受的层叠不同的“马列”思潮作用,等等,这必然带来左翼内外的矛盾斗争。我们在继续关注左翼外部受到国民党政府的文化压迫、禁锢之外,也注意到它与其他文学流派的竞争关系(文学改编电影便有通俗电影、软性电影的掣肘,“京海论争”也会波及地处上海租界的左翼),更注意左翼内部冲突的表达:像革命启蒙主义和革命功利主义之间的分歧,广泛合作还是将自己高度孤立的宗派问题,对待左派文艺思想的痼疾“机械唯物论”派生的概念化、公式化的争议,都通过鲁迅、胡风的理论特质、“两个口号之争”等条目予以深化。左翼对中国现实主义文学不断探索的正反两方面的经验教训,它对时代小说尤其是时代长篇的贡献,对杂文、戏剧、报告文学等文体的独特成就,学习世界进步文学的持久热情,都在本卷中得到充分的展开,表现了左翼文学研究的新视界、新高度。至于京派,它围绕《骆驼草》《水星》《大公报·文艺》《文学杂志》这些报刊的形成过程和具备的创作特色,在本卷几乎有被放大之嫌。京派将思想的中外资源、文学的人性描写、下层的风俗描写，将世界眼光与中国本土（包括边城地区）艺术传统融合而有所创造，沈从文、废名的诗意、诗体小说，纯诗的探索，和现代主义的引进诗域，周作人开创的“闲话体”小品，都在各条目中得到阐述。有时，在通读全卷的过程中，会觉得鲁迅、周作人这两人对 20 世纪 30 年代文学以及此后中国现代文学的影响，是否被强调得过于严重了，但他们的影响的确不单单是在左翼、京派这较小的文学圈子之内，确乎已经远远超越。

前面提到左翼、京派在文体方面的业绩，这里还可细数。20 世纪 30 年代文学整体的文体演进，过去强调的是浪漫主义的衰退和现实主义的突进，这自然是对的，本卷则进一层对现代主义在此时的全面渗入诗歌、小品、小说诸方面，给予格外的注意。诗有后期新月派的唯美主义承续，有陈梦家编选《新月诗选》时重视不够的“戏剧性独白体”。叶公超对《荒原》的引进和阐释得到强调。《现代》月刊聚集的“现代诗”创作，林庚的白话古意诗，小说与现代主义关联的还有京派的意象小说、海派的新感觉小说。如果不扯上现代派，却实实在在属于现代演进的小说现象，便有都市小说、家族小说、大河小说、乡土小说之分。乡土小说本是“五四”先期发达的文体，到了此时则分化出左翼乡土的萧红、沙汀、端木蕻良等不同品质；乡土风俗化有废名，喜剧化有彭家煌，现代牧歌化有沈从文。此外，还有其他四种文体为其他文学史视野所未顾及者：第一，儿童文学。从来的文学史不专写儿童文学，顶多在谈叶圣陶、冰心的时节捎带一笔。本卷设多个条目谈儿童文学，并提出以张天翼的童话《大林和小林》为标志的左翼儿童文学，以陈伯吹为标志的职业儿童文学家的出现，企图填补空白。第二，游记文学。游记是散文的一种，郁达夫的《屐痕处处》是有名的艺术型游记，但到了文学史谈散文的章节往往把它挤到很小的位置上。现在我们从郁达夫为浙江公路局写游记谈起，一直扩大到众多的海外游记，揭开了游记写作同旅游结伴的现代形式，表达了带商业性的文学之正面经验。另外，具体指出了游记文体的灵魂是在“风景的发现”。第三，传记文学。分别评介郭沫若的《创造十年》、胡适的《四十自述》、沈从文的《从文自传》和谢冰莹的《女兵自传》，揭示传记表现作家自己、表现社会和有助于理解作家作品的多样功能。第四，理论评论。这里有鲁迅、瞿秋白、胡风等引入火种的马克思主义文艺理论的翻译和实践，他们所写的作家论可与茅盾的相互辉映；有朱光潜引进西方美学体系的中国式运用，其欣赏中国诗文的评论文字得以进入文学史视野就显得分外新鲜。

我们不把通俗文学放置在“文体”里面去讲,是因它的意义不止于“文体”。20世纪30年代是现代文学整体注重“文学通俗化”“文学大众化”的时代。由于国民党政府也推行“通俗文艺”的史料的发现,本卷文学史意识到这个问题的新鲜价值和新颖切入点。各种社团流派都在提倡“通俗文学”,它们各有不同的文学指向。瞿秋白的评论鲜明地揭橥左翼提倡通俗,是为发动工农、教育工农的政治目的。当时的左翼身处上海,多半是为发动工人和下层市民而“大众”,到了苏区后的通俗化、大众化的对象和参考物,便是农民和乡间文化了(有苏区文艺专条)。左翼还有理论通俗化的思路。国民党则有“通俗文艺运动计划书”在内部执行,现设了专条介绍。它的目的也是动员、争夺民众,文学的用力是放在增加民众的国家意识和民族意识方面;它重视歌曲(诗歌)、戏剧这两种形式也和江西的苏区文艺“同”曲“异”工。不过国民党天然远离农民,对推动农村通俗文艺只是停留在口头上罢了,这和它发动“民族主义文学”一样,都是“后发”的:是左翼通俗文学运动发轫在前,才有国民政府想要后发制人却又声势不壮,队伍不齐的效应。京派的通俗还有一个城市亚流派,便是林语堂系统的《论语》《人间世》,提倡“幽默”“性灵”,在市民通俗性方面也有特色。而原来的鸳鸯蝴蝶礼拜六派到了30年代便出现了现代通俗大家张恨水,标志着市民文学的提高。张恨水改造了章回小说体裁使之走向现代,融和了南北市民的趣味。他这派的小说也能够提供人物典型(条目里有张秋虫刻画“胡调人”的资料),并将通俗小说类型化,发展出社会言情小说、滑稽小说、侦探小说、国难小说、弄堂小说等名目来。文学通俗化的一个题中应有之义是语言的通俗化。30年代有多次“大众语”的讨论,这里的各种观点,有左翼的,知识者的,或继承五四或反对欧化,但都反映了民族语言现代进程的大方向。到了抗战军兴,作家们无论哪一派都有了接近民众的可能与需要,通俗文学的问题就更加迫切地摆在作家们的面前。

还可列出若干条本卷所含的文学史线索来,比如30年代的女性文学即一条。比起“五四”来,这时期的女性作家人数更多,创作的起点更高。第二代女性作家里,丁玲的女性独立意识几乎贯穿她日后的全部作品;白薇是命运抗争型的;萧红的深沉地域文化认知和她的生命写作紧紧相连;林徽因纯是知识型的。专门的女性创作选的编辑和女性作家论的出现,是比起第一代女性文学家地位增强的标尺。30年代中国的文学与世界的关联也是一条。马克思主义文艺理论的不懈翻译,苏联文学近况的紧密介绍,俄欧思潮经日本为中介渠道的有力传播,《世界文库》等大型译本丛书的汇集,都标明其时对外国文学经典更有目标的、更整体的吸收态势。或许还可列出一些线索的条条来,其显著者,相信读者自会感觉得到。

本卷的条目作者计有吴晓东、高恒文、汤哲声、丁亚平(丁亚平是为写电影条目由我特邀的)、钱理群、吴福辉六人。吴福辉作为分卷主编负责统稿,钱理群为全书主编进行终审。这种文学史的写作对于我们来说也是尝试性的,新颖和不成熟往往结伴而行,加之所拖时日虽久,却并不等于从容、淡定,能下十年磨一剑的功夫。所以本书"急就章"的缺陷不容遮掩。我们诚恳期待学界内外的批评。

读者如能读到这篇谫陋的前言,等于已经打开了本卷。谨向在这个时代仍有兴趣翻阅文学史的各位致敬。

2012 年 10 月 13 日初稿于小石居

广告编年文学史(1928—1937)后记

编完本卷觉得还有几句话可说。主要是对我们这种文学史写作尚保持着热度,想说说新感想、新认识。

当初,记得理群君和我讨论预备再合作一次,编写一种新的大型著作的时候,我是立即答应了的。我意识到,我们将要从事的是一部全新的文学史了。那么,什么是以文学广告为中心视点的文学史呢?它能否成立?注重商业利益的广告能够在多大程度上公平地、准确地、全面地反映现代文学史的整体面貌?说句实在话,开始我也没有太大的把握。其时,我刚刚出版了独立写作的《插图本中国现代文学发展史》,转过头来又扎进这样一种集体的前途不可测的文学史写作中,完全是被"多样文学史"的目标所召唤,被一个严肃的富有很大学术挑战性的课题所吸引的。回想三十多年前我们读研究生时,凭借着大量翻阅现代报刊,曾直觉地嗅闻到往昔时代的文学空气,眼前仿佛掠过纷至沓来的社团流派和各种姿态的作家身影,这情景有的就是经过"广告"的文字图像而获得的。在我看来,"文学广告"的视点,就是一种"读者"反应。广告是特殊的"读者"写的,这种文学史可说是"各样文学史"中的一种。它可以突破历来文学史的"全知""单一"的俯视文学的眼光(实际却是有限),通过广告中内含的各种"语言密码"泄露出各种声息、各种音调。这也应该是现场感极强烈的一种文学史。如果说我们努力接近文学的原生状态,以使过去因种种原因遭受一定歪曲变形的文学史更接近于"原样",让文学史后来的接受者也有自己判断的权利,那么好了,这正是此种文学史的强项。因为"文学广告"系当时人所写,它包容了当时社会的接纳心理、当时人的文学理想、价值观念,以及文学对当年的人和社会的反作用力,是以历史资料形式保存到今日的活化石。而对这些不同历史材料的了解、分析、阐释,必将引发出今日人们的参与性(对"广告"的某种解释必然煽起读者试作另外一种解释的欲望,而新的文学史应当给读者留下空间),是既保留了文学现场又被今昔时空充分穿透的文学史。当然,因为"文学广告"的人文性质、思想文化性质和商业销售性质的掺杂混合,这种文学史必然也是将文学和商业的关系作为一条基本线索来处理的,是充满了文学与商业的双重张力的。我们可以从中望见文学作为“商品”推行的现代进程(文学自然也具非商品性,比如郁达夫的游记可以是美文,也可以是浙江公路局的推销书),及商业化如何促进文学、改造文学、腐蚀文学的各个侧面。抱着对此种文学史性质的基本的也是比较朦胧的想法(后来逐渐加深),我沉入到这部别出心裁的文学史的编写中去了。

整个编写过程,关键处有三:寻找广告、确定条目并写作。寻找广告的过程加深了我对文学广告与文学史关系的认识。这里,广告是全部文学史叙述的出发点。广告按照编年顺序排列,成为全书的基本结构。就像中外作家可以用人物、场所、生活的词条构成小说,我们是用广告词条构成文学史。全卷的广告经过“海选”,即尽量不带框框,撒下网子去捞取。主要是将凡属20世纪30年代散落于报刊书籍上的书面文字广告,从作品、期刊,到重要的文学思潮、活动、宣言、组织章程,发刊词、编后记,新闻及其他杂类,尽量多地收集起来。按照写作分工寻找,待有了一定数量之后,互相传阅影印件,在会上自由讨论。这使得初选少带主观成见,以广告的实存为第一位,把特别具有启发性的、格式图样富有创意的文学广告真正遴选出来。当然要防止有广告便为重、无广告便为轻的简单化倾向,在初选后加上纵观全局、全史的前提下,进行适当调整,如《子夜》的北方读者反响,如《地泉》三版时左翼自己的“清算”,如民族主义文学的主要作家作品分析等都是后补的。我们发现李劼人的《死水微澜》等三部大河小说找不到广告,可能与留法归蜀的作家的生活方式有关(他虽然把书稿给了中国最大的出版机构商务印书馆,但本人太疏离上海的作家群、出版界了,所以才会没有广告)。还有1932年至1937年在河北定县由熊佛西主持的“农民戏剧实验”也找不到广告。这又是一种类型,是思潮活动类文学事件不适于登载广告作自我宣传造成,就都要设法弥补。总之,寻取广告是由个别到全体,再由全局到个别,这样反复进行的。我们不能说自己在发现资料的功夫上做得有多好,中国图书报刊资料的管理大部分还不能“开架阅读”的现况也给这种资料疏漏的可能性加码,但广告选择从一开始就提醒我们认识到自己的局限,便慎之又慎。

而寻找广告是为了确定条目。在确定条目时,你不能不更深入地认识到广告的内在性质与价值。广告中有丰富的历史、文化、文字信息,但我们要挖掘的主要是文学信息,这包括广告对文学作品的介绍,文学社团和作家的活动,文学期刊媒体的目录,文学出版传播的通报,文学事件现象的报道,文学理论思潮的宣示,文学交流的记录以及与文学有关的艺术、教育、文化、历史信息,等等。广告可以是作家所写、编辑家所写,可以是编辑兼作家所写,甚至极少数广告便是书局出版社的从业人员所写(后期创造社的青年作家便同时聚集在“创造社出版部”当伙计),他们的文字内涵、风格不同,文学史的价值也有不同侧面。现代文学史上的许多著名作家如鲁迅、叶圣陶、巴金都曾为数不少地写作过文学广告。鲁迅为北新书局,叶圣陶为开明书店,巴金为文化生活出版社都写过,所谓“大手笔写小广告”是我们的一个文学传统,这类广告简直就是这几位大作家的“作品”,个性化很强,从中可以发掘出更充沛的文学生命力和文学史价值来。从寻找广告到确定条目,让我们认识到广告对于文学史来说,可能有的囊括面大,包含了多种的意味;有的富于典型性,虽然是小作家、小现象却躲不开,代表着主流以外深刻的倾向,或启示多种发展的可能;有的极具开拓性,很可能打开了这扇窗子就投进一束强的光亮。当我们去确定哪些是可以写的广告,哪些是可以合并的连锁广告,哪些是必须对比的广告时,广告的“史”的价值就更加凸显。广告即是文学史叙述的“切口”,就像一个优秀的外科医生,他要找准动刀的地方,要能开出最小(最适合)的口子,却能逮住最大(最要害)的病患。我们在排列中寻找最佳广告,被选中的广告条目,它要让你有话可说,有话要说,扣住广告题目有发挥的余地,有广阔的引申空间。这样,在“重写文学史”的视野上,富有意义的广告条目,能使你有话可说的广告条目,便逐渐地沉淀下来,形成此卷文学史的框架。

关于这些条目,还有一点我本人的意思可说。便是我发现思潮类、事件类的条目眼看着多起来,比如鲁迅与木刻与珂罗惠支、女作家和女明星、刘呐鸥软性电影、开明的风格和语文教育、大作家甚至不是大作家的刘半农之死,等等,真是琳琅满目。相对来说,虽然也重视作品条目,但究竟比例减少。这就造成文学史作品条目的偏弱,涉及的论题看似驳杂的特点。在文学史“重写”的当口,在文学史与文化史挂钩,以至于大大扩展了文学史的深广度的同时,我们会不会丢失文学史的文学性呢?这其实是我在《插图本中国现代文学发展史》的讨论中已经提出的问题。包括读后“凌乱”的印象(也有评者强调了“凌乱”能打破“一统”的正面意义,但我也想到有无负面作用)、“驳杂”的印象(有评者强调了当今写文学史就需“驳杂”的学术价值。自然也无须否认最后我们应该将文学史写得“简约”“清爽”和“骨是骨,肉是肉”,后者如黄仁宇说的他写“中国大历史”采用“综合”的方法),等等。现在这套文学史依我看来，与传统的（苏式和欧美式）文学史所给予的阐释空间是完全不同的，它更标示出了从“凌乱”“驳杂”出发，以达到全方位的立体的文学全景的效果。是耶？非耶？大家可以讨论。

在具体写作中，我进一步体会到本书的特点。每一条目都有它的独立性、自足性。一段一段地写，将来一段一段地读。文学史呈现出编年大事记的特色，但它们依靠从外部到内在的连续性，构成完整和系统。尤其是抓住条目之间“似连非连”的关系来写，就显得特别重要。在写作中我还体会到“文学广告”又可分成“实事求是”“夸大其词”和“评价基本适合略有夸张”这样三类。这是广告的文学性和商业性纠缠的结果。写作时也应分门别类，对实事求是类充分肯定，对夸大类给予批评。如施蛰存为自己的朋友戴望舒的诗集所写的广告，同意删去《雨巷》一诗，言之成理，并无噱头，条目中给予了支持。而陈铨《天问》的广告，竟将陈著与《石头记》相比拟，就受到条目作者的讥刺，成为《新月》自有广告以来最不靠谱的一则（肯定了大部分的《新月》书籍广告）。这是在已经大量淘洗掉一味吹捧的广告之后的做法。实际上我们发现在 20 世纪 30 年代的旧广告中，真正低级趣味的广告并不多，至少不比今天多！而我们形成的条目写法：褒贬清晰的“书话体”，是始终一贯坚持的。有好说好，有差说差，扣住话题加以发挥，每一发挥都着边际（挖掘文学的“史”的深意），文字尽量活泼，好读。我在做全卷的通读时，已经领悟到它的可读性。而且这可读性是由全书的特性带来的，一本文学史你可连读，也可跳读，足以享受到自由阅读的乐趣。

本文学史的“新颖”是明显的。它不管有多少毛病，但是独一无二。本书历史资料的重新发现，是新。从材料的实证研究，到引申发挥的历史叙述，每一个执笔者追求的也是与过去文学史观点的差异，是写出继承之后的新来。本卷不仅鲁迅、周作人的条目多，而且在非鲁迅、非周作人的条目里，也不时可以触及“二周”的线索、“二周”的灵魂，而使得写作者的魂灵怦然一震。这也是写出 20 世纪 30 年代文学的“新”之所在。本卷的写作者又各有各的特点，即便是集体写作也并没有掩盖住各自的个性。我还特别注意到文学史写作的集团性一面。私人著述的长处和发挥学术集体的力量、短时间写出大型著作的优处，是共存的。我们发扬学术群体的潜力，也特别注意吸取这 30 年来的现代文学研究成果（其中有一类条目基本是根据一种论文或著作的独特材料和结论写的），都在文后尽量标明参考书籍的出处。我想，也是依靠了这种广告书话体的写作样式，文学史或许可望由此跨进一小步。

还有一点要申明的是,理群君本来只管这卷的鲁迅条目和他所熟悉的几个条目,后来他的"大文学史"观越发地扩大"疆域",原来要请专门家写的条目他又不辞辛苦地统统包揽了,以至于现在一算总账,此卷他比我这个分卷主编写的都要多,理应评为"劳动模范"。整个写作期间,因大家尤其是中年教授实在太忙了,不免有所拖拉。但最后终于同心协力将它完成。十月怀胎,一朝分娩,其苦乐冷暖自知,岂是几句话能说得清的吗?

2013 年 3 月 7 日改毕

·追念延缩年华

生命因悲哀而庄严

——悼王富仁

那日得富仁不幸消息的时候,我不是吃惊,而是无言,一时间竟说不出话来。我觉得世上安排生命实在太无道理,我比他还大几岁,我还苟活着,他却走了。本来我去南方避冬刚刚回京是预备去看他的,还在犹豫(传说他还不知道,怕看的人多了反会惊动他。其实富仁是清醒的),遗憾就此铸成不可挽回。我和他是同时代的人,兔死狐悲,仿佛自己生命的一部分也跟着逝去了一般。

我不愿想象他最后的日子是什么模样。我记忆中的富仁永远是这样定格的:或者是两指夹着烟卷默想着,或者在聚会中躲在一旁(记得某次现代文学会议,坐着主席台上的钱理群和我们突然发现隐在台下的王兄),或者是做最初不动声色、越到后来越动感情的长篇发言。他质朴有劲的讲话风格,话语中含了巨大的逻辑力量和推理力量,很难让人忘却。他说话的味道也有例外,是一种闲聊,絮絮地,拉不断扯不弯的,我曾经遇到过。记得有一年,与蓝棣之一起被他邀去刚恢复的青岛大学讲课。那时节该大学仅盖好了图书馆和几栋教学楼,楼房之间的道路都还没修好,我们三人住的宾馆用现今的标准看就是比较简陋了。在一个套间里,我与富仁共住一室。这个晚间,可能是到了他的故乡山东引发他乡思的缘故了(这个人特别重乡情),他聊天的兴头儿特殊浓。只见他的被头冒着烟,我听他唱独角戏一样讲他幼时的生活:讲他的家,讲做干部的父亲,讲上过的学堂,甚至讲初恋。夜太深了,他的烟不知抽去了多少,我中间曾朦胧过几次,但醒来一听他还在讲!我由此知道他有多少话要说,知道他心里压抑着许多东西,一旦有机会是要迸发出来的。

富仁的学术贡献自有公论。这一次的纪念肯定会有更精确的评论出现,无须我来饶舌。在我们这“文革”后的第一代学者中,他无疑是最优秀者之一,是最有代表性的。这一代对之前的大师如云的前辈,有承续也确能承续一部,但因为从事学术工作已过了青年期,知识结构也有先天缺陷,这个继承是不完善的。不过,像富仁比我具有更优越的条件(他有更强的思辨能力，专学过外文，观察世界的视野相当宽阔等），在商业大潮还未覆盖学术大环境之前，已经在继承之后做出突破了。而且，除了学术的社会使命感、理想主义和科学理性，他是属于重新把握个人主体性的一代学人的先驱。比如在鲁迅研究上已经阐释了思想家的鲁迅是如何深刻影响到文学家的鲁迅的，已经提出了“回到鲁迅”的命题。在中国文化和现代文学的规律性研究方面，提出了中国近现代文化和文学发展的逆向性特征这样重大的个人化成果。近十几年来又不遗余力、身体力行地提倡“新国学”，试图从更高的角度概括“五四”以来的中国新学术。但我的感觉是，他并不满意。逆向性还没有被用来写出任何一本新型的中国现代文化史，“新国学”仅仅碍于“国学”一词就还没有被普遍接受。他似乎还没有完成全程的使命，就闪下我们走了。他还有多少论文要写（我在一个偶然的场合见到过富仁正在阅读的书籍，上面用挺大的字写满了批语，这些“书批”应该包含了他许多理论见解的片断），他还有多少概念未及提出来呢。天不假年，他远没有做完他想要做的事情，岂不悲哀？

与别人相比，我有一些能从近处接触他的机会，虽然不如他的亲朋密友，不如他周围的师生们，但也足够使我看到他的独特的品格了。我与他一同参加学术活动，参加会议，在一块工作，出席私下的聚会。记得 80 年代同学们为我们几个在赵园家过生日，他听说了拿着一瓶酒兴冲冲跑来庆生。论年齿我比他大两岁就是那一次记住的。现代文学研究会长沙年会选他当了会长，他当时已去了汕头，并不在场。我是副会长之一，因为长期熟悉学会事务，又在北京，富仁就坚决地给我套上“常务”的帽子。所以我们多年一起在学会搭班子，共同经历了一段时光。从近处看，富仁的性格质地敦厚朴实，生活习惯很“土”，如他说的是确确实实的“农民之子”。但他的宽厚度，从他的耐咀嚼的言谈中都能感受得到，便是一点点电影的观感（我们曾经围绕离北师大很近的小西天电影资料馆，形成一个不大不小的观摩中外电影的圈子，都在那会儿写过影评）也是如此。一个“土族”不讲究都市的衣食住行，但不等于不热爱生活。大家说烟坏了他的肺不假，但烟酒是他的乐趣，是他的思绪可以长久停留和联想灵动的必需品。其实他并不嗜酒，在学会的杭州年会快结束的宴席上，酒早过三巡，他却突然提出要和我拼酒。我也就应战了。我们谁也不知谁的酒量，当时也无白酒，就这样每人喝到第三瓶啤酒的时候，几乎同时悟到了我们的酒量是差不多的，便戛然而止了。浪漫的开头却有了一个理性的收尾。在苏州理事会的余兴共游东山雕花楼的那天，我同上海的几位学者在一个门洞前聊天，富仁走来，张开臂膀很有兴致地搂着我们照了相。这幅照片因为他的参加变得很特别，后来我把它用在我的一本散文集里，说明文字拟了“京海亲密同行”“勾肩搭背”之类的话。富仁读了，见到我就挥着拳头狡猾地笑说“这是污蔑”。那一天他确实潇洒，穿着一件风衣，比谁都要洋气。对于学会的工作，他始终头脑清晰，一次次地提醒我们“重要的是学术，其他都是次要的”。所以他对评奖啦，开会啦，都淡然处之，关心的是学术动态。商业大潮裹挟之下的学会在社会上还能做些什么，他是格外的清醒。他的看法有时是孤立的，是我行我素的，有时灵活了也不妨碍走自己应走的路。他是一个寂寞者。

富仁面对他无可奈何的事，有一种标准的微笑。是从容的，不苟同的，但也露出一点农民式的幽默和狡黠，好像说：你不要以为我不知道，我只是不说而已。我记得这种微笑，也想起鲁迅的《而已集》及其“题词”。对于一个已逝的值得我们尊重的生命，我们唯有而已而已。

2017 年 5 月 10 日于小石居

生命也因质朴而美丽
——怀富仁

细想起来，富仁兄与我有“三同”：第一，年齿相当，都经历过新旧社会，接受了生活的多重磨难；第二，青年时代全部在教书，教过初中、高中，后来是大学。最难得的是还都教过小学，而在中学教的又都是语文并参与了学校管理（其中的大学他是正牌，我是兼职，但也带过近二十年的博士生了）；第三，人到中年赶上末班车，重新读研，20 世纪 80 年代进入学界的时候，生命已至中后期。这样的朋友不留地址便突然远行，决绝地走了，让我怎能不兔死狐悲，悲从中来呢？

凭着这些，我想我可以哭一哭富仁。我保有对他的一些记忆，可以怀念他。怀念他的学问、怀念他的人格，到明天，或永久。

我曾经说富仁的生命是“因悲哀而庄严”的，道出他的悲剧性质。这是说，他虽然是我们这拨人里的先锋者、佼佼者，是“文革”后第一代学者群里（大部分是 1978 届研究生和 1977、1978 年本科生）最杰出的代表之一，但他并没有做完他要做的事情！改革开放的初期，他在鲁迅研究领域崛起，从百年思想史的角度重新评价鲁迅，掀起“回到鲁迅”的潮流。但到了当下对鲁迅充满误解的时代，或者说需要他带头排除世俗性的干扰在更高水平上提出“今日之鲁迅”的时候，他却倒下了。他天才地发现了中国近现代文学和文化发展的“逆向性”规律，但未及据此写出一部新的文学史或文化史来。他深具远见卓识，不懈地倡导“新国学”研究，欲从整体上总结中国近现代以来之学术大势，但还来不及被社会普遍接纳，就留给后人了。记得在一个偶然的机会，我曾看到他正在阅读的书籍，批满他特有的大字。他还远没有将这些零星的感悟，全部移到他的新作中去哩。这让我不禁忆及萧红在香港逝前说的话，把半部“红楼”留给别人去写，她的心是绝不甘的；富仁留下半部“新国学”，他的心潮焉能平静呢？

但是，没有做完的事他生前是每日每时都在老老实实做的。这是他生命的另一面：朴素。富仁是农民之子，父亲已经是入城的干部，但他外表“土气”，穿戴虽算不上不修边幅但也近之。看最早的会议合影，他不是躲在后面，便是不见踪影。近年来地位高了，生活改善了，他也会西装领带，在毛衣下翻出疑似高级衬衫的领子来。但他是不服城市规则的，动辄就把毛衣和衬衫的袖子一齐撸了上来，手头就有照片为证。他做学问的老实，其例证正如写长文。他说起自己的长文少有人读，失望和得意之色是兼有的。他办“新国学”刊物拉稿子的时候，声明三万四万字也能用，不怕长，好就行。这事跑到别人身上可能是炫耀，但富仁是诚心诚意认为他写的题目，几千一万字是表达不完的，所以写得长在他不仅不是炫耀，反是如实。就像茅盾早年说起他的中长篇，认为他所掌握的时代内容，没有十几万或几十万字容纳不了，是一个道理。不过富仁平时的做派，往往是低调，是退后。苏州理事会后大家到同里古镇游“退思园”，富仁、理群和我不知道怎的在园中走到了一起，他们两人都盛赞此园名，富仁甚至说是这个时节最需要的一种精神。他到汕头去工作，连我在内都不太以为然，尽管没有做像鲁迅劝阻郁达夫移居杭州的诗（情况也不同），却都不愿意他走。现在对于他移居汕头的原因有各种说法，我相信两条：一条是病因，是他当面同我说的。因到珠海讲课发现岭南天气对越冬克服气管炎有特效（现在我也有了同感，去年冬日去了海南试住，果然灵验）；另一条是我认为的，他是为了找一个能老老实实做学问的地方才去的。因了某些地方排座次、争职称、抢山头的倾轧之风太盛，他觉得汕头可以独立自由地支配科研经费用来搞学术，可能是理想之地。当然他这个理想有没有碰壁我不清楚，从他曾经谈起聚集、团结人才的困难，可以引申到他在退思园讲过的语重心长的话。而他想低调地埋头做学问的初心，是不会变的。

在学问圈里，他以“思想者”“思考者”著称。好像不是在大都市的水泥楼房里思考，而是从中国最广大的农村出发思考。他明知不可为而为的事情很多，长论文明知少有人看但还是写，汕头明知不是真正开展学问的地方但还是去，“新国学”明知应者甚寡但还是要提倡。他的作风里有多少齐鲁文化的熏陶我不知道，有多少基层的、下层的根源我也说不清楚，但我倒是有点直观的印象。比如我到过聊城，讲完课看完城楼、运河之后，陪我参观傅斯年故居的当地主人问我还想去什么地方，我说听讲王富仁工作过的聊城四中就在附近，我想看看。后来我当面打趣富仁，说你的“圣地”我“朝拜”过了，还在校牌前照了相呢。四中是当地的好学校，但比起我教过 18 年书的地处鞍山工矿区的十中来，更像农村学校，它的校舍、操场和富仁简陋的办公室，都让我明白他植根的所在。所以到了 1999 年下半年，现代文学馆和《中国现代文学研究丛刊》编辑部即将离开居住了将近20年的，院子里有花果、老树、松鼠的万寿寺，要搬往新馆的节骨眼，富仁来参加编委会，他和大家提出要到院子里开一次会的创意，就毫不奇怪了。当天他和大家说干就干，把会议室的沙发搬出，置于海棠树下。讨论刊物的时候，仰可望天，脚可踏地，人人都惬意地温习了一遍浓浓的“土情”和“乡情”。至今快40岁的《丛刊》，只开过这样一次露天编委会。今生今世再不会有第二次。至今想起旁边坐着严家炎、王信、王富仁的那些旧照片，仍然让人感慨不已。

从我接触过的富仁的个人性格看，质朴也是大于聪睿、灵活、洒脱的。不是说他不高瞻远瞩，而是说他的智慧寓于朴素。诚朴是他骨子里的东西，不是附着物。他诚然是擅长讲话的，条分缕析是他的特点，但绝不是夸夸其谈。特别的场合他可以不谈学术，而絮絮地讲“私房话”。这么多年我就遇到过一次，是被他请到刚恢复的青岛大学去讲课。那晚我俩合住一室，他突然打开了话匣子，从他的父老故乡说起，到他的童年，到他上过的乡间学堂，父母家人，以至于初恋。他讲话的劲头之大真叫我吃惊，因为中间我困得朦胧过去几次，但醒来看他的被头还在冒烟，他还在滔滔不绝地讲，旁若无人。但更叫我不忘的是他敞开心怀的那种真诚。他不是“干面包”，他内在的浪漫、率性、想象力一点不差。在苏州开会到东山雕花楼参观，他在一个门洞边和我及两位上海同行照相，临摁快门前他突然伸出手臂搂住了我们。因此这照片我后来收入《且换一种眼光》的时候印上了，说明里用了“勾肩搭背”一词，富仁后来见了我说“不许污蔑”，说时是一脸坏笑。可见他也会调皮。他在学会里的行政作风，并不优柔寡断，能决定的他就决定了，但随性，反对形式主义和文牍主义。大连会颁发王瑶学术奖的时候，他反对烦琐程序，起初我怕乱，但后来颁发过程中并未发生什么纷乱。我们看他所喜欢和尊重的学人，就可想见他为人的疏密好恶。他尊重樊骏先生，因为樊骏视野阔大，学问扎实，认真做事到刻板的程度（在丛刊编委会上做一般发言都要打草稿），有才而低调，有强大自信却十分内敛。富仁生前为了一个研究樊骏的学生来求我做事，这是他唯一的一次，但我没能做到，至今引以为憾。我负富仁也仅这一次。他还尊重杨占升先生。杨占升是北师大的前辈老师，学术低调，待人以诚。为了富仁读完博士可以留下来有房子住，他力驳后勤部门无房的托词，亲自在校内一幢一幢楼地去勘察访问。富仁身感杨先生的知遇之恩，经常讲起，又领我多次上门拜访，我明白他的深意。现在不仅樊骏、杨占升，连富仁本人也已作古，只把我这样欠诚信的人留下来了，悲夫！

富仁是我们这些人中最接近大师高度的学者。我这么说可能有人不同意。一个时代如何铸成大师，自有个人条件和社会条件诸方面的因素。文化环境是否能连接世界，知识系统的传承有无不断档的可能，缺一不可。富仁接续了文学、文化研究的强烈使命感，有目标，能刻苦，个人主体性的强调也正是从他的实践起始的。他明白这一代人的优劣处，也深知自己的局限（连他的局限性也是有代表的）。所以在散文里解剖自己时，他充满了无奈的幽默感，说他即是现代又是传统的，虽是乡下人也业已进入大都市，首先是北人但也心悬江南等等。他接续鲁迅的历史"中间物"的意识是相当自觉的。

富仁给了我一次自省的机会。看看他即可想到自己，有一天如果自己找不到北了，不妨想想他。我们这些人连名字都叫后辈看出了缝隙，遭人物议：怎么学现代文学、崇尚"五四"的人的名字叫什么富仁、理群、福辉，一派旧气味！这也无法。这是父辈起的名字，我们只是长大以后没有去改罢了。这样，趋新而又被旧的拖累着，就像鲁迅和胡适的婚姻，就像富仁我们这一代学人的宿命！这宿命不过是活一天就要做一天，诚诚实实地去做，如此而已，岂有他哉。

2017 年 5 月 21 日改于小石居

始于茅盾，终于茅盾

——追念韦韬

我认识韦韬自是因为茅盾。可以说，与他的交往始于茅盾，终于茅盾。我在整整30年的时间里，亲眼看见了韦韬的晚年是如何全身心放在后续茅盾这一件大事上的。

初识韦韬是在1982年。上一年末，我刚刚来到作家协会便被分配参与筹备现代文学馆。那时茅公逝世不久，巴金先生顺理成章地接任了作协主席，他倡议建立文学馆也是在这前后。中央将茅盾的四件大事，包括编辑茅盾全集、成立茅盾学会、修缮茅盾故居、进行首届以茅盾命名的长篇文学奖的评定，都落实到了作协，分解下来便与我多少都有点关系，尤其是前两件事。这一来，在韦韬从茅盾最后的居住地交道口南三条（即后圆恩寺胡同）搬走前，我们要讨论工作，当然便在那个我称之为白杨月季小院里见面了。具体的情景已经模糊，因为后来见得太多。人往往就是这样，只见过一二次面的人或许连那天的风是大是小，温度是暖是冷，周围的家具怎么摆设都记得，可时时见面的熟人反而说不清楚了。对韦韬的第一印象，我想，这就是替茅公的两个口述遗嘱执笔记录的那个人吗？这就是我读过的茅盾短篇小说《儿子开会去了》里面，那个13岁便去参加“五卅”的集会游行，让父亲既担心又兴奋，想着“你也到了要去参加什么‘运动’的时候了么”的男孩阿向的原型吗？我原以为韦韬应该是既结实而又富文人模样的，因前者才配军旅出身，后者更像是茅公儿子。可眼前的这位比我年长者，结实归结实，却丝毫不文静。他说话干脆，高音大嗓，中气十足，配上两臂习惯地在胸前比画着，三言两语就把事情划定了，容不得讨论来讨论去的。这性格或许是由长久的革命生涯锻成，或许是继承了父母的遗传，我说不准。但他的话音却是我熟悉的带有江南语根的普通话，南北调和。他能做事，手很巧，我初观故居询问之下便知道卧室里挂着的那件毛巾布浴衣的补丁，是他所为；卧室外客厅的那对能够半躺的折叠椅，是由他从旧货店买来，上面的椅套竟是他的“杰作”。更深的印象是他动作爽快，为了尽早开展与茅盾有关的工作，给茅盾故居的修缮、开放提供更多的准备时间,他带着全家几乎是一阵风似的从父亲享受的国家领导人住的房子搬走了。他可真是利落。后来我数次到新外大街甲4号(北太平庄)的新家去看他,那个住所就狭仄多了。那公寓客厅的正中,挂着大幅的著名摄影家陈复礼拍摄的茅公晚年肖像照,不朝街的阳台上用木板搭起了槽子,里面填着父亲故居的土,种上父亲生前最喜欢的生长季节很长的月季花。他的心不粗,我感受到了韦韬由此寄托的思情。

名人的后人不好做。它当然会带来荣光、余荫,也构成压力。不少人是躺在前辈身上享福去了。韦韬是个延安时期老革命,那一代人的正面是讲奉献,再加之在茅盾的最后十年他已经脱离了军事院校的具体事务,被安排做父亲写长篇回忆录的助手,他退休后眼里的事业只剩下茅盾的事业,就毫不足怪了。《茅盾全集》的编辑虽是一份集体劳动,但以其篇幅浩大,历时之长,接手人员庞杂,后期碰上了市场经济的冲击,如果没有韦韬坚持始终,很难想象全书43卷近一千四百万字的《茅盾全集》能够顺利出齐。此全集有一个"高规格"的编委会,我不记得开过什么会,其中的核心人物是叶子铭、王仰晨、韦韬三位。叶统筹,王终审,韦韬就杂了,但现在已很少有人知道他管业务。韦韬对全书负责,重要工作是提供每一卷最初的原始材料。特别是第10卷以后,不像前9卷均是小说,只要提供初版本或各重要版本以备各卷编辑者对校就可以了,越往后的卷次需要直接寻找原始报刊的材料就越多。依我从旁观察,那材料不是他多年积累的,便是他亲为或组织人一页一篇从全国各地图书馆抄印来的。那份辛苦自是长期坐冷板凳的学者才体会得到。比如我负责编第6卷的《霜叶红似二月花》和第16卷的散文六集,前者需用1943年桂林初版本和《茅盾文集》本参校,便由韦韬提供;后者包括1934年至1945年间的杂文短论二百余篇,他交到我手上的差不多都是一篇篇复印件,我要做的不过是校勘、排序、注释而已,比他轻得多,但最后在书底落编者名字的时候并没有他。他是做了《茅盾全集》的无名英雄了!全集当初想在10年左右出齐,人民文学出版社的出版部门提出,如果时间长了就无法保证用纸的一律,连封套的黄硬板纸的颜色都无法保证一律,但最后竟出了22年之久。韦韬长寿,35人编委会的绝大部分,连王仰晨、叶子铭都先后离世,他却看到了43卷本的全集问世,他该有多么欣慰呵。有件趣事可以说一下,全集的稿费他是捐出来做学会经费的,但也取其中一部购置样书。当年韦韬声明,凡编全集两卷以上者都由他负责赠送全书。大家知道这是他的“狡猾”计策，他是有“鬼主意”的人，为了引我们上编辑全集这条船，他不惜工本。但是日后的岁月证实了他之言而有信，他一诺千金，每一卷出版他都送到我们手中，有的还要签上他们夫妇的名字和代茅公用印，22年一卷不缺，让我如今睹物思人，不禁感慨万千。

对于茅盾学会的工作，从1983年初春在第一次的北京西苑饭店会议成立始，我便参与其中并看得清楚，韦韬是很用心的。后来又有厦门、北京香山、杭州、桐乡等历次的研讨会，南京那次我因故没有出席，所发生的对待茅公传记新资料的争论我没能在场。我支持青年学者，也理解韦韬的心理，而且我相信随着时间这块试金石的检验，他终会想通并表现出一向开朗的姿态的。之后果然如此。实际上，作家亲属在学会里面的处境有时确实两难，韦韬给自己找了一个合适的位置：替学会筹集资金。这方面现在想来也是忧喜参半。韦韬没有学会理事会的任何职务，但他自告奋勇任了基金会的负责人，只担责任，而不要名头。他的脑子比我们灵活，全集稿费是一集集出一集集给的，如集腋成裘，可是远水救不了近火。他想出了将父亲所藏徐悲鸿字画等拍卖，然后捐给学会，再为了保值去投资河北某金矿的办法。设想多么巧妙，自己完全是无私的（不晓得如何说服夫人和三位子女，或许压根就不需要说服）。我也跟了他去考察过这金矿，举手表示赞成，但我们没有成功，因为不懂经济，让茅盾家人损失了这些宝贵的藏品。但如不以成败论英雄，我还是觉得韦韬为茅盾事业献出的心思是崇高的。最近听说他生前将茅盾的重要手稿分赠了我长期任职的中国现代文学馆，以及上海、桐乡等与作家本人一生关系密切的地方。他没有为子女留下爷爷的手稿（而据说最近拍卖茅盾手稿，已可达上千万元之巨），真正是不愧茅公啊。

1996年茅盾诞生100周年，除了在大会堂开纪念会，在北京奥林匹克饭店开研讨会，还有其他的各项纪念活动安排。全集的《霜叶红似二月花》是我编的，这是一部没有写完的长篇小说，我原来也知道“文革”后期茅盾恢复写作曾试验性地续写了一部分，但估计没有达到预想的水平，所以到身后编全集时韦韬也没有拿出来。一天他突然找我，谈续写手稿的发表问题，让我兴奋得当时不知所云。我们讲定，作为纪念百年的一个组成部分，将续稿交上海《收获》发表。抄稿一看是韦韬的手迹，已经是初步整理了的。再由我与《收获》副主编李小林联系取得篇幅，并附我的一篇短文，一半回忆居住于茅盾故居编辑《茅盾全集》的日子，一半介绍《霜叶红似二月花》续稿的价值(名《白杨树下的月季小院》,载 1996 年 3 期《收获》)。这都是他暗助的。同时,我充余华、刘毅然改编《霜叶红似二月花》的电视剧顾问,建议他们采用续编情节,事后给上海《文学报》还写了《〈霜叶红似二月花〉的续稿和同名电视剧》一文;为华侨出版社编五卷本《茅盾作品经典》时,首次把所选《霜叶红似二月花》的前十四章与续稿合龙,成为完璧。这两件事也都在韦韬促进下完成,我是终生难忘的。

从我认识韦韬起,就未见他乘过公家的小车。在北太平庄住,进城到哪里开会他都骑自行车。这个单车大约骑到他 80 岁左右。每次在茅盾故居汽车间改造的会议室兼学会用房,听到街面上推进车子的金属声音,接着是咚咚咚的强势脚步声,就知道是他来开会了。他衣着朴素,但永远干干净净。开会时多半听我们发言,到他不讲不行的时候就言简意赅。开完会,有时参加吃饭,有时很潇洒地在门口骗腿上车,消失在如今日益繁华的南锣鼓巷里。后来他搬到我小区附近的房子来,还是骑车。搬到通县(通州区)去他家聚会,领教了他这新家离城有多远,但他仍然坚持换几次公交车到故居来开茅盾的会,参加茅盾的活动。他后来的住地我都去过,过着平常人的生活,过得兴致勃勃,不像一个军师级干部的样子。后来听说他出门不方便了,还很难相信。2011 年桐乡的茅盾年会他少有地不能出席了,但为了学会的新老交替,他建议我们这批人都从学会领导机构中退下来,让年轻人顺利接替。他一日数次地给我打电话嘱咐,心思还是贴在茅盾身上。而他这些年来与陈小曼根据茅公留下的录音资料共同完成的茅盾回忆录《我走过的道路》下册(上、中册为茅盾自写),所写的《父亲茅盾的晚年》一书,都还未计在内。

最后见到他是 2012 年 2 月的一天。亲人辞世,他孤独地搬入永定路干休所的新居。这里和通州可以媲美,正是北京的一东一西。那天是他的九十岁华诞,学会的人相约去他家给他过生日。唱生日歌,切蛋糕,一切如仪。他脸色仍是红润,自述走路蹒跚、听觉不灵,可是看起来没有大变,还能看大字的参考消息,聊起电视剧他只要女佣工稍微提示一下便能侃侃而谈。最关心的事还是茅盾,说到完整的《茅盾全集》社会上已很难见,正在与黄山学社谈出版之事呢。我能看出的唯一变化,是他的性格比较软化了,他对人说话的声音轻了,对周围的人有点依赖的味道,有点孩子般的神情。我们不便太打搅他,不久便告辞退出。但这个北京边缘地带回去同来时是一样需很多时间的,午饭必须在附近用,于是我们吃了一顿没有寿星在场的生日餐。

席间大家举杯为他祝福，愿他的精神长青。我没有想到有如此饱满精力的人会突然走掉，而那天便成了我们因茅盾相处30年的最后一刻。

一个平凡的人做下了一整件细想起来并不平凡的事情，然后平凡地走了。此人便是韦韬。他给世界留下了一点擦痕。

2014年1月14日于小石居

老而弥坚，生命常青

——追思孙中田先生

初次见到孙中田先生的时候，他的面相已不年轻，但后来我无论见过他多少次，他似乎总是那么一个生气勃勃的，说话时习惯微仰着脸的样子，不再老了。这之间的岁月流逝，足足超过三十年。晤面的次数虽多，多半是学术活动，或是讨论编辑事宜的大小会议，而真正属于私下接触的机会却少之又少。最早的一次应是1982年吧。究竟那年是在北京议论如何组建《茅盾全集》编辑队伍的当儿就先期见过了呢，还是那年秋风已起，长春的笔直大街上落满了金黄叶子，我们在他家里的相见才是第一次，不免有些模糊。不过我知道，见到他是因了茅盾，认识他而相交也是因了茅盾，这点是千真万确的。

1982年是我这个“老童生”大学毕业刚分配到现代文学馆筹备组的日子。茅公去年刚刚辞世，中国作家协会主席由巴金接任，巴金在境内外的报纸上发表随想录，其中提出建立“现代文学资料馆”（后来除去了“资料”二字）的倡议。作协主席团立即响应，对外宣布开始筹备。筹备组第一等的“急活儿”是为巴金日日操心的文学馆找个安身之处，哪怕是个临时馆址也好。这事情，喜欢读杂书的负责人李枫说不用我忙，那时节有研究生学历的人不像现在多如过江之鲫（大不敬），物以稀为贵，他成天赶着我坐图书馆去“研究”。但过了几天，上面批下茅盾的身后之事：编辑茅盾全集、创建茅盾学会、评茅盾长篇小说奖（1981年茅盾倾其所有稿费捐25万元设立此奖）、建立茅盾故居，样样我都有份儿跑不了。而这些事情，一件一件正是我认识孙先生的开端和由来。

去长春见孙先生是为了搭建《茅盾全集》编辑室的班子。编辑室主任是叶子铭先生。其他专家的外调要和大学打交道，作协大概认为我与大学的学术联系比较紧密，就将跑内蒙、吉林的任务派给了我。当时孙先生的东北师大在全国有个独一无二的茅盾研究室，他们在学报里正一期期地发表茅盾的年谱。孙先生自己不能长期到北京来，却同意“输出”一个人才王中忱来参与工作。这是两边事先商量好的，为了表示郑重和尊重，作协派我去与大学当局见个面，正式办个“外调”的手续。王中忱后来在有力者的帮助下解决了与在北京语言学院的爱人的两地生活问题，却是从调编茅盾全集跨出第一步的，此为后事。这样我生平第一次到了长春。孙先生给我印象是豪爽，身子骨结实但不魁伟。他的爽和魁，在东北人里面均属中量级。因我在辽宁生活过多年，重量级的也见惯不惊，而教授的豪爽气却令人耳目一新，会觉得亲切。他说话不多，但冷不丁来一句就赶劲，说完哈哈一乐，毫不拘束。有时又十分幽默风趣。孙先生在学校方面已经铺垫好，实际上没有什么事情需要我做，一切顺风顺水，礼成而已。所以现在我能想起来的，只是孙老师乐呵呵的“年轻”样子。再有，便是通往教授住楼的街道疏朗阔大，楼前盖有每家冬藏的地窖，那年的白菜萝卜土豆还未下窖呐。孙老师还热情地领我去见该校的著名作家（蒋）锡金、公木各位。锡金是抗战时期在大后方很活跃的评论家和编辑，他黑瘦黑瘦，脖子细，眼睛雪亮放光，容貌极容易记住，所以后来我去厦门开丁玲会在首都机场等机一眼就认出他来。公木是那几首著名歌曲的词作者，也敬仰已久。在拜见这些作家前辈的路上，我看到省吉剧团的牌子，记得还问起孙老师“何谓吉剧”？孙老师的回答简捷，循循善诱，先问我知道不知道“二人转”？我说知道。他说：把“二人转”扩大了，由“曲艺”变成了“大戏”，就叫“吉剧”。这解释我至今不忘。

茅盾学会在北京西苑饭店召开首届茅盾研讨会，从头到尾我做“会务”。从1982年下半年就开始准备，1983年3月开，我得到孙老师的支持很多。其时全集也开始在茅盾故居上马编辑，孙老师接受了最重头的《子夜》注释校勘工作，在北京见面的次数一时也多起来，但多是“编务”。记得对《子夜》的作者多次修改应如何处理，当时是有争论的，孙老师始终坚持对后来的修改定稿和初出的原始版本（反映当时的作家艺术思想水准）双向尊重的观点。比如对某些初版就存在的长段男女描写文字一律用注释录出，后来取得专家读者和一般读者的广泛赞同。

当时正处于茅盾研究的发轫期，一切初创，显得幼嫩。中国现代文学研究只有鲁迅的队伍是兵强马壮，其他的作家研究队伍还属于成长阶段。《文学评论》杂志为了推动现代文学研究，建议我写一篇已有茅盾研究的总结性评论，这就是1983年9月写的《茅盾研究新起点的标识》。它有个副题叫“评四本论述茅盾文学历程的专著”，意思是“文革”前邵伯周、叶子铭的两种茅盾研究著作，到“文革”后经修订再版，与后来出版的孙中田、庄钟庆的两本专著，合成并预示了到那时候为止的一个茅盾研究阶段。我于是得到一个专注地通过《论茅盾的生活与创作》一书来认识孙老师一个时期茅盾研究特色的机会，而且是将他置于整个茅盾研究领域的广大版图之内，详加考察。我记得当时取得的认知是：一是他对大家公认的茅盾代表作的不懈钻研，比如对《子夜》的再认识，对《春蚕》与其他左翼乡土文学关系的比较，都颇深入。二是更着力于开拓，挖掘茅盾生平鲜为人知的资料，将生活与写作的关联推到一个新层面；特别开辟了崭新的茅盾散文研究的新格局。孙老师不服老的勃勃雄心，在这里得到充分展示。他是茅盾研究的重要奠基人之一，同时又是新时期茅盾研究的继往开来者！

在众多的茅盾学会年会中，我对北京香山年会多少年保持较新的印象。那一次会，本来也是处于茅盾研究继往开来的阶段。会议中间发生一部分青年学者对议程表示质疑的事件，要求取消某些“温吞水”的安排，空出半天时间让青年人主持一次讨论（欢迎中老学者参加并批评）。当年香山之巅一时紧张，会议领导小组开会商议对策。有的资深学者表示反对，认为是“自由化的表现”，而叶子铭主张“开放”，最后因林焕平、孙中田表态支持了叶，才同意了青年学者的倡议。那个小型会开得活泼生动，没有发生任何乱子。孙老师在历史关键时刻表现出与年青一代同样的态度、想法和立场，他的心是永远年轻的！

到了1991年夏，我第二次来到长春，是为了参加吉林大学文学院召开的海外鲁迅研究会。我在会上看到了孙老师，7月26日还有大会合影为证。这一次，那个印象就深了，他不老，从上到下仍然焕发青春。2005年9月第三次到长春（我一共就到过三次，不会弄错），是到吉林大学和东北师范大学讲课，讲后到吉林东部的珲春，去看骆宾基地处三国交界的故乡，看他自传体小说的发生地。中间还到四平去突击讲课。忙乱中，我还是在讲课之余抽出时间到孙老师家去拜访。那次的两校讲课都有故事可讲：吉大是讲课当夜校内有某民歌手的专场与我对垒；东北师大是听课的本科生异常活跃，应答水平之高属于少见。我在孙老师家里看到的还是一个精力充沛的不老的先生，谈起讲课见闻他也十分兴奋。那时好像学校里有件事情让他不快，别人曾对我有所暗示，但见了面，看他说起近日往事依然兴致勃勃，心地宽大，很快我也忘怀了。那天他专门展示了其运用电脑的最新成果，如何照相，如何当场打印出来。并当场坚持要演示给我看，与他和师母合影，送了我照片。这照片现在还静静地躺在我的影集里，孙老师书房的角落挂着茅盾的一幅字，亲笔写的诗《无题》。因为自2007年开始我就没有影集了，每年上千张电子版的图片都存在盘里面。也正因为此，那些照片大部分迅速变成历史陈迹，而孙老师亲拍的，作为一个老人喜爱、接受新事物，心态上永远跟得上时代的一个见证的老照片，却永远存入我的心间。这是我与他诀别的刹那。

学术界目前正处于低谷。各种原因造成了某些低俗的学术风气的弥漫，毁坏了我们从传统到现代长期积累下来的良好作风、品格和精神。人才也青黄不接，比如茅盾研究界，过去我们有好几位像孙先生这样水准的老学者，可以做学会会长的人选，而现在我们觉得继任者的选拔很难，虽然之后的选拔也是不错。现在需要的不是灰心，不是丧气，而是在批评中的等待。等到孙老师这辈学人再生条件的终将到来，我们才能长舒一口气，觉得前辈有知，他们可以安心了。

2017 年最后一日于小石居

我与《中华读书报》的文字缘

在我的印象中,《中华读书报》是一家老资格的读书报纸,有相当大的影响。今年适是其逢十逢五的纪念日,而我的岁数也渐入逢五逢十的时候了,想来是个巧合,也是缘分。至于我如何同它有了文字的往还,具体情景记不起了,必定是最通常的那一种约稿写稿的关系。记忆淡了,文章却都还在,足可见证。较早的一篇名为《坐香港图书馆得趣》,发表在 1995 年 4 月,是不是第一篇我也记不清楚,算算马上就要到 20 个年头,当年约稿的编辑再年轻也该人到中年了,这些都能从一隅透露出这张著名的读书报在我们社会积淀已有多么深远的一种消息。

二十世纪的 90 年代是个转折期。我原本长期给地方报刊写东西,是听命的;后来所写便是长长的学术评论;到此时,重新拾起写短文的笔来,就从《中华读书报》开始。那时一片"改革"之声,在这张报纸中也处处透露出来,使作者们也跟着眼界宽阔,心思比前畅通、自由了。我写的就是带学术味道的随笔。这种随笔大约两三千字一篇,从自己的学术生活取信息、觅材料、出观点,点到为止,一日之中便可完篇,等于是文化小憩,书斋散步。它的内容不外乎读书类报刊编辑所约的学术感言、作家回忆、游学经历、书评文评、文学史论,写得最多的是重评现代文学的众多作家,谈论这些作家在今日的价值等等。能记得的题目如《鲁迅经典化的路向》《今日老舍的意义》《郁达夫的忧愤》《张爱玲曾引苏青为同调》《各式各样的文学史》。我如今在给一家学术刊物开专栏已达第五个年头,名为"石斋语痕"(不久将会结集),所写的这类学术散文便是从《中华读书报》起步的。

那个时节,我从三十年代文学史的研究转向专门的海派京派文学研究。这对我来说异常重要,我的学术方向的调整、变化,形成个人的承续脉络,就表现在我给《中华读书报》写的文章里面。比如我写了《封面女郎和学院脸孔》,是研究海派杂志和京派报刊封面后的一点感慨,那时还少有此类文字,弄不好是会发生误解的,但报纸无阻碍地发表了。写海派小说、都市小报等形形色色的评论,都在这一期间。后来我出版的散文集有《京海晚眺》《且换一种眼光》《游走双城》,都是沿着这条路子走下来再发生变异的。它是我真实生命的一份记录。

有几件大事与《中华读书报》相关，令我难于忘怀。2003 年的春天，中国现代文学馆受命举行第一次唐弢文学研究奖的评定，具体的工作落在我的身上。那时，五万册的唐弢文库已经在亲属支持下在文学馆落成，举办了唐先生的展览会。这个奖得了各方赞助，定为国内少有的"青年文学研究"的一个奖项，让大家瞩目。我把消息透露给《中华读书报》的记者之后，立即得到社里的大力支持，报纸决定发消息、发专版加以宣传。我记得很快就收齐了关于获奖名单、获奖者简历与照片、评奖者评语等材料。我为此写了总体感言《厚积、创新而拓展》，发在当年 4 月 9 日的报纸上。后来我得到许多现代文学研究界同行传来的话，表示对报纸不惜篇幅宣传学术界成果的满意心情。现在这个奖项还在一届一届办下去，人们当然记得第一届筚路蓝缕之功，其中无疑包含对读书报的谢忱。

到了 2005 年，海派研究突然起了一个小小波峰。我的博士生李楠在研究上海小报时，无意间发现了张爱玲发表在《小日报》上的亡佚小说《郁金香》。小说很完整，也无须多作考证，我只是第一鉴定人而已。包括认定其为张爱玲所作，确定小说发表的 1947 年是抗战胜利她创作一度沉寂之后的复出期，加上作品水平仍难得地保持了《金锁记》的水平，因而肯定了《郁金香》的特殊地位。消息传出后曾比较紧张。我们被各种媒体包围，要求采访发现秘闻者有之，要求给予全文发表者有之。我始终坚持与张爱玲的版权所有者尽力沟通，在北京要交给一家严肃报纸（非娱乐性也）最后选定我信任的《中华读书报》来发表，在上海要找一家重要文学刊物（因为是著名海派作家的遗作），后来是给了《上海文学》披露。自与《中华读书报》联系，便受到极大的重视。生平还没有这样近地体验过媒体的工作规律：快捷、新鲜、抢时间，坚持新闻的真实性，以及必要的临时保密。我们关起来"干活"，和报纸编辑一起商讨版面的内容，对新闻稿字斟句酌，起草讲述发现过程的《无心插柳柳成荫》，因为尊重版权拥有者的权利先不发表全文而临时拟写部分"故事概要"等。连日和报社的朋友在"一个战壕里"奋战，仅几天，到 2005 年 9 月 14 日便见报，发布了头条新闻《张爱玲小说佚文〈郁金香〉惊现于世》，组织了专版文章介绍发现始末和作品本身。不久，到同年 9 月 28 日，报纸又用两个版面，集中介绍了另一位海派作家东方蝃蝀（李君维），和新发现的连作者自己也业已忘却的小说《补晴天》，我则写了评论。这些合作让我深切认识了《中华读书报》的风格：专注于民族的文化事业；编辑们事业心强，有较高的素养和文学专业知识；敢于负责，作风明快，虽不尖锐但稳中求新、求变。

就在这天天聚头，有一次在报社正看样报的时候，当日值班的总编同我聊天，知道了我们是校友。她当场便约我写一篇讲述二十世纪七八十年代北大学习生活的文字，许我可以写成一版八千字的长度，许我可以一个人写也可几个研究生同学一块聊天写出座谈记。这次的约稿检验了报纸的耐心，也实实在在考验了我的信用。一直拖到两年半之后，我才送去回忆性散文《融入我的大学》，于 2007 年 12 月在该报照登不误。这促成我写成生平比较喜爱的一篇文字。后来在纪念母校中文系百周年之际又写了它的续篇《没有你，我将干枯无倚》，破天荒被选进了人民文学出版社的年度散文选《2010 散文》，其灵感即起于此次的约稿。我要感激《中华读书报》。

我常想，所谓良好的读书报纸应该是怎样的呢？随着纸质书籍出版的逐渐转型，在中央新闻也承认的社会读书风气日见疲惫的情况下，一张全国性的读书报一定要清醒，要有思想不苍白，能够担当，具备对未来的预见。在汹涌而来的网络时代，查网也是看书，它必然是最快捷的求知途径，但不是求知的全部手段。毕竟"快餐式"的知识，得来容易，失去更快，并不能代替系统知识的积累和获得。"剪贴式"的思维与写作，其优劣已现苗头。或许历史不是在几年的时间里能够看清楚的，但当代读书报刊的命运应该是提倡、指导人们快乐地、独立地、心怀憧憬地读书，读好书，造就我们民族的现代灵魂，那是肯定的。我祝愿《中华读书报》在未来的日子里与以往一样，无愧于自己的使命。

2014 年 9 月 26 日于秋分第三日

我心目中高张学术大旗的《文评》

在学术环境高洁与媚俗并存今日已污染得不轻的当下，迎来了我们研究界公认的代表性刊物《文学评论》创办60周年的日子，心头不免沉重。这种感情有点复杂。如果是想起此刊的历史以及长久以来与自己的交集关系，又像是涌入一股暖流当中。

余生也晚，但也不算太迟。《文学评论》20世纪50年代创刊的过程我虽未亲历亲见，但作为全国广大"文学青年"中的一员，已经耳闻它的名声。等到我当上了中学语文教师之后，在一个著名工业城市的公共图书馆里便能够偶然读到这本心仪已久的理论刊物了。促使我充满兴味地去"啃"这本杂志的原因，是我在高中阶段就开始的文学史学习。长期的、大量的课外文学作品的阅读经历（小学初中读中国古典小说和开明版的现代作家选集，高中读《鲁迅全集》和苏俄欧美经典译本等），引我注意到作家前后思想的演变、作家与社团间的联络、文学现象之间的互动等，自然产生了从历史关系中去理解文学的愿望。我购买了王瑶、刘绶松、（叶）丁易的个人现代文学史著作，大学集体编撰的几种当代文学史，以至于20年后我参加1978年的研究生考试的当儿，我手中是有书的。我发现用联系的、对比的、质疑的观点（看出矛盾疑问并不容易，加之当年的政治环境越来越紧，要做到这最末一项已相当困难，但我懂得它的重要性）来观察文学是十分迷人。《文学评论》当时在我这样的青年眼中自然是需仰视的，相信是可以引领你走向文学殿堂的。它所提出的新鲜观点，所讨论的问题，无疑在我们读者看来件件重大，足以引起共鸣。当年给我印象最深的是严家炎老师他们促发的关于柳青长篇小说《创业史》人物梁三老汉和梁生宝形象刻画孰优孰次的讨论。我当时心里是赞成梁三老汉写得好的。若干年后，我知道自己进入了研究生的复试名单，从郊区工作的中学临时搬到市内父亲家里准备进京复试，为的是天天可以到附近的市图书馆去查阅《文学评论》里的文章，为的是了解最顶端的现代文学研究成果。在我的眼里，《文评》是当得起这个顶端的。

我第一篇发表于1980年第5期《文学评论》上的论文，是研究张天翼讽刺性人物形象的。而始终让我感动的，却是1982年在刊物当年第5期上所发的不到一万字的沙汀研究论文《怎样暴露黑暗——沙汀小说的诗意和喜剧性》。后来我多次将它选入我的集子里去,不是因为此论文有多么出色,而是我觉得《文评》也能稍稍偏离选文时的“重大性”“有分量”等不是不必要的原则,同时将注重“新鲜”和“突破”,将注重“文学的欣赏及对形式的理解”这些标准也提到相当的高度。这两个方面的结合决定了它的基本学术倾向。而且还可以加上一条:不拘一格培养新人。当年的《文评》编辑王信、陈骏涛都告诉我,他们通过了这篇“短的文章”。王信是主管“现代文学研究”稿件的,他的铁面、严苛,他宽大的视野,以及对学术突破性的专业敏感度,他的“热”寓于“冷静”的编辑性格,使人难以忘怀。相信同时代的许多人都会记得。

我的海派小说的都市主题研究论文在1994年第1期的《文学评论》上发了个头条。事先并没有想到,也没有人和我打过招呼。我一共就发过这一回首篇,是我的光荣。刊物出版后,当时的几位编辑在什么会上碰到我还埋怨说,你研究海派这么多年,怎么才把论文交给我们?还有没有了?我答,没有了。差的怎么给?一个研究者不是每一篇文章都能写好的。但《文评》应当每期都好,它在中国是代表一个高点!我们都应该把自己可能占有较高平台的论文交给它。所以在我长久编辑《中国现代文学研究丛刊》的时候,如果遇到了非常出色的论文,我这里又暂时不缺头条的情况下,就会与作者商量:你可以先投《文评》,看它们欣赏不欣赏,如果不成还可以给我。我在自己的第一本论文集子里,写下过如此的话语:“有人问我如何搞研究,我曾答曰:花费三年时间,在《文学评论》上发表一篇文章,然后走自己的路。”(见《带着枷锁的笑》后记)我的话有点绝对,真正的用意是将《文评》作为衡量学术制高点的一个标志,鼓励青年学者树立起健全的学术自信,以大踏步走向今后必由的个性化研究之路。《文评》正是一个标杆,一个学术加油站。

上面提到的《文学评论》代表性编辑之一的王信,他的编辑品质、性格可以举一反三,扩大去看整体的《文评》。这是“文学所”应有的风格。因为最早的文学研究所脱胎于北大的文学研究所,所以,这也是北大的风格——阔大,精细,严格,深邃。20世纪80年代初,王信有一次打电话来向我这后生小子“请教”(年龄上我小不了几岁,但学术辈分上他是老师)。他说收到一篇论述萧乾的论文,开头便说萧乾是“京派”。他问我萧乾是不是“京派”?何谓“京派”?王信是知道我在研究京派才来有的放矢发问的。这是他的编辑风格，一丝不苟，务必站到学术的前沿，来评价一篇论文的真价值。《文学评论》即是由这样的编辑，一代一代，构成自己的个性。偶有偏失却不掩其整体。它是一个高台，只有准备多年，厚积薄发，有跨越能力的人方可在这里驰骋。它是一位严师益友，能引导你直入学术的堂奥，而且督促你，不让你放低学术的高标准，不许你偷懒。它是一个理想的境界，险峰在前，美景在前，只有投身进去并为之献身的人，才能有所收获。

《文评》！“往昔”确实是你的光荣所在，但不等于你可以不再坚守、不再前行就能自动保持这个光荣。有人说过，历史往往是为了未来而不断回顾的。从你的过去，我们得到鼓舞，从而吸取到无穷尽的改造当下学术的志气和力量。

2017 年 4 月 20 日急就于小石居

五十年代中期所写生活手记

这也算是一个遥远的记忆了。最近为了写“石斋语痕”的一篇关于当年“文学青年”是如何锻炼写作的，翻出了老箱底，一些中学时期发黄的笔记本，包括当年能买到的最讲究的藏蓝色硬面精装日记本。其中有我读初级师范时的《马上记》小册子（不知天高地厚地模仿鲁迅《马上日记》《马上支日记》），及刚上中师期间所写的生活观察笔记数册（响应丁玲提倡而写的生活手记）。手记原本就呈片断状，无所谓开头结尾，或写一个人物多半是同学老师家人各种好好差差的细节，或写自己的一次经历往往带有自省的时代特点，甚至一个场面，一段风景，等等。这种手记只在几个同道的爱好文学青年中流传，是不对外的。如果放在教室的课桌里面，那时的风气一般也不会有同学去乱翻，认为私搜别人的东西尤其是偷看日记是不道德的。否则像我这样记载自己的同学，还不天下大乱？所以至今它们没有面世过。这些最初的“语痕”虽然幼稚，但如同多年遗忘在旧衣口袋里的一幅旧照，偶尔翻出来，摩挲不止舍不得放下，真是敝帚自珍了。原来那篇“石斋语痕”文用了其中四段，现再抄六段，以满足中国人的“十全病”的爱好，也比较能看清楚手记的原貌。手记本无标题，今为了便于阅读起见，从原文中提取出关键词句来充题目。写作的时间，原文时标时不标，非常随意，但它们都夹杂在年月日标得十分醒目的段落中，可以知道都写在 1955 年、1956 年，现在就不作变动，一仍其旧了。

交学生会费（之一）

交学生会费了。

乙从外面进来，正经过我同座甲的面前，甲把他叫住了：“喂，乙啊！”

“干吗？”乙把脚步停住了。

“你知道吗，交 12 月份的学生会费了！——别人都交了，只剩你啦！”

“怎么，又交学生会费了？怎么老交，比咱团费还紧哪！”乙脸上显出不满意的神气。

“团费和学生会费不是差不多吗，是学生就得交学生会费，是团员就得交团费呗！你是支部委员，挺大个干部，这点也不晓得？"

"倒不是干部不干部啊。"乙叫甲那么一顶，脸有些红了，就伸手去摸兜，"交吧，本来我也没说不交！——你看，他们都交了多钱？"

"都交一分，只有丙交了两分。"

"好吧，唉，给你一分，别人都交一分，我也不能个别呐。"

看错了人(之二)

在道上常常能看错人。要是我喊了一声谁的名字再跑上去，一看，原来是别人的话，我便会急中生智地继续向前跑去，再喊名字。等到看不见那认错的同志时，我才停了下来。

碰了算盘后(之三)

百货公司的纸张部特别拥挤，我好容易才挤进去。

柜台上放着一台算盘，旁边一个理它的店员也没有。

我已经买了笔记本，正准备走，忽然看见有新到的齐白石画家画的书签，于是便又挤到柜台边，挑起书签，却没留心，碰了算盘一下。

正在这时，一个手里拿着一落(摞)子发票的店员从那边走了过来，非常哼(横)地对我说："你这位同志，怎么把人家打的数碰坏了呢？"

我有点气。算盘旁边也没有人，我怎么知道有数呢。再说既然算盘是打了数的，你怎么能离开呢。你自己不负责任，反而还要来"训"我。我越想越生气，正要像往常似的发作，却忽然改变了主意，非常真诚地(不知怎的，一点也不虚假)向他道歉说："同志，对不起。"

店员同志吃惊地抬起头，看我一眼，脸上表示出很不好意思。过了一会，便也和气地对我说："没什么！"

刷板报(之四)

编委会明天要出第一期板报了。

要写板报的黑板太不像话了，擦了两次还是雪白。吃完晚饭，我便跑到刘木匠那要来了刷子和黑浆，准备自己把它刷了。

拿着水桶(装黑浆的)走在楼梯上，我心里想：这回我自己刷，至少也能在记功簿上记上一功吧。

到了教室，我马上便跑到后面黑板，开始刷起来。有几个同学回过头来看我，我感到很得意：有人注意我了，这是说，他们看见了。

刚开始刷，甲便跑了过了。他对我说："老吴！我来干吧！"我没让他，说是自己能干得了。

又过了一会，黑板就剩不点没刷了，这时乙从外面走了进来。她看见我，马上跑了过来，抢着便要刷。

我被她抓住刷子，又气又恼。明明人家都刷完了，你又来了，难道就刷那么两下，也叫别人在记功簿上写上你的名字吗？！

但是乙却丝毫没有放手，反而对我说："我从来没有刷过，让我刷刷看看……你看，这到有什么，你怎不肯呢！"

听了后面这句话，我忽然把手松开了，脸也刷地一下红到脖根。

代数课老师（之五）

甲是担任我们代数课的老教师。

他是明显的老了。秃顶的脑袋，脸上的肉都堆了下来，眼睛终日是红丝，好像是缺觉似的。上课算题的时候，有时就因为年老迟钝而把数字写错。

但他的教课是极好的。尤其是教态，气力充沛，似乎是个年轻人。他从上课到下课始终是精神饱满，使同学振奋。讲的时候老是问："明白不明白？"于是咱就以同样的声调答："明白！"

今天上课，是复习课。甲问乙："这道题应当怎样算？"乙站起来说："不知道。"过了一会又问丙："这根据什么公式来运算？"丙站起来说："忘了。"

甲老师生气了，脸上的肉都收缩了，那脸涨红着，眼睛显得更红。

"忘了？当个学生的就行（兴）说忘了？"他对着丙，"你要说是老师没讲好，我不懂，不明白，也行，那怨老师，老师应当改进教学方法。但你这是忘了，忘了就是老师讲会了你没看吧？你为什么不看，你来干什么的？当学生还行（兴）说忘了，那我上课也说呗！我也说忘了，不教了，能行吗？祖国人民能让我吗？你能让我吗？我怎么想不透，你怎能说出'忘了'这二字。"丙要哭了。甲从来是和颜悦色的，今天却不留情。

"你们将来是要当教师的，你们想想，将来你们要是上课了，你的学生要是上课说'忘了'，你心里该怎样。怎么就能说'忘了'这两个字呢！"

丙已经哭了。甲老师才感觉到自己有些异样："哦！你哭了，那就是——老师也不是说今天发态度……现在继续讲课吧！"

甲老师领着咱们算了一道题，说："你看，是不是挺容易的，你们啊不是不会，就是说：不会说，写出来我也会，就是不会说——刚才我当老师的也不是发态度，反正一听你们说不会，我心里就怎的……"

"咯噔一下！"一个同学在底下插嘴道。

大家笑了，甲先生也笑了，并且自语似的说："可难受了。——明白不明白？"

"明白！"大家领会了，整齐地回答。

青年人总是笑(之六)

青年人在一块，总是笑啊，乐啊，你很少能看见发愁。就是愁，那也只是像一阵雷雨似的，下过了，天就会响晴，万里就会无云。

就是在课堂上，他们也愉快、活泼，有时因为谁说错一句话，大家敏感地觉察了，便会笑上老半天。

记得有一回，一个同学答题，因为温习得不太熟，就答颠倒了。答完以后，叫起一个同学补充，他说那个同学把问题答倒颠了。这本来似乎不可笑，但大家理解了他，足足便笑了五分钟。

还有一次是答语文，答拴柱和金凤的爱情。本来那应该说是严肃的，建立在互相帮助、细腻的关怀的基础上的，但上去那个同学却说成：拴柱和她的爱情是严重的，细致的！结果惹得大家笑起来，连孙老师都憋不住了。

至于那次甲的笑话就更有趣。语文的背诵她是准备了的，挺熟的。刚上课，她才跑进来，可巧老师便要她背。她连呼带喘地上前面去，起先还行，谁知背到后面"红旗升上城了，战士跟在后面往上爬，往刚才炮兵打开的缺口上爬"时，她忘了，语无伦次起来。不但不顺利，而且还念了个"战士们跟在后面往后爬"。同学们哗的一声笑，她马上便改口说："后前爬！"结果弄得大家更笑了，据说那次有三个同学把肚子笑疼了呢！

择路:回想 1978 年那场考研

40 年前,我参加了 1978 届全国统一的研究生考试。我是它的目睹者、亲临者。

要说"扩招",这是一次真正必需的"扩招"。那时候,"白卷先生"的梦魇还未完全退去,人们尚有余悸,但是进行"四个现代化"的潮流(人潮、心潮、思潮)更为汹涌。这次考试对于国家来说,是将"文革"十年积压的人才按照一个公平、公开的原则,一个相对恒定的知识标准,破格选拔出来,意义十分高远。对于我个人来说,从此跨入了另一人生旅程,延至今日。

我当年所处的环境属于社会底层,长期在一个中等城市的郊区普通中学任语文教员,教的是"工农联盟"的矿工与农民子弟。这种处境,自然是无从知道上面决策的斗争过程和逐层执行的艰难的。我的这篇回忆,纯粹是从基层角度,来给未来的中国历史书写提供一点真实的材料。

我要读大学

听说大学恢复招考,当然是 1977 年。不过这是上山下乡知识青年奔走相告最激动他们的消息,与我这个在"文革"爆发的 1966 年已经在中学教了 7 年书的教师,是不搭界的。"文革",我参加了全过程。"造反"也好,"保守"也罢,"串联"或"打语录仗"或"作逍遥派",我都没有资格,基本是个"革命对象"。开头是可笑地充任"反动学术权威",后来荣幸地"反对革命大联合"被满楼的大字报命名为"小爬虫"。最早受刺激(因是第一次觉得受侮了,所以记得)是 1966 年的国庆节,按惯例全校的师生都要步行去市区游行的,红卫兵却贴出告示,全校以下十名教师不许参加国庆庆祝,当日在校农园地干活一天,其中有我(那天割豆子,豆梗带刺,扎得生疼)。那些年我在中学的遭遇基本如此:"运动"一来便"夹起尾巴"做人,"革命"一旦过去就轮着我来做公开课或介绍经验了。1978 年的东北初春,乍暖还冷,我被市、区教育局安排正在海城做自学经验报告。报告完毕的会场上有一位教师拿了近日的《光明日报》来给我看,那上面登载了 1978 届研究生招生的学生年限从 35 岁扩大到 40 岁的头条新闻(记得如此,未曾核对)!

这件事是我考研之始。我的行动从来没有这般快捷过，回到学校，立即报告校长“我要考研”，并得到同意。此后也没有任何一个上级以刚刚批准我做教导主任为由，来阻挠我考研。要知道，这是破天荒的。那个时代，做什么都需“领导”批准。比如我给《辽宁教育》杂志写了多年稿子，与编辑部熟悉了，他们有调我去沈阳做编辑的意图。可我向校党支部曾某汇报，书记不仅不允，还说了句狠话，是“什么时候我死了你再调吧”！此人并不坏，他是木匠出身，小学文化，“反右”以后被派来中学“掺沙子”的。人老实，话也说得直爽，但他有生杀予夺之权，一句话便决定我哪里也去不了，就钉死在这里，生是这中学人，死是这中学鬼了。其实我很热爱教师工作。1952 年小学毕业就听从分配被保送到初级师范读书，1955 年毕业应该做小学教师，也确实实习过，但 16 岁个子又小(个子是高中期间蹿起来的)，就又读中级师范。这时我已经懂得自己应当读大学了。我申请读本市师范学院，班主任王芬荣老师竭力推动，但未获准。到中学后要求考大学，不获准，这时候多了个“工作需要”。我明白，问题出在我的家庭成分和社会关系上，像我这么个市民出身，社会关系“地富反坏右”均有，“关管杀”一个不少的人，是无权读大学的(我的内弟学习优秀，甚至因地主成分连中专也不录取)。所以我只能读函授大学、业余大学，来做我的“大学梦”。可是到了 1978 年这当儿，一切挡住我读大学的阻力突然一夜之间消失了。那位曾书记仍健在，但他也不敢不放我去报考了。不仅不拦，而且还鼓励去考。全国上下，没有人敢用所谓“政治身份”不好，再来阻挠考大学这类与“实现四个现代化”直接相关的事情。我不知道穷乡僻壤还有没有无法无天的“领导”，起码在我周围是听不到了。

那一年报研的动机经我后来了解，真可谓五花八门。统一的是“报效祖国”“实现四个现代化”“把失去的时间夺回来”，到了每个人的身上，又兼有“回到原有专业”(“文革”后期的大学生分配有的极其可笑，如“火箭专业”的分至爆竹厂等)、“返回大学母校”(北大毕业生有的同时报考“回炉班”)、“离开没有从事科研工作条件的边地”、“回到子女上学环境好一点的城市”，甚至于“顺便解决长时期不得解决的夫妻两地生活问题”，等等，总之，都是围绕着改变自己人生命运。我的动机也是将祖国利益和个人道路纠缠在一起，目的很简单，挣脱原先套在脖子上的“社会关系”的枷锁，以一天也没有读过大学的同等学力，报考中国最好的中文系！我终于如愿以偿收到了考号京字 510480 的准考证。北京大学研究生招生办公室挂号发出准考证的日期是1978年4月18日（印刷件上所印日子），我收到时鞍山邮戳竟是5月2日，而邮件又是先发到单位负责同志手上的。准考证上印有各科考试的日期，是当年5月15日、16日、17日三天。

宁为凤尾，不为牛头

如果从我收到准考证算起，一直到正式考试，中间仅有不到两星期的时间，这在今日简直是不可想象的。可以理解为：这是一次无须做准备的考试！但实际上大家都已开始起跑出发。因为人人都可报考，报考后准考的概率极大，人们的报考和备考便几乎同时进行了。即便如此，真正能有的时间，从基层看（上层有人或许会较早得到今年一定招研的内部消息，下面只有以中央报纸、电台的报道为准）也仅有一个月而已。

我的报考颇费周折。我周围的人，熟知的或不熟知的，纷纷都来劝我考省内最好的大学，反对我去报考那遥不可及的北京大学。朋友们的理由我也知道，他们觉得一个自学再好的人，在这场严酷的竞争中能够考上辽宁大学就可烧高香啦，怎么可以冒险丢失仅有的考试机会，去拼渺茫的北大呢？单位几个要好的老师，甚至使用了成语民谚来说服我考虑将来的工作岗位，北京的能人这么多，你不过中专基础，再怎么拼，将来也是给人家打底子的。“宁为牛头，不为凤尾”，前人早有总结呀。应当说朋友们的出发点都是善意的，但他们很难摇动我的决心。而我的人生哲学恰是：“宁为凤尾，不为牛头。”后来三年的读研实践证明，假如不同我的那些堪称天才的优秀老师、同学一起学习，不与他们摩擦而生火花，那么，你如何会优秀或者说是归向优秀呢？当然，具体到北京大学中文系，也有它的状况在促使我的选择。“五四”的光荣历史就不必细数了，仅仅眼前的情况：第一，导师王瑶、严家炎两位，学界闻名。尤其是王瑶为朱自清先生在西南联大时的研究生，每逢纪念朱先生就会在中央报纸上读到王瑶的怀念文字。我买过作为著名文学史家王瑶的《中国新文学史稿》《中国诗歌发展讲话》各书，读后极其心仪。严家炎引起的对柳青《创业史》人物的讨论，也是大家都知道的。第二，考这样两位导师的中国现代文学研究专业，居然不必考外语。此一点，估计现在的学生就无从知道了，但当时也是我决定非考北大不可的直接原因之一。我长期读的师范是不学外语的，所以我只有解放前上海小学那一点点的英语皮毛，是不足于应付考试的。入学之后，听王瑶先生谈起，他决策不考外语，是基于对我们这批人专业和外语真实状况的了解。我听他不免得意地说：如果考了外语，就不是你们这批人喽！第三，是还要加考“中国古代文学”一张卷。专业是“现代文学”，却要考“古代文学”，而且不是考一两道题，是考整整一张卷。这种在全国绝无仅有的考法，迷住了我。我从此窥到了研究的门径之一是须将上下左右贯通：研究现代文学的人要懂得古代文学，懂得外国文学，懂得中国语言文字，懂得中外文艺理论，等等。后来王先生第一次同我们见面就历数现代文学研究的由来，最初的开创者都是古代文学学者（王先生自己本来研究魏晋）。而对于我来说，其他同期的考生不一定擅长古代文学史，而我是摸得着、不怕考，反倒是能增加自己优势的。这不是说我的古代文学有多么好，是因为我有书籍，有可以依仗的复习资料。

那一年备考最滑稽的事，是没有书籍。比如现代文学规定了人民大学林志浩主编的文学史为参考书，可是大家没有，我也没有。但我有其他三种，有王瑶的，刘绶松的、丁易的现代文学史，足够我复习了。古代文学史我有刘大杰的、游国恩的、北大吉大集体编的，甚至还有林庚的半部《中国文学史》，够多的了。我的藏书在经过“文革”的浩劫后，竟让这些文学史都“漏”了下来，应该“感谢”敝校的红卫兵。这些工矿农村子弟，虽然被后面的巨手推着，在 1966 年的秋天走上街头横扫“四旧”，但他们实在还没有被训练成知道如何识别“封资修”。他们一伙一伙来抄老师家的书籍的时候，《燕山夜话》是知道的，看见“海瑞”二字也会瞪眼睛，其余就不懂了，就只会凭外观找旧书、找纸张发黄的书了。所以他们说历史老师家的书最反动。至于我的书，凡线装的（我用很多时间在上海旧书店搜集全了高中语文课本所涉及的经典如《论语》《楚辞》《战国策》《史记》等，均是民国石印线装）统统被拿走焚烧掉，但对平装书小将便手下留情了。所以一套 6 卷本上海广益书局 1941 年版的《古文辞类纂》就此逃过一劫，随我装书的炸药箱子（矿山采矿爆破用）辗转移动，现在还静静地立在我北京的书房里。由于各种文学史是我的喜爱，大约从 1955 年读中专一年级起，就开始购买（作品读得多了，就想找它们之间的“联系”，是我较早读“史”的原因），它们都是平装本，一律被“特赦”，到我备考的时节仍在我手上。

进入该年 5 月的关键，我将铺盖从家里搬到教导处，白天照常工作，所有的业余时间就用来复习。我的复习方法是：先快读一遍文学史，挑出主要作品中我家或学校图书馆里有的书来精读，加深印象。然后做出卡片，包括年代、作者、作品概要、基本评价等，再反复记诵。我知道，从头来读作品的时间是没有的了，现在靠的是平时阅读的基础，加以条理化。见到考题后，再凭自己的融化能力和写作能力，即兴发挥，组织答案便是。我从启蒙读小学始，参加过的考试无数，从来都是全面复习，不押题，不圈重点。我觉得，这次备考时间的短，造就了一次难得的主要依仗平时积累，而不是靠什么答题技巧、找答题窍门的测试。就像矿苗已成，只待开发，而不是靠这几天成矿。到最后冲刺阶段的几天，我只看卡片，有时一天就能温习一遍文学史的要点，第二天再温习一遍。现在这些当年伴我日夜备考、用普通表格纸做成的长条卡片，依然在我的书屉里保留着，这次写作取出它们来摩挲良久，还不免感慨。它们是历史的见证物。

用尽最后的气力

5 月 15 日转瞬即至，“文革”后大规模举行的全国考研那几天的情境是很难忘却的。

每张准考证的正面，填明了考试地点。我的是“辽宁省鞍山市郊区招办”。背后注意事项的第 5 条说：“考生应在考试前一天到考试地点了解试场有关事项。”而随发放准考证所附来的北大研招办通知，也强调：“我们已经将你的考题寄往鞍山市郊区招办，具体考试地点和考试有关事项请你在考试前直接到上述单位联系。”这些都是非常必要的。试想全国的考生如此众多，考场如此复杂，假若掉以轻心，到了考试的那一天会发生多少考生找不到考场，拿不到考题，三天里不知道如何解决食宿的问题，那该是多么混乱。我所在学校共报三名考生，虽然已经知道考场在区教育局院内，那里是我们常去的上级机关，但是为保险起见，我们在考前还是去区里所在地的旧堡（旧堡是鞍山的发源地，旧中长铁路上的一个站头）踏访了一次。这一次踏访让我们明白，如按照往日去旧堡的路线先乘环市铁路到市区再转无定时的汽车，是无法保证那天 8∶30 前一定到达考场的。于是到了 15 日晨，我们三人乘环市铁路到四方台站，下车步行半个多小时，提前到达目的地。那天的步行特别奇妙。我们跨过道岔，沿着公路看着周围的农田和远处的东鞍山铁矿走向旧堡的时候，不免思绪万千，暗祷自己的命运。但考试无常，是什么样子的前景在等待着我们呢，就说不清道不白了。

来到考场，是区教育局院内的一间普通平屋，布置得颇像一间教室。我们这些平时当教师的人就落座在学生课桌里。全区应考者坐满，有 40 人左右。监考者不识，倒是中间时来巡视的“领导”都是区里的干部。答题一律用 8 开白纸，题目是用信封密封，当场由考者取出的。“文革”中形成的抄袭风气当时还未消除，但这场考试倒不必担心，因为各个学校寄各自的题目，绝不重复，而在考场内外也没有听说哪两个人是考同一所大学的。第一天上午考政治，并无新意，中学政治课本加当前政策和新闻，答不好也答不坏，用了四张卷纸。考完就回家，继续备考。第二天上午考“古代文学”是场硬仗，有时代流派的综合题，也有单个作家的艺术分析题，要求有全面的知识，不求深入。我没有漏题，每题必答，答满六七张纸，自我感觉尚可，增强了信心（听说有的人半途已经知难而退了）。第三天考两门，最为吃重，而且有主科。上午考“文艺理论”，是按照指定的以群《文学的基本原理》准备的，参之以马列论文艺、《在延安文艺座谈会上的讲话》、《新民主主义论》，等等，还算能应付下来。到了下午，身心已然疲惫，考“现代文学”。题纸从信封中小心翼翼地取出、展开，浏览了全题，正是见所未见，闻所未闻，看毕惊呆在那里，半天不知如何回答。此题我在某纪念王瑶先生100周年的文章里曾做披露，现在为了行文的需要再将全题公布：

1978年北京大学中文系文学专业中国现代文学研究方向初试考题

1. 对于中国现代文学史的分期你有何看法，试从历史、文学、社会的角度讲清你分期的理由。

2. 鲁迅关于《呐喊》《彷徨》有不同的特色曾说过一些话，请按此举出作品实例来谈谈这两个集子在思想、艺术上有何不同。

3. 鲁迅说五四时期的文学“散文小品的成功，几乎在小说戏曲和诗歌之上”，你认为如何，并举创作实践加以说明。

4. 解释以下概念，并说明其出现于现代文学史上哪一个时期：

“第三种人”；“国防诗歌”；“新歌剧”；“社会主义现实主义”；“辩证唯物主义创作方法”；“乡土文学”；“爱美剧”；“商籁体”。

（据笔者当年5月17日日记整理，第4题应有十小题，现缺二）

这题目现今看一般博士生也能答了（深浅当然千差万别），但1978年当儿的我们，无疑视若天书。现代文学史分期当时学术界正在讨论，是实践性、理论性并重的题目。你要另辟新路，自然要说出新道理；如要坚持旧说，难免落后，而且更要有结实成熟的理由才行。至于第2、3题是本次考试的核心题目，一看便知都出自王瑶先生之手。这种题目我是第一次碰到，是考你的鲁迅研究和现代文学研究的功力的。如果你连鲁迅的话都不知道，那就只能免答了。好在我还能答,答第 2 题时,在草纸上将《呐喊》《彷徨》两个集子的小说篇目仔细分别列出,生怕材料上混淆,闹出知识性的笑话来。最后的知识小题,我本应全部答对,但我明明拥有王瑶先生的文学史,却粗疏到连"爱美剧""商籁体"两个文体概念都没有搞清楚,遂留下了终生遗憾。

这时的天已近黄昏,考场上渐渐暗了下来。下午场的考试,人本来就少,这时更是仅"余一卒",就我一人在那里哗啦啦写字。监考者非常人性化,前来安慰我,叫我莫慌。卷纸我已经要了一张又一张,写到第 8 页了,好像还能写下去。到我将概念题做完,检查了一遍交上,浑身上下已经没了力量,劲儿好像全部都被抽光了,瘫在椅子上半天动弹不得。别人可能还不至于如此,可我为了这次考试,确乎已经用尽了全部的气力了。

企盼与体验

郊区初试完毕回到学校,关心我的同事和朋友都来问我:"考得怎样?"因为"文革"中派别的余脉还在,我回答得特别小心,总是说"不怎么样",或者"我也不知道"。中国人从小知道"谦受益,满招损"的道理,况且我的成绩究竟如何,自己也模模糊糊。对家人说的最交底的话是:"哪道题都答了,有多少劲儿也都使上了,其余就成事在天了。"中间不可能去问任何人,也不懂得去问谁。一共有多少人应考,会录取几个人,一概不知,只是默默怀着希望熬到了一个月后。到 6 月 23 日,我本人收到北大招办发来的《复试通知书》(铅印件)!随同通知,还有一份《复试注意事项》(油印件)。入校之后,才知道两份材料所填的字,均为严家炎老师的笔迹。复试时间是 7 月 13 日。

考研要复试,我已经记不得当初"报考须知"里是否写明了。我不知道初试的考生是 600 多位,而复试的仅 12 人。我后来听说考生中有未来的著名诗人,他的专业成绩竟没有超过 10 分。许多学生只找到文学史的残本或半本,就上了考场。我得到复试通知的感受则是希望与懊丧参半,因为能够从区里赶考变作赴京赶考,好像是意料之中的事,却也出乎意料。而最主要的是我的初试分数,《复试注意事项》末尾附着:政治 78 分,现代文学 58 分,文艺理论 57 分,古代文学 61.5 分,是如此之低。这还有盼头吗?人就是这样,假如没有得到复试资格,也就自怨自艾一番罢了,现在能够复试就得寸进尺想着非要录取不可了。我事后问过钱理群,才知道北大那年的评卷标准特严。他后来被《人民日报》报道是全国文科研究生的"状元",但他初试现代文学的成绩也只 70 分左右，当时他也怀疑过，这个成绩有希望吗？据参与评卷的系里老师回忆，那年 600 多份卷纸，判到第二天才判出一张 50 分以上的卷纸来，全场轰动，纷纷转观。这张卷纸是凌宇的，后来他是我的 6 名同学之一，就可见一斑了。关于复试的方式，《须知》告之，是“口试笔试结合”。严老师以他一贯的严格态度，对“复试要求”写了长长一段话，也能将我们这些后生小子吓一跳。这段话如下：“1. 文艺理论基本概念；2. ‘五四’以来文艺运动及各类文体发展情况；3. 重要作家的成就、创作倾向和主要作品；4. 现代文学与近代文学的联系以及它在新中国成立后的发展；5. 中国现代文学与外国文学的关系。”当时读完，我把它只看作是准备复试的提纲，觉得太难了，没有去深想。其实这与初始考题一样，尽显了北大中文系的博大精深做学问的风格，是我一生从事现代文学专业研究的一个启示性纲要，现在给我的博士生看还是远远够用的。复试给了 20 天的准备时间，相对于初试才一个月的备考，这意味着什么，我也不及深想，就开始急急忙忙再次投入复习的忙乱中去。

这中间穿插了“政审”。原先以为这次考研不讲成分和社会关系，历来的高考“政审”已被放弃了，其实不尽然。我任高中语文教员期间，有时“红五类”出身的教师没有这么多，“市民”出身的我也会被调去做应届毕业生的“政审”工作。有一次甚至跑到辽阳东部的山区，晚上睡大车店，去查学生前辈的所谓问题，取证明材料。不过那都在统一高考前。这次的变化，一是家庭成分之类不影响考试资格，这不假。二是政审置于初试之后，录取之前。三是要求急，防止单位不理解而横生枝节，增加阻力。通知说，按照中央文件“关于改进一九七八年研究生复试办法的通知中进程表的规定”（这个《进程表》应该是个很特殊的历史文件，可惜看不到全文），要求考生单位在“接到招生单位通知后五天内”将填好的政审表寄回。如此急迫真是天字第一遭。即便这样，还怕下面的单位拖拉，在《复试注意事项》第 6 条里规定考生可帮助催促：“来京前请向你工作单位询问我校寄出的政审表是否收到。”四是要求个人提供政审辅助材料，并不完全听信单位的。《复试注意事项》第 8 条规定了内容：“你在‘文化大革命’中的表现，是否参加过打砸抢，犯过什么错误，如有错误现在有何认识，写个几百字的材料，在接到复试通知书后五天内寄给我校。”这段文字是“文革”刚刚结束的特定历史环境下的产物，所包含的复杂内涵，后人自会解读。

复试通知来后我完全放下了工作，校方也同意我专事复习。我拿出一周的时间到市区我父亲家里居住,为的是那里离市图书馆很近,可以天天去坐读历年来的《文学评论》,查两位导师的论文及最新的学术动向。这个鞍山图书馆原址在我的母校鞍山实验小学的东墙之外,我六年级毕业前读完中国古典文学的代表作,读了《朝花夕拾》(鲁迅)、《爱情三部曲:雾·雨·电》(巴金)、《孔雀胆》、《筑(高渐离)》(郭沫若),都是在这里。这是我少年时代的一块文学园地。

7月11日,我乘夜车次日抵达北京。12日中午进燕园,在未名湖北岸燕京大学的老房子什么斋(德、才、均、备各斋里的一斋)入住。我们考生称之为"蝙蝠楼"。因为租一块门板,铺一领席子,仰天躺在那里往大厅上面望去,只见一群群的蝙蝠飞来飞去,日落时分尤多(当时没有想到我们的传统是将"蝠"当作"福"的)。我在这里认识了凌宇、蓝棣之,一个是长沙第一师范的语文教员,一个是四川师范学院的现代文学讲师。复试完了,有一天晚上老蓝领我去镜春园76号拜望王瑶先生,私心里自然想探一探风看有无被录取的可能。谁料先生的幽默本性大发,当面指着我俩说,你已经是大学老师,你是中学教导主任,不挺好的吗,何必一定要来读现代文学呢?我们笑也不是,不笑也不是,正是偷鸡反蚀一把米的感觉。之后在系里第一次见先生,还好不尴尬哩。

那时候是见不到两位导师的。7月13日在新图书馆某阅览室进行复试的笔试,各学科的考生混杂坐在一起。监考的是系里的青年古文字专家裘锡奎。所以认得是因《光明日报》刚用一版的篇幅介绍了他的突出业绩,上有大幅照片。抽取题纸后,见现代文学的题型与初试相同,但更难,在鞍山图书馆的搜寻全然无用,不免倒抽一口冷气。其题如次:

1978年北京大学中文系研究生现代文学复试考题

1. 具体联系二十年代和三十年代有关"五四"文学革命性质问题的流行见解,从"五四"新文学实际出发,论述《新民主主义论》对中国现代文学史研究的指导意义。

2. 试以三名非左联成员的作家作品为例,综合说明三十年代左联以外进步文学创作的面貌和思想特色。

3. 列举事实说明十九世纪末、二十世纪初中国小说、戏剧观念的变化,并以"五四"以前小说戏剧的实际发展,阐述发生这种变化的原因。

4. 说明下列作家的国籍,举出一种作品,它介绍到中国的大致时期,对哪些作家和文学发生过影响。(1) 尼采 (2) 罗曼·罗兰 (3) 高尔基 (4) 易卜生 (5) 王尔德 (6) 奥尼尔 (7) 歌德 (8) 显克维支 (9) 泰戈尔 (10) 爱伦·坡。

(依据凌宇当年的抄录稿)

这个考题把我们几乎“烤”焦。我觉得比初试还要答得差,当然不免沮丧。带着这样的心情,第二天(15 日)的口试照样要严阵以待。那天清晨,我到未名湖畔早练,还在背诵自制的文艺理论卡片,以应对据说抠理论概念毫不留情的严家炎老师。口试地点在文史楼二楼。我第一次见到两位导师。王瑶先生那年不过 64 岁,满头银发,面色红润,操一口难懂的山西方音。严老师清癯稳重,已谢顶,说的普通话带浓重的吴地口音。二楼小房间里无辅助人员,无须抽签选题,就是“闲聊”。我是第一个,想借鉴别人都不可能。记得王瑶先生问了三个问题:一、写过什么作品、文章?二、备考的时候看过些什么书?三、你对现代文学研究有什么想法?如果考上了准备怎么研究,有何志愿?我便尽量放松地作答。等谈到我阅读过的作品尤其是鲁迅作品及文学史著作的时候,先生突然插话,问那么你对鲁迅研究有什么看法,你对写现代文学史有什么建议?一路追问下去。我虽然长期任中学教员,自信有点口才,但在先生连珠炮式的问题下,加上确实也没有研究心得,说得就不免心虚口笨了。严家炎老师端正自己的位置,只在少许的时候插话,但确实问的是理论。比如问我,生产力低下、经济不发达地区的文学就一定不繁荣吗?为什么马克思主义经典作家说“希腊神话具有永久的魅力”?我就按照我当年的理解力回答了,老师也不再深问。因为没有“卡壳”,我就稍稍轻松地离开了文史楼。那时的人都比较老实,其他还没有口试的考生虽然陈山等问了我几句,但不过是几句。大家也不知道互留通信地址,就这样分手了,直到录取后到学校报到才再次相逢。

进京赶考给我最深的感触,是体验到北大的良好环境和风气:真是个做学问的好地方!下面这段话也不知何时开始流传,但我便是这次才听说的:“北大有什么?北大就有一塌(塔,博雅塔)胡(湖,未名湖)涂(图,图书馆)。”图书馆是北大的骄傲,我们学现代文学的人最知道它所藏民国报刊的多而全,便是一宝。而且,北大的考试最得北大博大和细致兼有的风采。这只要看看那些考题便知,是一种阔大不羁的独立做学问的精神,强调个人和个性,我也领教了,日后更潜移默化地贯穿到自己追求的目标中去。

走上学术之路

1978 年 9 月 16 日，我在鞍山第十中学的操场上。这是课间操时间。广播操做毕，我站在前面刚要下令学生解散，从校门口进来一群女教师，其中一人手臂高举，挥着一样东西，走近了才看到像一面小旗子在招展的是一个硕大的信封。以前北京大学几次来信都是小的挂号信，这次大而长，十分显眼。女教师们是从大孤山邮电所而来，这是个小镇，什么事情也瞒不住人，大家催促我当场开信(她们太仁慈了，没有在邮电所拆开)。结果如大家所预料的，是一张研究生录取通知书！

之后是通知亲友、安排家务、参加各种欢送的集会。还有地方电台报纸的采访。那时已开了学生家长送教师礼物的风气，不算严重，送日记本的为多，枕巾和单人床单在小镇就算是贵重的了。学校给我钉了个木箱，放在我研究生宿舍床头用了三年。这年国庆过后，我就启程赴京城了。当时北大来往的信件我都完好保存到 40 年后，只有最珍贵的《录取通知书》报到那天就被系里收走，至今引以为憾事。那些信件留有特殊的时代性痕迹，比如引述文件名称特多："按照(78)教高字 314 号文件"；"按照(78)财高字 67 号文件"；"赴校路费：根据国务院国发(1977)112 号文中附件《关于高等学校招收研究生的意见》中的规定"，"由原单位按火车硬座或轮船最低一级舱位发给车船费"；"学生待遇：根据国务院(1977)112 号文中附件《关于高等学校招收研究生的意见》中的规定"，属于国家职工的，"由原单位发给原工资"(我月工资 47 元)；"据教育部通知各省教育局，由各省教育局转告各地铁路部门，凭复试通知可购买来京火车票"，等等。什么都引经据典，靠文件字句来解决。提起买北京车票，那可非小事。"文革"的中后期进首都是要办专门手续的，不能随便，所以我的《复试通知书》的正面盖有"鞍山站"的戳子，说明该人凭此买鞍山至北京的票，已经买过了，不得重复购买。我在京期间忽获天津堂弟堂妹的消息，说其父(即我小叔)不同意他们姐弟考大学，让我务必去津做一次说客。这件事我后来圆满完成，他们一个考上南开大学，一个考上天津美术学院，但也带来难题，即我再回北京这票如何买呢。所以我的考研材料袋里多了一份北大研办开出的给天津火车站的证明，要求给予购回校车票的方便。当年"文革"结束后物质紧张的情况，到处可见。北大证明背后常写有"洗衣粉一代(袋)"的字样，说明该物在北京也要凭证供应。至于对"粮油"的重视，往往叫令人无法理解。《复试注意事项》第 4 条"携带物品”，只写了三种，初试准考证和复试通知书之外，便是“全国粮票”。新生入学材料的第三项写明：“油粮关系必须是县以上粮食部门所开正式的粮食供应转移证明，注明每月定量和停止供应月份，并自带一个月的全国通用粮票”，“没有粮食户口转移关系的不能报到”。正是民以食为天，研究生的肚子也是肚子。

于是，一个近四十岁的“老童生”，背负着进入大学的粉红色理想，在一个物质艰难的年代，经过一场公开平等的、较少拼政治身份也不拼考试技巧的选拔，走上了学术之路。他怀揣四口之家所用的低微薪水和须臾不得离开的粮油关系，登上了赴京的火车。

2017年9月3日于小石居

在北大听讲演

散文家梁遇春1930年在他生前唯一出版的集子《春醪集》里，为首开列的第一篇，题目便叫《讲演》。他是老北大1924年在读的学生。当年北大的讲演已是不少，梁遇春有感而发。他对于那些毫不过脑子，单以获取东鳞西爪的博闻为炫耀资本的人，或者是将见名人和求知识画等号的听讲行为，大不以为然，曾讥讽道："多数人不是为看戏而去戏院，是要去人多地方而去戏院。"所以他有"还我头来"的棒喝（指另一篇散文《"还我头来"及其他》）！斗转星移，时间过去了半个世纪，我在"文革"刚结束的1978年到1981年期间来到北大读研。别的不说，仅仅系内系外的讲演一项，似乎变化不大，中文系所在地的五院黑板上经常贴出讲演告示，还不算校一级的布告。我于是成了梁遇春讥笑的听讲一族。当然，我也有不能不听及受用匪浅的理由。

听讲演，时间集中在1979年和1980年。1978年是"十一"以后入校的，还来不及听哩；1981年忙着写学位论文，讲演就只好舍弃。两年间大约听过四十余次文学演说，平均每个月不到两场。这个计算还不纳入属于研究生课程的一些系里教授和校外专家的学术讲座，比如王瑶先生讲《故事新编》的"一次争论"，关于讽刺中的"油滑"问题；严家炎师讲《阿Q正传》和文学史；乐黛云讲34种现代文学史和现代史著作；樊骏讲现代文学研究中的一些问题，等等，都未计在内。但听过吴组缃先生的中国古代小说史和中国古代小说理论，我就计算进去了，因为这不是我们现代文学研究方向研究生的必读和选读课程。对于我们来说，去听吴组缃先生讲古典小说，听林庚先生讲唐诗，或到哲学系阶梯教室听讲现代派绘画，那就像是到办公楼礼堂听任继愈先生讲佛教和中国文化，这都是课程外的，就是自由听讲了。这种讲演一直可以延伸到校外，比如唐弢先生要给我们"文革"后第一届研究生讲如何治学，唐先生是社科院文学所的，该所恢复后连房子都没有，研究生招进来是借用北师大的校舍，听讲就在北师大的三教进行。校外专家的讲演一般是指与系里相关的，告示也贴进来。校内在文史楼、一教、二教讲，有的在人大、语言学院，甚至是在北京教育学院电教礼堂连找都很难找的地方讲。因而，听这些讲演要循着系里的指点，还真要在偌大的一个北京城不辞辛苦地奔走，吃点苦头。那么我为什么要如此热心地听讲演呢？其实原因很易理解，就是我要补课！因为在六名录取的研究生中，唯独我不是京沪名牌大学毕业的，也只我一人是靠同等学力、靠自学考上的。我原来没有听过大学的文学课程，也没见过教授。在地方上我是从基层的角度接触“十七年文学”和“文革文学”，现在要了解当前的文学进程和远望前景，也不是认识哪个批评家，或者从哪个编辑部、哪个研究所，听到最近在议论什么或流传什么（听小道消息而搞研究课题是过去政治生活极不正常时期的一大特色，自然不是正途，却比较显得灵敏）。所以，我自进京听了第一场讲演起，便发现有一种进入文学漩涡中心的感觉。过去的《文艺报》或文讲所、文代会发生的事，都是看报刊一层层传的；现在直接听的是孔罗荪讲的、丁玲讲的。以往北京学界的许多人直接参加了周扬、何其芳组织的理论活动，虽然不处在权力核心，却也冷眼旁观了发生于身边的重大事件，现场直感本来就有。现在我要了解现代老作家，只要我愿意就很容易听到他们的声音。关于“中间人物”的大连会议，问问系里老师就晓得来龙去脉。所以听这些讲演，可以利用眼见为实的条件拉近与历史人物和历史事件的距离（距离近了以后再考虑适当保持距离的必要性。导师也警告，与研究对象关系过密是要不得的），让我迅速进入中国现代文学的一个有利的观察点，较快进入研究角色。我初步尝到了听这些文学讲演的甜头之后，自然就尽量挤出时间听下去了。

在那个文学猛然复苏，逐渐充满活力，但仍心有余悸的年代听讲演，是一种刺激和促进思考力的事情。讲演者多半是作家和研究家。作家类里最引人注意的是于“反右”之前就遭打击的老作家，如萧军。他来北大讲演时已经73岁，人是英气勃勃的，穿着朴素利索精神，像个小学体育教师。他在延安文艺座谈会之前与毛泽东有过多次书信交往和面谈，自我感觉是毛泽东信任他，故座谈会开始别人一激，他这个“东北炮兵”便首先放炮，做了不合时宜的发言。在延安批判王实味的群众大会上，只有他一个人挺身出来为王辩护，可说气概万千。到在东北解放区发生“文化报事件”，他就被正式处理了。萧军那天的讲演很特别，先是简短“交代我的历史”，后来的绝大部分时间是回答提问。受不公正对待的生平不愿多说，仅讲：“我从文化报事件后，一埋三十年。我关押二年，劳改六年。比胡风死刑改无期、聂绀弩无期改九年好多了。”“我本来没有想当作家，挤上了作家（队伍），被挤下，又挤上来。我从来没有侥幸想法。”“我的人生观，人生态度，是相信现实，真理不能霸占，群众眼睛是亮的。我的字典里没有一个怕字。就怕做坏事。”在场的北大学生很踊跃，提问的条子如雪片一般。萧军回答了其中三十多个问题，关于萧红和生活感想的最多：“38 年与萧红分开，是模范离婚。”“她去日本时，我有一段恋爱。就这一件事，我对不起她。其他没有。”“萧红是未经琢磨的天才。她的文章，能超过她的很少。九年留下一百万字的东西。但她意志薄弱。”“我对磨难，既来之，则安之。他们对我一打，二冷，三团结。我是打不倒活着，冷不倒蹲着，团结，我就来。我现在也不高兴，也不灰心。”“人生不能逃避现实。是朋友伸出手来，是敌人便射出箭来。我便这样活，这也是我与萧红最基本的分歧，她说我有一副强盗的灵魂，正是这样。”“别人劝我写传，写传好像越自然主义越好，但写时不易，如揭自己的疮疤。有的我写了不发表。”萧军 1980 年 11 月的这次讲话除了直爽，其实也富机智，知道在公众场合什么话可讲，什么话不要讲。他没有哗众取宠之心，本来他如想要取悦大众是只需举手之劳的。

丁玲不是 1957 年“反右”高潮时倒的。之前在 1955 年被揭出所谓“丁（玲）陈（企霞）反党集团”后，便从巅峰跌下了。然后划右派，去北大荒。因了某种机缘我曾听她多次讲话：在斯大林逝世的 50 年代初听她在鞍山的公园广场台子上致悼词，我在下面是个初中生；80 年代与她同获《十月》文学奖，她因《牛棚小品》，我因介绍钱锺书短篇小说，她发表了获奖讲话；我读研期间一次到她家里谈张天翼，一次在文代会上当众听她发言。从本文题旨讲，谈张天翼不是讲演，却也是听她一人讲了两个多小时。将来我在另文里来透露内容吧。1979 年的四次文代会是“文革”后刚平反的作家的大聚会（有的作家如胡风的平反一直要拖到逝世后），文学界相当兴奋。我在系里拿了两次票，一是 10 月的开幕式，一是 11 月的大会发言。丁玲的讲话也是特别的，先将别人劝她出席完开幕式便走人，不要写，不要见记者等，都全盘讲了出来。然后是批封建主义和宗派主义，侧重的是后者宗派主义，将真话还是隐瞒不住地讲了。反复说“我有信念，我相信党，相信群众，相信时间，相信历史”。“我还要感谢党。我过去受党的教育，我记得刘少奇说的共产党员要受得起冤枉。毛主席说要能上能下。我现在虽然林冲一样脸上是刺了字的，过去看我是一作家，现在看我是大右派，大叛徒。我想，你总要看我第二眼吧，我便要使你产生新的印象，像个共产党员。在几乎没有光明似的地方开辟光明的道路。”“我也知道，我与‘文化大革命’中打倒的不同，那都是好人，没有坏人。”“‘文化大革命’倒的，是香的，被敌人打倒的。57 年倒的是臭的，是被自己的人打倒的。”这就是丁玲的思想包袱！“大右派”平反后，觉得脸上的刺字仍在，她要做个大“歌德派”来洗刷。后来围绕丁玲晚年作品到底是《牛棚小品》好，还是《杜晚香》好，她自己与评论界始终扭着，拧着，其思想根源究竟在哪里，都没有这次讲话表现得直白。丁玲说完，周扬当场附言，对丁陈集团、艾青、冯雪峰、陈涌、秦兆阳、刘宾雁、刘绍棠的问题“深深道歉”。周说：“把思想问题当作政治问题，这是个严重的经验。今后这一条，不能扣帽子。正因为思想问题与政治问题不好分，所以才要分。”周扬在这次文代会上自动公开检查道歉，得到许多作家特别是青年作家的谅解。

文代会结束后，北大邀请当时最有冲力的中青年作家来校。我听过一次刘宾雁、刘绍棠、白桦、张洁四作家在办公楼礼堂与青年学生见面的联合讲演。这四人中，张洁刚写出获奖的短篇小说《从森林里来的孩子》，她的《沉重的翅膀》还未飞起来呢。其他三人是1957年全国最著名的青年右派作家(如加上王蒙、流沙河就更全了)。刘绍棠17岁出版《青枝绿叶》，21岁因公开批评毛泽东的《在延安文艺座谈会上的讲话》而当了右派。刘宾雁因写揭露性强的报告文学作品《本报内部消息》《在桥梁工地上》而成右派，现在刚发表了新的揭露性报告文学《人妖之间》。白桦的《苦恋》正引起争议。有这样的背景，北大的学生对这场四人谈非常期待。四人可没有“传达”的任务，都是即兴讲演，可长可短，只是刚从文代会会场转移过来，就不可避免地会带来这个会的气息、温度，可由此考察到当时作家的主流是在紧张地“反思”的：“文革”是怎么发生的？怎样使它再不发生？思想要不要解放？文艺思想怎样解放？刘绍棠曾经在北大读过书，大家推他先讲，他就把反思大学和反思文学结合了起来：“我希望恢复母校的学术民主，恢复革命民主的传统。我们要树立成名成家的思想。我们的人才为什么都需要外国发现？不许人冒尖，越穷越往下，越退化，民族怎么得了？刘宾雁写《人妖之间》，我们退化到了兽。《人兽之间》哪位能写？”“不要去做那么多杂事，与学本领无关的事不要做。学生要念书，哪有那么多事？一定要把集体活动缩小到最小限度，让大家去钻图书馆，找背旮旯的地方去思考。要提倡马克思主义指导下的个性解放。中国的民主革命很有新农民起义的味道，要警惕李自成，也没警惕成。1957年后，把民主、科学的东西都打下去，封建东西上来。政治学习，改造思想，用农民的、封建东西来改造我们。把脑力劳动降低到体力劳动，那是改造？我们不讲理，老说穿了工人做的衣，吃了农民的粮，写不好小说，有良心吗？我说，我是吃了农民粮，穿了工人衣，但你们看了我的小说，还整我，你有良心吗？”刘宾雁谈到他的近作说，“《人妖之间》是个社会调查。本想写张志新，结果写了王守信。我感兴趣的不是她的案子如何复杂，贪污的钱多少？我关心：一为什么王守信与人的关系，在全国有代表性。我只访了十二天，仍觉得不够。写得不好，不成功。我没想到会有这样的反响”。这种“反思”后来继续进行下去。随着改革开放的深入，不同的得益者分成不同的阶层，到现在“反思”的结果就异常纷纭复杂了。在当代文学史上，称右派平反之后重新焕发出创作活力的一群人，为“重放的鲜花”派作家。那次讲演就是一次“重放”。

其他的作家能被邀请而且有兴趣来讲的，有领导型作家、坚守马克思主义理论的作家和名学者兼名作家这样三类。比如陈荒煤一直管全国的电影，“文革”中是大名鼎鼎的“黑线人物”，我 1978 年年底就听他讲《关于当前的文艺问题》，讲题就像做总结。半天讲不完，隔几天又讲半天。他是懂文艺的，早年在上海住过监狱，把铁窗生活写成了小说，很少有人知道他是小说家了。他强调“文艺性”，主张放开有文艺性的外国电影给群众看，出不了乱子。他举大家看南斯拉夫电影《桥》，影院整夜不歇，黑市里一张票要用一条市场里少见的香烟来换。但是反应很好，电影的艺术性也备受称赞。我 1978 年刚到北京就听过孔罗荪的讲演：《谈谈关于短篇小说创作问题》。他是《文艺报》负责人，对全国的文艺负有责任。“文革”在上海作协挨斗，是巴金的朋友，现代文学馆筹备委员会由他来管，大家都认为是“一时之选”。后来成为我的顶头上司。罗荪的笔名早知道，看他的评论。他讲短篇小说当然也是内行，不过将来的人会看不懂，怎么短篇小说也需要“领导”呢？马克思主义理论家当时在舆论上已不像过去那么“香”了，似乎文艺上长久的“左倾”他们都有责任。这当然是一种极端看法。因为这些由左翼作家演变来的文艺领导者，他们在“文革”时被批成“右倾”。姚文元发长篇批评周扬的文字，说他是两面派，意思是平时执行右倾路线，运动一来又“形左实右”了。不过当时的情况，“领导者”的马克思主义理论立场，要比“马克思主义文艺批评家”“马克思主义美学家”差一点。领导者擅于因时而变，理论家有坚守的固执。1978 年 11 月，我在北大听蔡仪先生讲演，题为《文艺是一种特殊的社会意识形态》。1979 年 6 月在北大文史楼听过陈涌讲“文学研究工作中提高马克思主义水平问题”。这两位能被请来，说明北大继承蔡元培老校长的“兼容并包”传统，是相当坚定的。我们去听的时候，也是抱着这样的态度:你的标题里的观点我可能没有太大的兴趣,但我更要注意听听你的观点里所包含的真理部分。所以,去听这些理论家演说的本身,恐怕要比演说讲了什么更为重要。

可能是即将从事学术工作的关系,在所有的讲演者中我最心仪的还是名学者兼名作家类型的,比如吴组缃。吴先生30年代写安徽农村的小说不多,但《一千八百担》《菉竹山房》《官官的补品》越来越引起人们的注意。在系里他长久讲古代小说,1979年5月听说要讲《中国古典小说的理论》大家都拥着去听,人满为患。他说:“真正开始讲小说理论,是李卓吾(李贽)的《童心说》《杂说》《忠义水浒传序》。李卓吾怎样反孔孟不好说,没完全摆脱。孔孟便是封建意识形态,没有孔孟,也有别人来讲。李卓吾是封建社会里产生资本主义萌芽时最早反映出来的。《童心说》便讲摆开封建思想束缚,所以他把小说看得很重要,与四书五经并论。《忠义水浒传序》提出‘孤愤’便是个人切身的对社会生活的感受,便是有深切的爱憎,要有激情,说得很好。著名的小说作者都有孤愤,聊斋作者有孤愤借狐鬼而发之,曹雪芹的孤愤借儿女之情而发之,同是一把辛酸泪。”说到写人他认为,“司马迁同情项羽,但他的缺点没办法回避。‘爱而知其恶,憎而知其善’,是这样一种看人写人的办法”。“如武松,个人意识很强硬着头皮上岗,胆怯的,一棍打在树上,后来用手打,反而更显英雄本色。作者不爱武松?爱他,但写他丑处,鸳鸯楼后才成长为一个品格高的英雄,写得有血有肉。鲁智深打仗,乏了,便休息,吃了饭再来打。古人便能用辩证法写人,现在还讨论写正面人物缺点可不可以,简直笑话,好像没有文化,没看过古小说似的。”还说“艺术真实是生活中来的。苏东坡题画雁:‘夜雁见人时,未起意先改。君从何处看,得此无人态。’要讲意态、神态,真实。我们有些照片照少数民族盛装下田,牙齿令人笑掉”。“写生活的意态,还要得其神。得意忘形,是个很高的标准了。得神后甚至可以舍形。”吴先生素来以直言著称,干巴巴的语音却有莲花妙语。他指导我们走自强不息的中国学术道路。唐弢1979年1月讲《怎样来做研究工作》,我跑去听,30年过去了,他叫我们坐得住冷板凳的声音宛如在耳。“下功夫读五年书,不够,八年十年,便能在这个领域里取得发言权。研究鲁迅、郭沫若,学五年十年,真正下功夫,不一定成为专家,但发言权总是可以取得的。”谈研究方法他介绍了自己多年的体会:“马克思的研究方法可看拉法格的回忆录,他认为:马克思善于通过现象抓住本质。首先把一个问题分成几个组成部分,来研究部分之间的关系、作用。还研究相互之间的反作用，做出笔记。又研究事物产生的环境——环境对本体发生的作用，本体对环境的反作用。又研究事物的起源、变化、进化的发展及革命作用（即新的作用）。环境研究是横的方面，这个是纵的方面。然后再把问题综合起来，概括起来。”方法的问题日后引进了西方理论就分外复杂了，但是老一代讲得诚恳，还是有参考性。此外听叶嘉滢的演讲是空前的，1979 年 6 月的那刻，她还是加拿大某大学的教授，讲题很长叫《从三位诗人的几首诗例谈中国旧诗的欣赏和批评》，似乎挺乏味，可她一讲，说就是讲“什么是好诗”，把大家精神提了起来。她先说中国历来的诗歌批评传统，再讲西方诗歌批评的历史，发挥她的特长，讲得游刃有余。她话富有激情，尤其是不看稿子背诵古诗时那种神采飞扬，让人神往。两小时里她会背出三四十首诗来，后来她说是在台湾、外国练出来的，那里讲诗是不作兴看稿子念的啊。

非教师非作家的讲演者就很少了。我记得侯宝林去讲过，时间在 1979 年秋天某日，地点在校办公楼礼堂。那天人不少，大家知道这次讲演的背景是侯宝林被聘为北大教授后校内外颇有些议论，但是大家都愿意看看相声大师的风采。而大师讲出来的还真是学问，他说及相声的根源：“清代《竹枝词》里有两首提到相声。《红楼梦》里也有一段，应当是清乾隆初年。这时写成‘像声’或‘像生’，可以用来形容什么事真像，如‘这幅画像生’等等。我们同行叫‘春口’，即说相声。分‘明春’、‘暗春’。明春便是目前的这个形式。暗春，便用布围起来。四川叫‘相书’，即暗春。口技，不同于相声，只是暗春的一部分。四川有两位师父演过《骗总爷》。湖南叫雨伞戏、被窝戏、高台戏、隔壁戏。四川这个相书是原来的相声。我十三岁学相声在天桥，我今年六十三岁了。那时有个演暗春的，快七十了，叫‘管张’。我只听过一个不完整的《看火》（因没等他要钱，我就跑了），他演的是半夜着火，各种声音。我们现在没有继承下来，但日本继承下来，解放前我弄到过一张唱片。”你看，满像是通俗性学术讲演。这就是北大环境造成的了。

还有一种讲演是介绍性的。把全国各地召开的现代当代文学会议，理论教材建设，中长篇小说的研讨等介绍一番。特别有针对性的是介绍西方，比如西语系、俄语系教师介绍西方文学流派、现代主义文学、现代派美术，介绍比较文学和结构主义，讲卢卡奇和布莱希特。西语系的讲座仿佛是全校的讲座，只要阶梯教室塞得下，已经连水泥阶梯，连讲台周围都坐满站满了校内外的人了，还是有学生会在讲演前一分钟挤进来。

求知的盛况真是不堪回首了。我知道讲演听得太多会食而不化，但还是禁不住诱惑。现在写此文时我还是不后悔，因为几十年的知识思想牢笼被打破就回不去了，听了讲，面对新潮打开眼界，比较质疑兼容并包那个心思就宽大得多了。那种狂飙漫卷诗书的热情，还能在这些讲演的回忆里感受得到。

因为这是在一个难得的历史转折关头，听到的一些最聪明人的声音。讲演如果得以流传，它有三种方式：或是由人修订变成书面形式，其中包括讲演者自审的定稿（这种文字稿接近讲者的本意，但也有被改得面目全非的）；或是永远的口耳相传，成为渐渐留存或流失的口头叙述；或者是如我今天所回忆的，因为各种缘故已经无法让讲演者订正（所谓未经讲演人审阅，只能记录者负责了），而成为一种流动的非正式的文学资料。两年听讲演的印象是如此浓烈，如同酒香，竟是越远越醇厚。它是对已逝作家学者的怀念，对这一文学时段的回忆，或许也能给未来的文学以黄金般的参考。

2018年2月24日于小石居